古典文學研究輯刊

初　編

曾永義 主編

第16冊

中國古典戲曲之末腳與外腳研究

林黛琿 著

國家圖書館出版品預行編目資料

中國古典戲曲之末腳與外腳研究／林黛琿 著 — 初版 — 台北縣永和市：花木蘭文化出版社，2010〔民 99〕

目 2+224 面；19×26 公分

（古典文學研究輯刊 初編；第 16 冊）

ISBN：978-986-254-379-5（精裝）

1. 戲曲史 2. 戲曲評論 3. 中國

820.94 99018487

古典文學研究輯刊

初 編 第十六冊 ISBN：978-986-254-379-5

中國古典戲曲之末腳與外腳研究

作　　者 林黛琿

主　　編 曾永義

總 編 輯 杜潔祥

出　　版 花木蘭文化出版社

發 行 所 花木蘭文化出版社

發 行 人 高小娟

聯絡地址 台北縣永和市中正路五九五號七樓之三

電話：02-2923-1455／傳眞：02-2923-1452

網　　址 http://www.huamulan.tw 信箱 sut81518@ms59.hinet.net

印　　刷 普羅文化出版廣告事業

初　　版 2010 年 9 月

定　　價 初編 28 冊（精裝）新台幣 45,000 元

中國古典戲曲之末腳與外腳研究

林黛琿　著

作者簡介

林黛琿
金門人
清華大學文學研究所畢業
國立臺灣師範大學國文研究所博士候選人
現任教於國立金門大學通識教育中心
著有〈中國古典戲曲中末腳與外腳表演藝術之研究〉、〈敦煌俗賦〈齖魺書〉與宋元話本〈快嘴李翠蓮記〉之比較研究〉、〈論蘇軾「以酒為題」賦作之情志底蘊與困境觀照〉等文。

提　要

戲曲的表演與戲劇內涵之傳達，必須透過演員的扮演與詮釋，演員是組成劇團的基本份子，同時也是整個戲劇進行表演時的靈魂人物。中國古典戲曲傳統中，演員與劇中人之間的關聯，必須透過「腳色」這樣的媒介才得以完成，「腳色」的出現，形成了中國戲曲表演中演員創造人物的一種方式。傳統戲曲腳色以生、旦、淨、末、丑五綱為主，其中緣自唐代參軍戲「蒼鶻」而來的「末」腳，迭經時代流轉，歷經宋金雜劇院本、元雜劇、南戲、傳奇、崑曲、京劇與諸地方戲曲，在不同階段、不同劇種之中，分別代表著不同的功能、地位與意義；而其表演的藝術，也隨著劇種差異、扮演人物類型、劇中功用等因素，而有不同的特色展現。從「末」腳獨立而出的「外」行，與末腳之間密不可分，在各不同劇種間時有分合，甚或重疊的現象，本文中一併探討處理之。

本文共分七個部份：前言說明本文研究動機與方法、對象；第一章簡述腳色之定義，並考「末」、「外」腳色名義之源。第二、三章分別由人物類型、功能、地位等焦點，考察「末」腳在各劇種之間演變與消長的情形，藉以說明劇種差異、時代更替等因素對於戲曲腳色分工、處理、安排的不同影響；第四章同樣由人物類型、功能、地位三方面切入，考察外腳的演化現象。第五章則由末、外腳色所扮飾的人物類型基礎上，輔以身段譜資料記載、舞臺演出記錄，與相關演出影帶，說明此二腳色的表演藝術內涵，包含元雜劇中以演唱為主「全方位」的表演特色，南劇，傳奇、崑劇中末腳作為次要人物如副末開場、黃門官、家院等人物時的表演特色與輔助功能，崑劇中末、外、老生三者不同氣質的展現，以及末、外腳服飾穿關與身段舞姿相配合等層面。最後則為本文觀察作一簡單的結語。

目次

前　言
——研究動機與方法

戲曲表演之自古不輟，以其令人悠然神往，舞臺上時空交錯、虛擬程式的精湛演出，道盡人世間悲歡離合之情；而演員生動、投入、精練的演技表現，更是直接賦予劇中人物完整重現生命之泉源。戲劇內涵之傳達，必須透過演員的扮演，而劇中人物之情感，也必須透過演員來詮釋。演員是組成劇團的基本份子，同時也是整個戲曲進行表演時的靈魂人物。而在中國戲曲傳統中，演員與劇中人之間的串連相關，必須透過「腳色」這樣的媒介才得以完成，可以說是「腳色」的出現，形成了中國戲曲表演中演員創造人物的一種特殊方式。「腳色」之概念，隋唐以前仍無，至唐時由於「參軍戲」〔註 1〕之發展，遂有以職官之名——「參軍」作爲某一類腳色稱呼之始，戲曲腳色的傳統因此而建立。然腳色之分化與發展，亦非一蹴可幾；隨著戲劇腳步之成長，腳色的分工在各種條件配合之下，日趨精密，表演技藝的特色、劇種之間的差異、流派的出現與發展……，皆使得腳色行當之間的特殊性漸漸明顯，其規範同時也日益清晰。

腳色的繁簡，因劇種的不同而有差異。「參軍戲」中僅有「參軍」、「蒼鶻」之名，簡單地以其社會上的地位代表之；宋金雜劇院本中只有末、淨二

〔註 1〕參軍戲：唐代滑稽戲，上承古優傳統，由伶人假扮官員，進行滑稽諷刺的對話表演，演員通常有二人，其中被諷刺者的腳色稱爲「參軍」，諷刺人的腳色稱爲「蒼鶻」。

類，元雜劇則擴充為末、旦、淨三門，南戲傳奇又加上生、丑而成為五綱。其後的崑劇、皮黃與各地方劇種，腳色名目則不脫此五綱，唯在每一大綱目之下，又分別因其在劇中之地位及專業劇藝而再行分化。歷來對於「旦、淨、丑」等腳色，多有學者立論研究，或著書說明〔註 2〕，唯獨對「末」行腳色之關注較少；而筆者經由實際閱讀劇本與觀賞錄影帶等資料的過程中，發覺末腳不僅在古典戲曲中之歷史悠久，且不論自腳色演變、孳乳，或其表演藝術之層面，都有諸多值得深入探究的空間。蓋觀一腳色行當的發達或消失，不唯各劇種之間，因表演形式的差異、時代地域的遞嬗而有所不同，就是同一劇種中間，也會隨著時間地點的轉移，而有不同的演變。其中決定著腳色是否能繼續存在或可能逐漸消失的主要依據，端視此一腳色的地位而定；而地位又必須視其做為演員部份，是否具有專精的表演藝術造詣，又在扮演劇中人物時，其人物類型是否重要、是否直接影響著一齣戲的進行。「末」腳在戲曲發展過程中的存在與消失，同樣依循著這樣的現象而轉變，故筆者擬以本文，將「末」色於時代流轉、劇種遞嬗之間，從有到無的一個發展演變過程，透過劇本實際的解讀與比較來做一說明。而本文著重之點，便是透過閱讀劇本及錄影帶的方式，針對文本資料中所見關於「末」色的表演藝術與人物類型二方面，觀察其於劇中及劇團中的地位與功能，進一步證明腳色之孳乳分化與其地位之間的緊密關連。

此外，本文同時將針對另一腳色行當——「外」行，亦從劇本中分析其表演藝術與腳色地位的方式，說明其流變與消長。何以不單論「末」，還要再兼及「外」呢？實因「末」、「外」之間，從其出現到其湮滅的過程中，二者分分合合，合時其所扮人物類型、表演藝術，以及腳色地位各方面，皆與「末」行密不可分，而分時二者又各有其獨立的功能地位；因此雖於腳色名目上「外」可視為另一大類，但筆者以為應於此兼論述之，亦可於二者相同之處尋找相異之點，作為與「末」行的比較〔註 3〕。

〔註 2〕例如張敬先生著有〈論淨丑腳色在我國古典戲曲中的重要〉，民國七十七年文化大學藝術研究所學生鄭黛瓊之碩士論文〈中國戲劇之淨腳研究〉，民國七十七年文化大學藝術研究所學生林瑋儀之碩士論文〈元雜劇和南戲之丑腳研究〉、民國七十九年師範大學國文研究所學生廖藤葉碩士論文〈中國傳統戲曲旦腳演化之考述〉及翁敏華〈論元代雜劇兩魂旦兼及其他〉等文章。

〔註 3〕關於末、外腳之關係，以下簡單列表說明「末」、「外」在各劇種中出現的情形，以及二者間分合之關係與轉變：

在使用材料方面，茲以不同劇種分別說明如下：

元雜劇：以《全元雜劇》爲主，另佐以《元刊雜劇三十種》、《元曲選》、《孤本元明雜劇》等不同版本進行比較，並從元刊與明刊本的異同中進行考察。

南戲文：《永樂大典戲文三種》、《荊釵記》、《白兔記》、《拜月亭》、《殺狗記》、《琵琶記》。

明清傳奇：以汲古閣《六十種曲》爲主，並閱讀參考大部份之《全明傳奇》。

崑劇：除傳奇劇本外，主要以觀賞行政院文化建設委員會出版之《崑劇選輯》一、二輯錄影帶，及新象文教基金會錄製出版的「中國崑劇藝術團」來台演出錄影帶爲主，佐以大陸崑劇藝人來台演出之現場表演，及透過其他管道取得的錄影資料。

花部亂彈：以《綴白裘》第六集、十一集中收錄的清代地方戲劇本，及大陸中國戲劇研究院藏之《新雋楚曲十種》之五種，即：《英雄志》、《李密降唐》、《祭風台》、《臨潼鬥寶》、《青石嶺》等五種爲主要考察對象。

	宋金雜劇院本	元雜劇	南戲	明清傳奇	崑曲	京劇
末行	副末 末	正末、沖末、小末、駕末、副末、外末、孤末、二末	末	末 副末 小末 沖末	末 老生 外	歸入生行
外行	無	外末、外旦、外淨、外孤、外(外末之省)、眾外	外（外末之省）	外 小外	歸入末門之家中(也有歸入老生行之說)	歸入生行
二者關係	無	有分 有合*	合→分 （外漸獨立而出，人物類型漸趨向扮演老漢）	分	合	合

* 所謂合者是《元曲選》而言，《元曲選》中之「外末」皆省做「外」，外有單指外末之意；而《元刊本》中之外仍以「外末」、「外淨」或「外旦」出現。

京劇：以清蒙古《車王府曲本》，及民國初年之《戲考》、《戲學全書》中所收錄的戲本爲主。

本文共分五章，第一章簡述腳色之定義，並考「末」、「外」腳色名義之源。第二、三章分別由人物類型、功能、地位等焦點，考察「末」腳在各劇種之間演變與消長的情形；第四章同樣由人物類型、功能、地位三方面切入，考察「外」腳的演化現象。第五章則從二種腳色的表演藝術層面，包括元雜劇中以演唱爲主的表演特色，南戲、傳奇、崑劇中末腳的表演，崑劇中末、外、老生三者不同氣質的展現，以及末、外腳服飾穿關與身段舞姿相配合等層面進行說明。最後則爲簡單的結語。

第一章　「末」與「外」之名義考述

第一節　戲曲「腳色」的定義

「腳色」一詞之名義，曾永義先生於〈中國古典戲劇腳色概說〉〔註1〕一文中曾詳細論述，茲撮要如下：「腳色」一詞始見於南宋理宗時趙升所撰的《朝野類要》卷三「入仕欄」，其義類似於簡單之身家履歷，或如今之戶口名簿；「腳色」一詞又見於南宋戲文《張協狀元》之開場：「似恁唱說諸宮調，何如把此話文敷演。後行腳色，力齊鼓兒，饒個攛掇，末泥色饒個踏場。」此所謂「後行腳色」，顯然即指戲戲之「腳色」而言〔註2〕。然腳色之本義，究竟爲「履歷」、「名銜」，或爲戲劇之所謂，由於年代久遠，已不可得而知。

戲劇之腳色除《張協狀元》外，起初但稱「色」，《夢粱錄》〔註3〕卷二十妓樂條中有「散樂傳學教坊十三部，唯以雜劇爲正色」之語，稱「部」稱「色」，原是表明教坊中各種伎樂的類別，宋雜劇中由各種具有不同技藝的演員所扮飾的類型人物，自然以「色」稱之。而以「腳」字做爲戲劇腳色之意的，有

〔註1〕收入《說俗文學》一書，台北，聯經出版公司，1980，頁233～295。

〔註2〕曾永義先生於〈有關元人雜劇搬演的四個問題〉一文中，又謂：「所云『後行腳色』既接云『力齊鼓兒，饒個攛掇』，則顯然指樂隊，『攛掇』亦作『攛斷』，既演奏之意；『饒個攛掇』既額外演奏一段音樂。樂隊謂之『後行腳色』，其『後行』當指所處的位置」收入曾永義先生著《詩歌與戲曲》一書中；台北聯經出版社，1988，引文見頁210。

〔註3〕錢塘吳自牧著，全書二十卷，今收入《東京夢華錄外四種》一書中。台北大立出版社，1980，引文見頁308。

元末夏伯和《青樓集・誌》之「外腳」〔註 4〕及王驥德《曲律》「雜論」中之「雜腳」〔註 5〕等。「腳色」為詞，始見於《張協狀元》後，元明二代未見其例，迄清康熙年間李漁《閒情偶寄》詞曲部格局第六中乃又有「出腳色」〔註 6〕一項；乾隆間《揚州畫舫錄》卷五有「江湖十二腳色」〔註 7〕之語，民初王靜安先生《古劇腳色考》一書出，「腳色」二字成為戲劇之名詞，更無疑義。

據王氏所考，中國戲劇的發展在隋唐之前，尚無所謂「腳色」的觀念，唐參軍戲出現，乃有參軍、蒼鶻之名，一扮假官、一扮假僕，但表其人之社會地位，及至唐中葉後參軍戲之扮演不再侷限於石耽或周延等眞人時事，參軍、蒼鶻始成為戲劇腳色之名，因而建立了戲曲腳色之傳統。而腳色之繁簡分化或名稱異同，亦因劇種之不同而時有所異。參軍戲之後，宋金雜劇院本以「副末」、「副淨」為主要腳色，間亦有以旦、孤當場者，但仍以「末、淨」為表演大要。元雜劇中，受限於一人獨唱之特殊體例，遂以「正末」、「正旦」為主要腳色，而又旁襯以「淨」腳〔註 8〕。唯末、旦二腳之下，支派彌多，正末、副末之外，更有沖末、小末、外末、孤末之名；旦則除正旦外，尚有旦、旦兒、貼旦、搽旦、外旦、老旦、大旦、小旦、色旦等。南戲出，諸色皆可唱，一劇之主角由「生」、「旦」應工，「淨」、「末」、「丑」亦因應劇情所需扮演其他腳色，居配角之位。其後戲劇之腳色即在「生、旦、淨、末、丑」此五綱基礎下，隨著戲劇形式的改變、腳色於劇中之地位及其專業技藝等因素而再行分化孳乳，呈現多樣豐富的面貌。「腳色」一詞，後亦俗作「角

〔註 4〕《青樓集・誌》云：「雜劇則有旦、末。旦本女人為之，名裝旦色；末本男人為之，名末泥。其餘供觀者，悉為之外腳。」收入《中國古典戲曲論著集成》之二，北京中國戲劇出版社，1982。

〔註 5〕《曲律》卷四「雜論第三十九下」：「嘗戲以傳奇配部色，則西廂如正旦，色聲具絕，不可思議，……其餘卑下諸戲，如雜腳備員，第可供把盞執旗而已。」收入《中國古典戲曲論著集成》之四，北京中國戲劇出版社，1982。

〔註 6〕見《閒情偶寄》卷之三格局第六。收入《中國古典戲曲論著集成》之七，北京中國戲劇出版社，1982。

〔註 7〕《揚州畫舫錄》卷五「新城北錄下」第十七條有：「梨園以副末開場，為領班。副末以下老生、正生、老外、大面、二面、三面七人，謂之男腳色；老旦、正旦、小旦、貼旦四人，謂之女腳色；打揮一人，謂之雜。此江湖十二腳色，元院本舊制也。」（引文見頁 122）《揚州畫舫錄》，清・李斗著。收入楊家駱主編之《大陸各省文獻叢刊第一集》中，台北世界書局出版，1963。

〔註 8〕《元刊雜劇三十種》只有末、旦、淨三門，至明人臧氏所編之《元曲選》中才有丑腳之名；顯然受到了南戲傳奇之影響。

色」，而大陸目前戲曲界，有以「角色」爲「劇中人」之義的用法〔註9〕，雖係誤用，但似已有積非成是的現象，亦頗值得注意。

中國戲曲中「腳色」的意義、形成與其稱呼流變，簡言大約如上所述。若由表演的角度來看中國古典戲曲之腳色，更可將之視爲一種「符號」，而此一「符號」必須通過演員對於劇中人物的扮飾才能顯現出來。對劇中人而言，「腳色」象徵其所具備的類型與性質；而對演員來說，則是說明其所應具備的藝術造詣和在劇團中的地位。腳色的意義，就像存在於演員與劇中人之間的一道關卡與媒介，演員必須通過腳色的扮飾才能轉換成爲劇中人；而腳色分類的意義，也必須分別從其與「演員」和「劇中人」兩方面的不同關係之中做不同的考量。演員、腳色、劇中人三者之間的關係，可以如下圖示的方式簡單說明之：

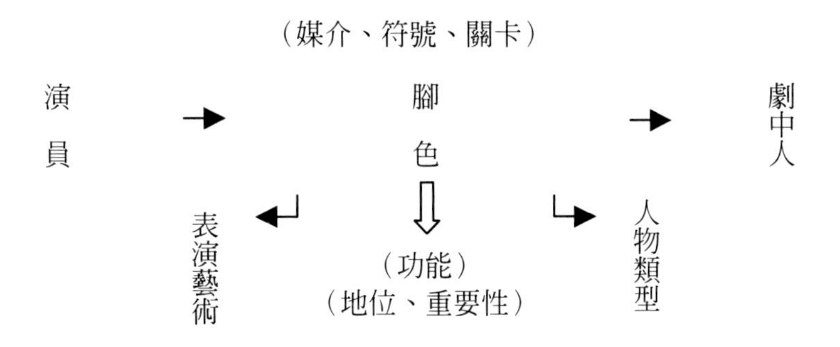

亦即：就腳色與演員之間的關係而言，腳色代表演員各自表演藝術的專精，而就腳色和劇中人的關係來說，不同的腳色則象徵著不同的人物類型。當我們論及一腳色的功能與地位（即其於劇團中的重要性）時，也必須同時從其表演藝術上的專業以及所扮飾的人物類型二方面來看。論腳色的分化，除與時間之遞嬗、劇種的差異而有所不同外，更應隨著戲劇發展的腳步，從此三者之間複雜的關係中觀其演變，以明腳色孳乳或湮滅的現象。

〔註9〕《中國戲曲曲藝辭典》中對「角色」的解釋爲：「角色，即『腳色』。我國古典戲曲把劇中人物稱爲『腳色』。近代和現代戲劇則多用「角色」一詞。」至於「腳色」一詞，則解釋爲：「戲劇名詞，傳統戲曲中根據劇中人不同的性別、年齡、身份、性格等而劃分的人物類型。如一般男人稱生或末，老年婦女稱老旦，性格粗豪的男子稱架子花臉（副淨）。各具有表演藝術上不同的特點。……與『角色』通。」上海辭書出版社，1981。頁57《簡明戲劇辭典》中亦有相同的記載。上海辭書出版社。1990。

第二節　「末」腳名義考述

「末」色做爲中國戲曲腳色行當之一，最早的記載應見於《都城紀勝·瓦舍眾伎》條〔註10〕：

> 雜劇中，末泥爲長，每四人或五人爲一場，先做尋常熟事一段，名曰豔段，次做正雜劇，通名爲兩段。末泥色主張，引戲色付，副淨色發喬，副末色打諢，又或添一人裝孤。……（頁96）

吳自牧《夢粱錄》卷二十「妓樂」條中也有相同的記載〔註11〕。可見早在宋雜劇時代，末色便以一固定的名稱（副末、末泥）與職務（打諢、主張）存在於當時的戲劇表演活動中。「末」腳之源流或有可考而無異議；然何以昔時以「末」作爲腳色之名？「末」字與戲劇表演之間有何關連？筆者將透過閱讀前人對於腳色命名由來的相關論述，見其得失，說明「末」腳名義之來由。

由於戲劇腳色命名之由代古年湮，以至於從古至今不乏各類紛雜相異之學說與研究；前賢解釋腳色命名之由來者，可見於朱權《太和正音譜》、《堅瓠集》、胡應麟《少室山房曲考》、祝允明《猥談》、徐渭《南詞敘錄》、沈德符《顧曲雜言》、王靜安《古劇腳色考》……諸作，而近人再針對此一問題而加以研究著述者，亦不乏其人，譬如徐筱汀〈釋旦〉、〈釋末與淨〉，衛聚賢〈淨丑生旦的起源〉，吳曉鈴〈說旦〉，陳墨香〈說旦〉，王芥輿〈戲劇腳色得名之研究〉，以及曾永義先生〈中國古典戲劇腳色概說〉、〈前賢腳色論述評〉等等。不論前賢古人或近代學者，皆試圖爲各類腳色之由來尋求一較合理的解釋，但畢竟因年代久遠、卷帙浩繁，所論亦不免眾說紛紜。曾永義先生於〈前賢腳色論述評〉〔註12〕一文中考前人之說，將腳色命名之由來略歸爲五種類型，並一一加以闡釋說明，其精闢獨到之論述與見解，實可作爲筆者瞭解腳色命名由來之依歸。以下撮要引述前賢關於「末」腳命名由來之說法，視其可取或非議之處，依序引述，參以鄙見，以明其說之短長。

一、《太和正音譜》〔註13〕云：「丹丘先生曰：『雜劇、院本，皆有正末、

〔註10〕宋灌園耐得翁著。收入《東京夢華錄外四種》，台北大立出版社，1980。

〔註11〕妓樂條云：「且謂雜劇中末泥爲長，每一場四人或五人。先做尋常熟事一段，名曰『豔段』。次做正雜劇，通名兩段。末泥色主張，引戲色吩咐，副淨色發喬，副末色打諢。或添一人，名曰『裝孤』。……」

〔註12〕收入曾永義先生著《說俗文學》一書。台北聯經出版社，1980。

〔註13〕明·朱權著。引文見「詞林須知」條。今收入《中國古典戲曲論著集成》之三。北京中國戲劇出版社，1982。亦見於《新曲苑》收《丹丘先生曲論》之

副末、孤、靚、鴇、猱、捷譏、引戲九色之名。』孰不知其名亦有所出。予今書於譜內，以遺後之好事焉。……」

正末：當場男子謂之末。末，指事也；俗謂之末泥。

副末：古謂蒼鶻，故可以扑靚者。靚，爲狐也。如鶻之可以擊狐，故副末執搕瓜以扑靚是也。

按：丹丘先生所謂「九色」之名，實揉雜了雜劇與院本的腳色，其解釋——「當場男子謂之末」，指的是元雜劇中的「正末」；而所謂「末，指事也」，則是本吳自牧《夢粱錄》卷二十伎樂條所云之「末泥色主張」而來。又以蒼鶻釋副末，實本陶宗儀《輟耕錄》卷二十五院本名目條〔註 14〕而來。此說依據古人記載，著重末腳之功能與表演（指事、執搕扑靚）特色，但未進一步考其由來。

二、胡應麟《少室山房曲考》〔註 15〕云：「凡傳奇以戲文爲稱也。亡往而非戲也。故其事欲謬悠而亡根也。其名欲顚倒而無實也。反是而求其當焉，非戲也。故曲欲熟而命以生也，婦宜夜而命以旦也，開場始事而命以末也，塗污不潔而命以淨也，凡此咸以顚倒其名也。」

按：胡氏以名義顚倒而無實釋腳色，然其所謂開場始事而命以末也，只能說明南戲、傳奇中以末開場的現象，卻不適用於所有元雜劇，以及更早的宋金雜劇院本中的情形。

三、祝允明《猥談》云：「生旦淨末等各有謂，反其事而稱，又或託之唐莊宗，皆謬云也。此本金元闤闠談吐，所謂倴鶻聲嗽，今所謂市語也。生即男子，旦曰妝旦色，淨曰淨兒，末泥、孤乃官人。即其土音，何義理之有。」

按：祝允明以「孤」乃官人之說，向無疑義：《太和正音譜》亦曰「孤乃當場裝官者」，驗之元雜劇，皆然，如《拜月亭》之尚書王鎭、

八「雜劇院本腳色」條，見《新曲苑》第一冊，任訥編，台灣中華書局，1990，頁 70～71。

〔註 14〕院本名目條曰：「院本、雜劇，其實一也。……院本則五人，一曰副淨，古謂之參軍，一曰副末，古謂之蒼鶻。……」

《輟耕錄》，見「百部叢書集成第二十二輯『津逮秘書』第二十種」，嚴一萍輯選，台灣藝文印書館。

〔註 15〕收入任訥編《新曲苑》第一冊，台灣中華書局，1990，頁 107。

《遇上皇》之宰相趙光普、《救孝子》之官員、《貨郎旦》之千戶等等。然以「末泥」爲「官員」之說，卻無證據；以元雜劇《東堂老》爲例，其次折小末泥所扮爲東堂老之子，孤本元明雜劇之《哭存孝》中，小末泥扮李大戶之子皆非官員身份。因此此處僅將末泥以官人釋之，略嫌草率。

四、徐渭《南詞敘錄》〔註16〕云：「末，優中之少者爲之，故居其末。手執搕瓜，起於後唐莊宗。古謂之蒼鶻，言能擊物也。北劇不然，生曰末泥，亦曰正末；外曰孛老；末曰外；……。其他或直稱名」

按：《南詞敘錄》乃南戲之選集，徐渭釋「末」爲優中之少者，若「優中之少者」是指劇團中的演員來說的話，可惜如今並無足夠且確實的資料可茲佐證；若其意是指在戲劇中扮演較爲年輕的人物，則更無此例。以《永樂大典戲文三種》及《荊釵記》、《白兔記》、《拜月亭》、《殺狗記》、《琵琶記》中「末」腳所扮飾之人物類型來看，並無「年輕化」的特徵。此外，徐氏以元雜劇之正末相比於南戲之生，亦不免有所疏漏，因戲劇體制之差異，二者之間仍有極大差別；至於外曰孛老，末曰外之言，更是少見的幾處稱呼，不可視爲南戲通例。

五、《梨園原》「王大梁詳論腳色條」〔註17〕云：「腳色者，言其本腳之物色也。……末者，道始末也，先出場述其家門，言其始末，故曰末。」（頁10）

按：王大梁所詳論之「末」腳由來，似由其音義而求，然此說亦只適用於南戲、傳奇之以副末開場；若云「末者，道始末也」，則開場腳色何不曰「始」？豈非更相合於其出場時機與職務？故此說顯得牽強附會，可略過而不觀。

六、任訥《曲海提波》卷六引蔗耕道人《西崑片羽》〔註18〕云：「按宋元當日開演戲劇時，往往以各種雜劇競技，及魚龍曼衍之舞，相間並做。在演劇之先，必有競舞，備作各種邊塞胡人、珍禽奇獸，怪誕

〔註16〕明・徐渭著。今收入《中國古典戲曲論著集成》之三，北京中國戲劇出版社，1982。頁246。

〔註17〕《梨園原》，清・黃旙綽等著。收入《中國古典戲曲論著集成》之九。北京中國戲劇出版社。1982。

〔註18〕收入《新曲苑》第四冊，台灣中華書局，1990，頁941～942。

謔浪舞態。迨及舞罷，則繼以演劇，則以舞末劇前，例有一種人物，喬裝出場，說明演劇旨趣，此種腳色，名之曰舞末，或稱末泥。故末者，舞末也。換言之，即劇頭也。蓋藉此腳色，引起以下演劇情節之謂也。明人因之，故做長篇傳奇、院本時，開頭必有末腳上場，說明演哪朝故事、哪本傳奇。……」

王靜安《古劇腳色考》與蔗耕道人以「舞末」釋「末泥」之說同〔註 19〕。

按：蔗耕道人與靜安先生皆以「舞末」釋「末」，蓋從《宋史・樂志》、《武林舊事》、《夢華錄》等古籍中探尋猜測而得；今筆者無法只從古籍文字上所言舞大曲的「舞末」，證明其是否即類似於戲劇腳色中之戲頭、引戲，而直言「末泥」之「末」即由「舞末」出，故此稍做保留。

以上所舉乃前賢學者對於「末」腳名義由來之各種說法。不論是以禽獸名釋之，或認爲末字乃開場始事之相反，或以其音義解釋，或從古籍中探求……，皆不免流於片面或牽強比附之陋。而曾永義先生〈中國古典戲劇腳色概說〉一文中，提出「末的名義蓋由自謙之詞而來」之說，最能說明「末」腳所扮飾之人物性別。蓋「末」腳所扮飾之人物皆爲男性，故可推論「末」與「生」同，都是男子之稱；祝允明《猥談》言「本金元闤闠談唾，所謂『鶻伶聲嗽』，今所謂市語也。」在戲劇發展初期，腳色名稱雜以市井口語之俗稱稱之，如生、末或孤、邦老、卜兒……等，固不足爲奇。

又《說文解字》中末之本義原指「木梢」，即「木上曰末」，此後凡物之梢者皆可曰末，引伸而出，則一些非根本要務之事、或自認較淺薄的言語、態度等，皆可稱末。因此古人自謙之時，往往稱自己爲「晚生」或「晚末」，以示謙虛，或表自己所學之微不足道。唐變文〈伍子胥〉有「不恥下末愚夫，願請具陳心事」之語，清焦循《易餘曲錄》有言：「今人名刺或稱晚生、或稱

〔註 19〕王靜安《古劇腳色考》：「然《夢華錄》（九）云：『聖節大宴，第一盞，御酒，舞旋多是雷中慶，舞曲破前一遍，舞者入場，至歇拍，續一人入場，對舞數拍，前舞者退，讀後舞者終其曲，謂之舞末。』
此條言舞大曲，似與腳色無涉，然腳色中戲頭、引戲，均出自於舞頭、引舞，則末泥之名，亦當自『舞末』出。長言之則爲末泥，短言之則爲末。」
見《王國維戲曲論文集——宋元戲曲考及其他》，台北里仁書局，1993。頁267。

晚末、眷末或眷生」，皆是其例。且戲曲中之末例扮男性（年齡、身份則豐富多樣），言由男子自謙之詞而來，蓋合其義。

第三節　「外」腳名義考述

「外」腳之名，見於宋元南戲、元雜劇、明清傳奇和崑曲。其始非獨以「外」做爲腳色之名，而多以與「末」、「旦」、「淨」……相合之「外末」、「外旦」、「外淨」之名稱出現；而後隨著戲劇發展腳步與劇種間之轉變孳乳，漸脫離他色而成爲獨立之腳色。《元刊雜劇三十種》中有「外末」、「外旦」、「外淨」、「外孤」之名，《元曲選》有「外」與「眾外」與「外旦」；傳奇中出現「外」、「小外」，至崑曲則只稱「外」或「老外」。胡應麟《少室山房曲考》中云：

> 古無外與丑，蓋丑即副淨、外即副末也。〔註20〕

其所言之「古」，筆者推測當指宋金雜劇院本之時，但僅僅以「外」對應「副末」而未做說明，顯得粗率而無根據；且不論元雜劇或南戲、傳奇中之「外」腳，所扮飾之人物類型仍屬多樣，更不具有宋金雜劇院本中副末插科打諢的主要表演特色，如此比附並不足取。他者如《梨園原》〈王大梁詳論腳色條〉云：「外者，以外姓人有尊崇之色者，故曰外」（頁10）一說，更可略而不提。

外之本義爲「遠」，所以凡「與內相對」之事皆可稱外，引伸則如「疏遠」、「外表」或「除去」、「除也」等義皆可以外釋之；用於腳色之名的「外」，在發展之初也可視爲「正色之外，又加某色以充之」的意思，例如元雜劇中的「外末」、「外旦」之屬。徐渭《南詞敘錄》中有「生之外又一生，或謂之小生。外旦、小外，後人益之」（頁 246）之語，所指雖只是南戲、傳奇中的情形，且「外」腳亦非一開始即指與「正生」相對的「小生」而言，但其所謂「生之外又一生」，確實點出了「正色之外又一色」之意。故王靜安《古劇腳色考》中亦言：

> 外則或扮男、或扮女，當爲外末、外旦之省；外末、外旦之省爲外，猶貼旦之後省爲貼也。曰外、曰貼，謂於正色之外，又加某色以充之也。〔註21〕

蓋即其義。

〔註20〕見《新曲苑》第一冊，第八種，台灣中華書局，1990，頁107。
〔註21〕見《古劇腳色考》頁271。

第二章　末腳的演化——之一：參軍戲與元雜劇

末腳做爲中國戲曲腳色行當之一，首見於《都城紀勝》一書，吳自牧《夢粱錄》中也有相關記載。元代陶宗儀《南村輟耕錄》之「院本名目」條中，則對於金院本的腳色行當，做了如下的描述：

> 院本則五人，一曰副淨，古謂之參軍；一曰副末，古謂之蒼鶻。鶻能擊禽鳥，末可打副淨，故云。一曰引戲，一曰末泥，一曰裝孤，又謂之五花爨弄。

末色也同樣出現於其中。根據陶宗儀的說法，院本、雜劇其實名異實同，參照前文所引《都城紀勝》中所提之雜劇腳色，可以得知二者的腳色基本上也是相同的。唯《輟耕錄》中對於副末與副淨腳色之來源，提供了較多線索與說明。所謂「參軍」、「蒼鶻」，本是唐代參軍戲中負責搬演的腳色，「參軍」乃職官名，據考應始於後漢靈帝時。然一職官名如何成爲一項戲劇表演的專名？而參軍戲與宋金雜劇院本之間在腳色名目上又有何關連與承應呢？透過對這些問題的理解，將使我們對於「副末」、「末泥」等末行腳色的由來有更多的認識。

蓋「末」色出現之初，先是於宋雜劇、金院本中和副淨滑稽詼諧的生動演出，而後隨著戲劇發展的腳步，在元雜劇、南戲的互動中，明清傳奇、花雅各部聲腔劇種的消長之間，戲劇腳色分工也日益精細；而「末」行之地位、扮飾人物之特色、由「末」行中所衍生出的其他各類細目腳色（如：正末、副末、外末、小末……等），也同時隨著戲劇發展的腳步而有所轉變與更迭。以下便由唐代的參軍戲入手，先介紹宋金雜劇院本中「副末」一腳之上承傳統，而後再分別就北雜劇、南戲、明清傳奇……等劇種中「末」行的流變做一說明。

第一節 「務在滑稽」的主角——腳色萌芽的唐宋時期

中國戲劇之起源由來甚早，上古時期即有巫與優歌舞演樂以娛神娛人的傳統。然漢魏以來，中國戲劇之表演形式多半仍是以歌舞爲主，間雜百戲的表演方式；此時雖已有戲劇之萌芽（如漢代之「東海黃公」），然對於「腳色」之觀念，卻仍混沌未識。唐宋之際，隨著政治經濟各方面條件的充分配合與提供，戲劇在此時漸漸有了異於前朝更多更進步的發展。王靜安《宋元戲曲考》曾謂：「唐代僅有歌舞劇及滑稽劇，至宋金二代而始有純粹演故事之劇，故雖謂眞正之戲曲，起於宋代，無不可也。」〔註1〕（頁60）這段話說明了中國戲劇之發展，自宋金雜劇院本之後，漸以更多具有故事性的題材搬演取代了前朝的歌舞百戲〔註2〕，而「腳色」之名，亦自此時開始成形，並進而成爲中國傳統戲劇表演中不可或缺之必要條件。

論宋金雜劇院本之前，必先對宋雜劇有一清楚的概念。宋雜劇實有廣狹二意，廣義的宋雜劇根本上與漢代角觝百戲或唐代雜戲相似，都是今日所謂雜耍、特技等表演藝術的總稱；而狹義的宋雜劇則爲唐代參軍戲的嫡傳，即所謂正雜劇。關於這種狹義的宋雜劇，吳自牧《夢粱錄》卷二十「妓樂」條中有詳細的記載：

> 散樂傳學教坊十三部，唯以雜劇爲正色。舊教坊有篳篥部、大鼓部、拍板部，色有歌板色、琵琶色、箏色、方響色、笙色、龍笛色、頭管色、舞旋色、雜劇色、參軍色。但色有色長，部有部頭。……雜劇部皆諢裹，餘皆襆頭帽子。更有小兒隊、女童採蓮隊。……且謂雜劇中末泥爲長，每一場四人或五人。先做尋常熟事一段，名曰『豔段』。次做『正雜劇』，通名兩段。末泥色主張，引戲色吩咐，副淨

〔註1〕此處靜安先生將唐戲以「歌舞劇」及「滑稽戲」一分爲二，犯了不在同一基礎的毛病，因「歌舞」指的是表演演形式，「滑稽」指的卻是表演內容，二者並不衝突。

〔註2〕此處並不意味前朝之歌舞百戲中並無故事性的題材，前述之「東海黃公」既是具故事性的百戲表演。但自宋代以後，專以演述故事爲主的戲劇表演更大量增加。

色發喬，副末色打諢。或添一人，名曰『裝孤』。先吹曲破斷送，謂之『把色』。大抵全以故事，務在滑稽，唱念應對通遍。此本是鑒戒，又隱於諫諍，故從便跣露，謂之無過蟲耳。若欲駕前承應，亦無責罰。一時取聖顏笑。凡有諫諍，或諫官陳事，上不從，則此輩裝做故事，隱其情而諫之，於上顏亦無怒也。又有『雜扮』，或曰『雜班』，又名『紐元子』，又謂之『拔和』，既雜劇之後散段也。……（頁309）。

由此可見，雜劇在教坊十三部色中已居正色而爲主體，其表演完整結構通常共有四段，所謂的「正雜劇」分爲一場兩段，然後又吸收其他民間小戲，在其前者謂之「豔段」，在其後者謂之「散段」或「雜扮」，於是幾個段落結合成爲「小戲群」，表演時可以連成一氣，也可以各自獨立；雜劇表演的特質是「務在滑稽」的，有「隱於諫諍」的作用，即使演員們的唱念內容有可能觸怒聖顏，但能博聖上一笑，亦不能加以責罰，這正是古代優孟衣冠的傳統，也是參軍戲的特色。到了金朝，仍有與宋雜劇相同表演的雜劇，只是金代雜劇後來被稱之爲「院本」。所謂院本之名，乃因由行院人家所演出的曲本而爲名。宋雜劇與金院本一脈相傳承，名異實同，因尚屬小戲性質，自然仍以滑稽爲其本色。既然宋雜劇爲唐參軍戲之嫡傳子弟，而金院本又與宋雜劇一脈相承，那麼今日觀宋金雜劇院本中搬演故事的緣由，便不得不追溯自唐代參軍戲之表演傳統了。

一、參軍戲

「參軍戲」是唐人戲劇中極具代表性的劇種，乃倡優用以諷諫的滑稽戲，其演員人數簡單，但表演內容卻極具特色，主要以滑稽調笑之方式，達諷諫笑樂之目的。其體制雖仍屬小戲的範疇，但對於後來宋金雜劇院本之發展，卻有很大的影響。關於參軍戲之源起，唐．段安節《樂府雜錄》俳優條〔註3〕中有如下之記載：

開元中，黃幡綽、張野狐弄參軍。始自漢館陶令石耽。耽有贓犯，和帝惜其才，免罪；每宴樂，即令衣白夾衫，命優伶弄辱之，經年乃放，後爲參軍，誤也。開元中，有李仙鶴善此戲，明皇特授韶州同正參軍，以食其祿；是以陸鴻漸撰詞，云韶州參軍，蓋由此也。

〔註3〕收入原刻影印「百部叢書集成第五十二輯『守山閣叢書』六十二種」。嚴一萍輯選，藝文印書館。

武宗朝有曹叔度、劉泉水〔註4〕，咸通以來即有范傳康、上官唐卿、呂敬遷等三人。……

似言參軍戲始於東漢和帝之館陶令石耽。又《趙書》(《太平御覽》卷五百六十五引）云：

石勒參軍周延爲館陶令，斷官絹數萬匹，下獄，以八議宏之。後每大會，使俳優著介幘，黄絹、單衣。優問：「汝何官，在我輩中？」曰：「我」本爲館陶令。斗數單衣，曰：「正坐取是，入汝輩中。」以爲笑。

則記載了後趙石勒參軍周延被俳優表演作爲取笑對象一事。根據記載，「參軍」一職始於東漢靈帝時，《樂府雜錄》所載東漢和帝時的館陶令石耽事，時應還未有參軍之號，故雖其表演方式與後來之「參軍戲」相同，但彼時應尚不能稱之爲「參軍戲」。依據曾永義先生的看法，認爲參軍戲實質的演出形式在東漢和帝時即已開始，但其名稱之奠定，則應在後趙石勒之事後〔註5〕。而從後趙石勒俳優「戲弄周延」之後，直到唐五代才又有與參軍戲相關的資料。以下略引三條相關記載加以說明：

1. 趙璘《因話錄》卷一〔註6〕：

政和公主，肅宗第三女也，降柳潭。肅宗宴於宮中，女優有弄假官戲，其綠衣秉簡者，謂之『參軍樁』。天寶末，蕃將阿布思伏法，其妻配掖庭，善爲優，因使隸樂工。是日，遂爲假官之長，所爲樁者。上及侍宴者笑樂，公主獨俛首，嚬眉不視。上問其故，公主遂諫曰：「禁中侍女少不少，何必需得此人！使阿布思眞逆人也，其妻亦同刑人，不合近至尊之座；若果免橫，又豈忍使其妻與群優雜處，爲笑謔之具哉！妾雖至愚，深以爲不可。」上亦憫惻，遂罷戲，而免阿布思之妻。由是賢公主。

2. 唐無名氏《玉泉子眞錄》〔註7〕云：

〔註 4〕舊本《樂府雜錄》「劉泉水」下有「鹹淡最妙」四字，此本據《文獻通考》一百四十七册，特此說明。

〔註 5〕曾永義先生著有〈參軍戲及其演化之探討〉一文，對於參軍之起源及參軍戲的表演有明確之考察與說明。收入《參軍戲與元雜劇》一書，台北聯經出版社，1992。

〔註 6〕見原刻影印「百部叢書集成第十四輯『稗海』第六種」。嚴一萍輯選，藝文印書館。

〔註 7〕見原刻影印「百部叢書集成第十四輯『稗海』第七種」。嚴一萍輯選，藝文印崔公鉉之在淮南，嘗牌樂工集其家童，教以諸戲。一日，其樂工告以成就，且請試焉。鉉命閱於堂下，與妻李坐觀之。僮以李氏妒忌，即以數僮衣婦人衣，曰妻曰妾，列於旁側。一僮則執簡束帶，旋辟惟諾其間。張樂，命酒，笑語，不能無屬意者，李氏未之悟也。久之，戲愈甚，悉類李氏平昔所嘗爲。李氏雖稍悟，以其戲偶合，私謂不敢而然，且觀之。僮志在於發悟，愈益戲之。李果怒，罵之曰：「奴敢無禮！吾何嘗如此！」僮指之，且出曰：「咄咄！赤眼而做白眼諱乎！」鉉大笑，幾至絕倒。

3. 《五代史》卷六一〈吳世家〉：

徐氏之專政也，隆演幼懦，不能自持，而知訓尤侮之。嘗飲酒樓上，命優人高貴卿侍酒。知訓爲參軍，隆演鶉衣髽髻爲蒼鶻。知訓嘗使酒罵坐，語侵隆演。

以上三條資料中，除第二條「崔公療妒」的故事外，其餘二條皆自言「弄參軍」；而「崔公療妒」中一僮之「執簡束帶」，證之第一條阿布思妻之「綠衣秉簡」，爲參軍之裝扮，因此也可視之爲參軍戲。又由第一條阿布思妻事，可知參軍戲又稱「假官戲」，其主演的假官之長則謂之「參軍樁」。

由徐知訓事，可知參軍戲中與「參軍」演對手戲的是「蒼鶻」，但由阿布思妻與崔公療妒事，可知與「參軍」演對手戲的卻是「群優」，再由阿布思妻與崔公療妒事，可知在劇中「參軍」爲被戲侮、調謔的對象，但由第三條徐知訓事，則顯然隆演所扮之「蒼鶻」成爲被侮者，而「參軍」反成侮人者。而從阿布思妻與崔公療妒中，得知參軍戲旨在笑樂，亦有寓諷諫匡正於滑稽之意。同時代有關於參軍戲的其他記載中，也多出現相似的表演方式。

以上爲從資料記載中所瞭解唐五代時期參軍戲的主要搬演方式。

如同《樂府雜錄》、《趙書》中所載，參軍戲開始的時候是以搬演時事爲主，以戲弄贓官爲其主要內容（此時的〔參軍〕即爲被戲弄者），到了唐代之後，因參軍官多以名族子弟充任，因此戲中不太適合再扮贓官，故發展而爲假官戲，其演出內容也逐漸不再限於演石耽之事，也不拘泥於定要先有事實，凡是一切伶人扮演的假官，都稱爲參軍；而與之搭配演出的對手，有時只有一個人，稱爲蒼鶻，有時也與群優合演。演員們利用生動鮮明的對話與肢體語言來表演，主要的目的即在戲謔調笑、滑稽諷諫，仍有先秦優伶之餘韻。

書館。

王靜安《宋元戲曲考》中對於參軍戲的記載即言：

> 參軍之戲，本演石耽或周延故事。又《雲溪友議》，謂周季南等弄陸參軍，歌聲徹雲，則似爲歌舞劇。（頁 18）

又云：

> 至唐中葉以後，所謂參軍者，不必演石耽或周延，凡一切假官，皆謂之參軍。……由是參軍一色，遂爲腳色之主。其與之相對者，謂之蒼鶻。……（頁 18）

大抵也點出了參軍戲的表演方式。石勒、周延爲「參軍」而被戲侮，乃因其爲「贓官」，但此情形至唐以後，「參軍」最多只充作被調謔的一方，因爲彼時「參軍官」之身份特殊，使得「參軍」不僅不再扮演贓官，甚至也不作被戲侮的對象；反是其對手「蒼鶻」，往往成爲被「參軍」戲弄侮辱的對象。値得注意的是，在這種二人以調謔笑樂以達到諷刺匡正或滑稽嘲笑的表演中，主要是以「參軍爲主，蒼鶻爲輔」的，端視「蒼鶻」爲遭戲弄侮辱的一方，多少亦可想像他在劇中之地位。任訥《唐戲弄》〔註 8〕一書中曾提到參軍戲中「參鶻對立，鹹淡見義」的表演模式，亦即參軍、蒼鶻二腳循問答、呼應、抑揚的方式，以完成情節、表現主題，至於二者的主從地位，任訥則以爲：

> 參軍一腳在戲中，多處於主位。戲中人凡處於消極地位，如受辱者、愚痴者、貧賤者，……多落在其對手蒼鶻方面。在鹹淡見義中，蒼鶻問，爲輔；參軍答，爲主。在化妝、表演、歌唱各方面，蒼鶻輔，爲淡；參軍主，爲鹹。……（頁 413）

說明在參軍戲的表演及其腳色地位上，除參軍、蒼鶻二者互相的問答、呼應外，還有著以「參軍爲主，蒼鶻爲輔」之特色。

參軍戲之形成，在唐之前自然已有許多戲劇條件之醞釀與配合，上古之優即有以調謔爲主要表演內涵以樂人的傳統；優虛扮成眞人，模擬其動作聲口，對皇帝進行諷諫，或是皇帝利用俳優表演來諷刺臣下。不論其形式風格或故事內容如何的改變，此種戲劇方式表現出的藝術特質，即「滑稽諧謔、諷諫調笑」，卻是一脈相承的。參軍戲之後，不唯故事性的表演成分增加了，亦且以「參軍」、「蒼鶻」之名做爲戲劇腳色扮演的專有名詞（雖然所表仍只是其人在社會上的地位，範圍依然狹隘），因而奠立了戲劇中建立腳色名目的傳統，其影響不可謂不大。宋金雜劇院本便是在這樣的傳統中繼承了參軍戲

〔註 8〕任訥著。全二冊。上海古籍出版社出版。1984。

的表演方式與藝術特質，並隨著戲劇發展的腳步而更趨進步與複雜。

二、宋雜劇與金院本

南宋之前，「雜劇」之名包含甚廣，舉凡民間歌舞、百戲、雜耍、說唱、傀儡等都可以涵蓋在「雜劇」的概念之中（廣義的雜劇）；當然其中也包括了像參軍戲一樣的滑稽戲。經過幾個朝代更迭，以及各項表演藝術之間的交融影響，到了南宋之際，「雜劇」之名遂日趨嚴格，並且成爲專指表演滑稽諷諫的「滑稽戲」之意（狹義的雜劇），亦即「唐五代參軍戲之嫡派」。前引吳自牧《夢粱錄》「妓樂」條中，即對於宋雜劇「大抵全以故事，務在滑稽」的表演特質有所記載；又呂本中《童蒙訓》亦曰：

　　做雜劇者，打猛諢入，卻打猛諢出。

可見宋雜劇仍然是以詼諧的表演爲主，並且依舊保留了許多諫諍、滑稽的特色，與唐參軍戲無異；而遼金雜劇與宋雜劇不殊，只是將雜劇之名改爲院本，故金院本的表演內涵基本上仍與宋雜劇如出一轍。宋金雜劇院本在今日已無法得見，故我們僅能從周密《武林舊事》卷十所載之「官本段數雜劇」二百八十種，陶宗儀《輟耕錄》卷二十五「院本名目」七百一十三種，以及一些文人們筆記小說中零星片段的材料與記載，瞭解其種類、內容與表演方式。如：

1. 宋・張端義《貴耳集》〔註9〕卷下：

   史同叔相日，府中開宴，用雜劇人。作一士人，念詩曰：「滿朝朱紫貴，盡是讀書人。」旁一士人曰：「非也。滿朝朱紫貴，盡是四明人。」自後相府開宴，二十年不用雜劇。

2. 洪邁《夷堅志》〔註10〕丁集卷四：

   蔡京作宰，弟卞爲元樞。卞乃王安石婿，尊崇婦翁。當孔廟釋奠時，躋於配享而封舒王。優人設孔子正坐，顏孟與安石侍側。孔子命之坐，安石揖孟子居上，孟辭曰：「天下達尊，爵居其一，軻近眾公爵，相公貴爲眞王，何必謙光如此。」遂揖顏，曰：「回也陋巷匹夫，平生無分毫事業，公爲命世眞儒，位貌有間，辭之

〔註9〕見原刻影印「百部叢書集成第二十二輯『津逮秘書』第四十二種」。嚴一萍輯選，藝文印書館。

〔註10〕見原刻影印「百部叢書集成第七十六輯『十萬春叢書』第十二種」。嚴一萍輯選，藝文印書館。

過矣。」安石遂處其上，夫子不能安席，亦避位。安石惶懼拱手，云不敢。往復未決，子路在外，情憤不能堪，徑趨從禮室，挽公冶長臂而出。公冶爲窘迫之狀，謝曰：「長何罪？」乃責數之曰：「汝全不救護丈人，看取別人家女婿。」其意以譏卞也。時方議欲升安石於孟子之上，爲此而止。

3. 明．劉績《霏雪錄》〔註11〕：

宋高宗時，饔人瀹餛飩不熟，下大理寺。優人扮二士人，相貌各異。問其年，一曰「甲子生」，一曰「丙子生」。優人告曰：「此二人皆合下大理。」高宗問故，優人曰：「子餅子皆生，與餛飩不熟者同罪！」上大笑，赦原饔人。

從這幾條內廷官府之優戲表演記載中，我們可以清楚地看見其中以問答見義，且寓諷諫譏刺於滑稽詼諧中的特色。再佐以《夢粱錄》中「全以故事，務在滑稽，唱念應對通遍」之記載，更可證宋金雜劇院本繼承先秦優孟與參軍戲之傳統。但儘管宋金雜劇院本之表演大體上仍然延續了唐參軍之形式，但在腳色名目上，宋金之際卻有了較唐時更分明而複雜了的轉變。

前文謂宋金雜劇院本中的腳色有五，曰：副末、副淨、末泥、引戲與裝孤。根據資料記載來推論，其中的「副末」與「副淨」二腳，應即是在戲中負責插科打諢、表演滑稽故事的「主角」。《輟耕錄》中云：「副末，古謂之蒼鶻；副淨，古謂之參軍。」可見副淨、副末所扮演的人物特性，實由參軍戲之參軍、蒼鶻而來。然而，由參軍戲過渡至宋雜劇之際，腳色名目有了明顯的改變，參軍、蒼鶻之名不復見，取而代之的則是副末、副淨、末泥、引戲與裝孤五色。若說參軍即副淨，蒼鶻即副末，那這其中的轉變與承應，其關聯是如何？又末泥可視爲正末，有正末、副末、副淨，卻獨無正淨，又該如何解釋呢？由於年代久遠，相關記載亦很有限，無法確切說明腳色之名究竟如何由蒼鶻、參軍轉而成爲副末與副淨，但關於其中腳色互相承應的現象，歷來學者卻多有研究與立論試圖加以說明，然見解不一。王靜安《古劇腳色考》以末泥爲戲頭；而胡忌《宋金雜劇考》則認爲戲頭並非腳色名稱，而應是擔任雜劇首段「豔段」演出的某種作用人。又如任訥《唐戲弄》則主張引戲爲旦，副末與丑皆源於蒼鶻……。我們又從《東京夢華錄》、《夢粱錄》等

〔註11〕見原刻影印「百部叢書集成第四輯『古今說海』第六十九種」。嚴一萍輯選，藝文印書館。

相關記載中知道宋代教坊十三部色中「參軍色」與「雜劇色」並列，且參軍色於樂次進行中執竹竿拂子指揮勾引樂舞戲劇之演出，其身份顯然已與參軍戲中的參軍有所出入……。緣此種種，曾永義先生遂於〈中國古典戲劇腳色概說〉一文中博採眾家之說而獨有其創見，特引錄其說如下：

> 唐代參軍戲的參軍，到了宋代已經變成隊伍的指揮者，這大概就是《宋史·樂制》的所謂『引舞』。……宋代內廷御宴，雜劇的演出似乎是小兒班首和女童杖頭所勾引，但整個隊舞是受參軍色所指揮，且雜劇的一場兩段是夾於隊舞中演出，所以雜劇的演出，實際上應當也受參軍色的導引。也就是說，參軍色的身份，在隊舞中是『引舞』，而在雜劇中便成了『引戲』；『引戲』是就職務而命名的俗稱，若就腳色而論，則應當屬於『正淨』。參軍在唐代是戲劇的演出腳色，但在宋代則由劇中的主演跳到劇外的導演，也因此把演戲的任務交給他的副手，所謂『副淨』去擔任了。同理，蒼鶻在唐代也是戲劇的演出腳色，在宋代成了末泥色，也同樣跳到劇外擔任主張的任務，而把演戲的任務交由他的副手，所謂『副末』去擔任。這大概是宋金雜劇院本以『副末、副淨』主演的緣故吧！（頁 250）

曾先生引《東京夢華錄》卷九「宰職親王宗室百官入內上壽」條中關於「參軍色」的記載〔註 12〕，藉此說明雜劇表演中的「引戲」，其職務很可能就是隊舞中的「引舞」；而引舞又由參軍色擔任，因此相對於主演的「副淨」而言，「引戲」的地位就如同「正淨」一般；又由於參軍色既已退出表演，故雜劇之主演者只好由參軍椿的其他副手擔任，同時因為「參軍」二字促音讀起來與「淨」的聲韻很接近〔註 13〕，故參軍椿的副手即稱副淨。此說雖僅屬推論，卻適足以解釋宋金雜劇院本中以「副末」、「副淨」為主角搬演故事的現象與可能緣由，彼時雖不再以參軍、蒼鶻之名應工，然其表演型態卻仍源自於參軍戲之傳統。而至於「末」色與「蒼鶻」的關係，也由於聲音相近（「鶻」為入聲八黠韻，「末」為入聲七曷韻），且蒼鶻例扮男子，末又向為男自謙之稱，故而音近聲轉，意義相當，就由市井口語之稱的「蒼鶻」變為腳色專稱的「末」了。

〔註 12〕見〈東京夢華錄〉卷之九，收入《東京夢華錄外四種》一書，孟元老等著，台北大立出版社。1980。頁 53～55。

〔註 13〕曾永義先生〈中國古典戲劇腳色概說〉一文及鄭黛瓊論文《中國戲劇之淨腳研究》中，對「淨」之由來皆有深入詳細的補充說明。

因此，宋金雜劇院本繼承了唐參軍戲滑稽諷諫之遺風，而其主演者則由「副末」與「副淨」擔任（正所謂：副末色打諢、副淨色發喬），副末與蒼鶻相承，副淨與參軍相應。而擔任主張的「末泥」與分付的「引戲」，其職務一如現在的團長與導演，屬於劇外性質的分工。至於「裝孤」（即孤裝），則是指扮演官員的演員，大概彼時尚未形成固定的腳色，所以僅以其俗名稱之，其意義正如同以職官「參軍」之名直接代表所扮演人物之社會地位，有異曲同工之妙。大抵而言，宋金雜劇院本中的「末」行腳色，出現了「末泥」與「副末」二色。而其中又以「副末」一腳具有重要的地位。此時副末與副淨互相搭配，在劇中以生動活潑的唱念和肢體動作，做滑稽詼諧之表演，可以說是整個宋金雜劇院本中最具靈魂的腳色之一。而此時的「末泥」則獨立於戲劇表演之外，以類似劇團團長的身份出現，並不參與實際的演出。

第二節　全方位的藝人——以「主唱」爲腳色分類基礎的元雜劇時期

「雜劇」之概念，在宋時專指滑稽戲而言，隨著戲劇的日益發展與成熟，至元代，則「雜劇」之概念遂包含那些合歌舞以演故事，且故事題材內涵更趨豐富的戲劇而言。元雜劇的歷史地位在於將戲劇的表演方式由敘事體帶入代言體，並且形成了一套嚴格而獨立的戲劇體制。這其中自然也包括了它日趨豐富的腳色分工。元雜劇的成形同時亦受到前朝宋金雜劇院本與說唱文學很大的影響，而其中腳色行當的部份更是直接繼承宋金雜劇院本的體制而來。此外，說唱文學中以講唱爲主的諸宮調，亦直接影響了元雜劇的表演形式，形成了一人獨唱、以演唱爲主的藝術特色。而隨著戲劇的發展日益複雜，元雜劇之表演內容亦不再專以滑稽爲重，同時加入了更多更豐富的題材變化〔註14〕。多樣性的表演內容，使得元雜劇漸以走向「正雜劇」的表演方式而存在，加上一人獨唱、重視演唱技巧的藝術特質，莫不使其腳色體制在原有的宋金雜劇院本基礎上，進一步產生了明顯的變化。元・夏伯和《青樓集誌》云：

> 雜劇則旦、末。旦本女人爲之，名妝旦色。末本男人爲之，名末泥

〔註14〕如《太和正音譜》中有「雜劇十二科」，係依據劇的題材而加以分類，分別爲：神仙道化、隱居樂道、披袍秉笏、忠臣烈士、孝義廉節、叱奸罵讒、逐臣孤子、撥刀杆棒、風花雪月、悲歡離合、煙花粉黛、神頭鬼面。可見元雜劇的題材與內容已十分豐富多樣。見《中國古典戲曲論著集成》之二，頁24。

色。其餘供觀者，悉爲之外腳。

這段話說明了元雜劇之腳色體制中，演變爲以演唱全劇的旦末二色爲主角的事實。而其中末行的腳色，根據曾永義先生在〈元雜劇體制規律的淵源與形成〉〔註15〕及〈中國古典戲劇腳色概說〉〔註16〕等文中所做的歸納整理，考《元刊雜劇三十種》與《元曲選》百部作品中，末行的腳色名目各有：

《元刊本》：正末、外末、駕末、外孤、小末、孤末、外。

《元曲選》：正末、沖末、外、小末、副末、眾末。

亦即在元雜劇的末行中，大致可分爲司唱的「正末」（即掌握整個劇情發展與舞臺表演的靈魂人物），以及不唱的「副末」、「沖末」、「外末」、「小末」、「駕末」等。至於原先宋金雜劇院本中以滑稽性質爲主的表演方式，至元雜劇因漸爲戲劇性濃厚的題材所取代了，故而成爲偶然才穿插於劇中的陪襯作用〔註17〕；自然，當時主演的副末與副淨，其地位至此也要隨之改觀了。

一、末行腳色名目

（一）演唱全劇的主角——正末

由於元雜劇受到說唱文學諸宮調的影響，形成「一人獨唱」之體制，而以「正末」或「正旦」爲演唱全本的主角（由正末主唱者稱爲「末本」，由正旦主唱者爲「旦本」），因此其正末與正旦所飾演之人物並不依類型來分工；可以說只要是全劇中主要的人物，或雖非主要人物（可能只是次要腳色），但卻需以演唱來表現的，便由正末或正旦應工。例如正末飾演《梧桐雨》中的唐玄宗，《李逵負荊》中的李逵，正旦扮演《留鞋記》中的王月英，《謝天香》中的謝天香；在整個戲劇表演中，他們不僅是主唱全劇的人，同時也是故事中最重要的人物。但也有一

〔註15〕收入曾永義先生所著《參軍戲與元雜劇》一書，台北聯經出版社，1992，頁207。

〔註16〕見《說俗文學》頁277。

〔註17〕在元雜劇作品中，仍可見一些「插入性」或「融入性」的院本演出，前者如《呂洞賓花月神仙會》二折中的「長壽仙獻香添壽」院本，劉唐卿《降桑椹蔡順奉母》中「雙鬥醫」的情節，劉兌《嬌紅記》二本八折中插入七處院本表演等；而後如《竇娥冤》二折中賽盧醫與張驢兒的對話，《硃砂擔》一折中店小二、邦老、王文用之表演等，都仍繼承院本遺風，有滑稽詼諧之特色。此外，也有一些無理取鬧、專爲詼諧而做的打諢「插曲」，同樣屬於院本性質之融入。參見曾永義先生〈參軍戲及其演化探討〉之「參軍戲的變化—南戲北劇中的院本成分」，收入《參軍戲與元雜劇》一書。聯經出版社，1992。

些例子像《氣英布》、《單鞭奪槊》二劇，皆由正末扮演探子，《生金閣》第二折由正旦飾嬤嬤，《神奴兒》二、三折正末扮演老院公，探子與嬤嬤或院子原都只是劇中較爲次要的人物，但爲了配合元雜劇一人獨唱的體制，而將這些人物亦交由正末與正旦來扮演。此外，爲求全劇四折皆由一人主唱到底，往往正末或正旦還必須在不同的折子中轉換身份，扮演不同的人物，如《單刀會》中正末主飾關羽，但在第一折卻先飾喬玄、第二折又扮司馬徽；《冤家債主》首折正末飾增福神、次折飾周榮祖、三、四折飾莊老；《東窗事犯》首折正末飾岳飛、二折飾地藏神扮的呆行者、四折又飾何宗立……。根據葉慶炳先生針對《元曲選》與《元曲選外編》所收一百六十二部雜劇，扣除《貨郎旦》等十一本後之一百五十一本作品中之主唱腳色（正末與正旦）所扮劇中人物的歸納所得，發現：

> 在這一百五十一本元人雜劇中，由正末或正旦扮演劇中人物一人到底的劇本，共有九十八本，約佔總數三分之二略少；正末或正旦扮演劇中人物因某種原因中途改扮他人的劇本，共有五十三本，約佔總數三分之一略多。……（頁 476）〔註 18〕

可見在元雜劇中，正末（或正旦）在同一劇中扮演不同人物的情形是極爲普遍的。

以上種種，都說明了在元雜劇特殊的體制下所反映出的戲劇特色與腳色發展：因從「主唱」的角度作爲腳色分工的基礎，使得末色（尤其是正末）在元劇中成爲重要的腳色行當，但同時也對於末腳所扮飾之人物類型產生了重要的影響。

（二）次要的男配角——副末、沖末、駕末、小末與外末

相對於在劇中負責主唱工作，並包演各種人物類型的「正末」而言，此時劇中其他的「末」行腳色，因爲沒有一展歌喉的機會，只屬於配角地位。以「副末」而言，宋金雜劇院本中的副末雖以「副」稱，其實卻是負責全劇效果與生命的靈魂人物之一，與同以「副」稱的「副淨」，於戲中插科打諢、詼諧諷諫，此時副末與副淨皆爲主角。然漸次過渡至元雜劇後，副末的地位卻有了很大的

〔註 18〕見葉慶炳先生〈論元劇「一人獨唱」及主唱腳色與劇中人的關係〉一文，原發表於民國 74 年 6 月鄭因百先生八十壽慶論文集，今收入葉氏所著《晚鳴軒論文集》中，台北大安出版社，1996。文中提及《貨郎旦》、《張生煮海》、《生金閣》、《西蜀夢》、《拜月亭》、《東牆記》、《西廂記》、《紫雲庭》、《莊周夢》、《西遊記》、《昇仙夢》等十一齣，或因主唱腳色所扮人物交代不清，或因體制特殊甚至雜用明傳奇體制，故排除在外，不列入歸納。

轉變，儘管在元劇中仍可看見不少院本遺風留下的滑稽演出，但我們卻不難發現，其中負責科諢的腳色，不再以「末」腳承應，而多由一對「淨」腳搭配或加入「丑」腳〔註19〕，偶爾也有外場人員參與進行對答表演。不再用末腳演出的原因，是因爲元劇中的末色已成爲主唱全劇的主角「正末」了。在正末之外，又增加了「沖末」、「外末」、「小末」等副色，然不論是正末或沖末、外末、小末，其演出皆不帶滑稽性質，所扮者多爲正劇中的主要與次要人物，此時同爲末色之一的「副末」一腳，自然也被歸入，參與扮演正劇中的人物。因此我們幾乎可以說，元劇中的副末與宋金雜劇院本中的副末，其實只是名稱相同，因爲不論從表演性質或戲中功能、戲團中地位來看，元劇中的副末都不像宋金雜劇院本中的副末那麼樣的重要，而其表演也不再具有詼諧滑稽的特色了。元劇中副末出現的比例明顯的較沖末、外末爲少，但無論如何，他們都屬於「末」的副腳，都扮演次於主角的男性人物。今日所見元人雜劇中《元刊本》無「副末」之名，《脈望館鈔校本古今雜劇》中也只有少數幾處出現副末之名，如《蝴蝶夢》中的地方，《王粲登樓》中的許達；若以明人臧晉叔所編《元曲選》爲例，百部作品中可見以「副末」應工的腳色也僅只四處，其中二處即《蝴蝶夢》與《王粲登樓》中的地方與許達，另增加《灰闌記》中的馬員外以及《竹塢聽琴》中的秦修然（《顧曲齋本》及《古名家雜劇》中皆作「小末」）。除了秦修然外，地方、許達與馬員外這些人，可以說在劇中都屬於戲份很少、很細微瑣碎、極爲次要的人物，他們都以副末來扮演，可見副末之地位不唯在「正末」之後，甚至亦在「沖末」之下了。

大致上說來，曾經在宋金雜劇院本中風光一時的副末，到了元劇中卻已退居陪襯地位，不再那麼重要，也不再表演滑稽詼諧的內容。其中的轉變，主要受到元劇由末色負責主唱的影響，而從表演方式與腳色的地位來看，此時之副末與宋金雜劇院本中的副末，也已有極大差異，不可同日而語了。

再看「沖末」。「沖末」之義，徐扶明以爲乃「開場即上，打開場面的末腳」〔註20〕，爲「沖場之末」，亦即表示沖末是在雜劇開演時第一個出場的腳色，故「沖」也作「衝」，即「衝出場」之意。現存《元刊雜劇三十種》中並無沖末之名，明人鈔校的《脈望館鈔校本古今雜劇》及其後的《顧曲齋本》、

〔註19〕丑腳非元劇原有行當，但入明後元劇與南戲交流日多，互有影響，故而也加入了丑腳，並時與淨腳一對，在劇中負責插科打諢的表演。

〔註20〕見徐扶明《元代雜劇藝術》第十六章〈腳色〉，頁293。上海文藝出版社，1981。

《古名家本》、《息機子本》、《雕蟲館本》（即《元曲選》）、《柳枝集》、《酹江集》中則都可見沖末，可見「沖末」做爲戲曲腳色之名的出現，應較之「外末」、「小末」爲晚〔註 21〕。其時之「沖末」大約有二種意義，其一即爲上述所言之「沖場之末」，如《脈望館本》之《陳摶高臥》、《汗衫記》、《看錢奴》、《范張雞黍》、《竹塢聽琴》、《竇娥冤》、《紅梨花》等皆是。「沖末」作爲「沖場之末」時，有以下幾個特色：

1. 沖末必在全劇開演時第一個出場，以符合它「沖場之末，人未上而我先上」〔註 22〕之意。
2. 雖然是第一個上場者，但出場時不一定只有他一人，有時會帶著家人或衹從同時上場，如《看錢奴》之「沖末扮正末引同旦兒倈兒上」，《陳摶高臥》之「沖末扮趙大舍引鄭恩上」，皆是其例。
3. 筆者發現，當沖末做爲「沖場之末」時，其身份與「外末」、「副末」等「正末之外又一末」的腳色並不盡相同，一來它的主要意義在於「沖場」，二來雖然此沖出場上的人物亦爲劇中人，但這個劇中人卻往往又另以一腳色來扮飾之。例如《陳摶高臥》中的「沖末扮趙大舍引鄭恩上」，看似趙大舍是以沖末應工的人物，但從劇本中卻發現，趙大舍其實是由「外」所扮〔註 23〕。同樣的情形有的在腳色一上場時即能發現，如：《汗衫記》一開始是「沖末扮正末、淨、卜兒、張孝友、旦兒、興兒同上」，《范張雞黍》「沖末正末引淨王仲略同孔仲山張元伯上」，《看錢奴》也是「沖末扮正末同旦兒、倈兒上」，三個地方都是以「沖末扮正末……上」，其中正末分別指的是張義、范巨卿與周榮祖。可見其中主要作爲「腳色」名稱及用途的，是「正末」，而非「沖末」，「沖末」

〔註 21〕外末、小末做爲腳色之名，於《元刊雜劇三十種》中即已得見。如《拜月亭》以外末飾陀滿興福、《單刀會》外末飾魯肅，《看錢奴》小末飾賈長壽等。

〔註 22〕此引李漁《閒情偶寄》之語。見李漁《閒情偶寄》卷三「格局第六」。原文謂：「開場第二折，謂之沖場。沖場者，人未上而我先上也。」所言爲傳奇中之現象，且是「開場第二折」之說，與筆者所言之「雜劇一開始（第一折或楔子中）第一個上場的腳色」不盡相同。特此說明。

〔註 23〕《陳摶高臥》第一折：（沖末扮趙大舍引鄭恩上開）志量恢弘納百川，遨遊四海結英賢，夜來劍氣沖牛斗，猶是男兒未遇年。自家趙玄郎是也。……（問淨科）兄弟，我與你竹橋邊走一回何如？（淨）哥哥待要上天，我就隨著上天，哥哥待要探海，我就隨著探海，任哥哥哪裡去，兄弟願隨鞭鐙。（外）兄弟既然如此說，我和你去來著。……
其中的「淨」指鄭恩，「外」即爲趙大舍。

雖也可視爲一腳色名，但在此處的意義卻還是以「沖場」爲主。

值得注意的是，因「沖場之末」必在雜劇開始搬演時第一個出場，故頗類似「沖末開場」之意味，但此「開場」的意義卻與南戲、傳奇中的「副末開場」〔註 24〕完全不同。南戲、傳奇中的「副末開場」爲一體例，也有一些基本的模式，如後台問答、下場詩等〔註 25〕，且負責開場的「副末」並不參與劇中演出，是以旁觀者的角度、第三人稱的口吻來述說家門梗概、內容大要；但雜劇中的「沖末」，卻是以劇中人的身份出現，且時常一出場就帶著一大堆人，不論上場詩或自報家門，也都是以第一人稱的方式。因此此「沖場之末」與「副末開場」之間實有很大的差異，不可將之相互比附。

沖末除做爲「沖場之末」外，事實上，它也有「充當末色」的意思。王靜安《古劇腳色考》中言：「元劇腳色，曰沖，曰外，曰貼，均係一義，謂於正色之外，又加某色以充之也」，便即此意。「沖末」作爲「另一末色」的用法，在《脈望館鈔本》中即有例可尋，《梧桐雨》第一折開始以「沖末扮張守珪」，同時具「沖場」與「充當末色」之意（全劇中張出現時都以沖末應工，不只在戲開演時的沖場作用）。我們再從不同版本的比較中來看看沖末作爲「另一末色」的情形：《古名家本》之《竇娥冤》首折開演時是「沖末卜兒上」表沖場之末扮成卜兒（老婦）率先上場，同時在第一折中竇天章直接上場，並無腳色名，直到第四折中才以「外」腳之名再扮竇天章上場；到了明人改刊本之《元曲選》、《竇娥冤》中，卻是先由「卜兒蔡婆上」，而後沖末扮竇天章才上場。其中我們發現《元曲選》之《竇》劇中，沖末扮成的竇天章已不是戲一開演就先上場的第一個人物了，因此其「沖末」之意，不能再解釋爲「沖場之末」，而應將之視爲如同「外末」、「副末」一般，代表「正末之外又一末腳」的意思。據筆者歸納所得，今存《元曲選》中有五十九齣戲保持以沖末同時作爲「沖場之末」及「充當末色」的意義〔註 26〕，但同時也有一些劇本中之沖末並不作沖場之用，

〔註 24〕南戲傳奇第一齣，例由副末腳色登場，先有一上場小詞，如【西江月】、【蝶戀花】、【水調歌頭】之類，勸人及時行樂或行忠孝節義，然後向後台詢問今日演何戲，由後台作答，副末再用一曲子和四句詩，概括地介紹劇中主要人物和劇情。此一過程稱爲副末開場。見《中國戲曲曲藝辭典》，上海藝術研究所、中國戲劇家協會上海分會編，上海辭書出版社，1981，頁 49。

〔註 25〕關於副末開場的體例與作用，筆者於第三章論及南戲、傳奇中末腳所扮飾的人物類型，及第五章論及末腳表演藝術時，將有詳盡的說明。

〔註 26〕此五十九齣戲爲：《漢宮秋》、《金錢記》、《陳州糶米》、《鴛鴦被》、《賺蒯通》、《殺狗勸夫》、《謝天香》、《爭報恩》、《張天師》、《救風塵》、《東堂老》、《燕

僅扮演劇中人物，如：《瀟湘雨》中的崔甸士，《薛仁貴》的薛仁貴、《老生兒》的姪兒引孫、《虎頭牌》的李千戶、《玉壺春》的陶伯常、《王粲登樓》的曹子建、《范張雞黍》的孔仲山、張元伯，《桃花女》的周公、《灰闌記》的張林、包拯、《誶范叔》的須賈、《趙氏孤兒》的趙朔、《竇娥冤》的竇天章、《連環記》的呂布、《柳毅傳書》的柳毅、《貨郎旦》的李彥和、孤（官員）、《張生煮海》的張生等，共計十九人。沖末所扮飾者，多為劇中之次要人物，而其地位似乎是在「正末」以下，「副末」、「外末」、「小末」等其他末行之上；尤其若是正旦主演的旦本戲，其與女主角搭配的往往便是沖末，若是末本戲，則僅次於正末的男配角，也多由沖末擔任。如《竇娥冤》（《元曲選》本）中正旦飾竇娥，沖末飾竇天章；《單刀會》（《脈望館》本）中正末飾關羽，沖末扮魯肅；《李逵負荊》中正末是李逵，宋江便以沖末應工。不過此時沖末所扮飾的人物也與正末一樣，包含了各種年齡、身份與性情，尚未形成一特殊或固定的走向。

「沖末」之意義大概可由上述兩個層面去考量。或許正因為初始其命名之由來是以「出場先後」為要旨的，與腳色本身所需具備及考量的「人物類型」與「技藝專精」都沒有相關，因此到後來連充當末色的機會都沒有了時，它也就自然地在戲劇腳色行當中消失了。

除「正末」、「沖末」、「副末」外，元雜劇中之末行尚有以末扮皇帝的「駕末」（元刊本《單刀會》）、多扮年輕男性的「小末」（雖非皆是年輕一輩，但多數劇本中似已漸有此趨向）〔註27〕以及「外末」、「外」，和以「外末」扮官員的「外孤」等。「外末」與「外孤」看似「外」腳，但事實上在元劇中，他們仍都是「末」行腳色。

元雜劇之「外」，尚未獨立為一腳色行當，其時仍多與「末、旦、淨、孤」

青博魚》、《楚昌公》、《來生債》、《牆頭馬上》、《梧桐雨》、《硃砂擔》、《合同文字》、《凍蘇秦》、《小尉遲》、《風光好》、《神奴兒》、《薦福碑》、《謝金吾》、《伍員吹簫》、《雙獻功》、《陳摶高臥》、《馬凌道》、《救孝子》、《黃粱夢》、《揚州夢》、《昊天塔》、《魯齋郎》、《漁樵記》、《青衫淚》、《麗春堂》、《後庭花》、《趙禮讓肥》、《酷寒亭》、《竹葉舟》、《忍字記》、《紅梨花》、《冤家債主》、《單鞭奪槊》、《梧桐葉》、《氣英布》、《隔江鬥智》、《誤入桃源》、《魔合羅》、《盆兒鬼》、《抱妝盒》、《李逵負荊》、《蕭淑蘭》、《羅李郎》、《還牢末》、《任風子》、《碧桃花》、《生金閣》、《馮玉蘭》。

〔註27〕「小末」之「小」，應無年輩之分，但筆者發現在劇本中，「小末」似有多扮年輕男子之例，如《元刊本・看錢奴》扮賈長壽，《汗衫記》扮陳豹、《元曲選》本《東堂老》中東堂老之子，《桃花女》之石留住，《抱妝盒》之太子等。以小末扮中年或老年者則較少。

等腳色或俗名連接在一起，意爲「某色之外又一色」。因此在劇本中出現的「外末」、「外」（「外末」之省）與「外孤」（又稱「孤末」），都是「末色之外又一色」之意。以《元刊本》爲例，其中「外末」共出現十八次，扮演十八個／不同的人物，分別爲：

1. 《拜月亭》中扮陀滿興福（正末飾蔣世隆）。
2. 《單刀會》中扮魯肅（正末飾喬國老）。
3. 《竹葉舟》扮陳季卿（正末飾呂洞賓）。
4. 《小張屠》中飾王員外、神祇炳靈公（正末扮張屠）。
5. 《霍光鬼諫》中飾楊敞（正末飾霍光）。
6. 《遇上皇》中飾酒店小二（正末飾趙元）。
7. 《看錢奴》中飾酒店老闆陳德甫（正末扮周榮祖）。
8. 《老生兒》中飾劉瑞（正末扮劉天錫）。
9. 《氣英布》中飾隋何（正末飾英布）。
10. 《汗衫記》中飾張孝友（正末扮張文秀）。
11. 《衣錦還鄉》中飾薛仁貴（正末扮薛大伯）。
12. 《魔合羅》中飾老漢高山（正末扮李德昌）。
13. 《鐵拐李》中飾韓魏公、呂洞賓、李屠父親（正末扮岳孔目）。
14. 《張千替殺妻》中飾員外（正末扮張千）。
15. 《追韓信》中飾南昌亭長（正末扮韓信）。

而單獨以「外」腳爲名出現於劇中者，則有五處：

1. 《陳摶高臥》中飾鄭恩（正末飾陳摶）。
2. 《任風子》中飾屠友人（正末扮任屠）。
3. 《張千替殺妻》中飾鄭州官與包公（正末扮張千）。
4. 《王粲登樓》中飾王粲岳父（正末扮王粲）。

不論是「外末」或「外」，他們所扮的人物皆有老有少，有官員有平民，有神祇有百姓。其人物類型是多面的，唯一不變的是：皆扮男性，且多是次於正末的男配角。同時，《元刊本》中有「外」出現之時，則無「外末」，除了《張千替殺妻》中有以「外末」另飾與張千結拜的員外，但與「外」所飾的鄭州官、包公等並不在同一折中出現。從以上的情形看來，《元刊本》中之「外」與「外末」實無太大的差異，他們多扮演次於男主角的配角，而稱「外」者，恐是文人創作時隨手省略之舉，尤以此四劇皆爲《末本》，故而省略「外末」而只寫「外」，並不會造成誤會或讓人不明瞭，應是有此可能的。對於以「主唱」做爲腳色分工基礎的元雜劇來說，末行中除了正末外，其他的末色可以說不論在地位、戲份各方面，都是差不多的，因此盡管他們之間有不同的稱呼，但卻都指的是「正末以外的末色」，如「外末」、「外」、「副末」與「沖末」。筆者再試從腳色的運用與其相互之間的更替現象，來說明此一情形。以《元刊雜劇三十種》與《元曲選》中同時出現的十三個劇本中的部份腳色爲例，並佐以《脈望館鈔校本》、《息機子本》、《尊生館本》、《酹江集》中腳色排，筆者歸納得出下表：

劇 名	劇中人物	元刊本	脈望館鈔校本	息機子本	尊生館本	元曲選	酹江集
看錢奴	陳德甫	外末	外末			外	
任風子	馬丹陽	馬	馬丹陽			沖末	
竹葉舟	陳季卿	外末				沖末	
氣英布	隋何	外末				沖末	
魔合羅	高山	外末	外			外	外
汗衫記（合汗衫）	長老	外末	長老			外	
疏者下船	*無法比較	全劇只有正末飾楚昭公從頭唱到尾，無其他腳色出現。	增加吳王失劍、吳楚交兵，夫人太子落水等情節，人物也增加許多，如孫武子、伍子胥、芊旋等，但都直接用人名處理，未加腳色。			孫武子、伍子胥、芊旋都由外扮。	
老生兒	姪兒（劉瑞，一名引孫）	外				外	
陳摶高臥	黨繼恩	使臣	外	外	外	外	
衣錦還鄉	薛仁貴	外末				外	
范張雞黍	1.孔中山 2.張元伯	1.孔中山 2.外末	1 孔中山 2 張元伯			1.沖末 2.沖末	1.沖末 2.沖末

鐵拐李	1.韓魏公 2.呂洞賓	1.外末 2.外末				1.外 2.外	1.外 2.韓
趙氏孤兒	*無法比較	無科白、腳色，只存曲文				增加許多腳色及人物，如趙朔（沖末）、使命、程嬰（外）	沖末：趙朔 外：使命 程嬰

從上表，大致可以看出幾個現象：

1. 相同的劇中人物，在《元刊本》、明鈔校本（《脈望館本》）、明刊本（《尊生館本》、《息機子本》）中由「外末」扮飾，在明刊改本（《元曲選》、《酹江集》）中則由「沖末」扮，如：
   《氣英布》之隋何、
   《竹葉舟》之陳季卿、
   《衣錦還鄉》的薛仁貴。

同樣的，也有原本由「外末」扮飾，後來改爲「外」扮者，如：
   《看錢奴》之陳德甫、
   《魔合羅》之高山、
   《鐵拐李》的呂洞賓、韓魏公。

2. 愈早的刊本中，有些仍直接以「人名」稱呼之，未安排腳色，但到了後期則多以腳色加以應工，如：
   《范張雞黍》中的張元估、孔中山
   《任風子》的馬丹陽。

3. 還有一些人物，從早期劇本到經過較多刪改整理的劇本中，始終由相同的腳色扮演，例如《陳摶高臥》中的黨繼恩，《老生兒》中的姪兒。

以上十三本雜劇，紛由幾個不同版本中的刊刻加以比較（有的故事版本較多，如《陳摶高臥》有五個版本；有的較少，如《老生兒》，僅見於《元刊本》與《元曲選》），雖不能代表元雜劇中所有的情況，但亦稍可窺知一些腳色上的關係與變化。從表中我們也可以看到，同樣的人物，前後有以不同的腳色應工之現象，此腳色之間的關係（外末與外，外末與沖末），若非隨者腳色分工之發展而前後應承（後者取代前者，前者在後者出現後消失），便應該是彼此之間並無多大的差別，故而可以互相運用。而我們從表中「外末」、「外」與「沖末」這三個腳色名稱出現的情形來看，顯然在《元刊本》時期「外末」

與「外」即已出現。

《脈望館本》中也有其蹤跡，無法看出二者孰先孰後；而「沖末」雖不見於《元刊本》，但在《脈望館本》中也已時常出現，此時「外末」依然存在，並未因「沖末」之出現而消失，因此「外末」與「沖末」間也不具前後應承的關係。由此我們可以說，元雜劇中的「沖末」、「外末」與「外」腳，並無太大差別，皆爲「末之外又一末」的意思，主要則扮演次於正末的男腳色。當然，從腳色運用的現象中，亦可看出腳色隨時代演進而發展或轉變的痕跡，例如「外末」一腳，到了《元曲選》中，就都省爲「外」了，因此許多原由「外末」應工的人物，到了《元曲選》中，則多改由「外」或是「沖末」應工，「外末」之名至此不復再見。

《元刊本》中尚有「外孤」一腳，如元刊本《調風月》、《紫雲亭》。顧名思義，「外孤」自是以「外末」扮官員之意，何以定是「外末」而非「正末」或「沖末」、「副末」，甚至「外旦」所扮呢？若由正末飾官員，就直接寫出官員的名字了，這是元雜劇的體例，凡由正末扮的，不論是官員或百性，一律便以正末應工，不需畫蛇添足多一「外孤」之名，例如《鐵拐李》中正末飾岳孔目、《霍光鬼諫》中正末飾大司馬霍光、《元曲選》本《陳州糶米》中正末飾包公、《勘頭巾》中飾張鼎，都是以正末扮官員之例。除此，古代官員皆爲男性，因此更無由「旦」或「外旦」扮官員之理；而《元刊本》中向無「沖末」、「副末」之名，「外孤」又有一「外」字，自然是由「外末」所扮之官員了。《元曲選》中有「外」及「眾外」，「外」當既爲「外末」之省，而「眾外」則指「好幾個外末」之意。

大體而言，元雜劇中由以「正末」演唱全劇，故而使得「末」行的地位因此更形重要，其中尤以「正末」爲最。而正末之外的其他末色，包含副末、沖末、小末、駕末，乃至外末與外，都是「末之外又一末」之意。然此時不論正末或其他末色，所扮演的劇中人物，仍然是包羅萬象，未加區分，可見得元雜劇的腳色體系終究尚未形成嚴格的分工標準，而各行腳色之間的界線也依然尚不明確。

二、末行扮飾的人物類型——包羅萬象的劇中人

正由於元雜劇一人獨唱之體制，使得其正末、正旦並爲男女主角；對於劇中人而言，正末、正旦最大的差別在於性別，而不是人物的類型，因此他（她）可以扮飾各種各樣不同的人物，與其年輩、身份、性情皆無相關。簡

單說來，只要是獨唱全劇的人物即由正末或正旦扮飾，有時甚至並非全劇的主要人物，但因負責演唱，故仍由正末、正旦扮演。因此正末可以在《梧桐雨》中飾演唐明皇，在《氣英布》扮探子，正旦可以在《紅梨花》中飾謝金蓮，在《生金閣》中變成嬤嬤。因爲這個緣故，若從「人物類型」的角度來分析討論元雜劇中末行所扮飾的劇中人，似乎很難做出一個嚴謹而有意義的歸納；但筆者認爲元雜劇對後世戲劇的影響十分深遠，尤其其豐富的戲劇內容與故事題材，往往成爲後來劇作家據以再創作的取材來源；亦且戲劇的內容會直接影響到腳色的分工，對此我們從元雜劇中不僅可以得到充分的印證，同時也能藉此比較出不同劇種、不同時代，甚至不同的創作者之間，對於相同或相似的故事題材與人物，做了些什麼不同的安排。同時最主要也是最重要的，正因爲透過元雜劇腳色中複雜多樣的人物類型扮飾現象，更可證明劇種體制對於腳色運用與分工的差異與影響。故筆者仍擬於此對元雜劇中的末色所扮飾的人物類型做一整理與說明〔註28〕。

要瞭解元雜劇中末行所扮飾的人物種類，必先要瞭解元雜劇的內容。就中國古典戲劇來觀察，元雜劇的內容可以說是十分豐富的，並且在其中充分地反映了元代的政治與社會。我們知道元代是一個異族統治的時代，在蒙古人的肆虐蹂躪之下，漢人過著備受凌辱、摧折的生活。原本用以維護正義、匡正風氣的法律與道德，在當時卻成了蒙古人維護特權、剝削百姓的工具；而傳統士大夫在勤學苦讀之後寄予厚望的科舉進升制度，也因異族的統治而名存實亡，功成名就的理想頓成夢影。仕途受阻的困頓、亂世無公理的悲哀，人民無奈、失望之餘，遂轉而將心中的痛苦與不滿訴諸於戲劇舞臺上。尤其那些原本懷抱著經世濟民理想的文人儒士，一旦失去了求取功名的目標，又迫於現實生活的困窘，不得不隱身於歌臺舞榭之下、娼樓酒館之中，憑藉著一紙才情，加以親身體歷的平民生活，創作出大量充滿現實意味的雜劇作品，勉強餬口的同時，也發抒了無限的喟嘆與感懷。人民將在現實中種種的無奈、不滿與希望，都寄情於戲劇之中，他們希冀借古鑑今，能有像包拯、王翛然、錢可那樣不畏強權、專爲人民作主的清官出來替他們主持正義；如若不然，那麼只要有像張鼎這樣

〔註28〕所謂「元雜劇之末色」，當指司唱的「正末」與其他不唱的「副末、沖末、外末、外、小末」；因爲元劇之「正腳」與「副腳」之間，乃以「主唱」與否爲分工標準，而非以人物類型來劃分；故論及元雜劇末色所扮飾之人物類型時，自當兼而述之。

明白守正、不辭艱苦的胥吏爲人民說話，也就足夠。然而在異族強權下，終究沒有這樣的清官與吏目，於是人們便退而求其次地，期待梁山上的英雄好漢，能站出來爲他們懲奸除惡、報仇雪恨。當連綠林好漢的一臂之力皆不可得時，無奈的人們只好寄託於冥冥之中的鬼神來主持公道了。這些心理反映在元代人民的思想中，並進一步成爲反射元代政治社會的雜劇中「公案劇」、「綠林劇」以及許多「神鬼報冤劇」的時代背景。另一方面，他們也期望透過戲劇的教化功能，將對現實的不滿與期望一一發抒，於是許多講述忠臣烈士、孝義廉節，或叱奸罵讒、逐臣孤子的故事也一一搬上了舞臺。

除此外，人民由於對現世感到極端失望，於是有些人便開始追求形體的麻醉或超脫，希望能從超現實的世界裡，獲得一些安慰與指引。反映在戲劇作品中，便是大量敷演度脫凡人、成仙成佛的內容；度人者如東華仙、呂洞賓、李鐵拐、馬丹陽、彌勒佛、觀世音等，被度者則如莊周、蘇軾、任屠、柳翠、劉行首等等，充分反應了元代人民在亂世之中，希望藉由宗教力量讓心靈暫時得到平靜與解脫的期待與現象。

元雜劇的題材與內容大抵不脫以上所言幾種。當然，元代有進步的經濟與商業生活，加上許多書會才人流連歌臺舞榭，與妓女、倡優往往發展出許多的戀愛故事，因此描寫文人、妓女或商人之間的戀愛劇也相當的多。大抵而言，元雜劇的故事情節便是圍繞在反映元代整個政治社會中所展開，而其中負責主唱全劇的正末與正旦，便多扮演這些故事當中的主要人物。明初的《太和正音譜》一書中，列舉「雜劇十二科」〔註 29〕，即根據元雜劇的題材內容而分類；今人羅錦堂《現存元人雜劇本事考》一書中，亦在前人的基礎上，加以個人之見，而將元雜劇依劇情分爲八類十六目〔註 30〕。此外，《元明清戲曲研究論文集》載嚴敦易〈論元雜劇〉一文中，也將元雜劇之故事內容，依其題材創作之方式及來源，約略分成了四個類別加以說明〔註 31〕；可見得

〔註 29〕 見《中國古典戲曲論著集成》之二，頁 24。

〔註 30〕 羅氏所分八大類分別爲：一、歷史劇（1.以歷史事蹟爲主 2.以個人事蹟爲主）二、社會劇（1.描寫朋友 2.公案斷獄（決疑平反、壓抑豪強、綠林英雄））三、家庭劇四、戀愛劇（1.良家男女之戀 2.良賤之間相戀）五、風情劇六、仕隱劇（1.發跡變泰 2.謫遷放逐 3.隱居樂道）七、道釋劇（1.道教 2.釋教（弘法度世、因果循環））八、神怪劇。
見《現存元人雜劇本事考》第三章〈現存元人雜劇的分類〉，頁 442。中華文化事業股份有限公司發行，1964。

〔註 31〕 依據嚴氏的說法，此四個類別爲：

元雜劇題材之豐富與多樣。爲了方便說明，筆者首先以羅氏所提「八大類十六目」爲基礎，並將其中代表的劇本劇目及「正末」在各個故事中所扮飾的劇中人物皆製表列出。

<table>
<tr><th>八大類</th><th colspan="2">十六目</th><th>劇目</th><th>正末所扮飾的劇中人</th><th>備註</th></tr>
<tr><td rowspan="2">歷史劇</td><td colspan="2">1.以歷史事蹟爲主者</td><td>《周公攝政》、《澠池會》、《連環記》、《三戰呂布》、《襄陽會》、《博望燒屯》、《黃鶴樓》、《雁門關》、《龍虎風雲會》、《抱妝盒》、《衣襖中》、《射柳捶丸》</td><td>周公、王允、藺相如、劉琦、王孫、徐庶、諸葛亮、王猛、謝玄、趙雲、禾倈、姜維、張飛、王環、劉慶、探子、陳琳、李世民、唐介、延壽馬、趙匡胤</td><td></td></tr>
<tr><td colspan="2">2.以個人事蹟爲主而與史事相關連者</td><td>《介子推》、《伍員吹簫》、《疏者下船》、《豫讓吞炭》、《趙氏孤兒》、《氣英布》、《賺蒯通》、《霍光鬼諫》、《漢宮秋》、《千里獨行》、《單刀會》、《西蜀夢》、《三奪槊》、《單鞭奪槊》、《小尉遲》、《梧桐雨》、《哭存孝》、《昊天塔》、《謝金吾》、《東窗事犯》</td><td>介子推、閹官、樵夫、伍員、楚昭公、豫讓、張孟談、霍光、韓厥、公孫杵臼、程勃、英布、探子、張良、蒯通、漢元帝、喬公、司馬徽、關公、使臣、諸葛亮、張飛魂、劉文靜、秦叔寶、尉遲恭、李世民、院公、唐玄宗、楊令公魂、孟良、楊五郎、岳飛、地藏神、岳飛魂、何宗立</td><td>《千里獨行》、《謝金吾》爲旦本</td></tr>
<tr><td rowspan="3">社會劇</td><td colspan="2">1.朋友</td><td>《范張雞黍》、《東堂老》、《馬陵道》、《張千替殺妻》</td><td>范巨卿、東堂老、張千、孫臏</td><td></td></tr>
<tr><td rowspan="2">2.公案</td><td>決疑平反</td><td>《金鳳釵》、《緋衣夢》、《盆兒鬼》、《後庭花》、《蝴蝶夢》、《救孝子》、《魔合羅》、《勘頭巾》、《馮玉蘭》、《硃砂擔》</td><td>趙天翼、楊國用、窯神、張撇古、李順、包公、李德昌、張鼎、劉平遠、王文用、東嶽太尉、王文用魂</td><td></td></tr>
<tr><td>壓抑豪強</td><td>《魯齋郎》、《陳州糶米》、《生金閣》、《十探子》</td><td>張撇古、包公、張珪、郭成、李圭</td><td></td></tr>
</table>

(1) 以歷史典籍上的記載，或著名的人物事件作爲根據敷演的，如《漢宮秋》、《貶夜郎》等。

(2) 以傳奇文、小說、或民間故事傳說爲淵源，加以編寫。雖然涉及某一人物和事件，但曾加以想像創造和組織的，如《柳毅傳書》、《博望燒屯》、《秋胡戲妻》等。

(3) 完全創造的人物及故事，如《救風塵》、《魔合羅》等。

(4) 濃烈地反映現實環境或竟以眞人眞事影寫的，如《虎頭牌》、《小張屠》等。

		綠林	《爭報恩》、《黃花峪》、《燕青博魚》、《雙獻功》、《李逵負荊》、《獨角牛》	楊雄、李逵、魯智深、劉千、出山彪、燕青	
家庭劇			《降桑椹》、《剪髮待賓》、《陳母教子》、《焚兒救母》、《虎頭牌》、《秋胡戲妻》、《舉案齊眉》、《破窯記》、《酷寒亭》、《還牢末》、《貨郎旦》、《竇娥冤》、《灰闌記》、《趙禮讓肥》、《殺狗勸夫》、《老生兒》、《神奴兒》、《合同文字》、《五侯宴》、《兒女團圓》、《合汗衫》、《羅李郎》、《瀟湘雨》、《鴛鴦被》、《竹塢聽琴》、《梧桐葉》、《九世同居》	張屠、急腳鬼、山壽馬、金住馬、秋胡、孫二、張義、劉從善、劉天瑞、劉安住、韓弘道、院公、趙禮、宋彬、趙用、張保、羅李郎、蔡順、李德仁、李孔目、包公	《剪髮待賓》、《陳母教子》、《舉案齊眉》、《破窯記》、《竇娥冤》、《瀟湘雨》、《鴛鴦被》、《竹塢聽琴》、《梧桐葉》，皆爲旦本
戀愛劇	1.良家男女之戀		《拜月亭》、《牆頭馬上》、《西廂記》〔註32〕《倩女離魂》、《金錢記》、《留鞋記》、《蕭淑蘭》、《碧桃花》、《符金錠》、《東牆記》	韓飛卿、張君瑞	《西廂記》體制特殊（見註釋32），其餘除《金錢記》外皆爲旦本
	2.良賤間之戀愛		《金線池》、《曲江池》、《青衫淚》、《兩世姻緣》、《玉壺春》、《玉梳記》、《紅梨花》、《紫雲庭》、《百花亭》、《雲窗夢》	王煥	除《百花亭》外皆爲旦本
風情劇			《玉鏡台》、《望江亭》、《調風月》、《梅香》、《揚州夢》、《救風塵》、《謝天香》、《風光好》	溫嶠、陶穀、杜牧之	除《玉鏡台》、《揚州夢》、《風光好》外，皆爲旦本
仕隱劇	1.發跡變泰		《伊尹耕莘》、《智勇定齊》、《陳蘇秦》、《誶范叔》、《圯橋進履》、《追韓信》、《漁樵記》、《王粲登樓》、《薛仁貴》、《飛刀對箭》、《裴度還帶》、《劉弘嫁婢》、《遇上皇》、《薦福碑》	伊致祥、伊尹、蘇秦、范雎、韓信、呂馬童、朱買臣、張撇古、王粲、杜如晦、薛大伯、伴哥、薛仁貴、探子、張良、裴度、趙元、張鎬、劉弘	《智勇定齊》爲旦本

〔註32〕王實甫《西廂記》共五本，除第一本《張君瑞鬧道場》爲正末張君瑞從頭唱到尾，可算是「末本」外，其餘四本中，第三本《張君瑞害相思》由紅娘演唱，而第二、四、五本則皆由鶯鶯、紅娘、張君瑞等人輪流演唱。故嚴格而言本劇並不符合北劇「一人獨唱」之體制。

<table>
<tr><td rowspan="2"></td><td colspan="2">2.遷謫放逐</td><td>《貶夜郎》、《貶黃州》、《赤壁賦》、《麗春堂》、《敬德不伏老》</td><td>李白、蘇軾、樂善、尉遲恭</td><td></td></tr>
<tr><td colspan="2">3.隱居樂道</td><td>《七里灘》、《陳摶高臥》</td><td>嚴子陵、陳摶</td><td></td></tr>
<tr><td rowspan="3">道釋劇</td><td colspan="2">1.道教劇</td><td>《岳陽樓》、《任風子》、《黃粱夢》、《鐵拐李》、《竹葉舟》、《金童玉女》、《城南柳》、《莊周夢》、《劉行首》、《誤入桃源》、《張生煮海》、《藍采和》、《翫江亭》、《任風子》、《昇仙夢》</td><td>太白金星、道士、李府尹、三曹官、金安壽、呂洞賓、王重陽、馬丹陽、劉晨、任屠、長老、鍾離權、院公、高太尉、藍采和</td><td>《張生煮海》、《翫江亭》爲旦本</td></tr>
<tr><td rowspan="2">2.釋教劇</td><td>弘法度世</td><td>《東坡夢》、《忍字記》、《度柳翠》、《猿聽經》、《西遊記》</td><td>佛印和尚、松神、劉均佐、月明和尚、猿、余舜夫、猿扮袁遜</td><td></td></tr>
<tr><td>因果循環</td><td>《來生債》、《冤家債主》、《看錢奴》</td><td>龐居士、增福神、周榮祖、張善友</td><td></td></tr>
<tr><td>神怪劇</td><td colspan="2"></td><td>《張天師》、《桃花女》、《鎖魔鏡》、《柳毅傳書》</td><td>哪吒、天神、探子</td><td>除《鎖魔鏡》外，皆爲旦本</td></tr>
</table>

以上一百六十一部雜劇中，除《千里獨行》等四十部作品爲「旦本」（見備註欄）而無正末演唱外，其餘皆由正末主唱；而其中正末所扮飾者，扣除重複出現的包公、探子、院公、尉遲公、張良等人，竟多達一百五十五個不同的人物。而從以上的分類中，我們除了能看到正末扮飾人物的多樣性外，對於這些人物是否在身份、性情或年齡上具有某些共通性，卻看不出明確的脈絡。很顯然地，他可以是高貴的帝王將相、忠臣孝子，也可以是卑微的市井小民，強悍的綠林英雄，或者是神仙僧道；他有時白髮鶴鶴，有時壯年英猛，若是想扮及冠俊美的風流少年，亦無不可……。認眞說來，其唯一的共通點，似乎只在於這些人物無疑都是「男性」，除此之外，眞是「千面人物、萬種風情」，實在難以類歸。正末所扮飾的人物尙且如此繁複，可想像因應劇情需要而產生的沖末、外末、小末、副末等其他末行腳色，其人物類型之各式各樣，不一而足，自然更不在話下了。然而爲了更具體瞭解元雜劇中不以人物在身份、地位或性情等特色分類的腳色分工方式，筆者在此仍試圖將末行在元雜劇中所分別扮飾，同時出現比例也較多的「幾種」人物類型做一整理說明。每一類型人物在身份、

地位或年齡各方面都有其特色，各類型之間往往又有著懸殊的差異，但是，他們卻都屬於「末」行扮飾的範疇之中。元雜劇以主唱爲基礎的腳色分工方式，所形成扮飾人物類型之包羅萬象，其特殊與足堪玩味之處，可說盡在其中。

（一）官　員

元雜劇中末腳最常扮演的人物類型之一，應即「官員」。在許多描寫忠臣烈士、逐臣孤子或君臣往來的歷史故事裡，以及大量以公案斷獄爲主要題材的公案劇中，官員都是許多主要及次要腳色最常扮飾的人物。這大概與元朝異族入主而政治頽敗、律令不公的背景有極大的關係。所謂的「官員」，又可依其於劇中所顯現出來的不同性格、特色及職別大小，而概分爲以下二類：一是貪贓枉法的惡官，另一則是清廉公正的好官。

元代由於異族的統治，階級觀念根深蒂固，經元之世，不僅地方上因種族歧視、階級差異而剝削蹂躪弱勢漢人的現象層出不窮，官場之上，惡吏利用既得權勢屏障自我、官官相護、草菅人命的事件，更是比比皆是。縱使太平盛世，不免也多少會有貪官污吏之跡，更不用說是在政治環境如許惡劣的元代了。因此，我們從現存的元人雜劇之中，便不難發現，劇作家大量地擷取這類令人深惡痛絕的社會事件做爲題材，一方面反映了現實無奈、民眾疾苦，一方面也藉此一吐了心中不快；而現實中那些恃強凌弱、昏庸無能、貪贓枉法的官員、吏目，或是權豪勢要之徒，便成了作家筆下極力刻畫的對象。在許多劇本如：《望江亭》、《魯齋郎》、《生金閣》、《救孝子》、《灰闌記》、《勘頭巾》、《魔合羅》、《神奴兒》、《還牢末》等劇中，都有對這類型官員的大量描寫。從其職位與特色上言，我們又可以將之分爲權豪勢要、士吏豪紳的衙內之流，無知愚庸、貪婪懦弱的昏官之屬，以及貪殘橫暴、狐假虎威的令史、胥吏之輩三類。每一類型的人物，皆有其獨特的性格與面貌在劇中展現。不過，在元雜劇中，上述三類型人物多半都由「淨」腳或「丑」腳來扮演，像《蝴蝶夢》中的葛彪，《望江亭》、《燕青博魚》中的楊衙內，《雙獻功》中的白衙內，《生金閣》的龐衙內、《范張雞黍》的昏官王仲略、《還牢末》的趙令史、《灰闌記》的太守蘇順、《救孝子》的鞏得中等，都由淨腳扮演〔註33〕，而《還牢末》中的東平府府尹、《救孝子》中的令使、《神奴兒》中的外郎等，則都由丑腳扮飾。由淨、丑扮飾，自然更能

〔註33〕鄭黛瓊碩士論文《中國戲劇之淨腳研究》第三章〈淨腳在劇中扮飾類型、功能與地位〉中，便提到元雜劇中由淨腳扮飾這些衙內人物，並將之歸納爲「花花太歲，小吏士紳土豪」一類。（見頁134）。

凸顯其人仗勢欺人、貪婪殘暴的惡棍嘴臉，以及昏昧無知的荒謬形象。但在腳色分工尚未成熟，並不完全以劇中人物的性格、身份及年齡爲分工標準的元雜劇中，偶爾還是會有以末腳扮飾這類人物的情形出現，《魯齋郎》中的「魯齋郎」（由沖末應工）即是一例。

《魯齋郎》公案戲，描寫權豪勢要之徒「魯齋郎」任意胡爲，奪取銀匠李四與孔目張珪的妻子，造成李、張二家人妻離子散，家庭破碎的故事；最後在包拯智勇雙全的處理下，才將這仗勢欺人的魯齋郎繩之以法。「齋郎」一詞看似特殊，依元曲選《盆兒鬼》第四折中「也曾詐斬齋郎衙內職」一語，齋郎與衙內一職應該相差不遠。「衙內」本是掌理禁衛的官職，唐代時藩鎮相沿以親子弟管理這種職務，於是宋元時代遂稱官家子弟爲衙內，其意就好像王孫公子一般；而「齋郎」在北魏時爲祭祀時執事之吏，唐宋以後成爲入仕之資，不再是正式的官名。不論是王孫公子或入仕之資，若沒有一點靠山、背景，恐怕也是沒有如此條件的，因此劇本中雖對其官職沒有做更多的說明與交代，但卻一再地強調他們「權豪勢要之家，累代簪纓之子」的出身，而這強而有力的背景正是他們目無法紀的護身符。因此在《魯齋郎》中，我們看到了關漢卿筆下「嫌官小不做，嫌馬瘦不騎，而致街市小民聞吾怕」的魯齋郎，他一出場便自稱「我是個本分的人」，但其行爲卻是「任意奪人妻女，導致李四與張珪二家家庭破碎、骨肉分離一十五載」，可見他所謂的「本分」根本就是爲非作歹，但「本分」二字由他口中說來，卻是如此地振振有詞、理所當然。魯齋郎的強大背景，透過張珪與包拯的口中可以得見：張珪是一六案都孔目，在地方上原有一定的勢力了，但當他聽到魯齋郎的名字時，卻是嚇得直發抖，說他「爲臣不守法，將官府敢欺壓，將妻女敢奪拿，將百姓敢踐踏，赤緊的他官職大得忒稀詫」，並趕緊將妻子送上門去，一點也不敢怠慢；連包拯承辦此案時，都要顧慮聖上，而巧妙地將魯齋郎的名字做了一些改變，才得以使之伏法，可見其背後勢力，若非皇帝庇護的大官或是皇親國戚，必不能如此。橫行霸道、目無法紀，正是像魯齋郎這一類人物共同的特色；爲了滿足廣大觀眾的補償與宣洩心理，劇作家也會安排讓這些惡徒在最後得到他們應有的報應與下場，像魯齋郎最後便在包公公正、智慧的處置下命喪黃泉，而使人終有天理昭彰、大快人心之感。

前面曾經提到，在元雜劇中，這一類貪官污吏的人物多半由淨腳扮演，以末腳來應工的比例並不多。事實上，這一類人物也的確可算是淨腳的「原型」。淨腳承襲著參軍戲中的參軍一腳，在宋雜劇與元雜劇中扮演一些具滑稽性質而性格又有些負面的人物，像是貪狠的官吏或是橫行霸道的士紳土豪，到了明傳奇及往後的戲劇中，此類具反面性格的人物，有些被丑腳吸收了，但大多數卻仍歸淨腳扮演；而像「魯齋郎」一樣用「末」來扮飾的情況，元雜劇中已是少數，到明傳奇中，因腳色分工依人物類型與專業技藝爲基礎，且日趨精細、成熟，故由末腳來扮飾的情形就不再出現了。

相較於多由淨、丑應工的貪官污吏腳色，元劇中主要以末扮演的官員，則屬那些清廉公正的良吏。其中有以包公、錢可等爲典型的清官，也有像張鼎一樣廉能賢明的胥吏。而透過雜劇中對冤屈不公，導致許多家庭悲歡離合事件的一再描寫，我們看到了被欺壓者的苦痛，一方面來自於權豪勢要與民間各種黑暗勢力的直接迫害；另一方面，昏官惡吏的充斥、官府的腐敗、無能，更助長了邪惡的氣焰，終導致更深一層的冤屈與不公。元雜劇如同一面鏡子，忠實地反映出當時的社會情態，自然也明白地揭示了人們心中的寄託與想望。於是我們不僅看到了故事中濫官污吏的嘴臉，更可以看到劇作家透過其他腳色的塑造，來讓壞人伏法，讓正義公理彰顯，讓觀眾的希望得以滿足。劇作家塑造的這些腳色，正是在元雜劇中，擔負著爲民申冤、主持正義大任的清官良吏，如包拯與張鼎。

1. 包　拯

現實中的冤屈苦難，極待清官來爲之主持公道。或許因爲元代政治之下，確難求得一讓萬民信服的好官，同時也爲了多少保持些劇本與現實之間的距離，故而劇作家竟不約而同地讓包拯、錢可、王脩然、李圭、金圭等人物，超越了時空的限制，從歷史與民間傳說中走出來，在元雜劇的舞臺上大顯身手。元雜劇中以包公斷案爲主的故事極多，《生金閣》、《蝴蝶夢》、《陳州糶米》、《魯齋郎》、《神奴兒》、《合同文字》、《後庭花》、《灰闌記》、《張千替殺妻》、《留鞋記》、《盆兒鬼》等皆是。相對而言，以錢可、王脩然或李圭、金圭等人爲主的題材，就較少一些。在這些故事中出現的包拯、錢可或王脩然，有時是正末（如：《生金閣》、《陳州糶米》、《神奴兒》、《後庭花》），有時是沖末（如：《灰闌記》、《救孝子》），多半時候則是外末（如：《蝴蝶夢》、《魯齋郎》、《合同文字》、《留鞋記》、《謝天香》、《殺狗勸夫》等）；然不論是正末、沖末亦或外末，他們在劇中所表現出的堅毅剛正、智勇雙全的形象，卻始終如一。

包拯是民間傳說中家喻戶曉的人物，《宋史本傳》〔註34〕中描寫其人「立朝剛毅，貴戚宦官爲之歛手，聞者皆憚之。人以包拯笑比黃河清。童稚婦女亦知其名，呼曰包待制。……性峭直，惡吏苛刻，務敦厚，雖甚疾惡，而未嘗不推以忠恕也。……」其剛正不阿、不畏強權之人格與精神，正是他贏得民間信仰的主要因素。我們從雜劇作家筆下，再見包公的形象刻畫：

（1）一般戲曲表演，人物一上場，照例會先來一段自我介紹，表明自己的身份。包公上場時也不例外。《魯齋郎》第四折包公上場時言：

> 冬冬衙鼓響，公吏兩邊排，閻王生死殿，東岳攝魂台。老夫姓包名拯，字希文，盧州金斗郡四望鄉老兒村人氏。官封龍圖閣待制，正授開封府尹。……

不只《魯齋郎》中如此，幾乎所有的包公劇中，包公出場時都會有與上述大同小異的自我介紹；且不論其眞實性是否與史實相符〔註35〕，至少由此可看出，在元人雜劇世界中，在元代人民的心目中，包公的形象原是如此眞實而確切的。

（2）爲了能達到剷奸除惡，替人民伸張正義的目的，我們發現元劇中的包公，幾乎無所不能，所有難解的犯罪事件，到了他手裡，終會因其智慧的展現而獲得公平的處置。《包待制智勘後庭花》、《包龍圖智賺合同文字》、《包待制智賺灰闌記》、《包待制智賺生金閣》、《包待制智斬魯齋郎》……，都一再地鋪寫包公以其「智慧」洞悉惡伎倆，從而懲奸除惡的過程，甚至從題目中我們就可清楚地看見。然而包公的智慧確實展現在什麼地方呢？從劇本中得知，包公審案時總是一絲不苟、觀察入微，其抽絲剝繭、追根究底的精神，以及隨時觀察犯人神情，從而利用人的心理來斷案的方法，正是其智慧的最佳展現。試看《灰闌記》第四折，包公初見鄭州申文，準備審理張海棠藥死丈夫之案，他細細推敲，曰：

> 我老夫想來，藥死丈夫，惡婦人也，常有這事。只是強奪正妻所生之子，是兒子怎麼好強奪的？況奸夫又無實指，恐其中或有冤枉。

這正是一名公正廉明的清官最需要的細膩謹慎之心，若無如此從小處懷疑著

〔註34〕見《宋史》卷三一六，列傳第七十五。楊家駱主編之《新校本宋史并附編三種》第十三冊，鼎文書局出版，頁 10315。

〔註35〕《宋史》卷三一六對包公的記載是：「包拯字希仁，廬州合肥人也。始舉進士，除大理評事，出知建昌縣。……」。而雜劇中對於包公的字與祖藉，顯然與此有些微的差距。

眼，甚或只是像那些貪官污吏一般動不動就運用暴力，來個「不打不招」，張海棠的冤屈只怕永遠無法昭雪。《灰闌記》最後，包公命張千取出石灰，在階下圍一闌圈，命孩子站在闌中，叫馬妻與張女各執孩子之手，以此斷定孩子的親生母親。此又是包公智慧的另一展現，利用母親疼愛小孩，不忍稍加折損的心理，從而判斷出悍然不顧孩子死活，強行將之拉出闌外的馬妻，根本只是爲了一己私利；而因深怕孩子損骨傷肌，故而不敢使力的海棠，才是眞正的母親。這樣聰明的計策，一方面讓馬妻在面臨生死存亡之際，自私自利的本性完全顯露，二方面也因海棠母子的眞情流露，自然超越了一切語言；於是馬妻的謊言不攻自破，孰是孰非也就昭然若揭了。無怪乎在劇中跟隨著包公辦案的開封府五衙者首領張林，便曾對他含冤受屈的妹張海棠說：

這包待制是一輪明鏡，懸在上面，問的事就如親見一般，你只大著膽自辯去。

我們可以說，這鏡不僅是鏡，還是一輪洞悉人心、充滿智慧之光的明鏡呢！

（3）當然，在面對那樣一個惡吏當道，政治腐敗的時代，除大智慧外，更需要的還有堅定立場、不畏權勢的大勇氣，如此才能與那些倚仗著特殊背景而胡作非爲的權貴們相抗衡。對於包公的大勇，雜劇中也有相當的描繪。《灰闌記》第四折包公上場時自謂：

老夫立心清正，持操堅剛，每皇皇於國家，恥營營於財利，唯與忠孝之人交接，不共讒佞之士往還。謝聖恩可憐，……敕賜勢劍金牌，體察濫官污吏，與百姓申冤理枉，容老夫先斬後奏。以此權豪勢要之家，聞老夫之名，盡皆斂手；兇暴奸邪之輩，見老夫之影，無不寒心。……

《後庭花》第三折中，包拯自己唱道：

欽承聖敕坐南衙，掌刑名糾察奸詐。……憑著我撇劣村沙，誰敢道僥倖奸滑。上自官宦賢達，下至百姓人家，綽見了包龍圖影兒也怕。……

此外，《陳州糶米》一折中張撇古也曾嘆道：

若要與我陳州百姓除了這害呵，則除是包龍圖那個鐵面無人情。

可見在劇作家及觀眾的心目中，包拯就是這樣一位不畏強權、鐵面無私的好官員。不過，現實有時終不能盡如人意，儘管包拯並不怕與權貴斡旋，惡勢力往往還是會讓人充滿挫折與無奈；於是，劇作家安排了「勢劍金牌」與「夜理陰間」的兩項「利多」，加諸於包公身上，讓代表人間最高統治者的皇帝，以及充滿玄妙與浩瀚的超自然力量，都能在有形與無形之中幫助包拯看清事實眞相，爲人民平反冤屈。

則除了智勇雙全的形象，以及能夠「先斬後奏」、「日斷陽事、夜斷陰事」的優勢條件，包公事實上也是一位操守端正、清廉正直的官員。《陳州糶米》三折中包公隨從張千即言：「你不知這位大人清廉正直，不愛民財」，而依《宋史本傳》〔註36〕記載，包公的確也是爲人峭直、務敦厚，疾惡而未嘗不推以忠恕之人，其愛民善政之仁慈胸懷，必也是他深受人民愛戴的原因之一。只是在元雜劇中，作爲那些貪官污吏終極剋星的包公，其大智大勇往往成爲劇作家極力刻畫渲染之特色，而其仁慈惻隱之面，就相對地較爲隱約而少著墨了。

以上便是元雜劇中以包公爲典型的清官之形象特色。而除了包拯以外，出現較少的官員如王脩然、錢可等人，事實上也都是清廉公正的好官。雖然他們在劇中的形象不如包拯那樣鮮明突出，出現的比例也較少，但他們仍具備了悲天憫人的胸懷，與謹愼細心、明察秋毫的辦案態度，並且重視每一個生命，不因其出身權貴或貧窮而有不同待遇。人民將希望寄託於這些清官手中，並透過他們的智慧處斷，而得到一公平公正的對待。

2. 張　鼎

前面我們曾經提到過，元代由於無知貪婪的昏官充斥，造成其下之吏目，令史之輩，往往也多殘暴專橫。黎民百姓們儘管渴望能有像青天、明鏡一般的包拯爲他們主持正義，但畢竟開封府的地位與小老百姓尙有一段距離；因此他們更期待地是，在生活周遭能有一、二位賢明廉能的胥吏，隨時爲他們盡些薄力。於是像張鼎這樣的孔目，便在人民的期待與劇作家的筆下誕生了。《魔合羅》與《勘頭巾》二劇中，皆由正末飾演六案者孔目張鼎，他不同於一般橫徵暴斂的吏目，而是一位具有同情心、正義感，而且明察秋毫，爲人民出力的賢吏。《勘頭巾》二折中，他深感「爲吏之人，非同容易」，因此對自己的工作與責任有更深切的體認，不惜積極而賣力地爲人們申冤討公道，甚至被同衙的令史斥其爲「多管閒事」。而他悲天憫人的胸懷，也表現在對待

〔註36〕《宋史本傳》載：「拯性峭直，惡吏苛刻，務敦厚，雖甚嫉惡，而未嘗不推以忠恕也。與人不苟合，不僞辭色悅人，平居無私書，故人、親黨皆絕之。雖貴，衣服、器用、飲食如布衣時。嘗曰：『後世子孫仕宦，有犯贓者，不得放歸本家，死不得葬大塋中。不從吾志，非吾子若孫也。』」同註34，頁10318。

犯人之上。《勘頭巾》二折中，他看到階下被嚴刑拷打的犯人，唱出：

> 我從來甘剝剝與民無私，誰敢道另巍巍節外生枝！我向嚇魂台把文案偷窺視，見一人高聲叫屈。我這裡低首尋思，多應被拷打無地，全沒那半點兒心慈。想危亡頃刻參差，端的是垂命懸絲。……

《魔合羅》三折中，當他上廳呈押文書，看見劉玉娘時，也不覺唱道：

> 正行中舉目端詳，見雄赳赳公人如虎狼，推擁定個帶罪的婆娘。則見啼哭垂淚，帶鎖披枷，不知是競土爭桑。（云）則見秉牆外一個待報的犯婦，不知爲什麼，好是淒涼也呵。

正是從這樣的悲憫之情出發，使得他主動而不辭辛勞地爲犯人查明眞相，雖然遭遇很多困難與阻撓，仍無法遏止他爲民申冤的舉動。

但儘管張鼎具有如此的正義心腸，也有明察秋毫的智慧與決心，但畢竟他的官低位卑，又沒有像包公一樣明見鬼神的超能力，以及勢劍金牌的護衛，故而多半只能靠其一己之力，並仍常會陷於迫害與屈辱之中。在劇中，我們便常看到主官對於張鼎不耐煩或不客氣的口吻與態度，也看到了張鼎心中矛盾與掙扎的情節；而這正是張鼎與包拯之間最大的差別，儘管都具有高尚清廉的性格，與維護正義的心願，但因官職與地位的差異，終究還是會有現實上執行的困難與無奈。

另外値得一提的是，元雜劇中除了包公與張鼎這樣的好官外，還有另一類具官員身份的腳色，但他們在劇中出現時，並不特別以清廉公正的形象爲訴求，也很少出現在辦案斷獄的公案劇中。通常他們都以男女主角的父親或長輩的身份出現，雖然具有官職，但只是一種身份地位的表徵，因爲他們在劇中從不辦案。此類人物有如：《鴛鴦被》的府尹李彥實（沖末，李玉英之父），《梧桐葉》的尚書牛僧孺（外，李雲英義父），《牆頭馬上》中的尚書裴行儉（沖末，裴少俊之父），《曲江池》的府尹鄭公弼（外，鄭元和之父），《竹塢聽琴》中的州尹梁公弼（外，秦修然的父執輩）等。這些人物在劇中的作用，主要在於交待男女主角的出身與背景，但有時他們對於整個故事的發展或突破，也具有關鍵性的作用。舉例來說，《竹塢聽琴》中的梁公弼即是一例。應考書生秦修然於赴試途中拜訪梁公弼，因而與從小指腹爲婚卻不幸失散的鄭彩鸞在草庵中相遇，從此二人形影不離，梁公弼擔心秦戀棧女色、無心功名，因此想出一計，謊稱鄭女乃是鬼魂，意欲逼走秦，讓他赴京應試；離開後的秦果然高中狀元，並在梁的作主同意下，與彩鸞結爲夫妻；梁公弼也因此而能與失散多年的妻子重會。整個故事中，男女主角的相遇、分離及重聚可說都與梁公弼相關，因此雖然梁在劇中並非主角，但對於整個情節的推進與發展，卻可說是很有影響的。

（二）水滸英雄

現實的黑暗，讓芸芸眾生期待清官良吏來爲之主持正義，於是像張鼎、包公這樣賢明廉能的好官就躍上了雜劇的舞臺。然而有時眞實的環境並不能樣樣皆如人意，於是爲了尋求另一種抒發的方式與寄託的對象，劇作家轉而亦將流傳民間的梁山英雄事蹟重新演繹，賦予宋江、李逵等等人物新的生命，將之再現於元人眼前。

元時致力於水滸戲劇創作的作家不少，所編撰的劇本名目流傳至今約有二十五種，但大部份皆已亡佚。現存的元雜劇中尚可見六個劇本，即《燕青博魚》、《雙獻功》、《李逵負荊》、《還牢末》、《爭報恩》及《黃花峪》，分別描述與梁山英雄相關的事蹟。在這六個劇本中，燕青、宋江、李逵等人紛由沖末、正末與外末扮飾，有時同一人物，在不同劇中，就由不同的腳色扮演，例如宋江在《燕青博魚》、《李逵負荊》、《還牢末》與《爭報恩》中是沖末，在《雙獻功》中則是外末；又如李逵在《雙獻功》中是正末，而在《還牢末》中則化名爲李得，由淨扮飾。但不論是由何種腳色扮演，這些英雄人物在劇中確實表現了一種共同的精神與面貌。

謝碧霞在其論文《水滸戲曲二十種研究》中，對於此六本雜劇之內容，做了一歸納說明：

> 由現存的六種雜劇來看，這段時期的水滸戲呈現一種特殊的內容，……大部份皆是對貪官污吏的懲罰及對奸夫淫婦的報復。不知道其餘已亡佚的水滸劇是否也呈現同樣的面貌——即是以對社會的控訴披上水滸制裁的外衣〔註37〕。

因爲其內容多是對貪官污吏的懲罰及對奸夫淫婦的報復，因此在劇中所出現的宋江、李逵等人物，就在在表現出一種替天行道、敢作敢當的強梁性格。他們不同於一般循規蹈距的善良老百姓，也不依照講求證據或法律的官家行事，而是從較爲激烈而直接的武力行動中，去完成懲奸除惡之事。《雙獻功》第一折宋江上場時說：「風高敢放連天火，月黑提刀去殺人」。殺人放火之事，

〔註37〕見第一章第二節〈水滸戲曲目錄及內容〉，民國六十七年台灣大學中文研究所碩士論文。

對這群築寨梁山的英雄而言，本不稀奇，這原接近他們具草莽氣息的英雄氣概；但與其他爲一己私利而爲非作歹的那些惡棍相較，水滸英雄的殺人放火，卻都是爲了主持正義，彰顯公理的存在。劇中這些人物，普遍表現出熱血沸騰，接近衝動的個性，而這也正是他們性格上獨特鮮明的一面。《雙獻功》第二折中，誓與白衙內周旋到底的李逵如此唱道：

> 我去呵，也不用一條槍，也不用三尺鐵。則俺這壯士怒，目前見血。東泰嶽相逢，磕塔的揪住玉結，把那廝滴溜撲馬上活挾。他若是與時節，萬事者休：不與，山兒放會劣缺。惱起我這草坡前倒地拖牛的性格，強逞我些敵官軍勇烈。我把那廝脊梁骨各支支生絕做兩三截。

彷彿一個怒眼圓睜，口中就要噴出怒火的李逵，就活生生鮮明地站在觀眾眼前。可以想見的是，這樣激烈衝動的形象與明快的行事風格，難免爲他們披上了一層神秘又恐怖的外衣，對善良的百姓而言，他們是有距離而令人畏懼的；但同時他們不畏權勢、敢作敢爲，甚至劫富濟貧、替天行道的另一面，卻也讓人們對他們敬愛有加。《爭報恩》第一折中，作者便透過濟州通判夫人李千嬌的口中，表達了人們對水滸英雄的印象與敬仰之心：

> 我一向聞得宋江一夥人只殺濫官污吏，並不殺孝子節婦，以此天下馳名，都叫他做呼保義宋公明。

可見得梁山英雄人物在人們心目中的地位與形象。

元雜劇時期，由於腳色的分類主要爲「末、旦、淨」三行，因此這些水滸故事中的主角便多由末色扮飾；然到了明清傳奇之中，由於腳色分工的發展，各行腳色與扮飾人物之間，逐漸形成一定的規範與類型出來，而此時「淨」行除了扮飾反面人物以外，許多性格鮮明的正面人物，也漸漸轉由「淨」腳應工；因此，原先在元雜劇中這些由末扮的水滸英雄，以及其他性格較爲剛烈、突出的人物如關公、虯髯客等，就歸入淨行的範疇中了〔註 38〕。筆者於下文論及明清傳奇中末行所扮飾的人物類型部份，將對此一轉變情形更詳盡說明。

（三）文人儒士

在中國社會中具有長遠歷史的「士大夫」階層，一直以來皆扮演著掌握知識，懷抱經世濟民、誆輔社稷之重責大任的腳色；自隋唐朝廷以科舉取士

〔註 38〕參考鄭黛瓊碩士論文《中國戲劇之淨腳研究》。

後，有心仕進的文人更以「十年窗下無人問，一舉成名天下知」的人生際遇，做為他們一生努力追求的目標。然而這樣「前景美好」的人生規畫，卻在元人入主中國之後，突然產生了重大的改變。金元之間翻天覆地的戰爭殺戮，導致整個社會劇烈地動盪不安，加以元代統治者重武輕文的觀念，對於讀書人的歧視與冷落，更使得文人的地位一夕之間由頂點跌落。儘管當時的統治者為了籠絡民心，仍不時開放選場，但實際上進行的科舉，卻是次數少、時間短，並充滿了各種包庇、不法的行為，對那些一心仕進，想藉此一展長才，卻沒有任何勢力與背景的文人而言，只能說是一項有名無實的政策而已。於是文人們在政治上遭遇了空前的失落與歧視，加以社會的動盪、現實生活的困窘，終於一步步逼迫著他們，懷抱滿腹經綸與經世之想，流落娼家書會之中，以塡寫劇本謀求生計來源，並尋求思想的暫時解脫。

這樣的轉變，不僅使得讀書人的生活完全改觀，更間接地促使文人們大量投入元雜劇的創作之中，從而藉由他們親身的體驗，化諸文字與表演，在舞臺之上展現；從題材之選取、腳色之安排中，文人們自然而然地「借他人酒杯，澆心中塊壘」，將許多熟悉的形象搬上了舞臺，雜劇中的文人因而成為創作者自我心志的投射與反映的對象。因此可想而知，元人雜劇中的文人，絕大多數都以一種「受困」的形象出現，不論是古代人物的再現，或當代人物的重塑，幾乎都不脫離「仕途受阻」的境遇，甚且因為功名不遂，而導致婚姻、戀愛路上的重重險阻，或是促使文人因而選擇隱逸放逐之途，而這也正是元代政治社會的現實生活寫照。羅錦堂《現存元人雜劇本事考》一書中，提到仕隱劇部份時曾說道：

> 本節所列各劇，自其外表視之，皆為古人古事。然其內涵，則作者於無可奈何之情境下，以悲歌慷慨之氣，寓於嬉笑怒罵之文辭，固亂世文人自求解脫自遣自慰之不二法門。如發跡變泰類《伊尹耕莘》劇之伊尹、《智勇定齊》劇之鍾離春、《凍蘇秦》之蘇秦、《誶范叔》劇之范睢、《圯橋進履》劇之張良、《追韓信》劇之韓信、《漁樵劇記》劇之朱買臣、《王粲登樓》劇之王粲、《薛仁貴》及《飛刀對箭》劇之薛仁貴、《裴度還帶》劇之裴度、《遇上皇》劇之趙元、《薦福碑》之張鎬等，皆為始困終達之古人。此等人，當艱窘落魄之時，每多憤懣不平之氣。……元劇作家，即藉此等人之生平，以自為寫照，所謂借他人酒杯，澆胸中塊壘是也。（頁443）

當然，元人雜劇中的文人形象並不只存在於仕隱劇中，而雜劇作家藉由文人的腳色一吐心緒，更可由各類劇本中一一窺見。元雜劇中的文人，因皆為男性，且多半形象端正，因此多由正末或沖末等末腳應工。以下我們將分由二個角度來看看元雜劇中出現的受困的文人及其主要形象：

1. 仕途受阻、懷才不遇的文人：

前面曾經提到，熟讀經史，立志以文章經世濟民，向來就是多數中國士大夫畢生努力的職志，但這樣的心願必須倚賴一個重視人才的朝廷與明君，利用科舉考試或保薦的方式，才得以有機會完成。如若不幸生在戰亂頻仍的時代，加以在上位者的刻意剷除知識份子的勢力，則士人的不得仕進，恐怕就不能避免了。而元代卻不幸正巧是這樣的時代，因此我們看到了雜劇中的文人，也多半經歷著這種因仕途被阻，而感懷才不遇、鬱鬱不能得志的遭遇與心情，例如《王粲登樓》中的王粲（正末）、《凍蘇秦》中的蘇秦（正末）、《薦福碑》的張鎬（正末）、《范張雞黍》中的范巨卿、張伯源（正末、沖末）等……。雖然主角多為歷史中的人物，但透過他們在舞臺上的再現，卻替當代無數的文人發出了不平之鳴；而作者也藉由這些故事中的人物，指出了仕途壅蔽、所用非人的現象，以及科舉考場的種種流弊。試看《薦福碑》中的張鎬所唱：

> 【混江龍】……則道三寸舌為安國劍，五言詩做上天梯。既有這上天梯，可怎生不見我這青霄路？又：
>
> 【么】這壁攔住賢路，那壁又擋住仕途。如今這越聰明越受聰明苦，痴呆的越享了痴呆福，越糊塗越有了糊塗富。則這有錢的陶令不休官，無錢的子張學干祿。

不僅說明了有才學之人無處發揮的窘境，也點出了買官歪風之盛，而文人在這樣的情境之下，其出路更是可想而知。

除了必須承擔仕途被堵這樣的困境之外，現實生活中的困窘，與進退兩難的矛盾，也是這些文人們最難以承受地無情壓力。從蘇秦、裴度、呂蒙正、張鎬等人身上，不斷地可以看到他們的矛盾與掙扎：一方面擔心肚內飢餒，無錢買米，一方面卻又捨不得真正放下書本，去做莊稼或買賣，兩相權衡，不知如何才能有一個長久安身之計？《凍蘇秦》一折中，抑鬱的蘇秦便如此唱道：

> 【後庭花】……我如今眼睜睜捱盡了十分蹭蹬。待要去做庄農，又

怕誤了九經。做經商又沒個本領。往前去賺入坑，往後來入井。兩下裡怎樣憑，折磨俺這一生。

這樣的進退失據，難以兩全，在這些懷才不遇的文人生活中不斷出現，而現實的橫逆與挫折，更是無情地紛至沓來。於是這些讀書人不免也會對於自己所學，感到一絲絲的懷疑與不安，《生金閣》第一折中，一心求官的郭成感嘆道：

【油葫蘆】……謾嗟呀舉目誰來顧？我身上衣又單，腹中食又無，我可什麼書中自有千鍾粟？

若不是現實的困窘眞的已經讓人無以爲繼，士人們何以會有如許的感嘆與疑慮？而爲了更進一步解決生活的困窘，有些文人們遂不得不暫時放下書本，或經商（《來生債》中的李孝先）、或爲吏（《魯齋郎》的張珪），或做佣工（《舉案齊眉》的梁鴻），或爲軍役（《范軍雞黍》的孔仲山），或以訓蒙爲職（《凍蘇秦》的蘇秦），或是搠筆爲生（《破窯記》的呂蒙正）；也有人四處投托，以求資助，因而飽嚐人間冷暖（《薦福碑》的張鎬）；更有的因此而領悟了人生有限，看破了功名富貴的虛幻，而選擇隱逸深山、追求神仙生活；當然，也有許多人依然固守著文人本色，期待著有朝一日能夠得功名、做高官。不論用何種方法，讓他們暫時擺脫了無米無炊的生活窘境，都已反映了文人們因現實而淪落的悲苦情緒。

不過，文人們強烈的求取功名之心，以及一路上所遭遇的這些艱難險阻，最後都在雜劇的結尾中，因爲劇作家刻意的安排，而得到了補償與順遂。不論他們之前所受的苦楚與艱辛多麼沈重，最後終能「一舉狀元及第」，得到夢寐以求的功名、財富及地位〔註 39〕。這種始困而終享的安排，就像在黑暗的社會中，渴望有清官賢吏來爲之主持公道的心情一樣，再一次深刻地反映出現實中苦痛的文人們內心深處的期待及希望。

2. 戀愛、婚姻之路遭遇挫折的文人：

在科舉取士的時代裡，只要捱過十年寒窗苦讀的漫漫歷程，一舉成名之際，不僅功名事業從此順遂得意，包括財富、乃至婚姻，都像是科舉的附加

〔註 39〕元劇中最後以「狀元及第」的理想結局收尾的故事極多，《拜月亭》、《謝天香》、《陳母教子》、《牆頭馬上》、《竹塢聽琴》、《西廂記》、《薦福碑》、《紅梨花》、《鴛鴦被》、《舉案齊眉》、《漁樵記》、《曲江池》、《破窯記》等凡二十餘齣，可見其普遍性。

價値一般，可以輕而易舉地獲得。所謂「書中自有黃金屋，書中自有顏如意」，正可以說是士人進身之後的最佳寫照。然而，這都必須是在功名得以順利完成的情況下才有可能，假若功名尙無著落，則不僅社會地位、生計問題將隨著遭遇挑戰，經世濟民的雄才大志無法伸展之外，恐怕連區區一己之兒女情長，都會因此遭到空前的阻難了。元雜劇中，即不乏以文人的戀愛故事爲主題而創作的作品，其中又可分爲良家男女之間的戀愛，以及良賤、亦即文人與娼妓之間的戀愛。前者有《西廂記》、《拜月亭》、《倩女離魂》、《牆頭馬上》、《金錢記》、《留鞋記》、《蕭淑蘭》、《碧桃花》、《符金錠》、後者如《曲江池》、《紅梨花》、《玉梳記》、《玉壺春》、《金線池》、《青衫淚》、《紫雲庭》、《兩世姻緣》、《百花亭》、《雲窗夢》皆是。而不論是良家男女或是良賤之間的戀愛，多數的文人在他們發跡變泰之前，往往都會遭遇到女方家長或是老鴇、龜公、甚至勢力商人的阻撓與破壞。

由於在一般人的觀念中，認爲「女兒不招白衣秀士」，因此尙未發跡的窮酸秀才，往往就連婚姻之路也迭遭波折。《破窯記》中的呂蒙正，因其一身襤褸，無錢無勢，即便彩樓招親，得到劉小姐青睞，卻仍不免被傳統的岳父以窮酸秀才爲由，趕出了家門；《西廂記》卷四二折中，崔母雖已答應了張生與鶯鶯二人的婚事，卻仍提出「則是俺三輩兒不招白衣女婿」之說，硬生生地將一段原可馬上締結的良緣就此拆散；再如《舉案齊眉》第一折中，孟光之父雖知梁鴻滿腹文章，是個有才學之士，但仍因他「身貧如洗，沿門題筆爲生」，而想將婚事悔了。良家男女的戀愛如此，良賤之間亦然，尤其在以金錢爲第一考量的鴇母眼中，任憑那些文人才子的才情多高，若沒有白花花的銀子獻上，連妓院都進不得，更不用想望佳人才子之間的交心唱和與談情說愛了。自然，對於尙未有功名的文人而言，昂貴的花費必定遠遠超出他們所能負擔，而與紅粉知己之間的阻礙，也就因此展開。是故《曲江池》中赴京趕考的鄭元和，在囊篋盡空的情況下，終被無情的鴇母設計趕出妓院，而不得不與李亞仙分開。

由於劇作家的移情作用與補償心理使然，包括文人戀愛的波折重重，以及始因終達的結局等情節，幾乎是這一類劇本中一貫的安排，而其中由男主角扮演的文人，自然也有一些共同的特徵。他們現身之初，通常不忘這樣介紹自己：「自幼讀書，學成滿腹文章，爭耐功名未遂。……」如《金線池》中「今欲上朝取應」的韓輔臣、《謝天香》中「平生以花酒爲念」的柳永，皆點出了他們博學多才、對功名的熱切寄望，以及現實中的未能如意。而他們的外表俊美瀟灑、風流倜儻，以及學富五車、滿腹文才，自然也是必備的條件之一；作者往往透過與之相戀或對之傾心的女主角口中，點出文人們的這些才情、潛能，以及對他們有朝一日必能鴻圖大展抱持著的無限信心。《紅梨花》一折中，謝金蓮與梅香因著趙汝州的出現，而有一番爭論：

（旦云）一個好秀才也，梅香，我久以後嫁人呵，則嫁這個風風流流的秀才。

（梅香）沒來由嫁那秀才做什麼？他有什麼好處？

（旦云）這女子是什麼言語哪？（唱）【油葫蘆】秀才每從來我羨他，提起來偏喜恰，攻書學劍是生涯，秀才沒受辛苦十載寒窗下，久後他顯才能一舉登科甲。

《拜月亭》第二折中，王瑞蘭也爲自己被拆散的丈夫向父親辯解道：

自古及今，哪個人生下來便做大官享富貴哪？

《紅梨花》中的梅香與《拜月亭》中的王父，以及出現於其他許多劇中的家長、丫環與嬤嬤們，代表的正是世俗眼光對待這些文人的觀點，而經由女主角嚴厲的駁斥與義無反顧的支持後，這些文人的價値因此而更加被肯定。當然，文人們在劇中如此備受青睞，深得紅粉佳人的傾心相愛與支持，他們自然也要有所回報，而此時似乎也唯有功名得第，才能做爲他們愛情的長久保證了。因此，劇作家仍不忘安排讓這些擁有才學的文人一舉成名，也讓他們艱難的愛情路得以化險爲夷，成就才子佳人的美好姻緣。

（四）神祇、鬼怪與方外之士：

肇因於元代社會的黑暗與混亂，於是大量充滿神仙道化意味及宗教思想的度脫故事與道釋劇，便應運而生。在這些故事中，羽化成仙的人物、道士及和尙，遂成爲這些度脫劇及道釋劇中，具有特殊能力與神怪意義的主要人物，而他們通常都由末腳來扮演。如：

《任風子》、《劉行首》中的馬丹陽（沖末）

《度柳翠》中的月明和尙（正末）

《東坡夢》中的佛印和尙（正末）

《城南柳》中的呂洞賓（正末）

《黃粱夢》中的鍾離權（正末）

《竹葉舟》中的列禦寇、張子房、葛仙翁（外）

《張生煮海》中的長老（正末）
《碧桃花》中的薩眞人（外）
《金童玉女》中的鐵拐李（外）
《忍字記》的布袋和尚（外）

此外，一些出現於公案劇、家庭倫理悲喜劇，或是神怪類雜劇中的神祇與鬼怪，在元雜劇中也佔了極大的比例；像：

《來生債》中出現的龍神、天使、青衣童子、註祿神（外）
《看錢奴》中的靈泒侯（外）
《柳毅傳書》中的龍王、洞庭君、錢塘君（外）
《張生煮海》的東華仙、龍王（外）
《鐵拐李》、《度柳翠》中的閻羅王（外）
《誤入桃源》中的太白金星（沖末）
《硃砂擔》的東嶽太尉神（外）

就前者而言，這些羽化登仙的神人，或是在道、佛的世界中尋得解脫的和尚、道士們，他們在劇中的形象往往充滿了宗教與修練給他們的影響，而爲了度脫更多的有緣人，於是他們不忘一再地強調現實世界中功名富貴的虛幻、人生的苦痛無常，以及隱逸出世、學仙的種種好處；《劉行首》三折中，正末扮馬丹陽唱：

> 【中呂粉蝶兒】休笑我裝鈍裝呆，看了幾千場柳凋花謝，嘆興亡自古豪傑，遮莫你越邦興、吳國破，爭如我不生不滅。……

《岳陽樓》三折中，呂洞賓也對郭馬兒唱道：

> 俺那裡白雲自在飛，仙鶴出入隨，俺那裡洞門不閉。……

說的都是成仙以後如何優遊自在、長生不死。同時他們更適時地發揮了仙人所具有的能力，騰雲駕霧、穿越時空，或變換成不同的人物，或施展法術，藉此點化眾生。例如《黃粱夢》中的鐘離權爲了度化呂洞賓，讓他在夢裡經歷了十八年人我是非的磨難，鐘並化身爲他夢中的樵夫與大漢，呂洞賓一覺醒來，灶下黃粱尚未煮熟，但彷彿人間種種皆已歷盡，因而當下頓悟。《任風子》中的馬丹陽，也化作道士度化任屠，並且設計了三次的考驗，歷經十年的時間，終讓任風子得道成仙。有時這些神仙道士還會以瘋癲、癡傻的形象示人，讓凡人感到突兀或不耐煩，例如《度柳翠》楔子中，行者看到吃醉的月明和尚便說：

你這和尚，風張風勢，說謊調皮，沒些兒至誠的。……

《鐵拐李》一折中，張千看到呂洞賓扮成的道士後也對岳壽說：

哥哥，有一風魔先生，哭三聲、笑三聲，在咱門首鬧哩！

基本上，瘋癲的言談、任意變化、長生不死的形體、來去自如不受時空限制的身軀、預知未來的能力……，都是這些神仙人物在劇中最常出現的形象。

而後者雜劇中出現的這些神祇或鬼怪，則可以說充分代表了平民階層的宗教信仰，以及老百姓們對於神仙世界的一種想像。有趣的是，雜劇中的這些神祇，竟猶如人間一般，不僅「名目眾多，五花八門」，而且他們也都各司其職，有著一定的秩序與規範。天庭、地府、人間，各有不同的神祇掌管，山川水湄、花朵樹木，也都有各地的土地神、山神、花神、龍王……來負責，甚至連傢私器皿，也都被賦予了神力，而有井神、灶神、廁神、窯神的出現。在神與神之間，因著職掌的不同，他們也有地位高低之別，就像人間世界一般。例如在《看錢奴》劇中出現的東嶽殿廟神靈派侯，當他聽到賈仁在廟中的哭訴後，便說：

這庄事增福神該管，鬼力，與我喚得增福神來著。

從其說話的口氣，可以判斷其地位應較增福神爲高；果然當正末扮飾的增福神上來後，便謙卑地請示靈派侯曰：

上聖呼喚小聖，有何法旨？

可見人們想像中的神的世界，就如同人間世的投影，並且比人間更爲理想、尊貴與神聖。也因此，在劇中出現的這些神祇，他們通常都具有崇高完美的「神」格，當他們現身之時，也多半是爲了替人世間遭遇挫折或冤屈的人們指點迷津、解決問題，並且因爲他們所具有的神性，往往使他們能自由地喬裝變化成各種人物，自由地來去於天上人間、不受時空限制，顯示出他們與常人相異之處。不過，既然人們想像中的神界就如同人世間的投影，那麼神界必定也會有像人間一樣腐敗、無能、黑暗的神祇存在，從《硃砂擔》第三折中對淨所扮的地曹的描寫，我們多少也可以窺知一二〔註40〕。

〔註40〕《硃砂擔》第二折中，王文用父親（孛老）被白正推入井中冤死，來到陰曹地府向地曹告狀，只見淨所扮的地曹先是糊里糊塗將孛老錯認爲自家姑夫：

（孛老見淨做跪科，云）尊神，老漢特來告狀。

（淨做跪科，云）老官兒，請起，請起。

（孛老云）尊神是地曹判官，老漢是亡魂冤鬼，尊神請起，我是告狀。

（淨云）你原來是告狀的，我錯認了是我的姑夫。

除了神祇之外，在雜劇中還有一些精怪或鬼魅之類的人物，他們通常出現於度脫劇中，扮演被度脫者的腳色，例如《岳陽樓》中的柳樹精（外）；或是出現在公案劇中，飾演那些遭陷害而死，卻不甘蒙冤而現身爲自己報仇的鬼魂，例如《硃砂擔》中的王文用、《盆兒鬼》中的楊國用、《神奴兒》中的神奴兒、《生金閣》中的郭成、《竇娥冤》中的竇娥等……。這些人物活著的時候，飾演他們的腳色有末、有旦，但當他們在劇中死去後，劇作家通常就直接以「某某魂子」來稱之（如郭成、楊國用），或保留他們之前的腳色及稱呼（如《硃砂擔》中王文用的父親爲「孛老」）。因此，在此筆者並不特別將他們視爲末腳的人物類型多做說明，而只大略提出此一類型的存在。

（五）市民階層

對於題材廣泛、內容豐富的元雜劇來說，劇中大量出現的官員與文人儒士，都是末腳可以扮飾的對象；然除此之外，還有一些相對於官員與文人，而在政治與社會地位上屬於被統治階層的平民百姓們，事實上也是元雜劇中大力描繪與著墨的對象，而其中許多的人物也都由末腳來扮飾。在現實生活中很多的雜劇作家，對於這些中下階層市民的生活，有著直接的接觸與體驗，因此當他們在描寫這些市民階層的面貌與形象時，更能有生動而深入的刻畫。

元雜劇中出現最多的市民形象，是那些居住在城鎮中的平民百姓，他們通常沒有任何政治背景，一般而言也沒有受過太多教育，而他們的生活與那些享有特權的權豪勢要或政府官吏，也有著很大的差異與距離。市民階層的構成份子極爲複雜，在謀生方式上幾乎無所不包，而個人的性格或特色，也可說是三教九流。對於這些市民階層人物，元雜劇中有較多著墨與描寫的，

……

然後聽說是白正殺孛老，不僅不替他申冤，反而表現出一副猥瑣、怕死的樣子：

（淨云）既是死了便罷，告他怎的？

（孛老云）尊神，你使些神通，拿將他來折對咱。

（淨云）憑著我也成不的，你且這裡伺候著，等天曹來呵，你告他。不爭你著我去拿他，我怕他連我也殺了！

（孛老云）我不曾見你這等神道！

不過，在雜劇作家的安排下，這些無能，甚且帶點滑稽性質的神祇，通常都由淨腳飾演；而末所扮的神祇則多數仍具有正面的形象，積極地爲人民作主。此一現象正與人間官場中以末扮清官良吏，而以淨扮貪官污吏的情況類似，具有異曲同工之義。

應該要算是在元代十分興盛的「商人」一職，而其中又可概括分爲兩種類型：

1. 上層市民——財主富戶與地主：

所謂上層市民，主要指的是那些財主富戶或大地主之類的人物。他們因爲財產上的優勢，享有較優渥的物質能力，因此往往氣勢與地位也凌駕於一般百姓之上，在社會上還頗有一些勢力與影響。元雜劇中出現的這一類人物不少，例如《合汗衫》的張員外（正末）、《看錢奴》的周榮祖（正）、《忍字記》的劉均佐（正末）、《灰闌記》的馬員外（副末）、《東堂老》的趙國器（沖末）、《揚州夢》的白文禮（外）、《鴛鴦被》的劉員外等等。這一類人物在劇中出現時，大致上有幾個特點：

（1）劇本中通稱之爲「員外」。例如《灰闌記》中的祗從便說：

> 俺們這裡有幾貫錢的人，都稱他做員外。

《合汗衫》中的張義、《揚州夢》中的白文禮出場時，也說：

> 俺在這竹竿巷馬行街居住，開著一座解典鋪，有金獅子爲號，人口順都喚我做金獅子張員外。
>
> 小生姓白名謙，字文禮，揚州人也，頗有幾貫資財，人口順以員外稱之。

（2）既是富豪，多半具有廣大的錢財、物產或田庄、事業，而且往往身兼數種身份，例如《看錢奴》中的賈老員外不只「旱路上有田，水路上有船，人頭上有錢」而且還開著「解典庫、粉房、磨房、油房、酒房」，《忍字記》中的劉均佐也是「有那稻地池塘，魚泊蘆場，旅站油房，酒肆茶坊，錦片也似房廊畫堂」。除了地主的身份之外，這些富豪們幾乎都從事各種生意買賣，以累積更多的利益及財富。

（3）由劇本中的描述，我們大約可以瞭解到這些富戶財主的家業資產來源，主要是透過幾種方式：一是「祖先所積留的產業」，例如《看錢奴》中的周榮祖在第一折中即說：「小生先世廣有家財」、「則俺這家豪富祖先積」，說明他的財主地位是由於祖先庇蔭，積攢流傳下來的。二是透過「經商」而致富，《東堂老》中的趙國器，說自己：

> 想老夫幼年間做商賈，早起晚眠，積攢成這個家業。……

同一劇中的李實在第二折中也自述：

> 往常我做買賣，問甚夜，問甚明。甚的是那雨，甚的是那晴。我去那利名場往來奔競。

另外還有像《合汗衫》中的張員外及《貨郎旦》中的李彥和等，則是以經營「解典庫」的方式來累積財富。不過解典庫的經營方式獲利極多，雖仍可算是正當經營的生意，但事實上卻是與第三類中以放高利貸牟取暴利的意義相差無幾的。第三種就是運用原有的資產，如田地與金錢，靠收取田租及放高利貸的方式獲取利潤。前者如《降桑椹》中的夏德閏「祖先留傳家私廣盛，一年收十載餘糧、一倍增萬倍之利」，而後者之例更是不勝枚舉，在《鴛鴦被》、《救風塵》、《看錢奴》、《竇娥冤》、《合汗衫》、《忍字記》、《老生兒》等劇中都提到了有錢人利用放高利貸賺取高額利息的情況。由以上歸納可以知道，這些財主富戶們除了從祖上繼承產業外，主要就是靠經商或收取田租、利息的方式來累積並擴充他們的家業及財富。

（4）面對著充裕的財富，這些富豪們所表現出的人生態度又是如何呢？其中一類是努力的行善積德，捨財濟世，例如《劉弘嫁婢》中的劉弘，《東堂老》的東堂老，《合汗衫》中的張文秀等；而另一類所表現出來的卻是更加地刻薄吝嗇，且爲富不仁，如《鴛鴦被》的劉彥明，《忍字記》的劉均佐等。

基本上，從現存元雜劇劇本裡對於這些財主富商的描述中，大致能夠看到以上所列的幾種面貌；當然還有許多財主會利用金錢來與政壇官員攀關係，進而更肆無忌憚地對窮苦的人民進行剝削。官商勾結樹立了他們更加不可一世的氣焰，表現在生活及心態上，則是奢靡的享受與財大氣粗的浮誇，這些也可說都是元雜劇中對於整個社會風氣敗壞所提出的最沈痛的批判。

2. 中下層市民——小商小販：

除去那些財主富豪型的人物之外，社會上還有爲數眾多的一般老百姓，他們通常做做小生意餬口，不論在財富、家世或社會地位上，都屬於較低下的階層，無法與官員、儒士或地主富戶相比擬。雖然同樣是生意人，但這類人物卻不同於那些富戶地主，有家傳的產業做爲資本，可以輕鬆的出租田地、開解典鋪來坐收漁利；他們的本錢很有限，頂多只能開個小店鋪，勉強養活一家人，有的甚至連開店的能力都無，只好將貨物背在身上，走村串疃的四處叫賣。元雜劇中出現了許多這樣的小商小販，而他們做的生意種類也十分多樣，有開絨線鋪的（《魔合羅》中的李德昌（正末）），有工匠（魯齋郎）中的銀匠李四（外）），有酒肆茶坊的老闆（《酷寒亭》的張保（正末）），有屠戶（《任風子》的任屠（正末）），還有開生藥鋪、賣查梨條兒的等等。而那些像流動攤販一樣四處營生的小販或貨郎兒，他們所賣的東西就更多了，舉凡平常生活中所需的日用雜貨、婦女的胭脂水粉，以及孩童們嬉耍的玩具，都在他們身上找的到。

不論是有固定店面的經營，或是必須四處流動的叫賣，這些小商小販通常都只有菲薄的資本，有很多人迫於生活無奈，還必須借貸爲賈，《燕青博魚》的燕青淪落街頭，於是「借人資本，爲營運，避不得艱辛，則要這兩字衣食准。」《盆兒鬼》中的楊國用到表弟家借了五兩銀子，置辦些雜貨做買賣，說是「似這般少米無柴怎計划，因此上背井離鄉學買賣」。本錢短少之外，四處奔波的生活也十分辛苦，《硃砂擔》中的王文用曾深深感嘆道：

想俺這爲商賈的，索是艱難也呵。【仙呂黑絳唇】戴月披星，忍寒受冷，離鄉井。過了些芳草長亭，再不曾半霎兒得這腳定。

說明了這些商販們爲了多賺取利潤，往還於各地的辛酸與無奈。此外，元雜劇中的這些小商販，還時常受到權豪勢要、貪官污吏或富豪惡棍的欺凌與傷害，甚至還有生命之虞。例如《魯齋郎》中的李四被魯齋郎搶走妻子，《盆兒鬼》中的楊國用住進黑店，被惡棍盆罐趙害死；而《魔合羅》中的李德昌也在出外買賣的回途中，被李文道用藥毒死。元代商業的繁盛，促使經商爲賈的風潮一時興起，故而許多以小商販爲主要描寫對象的故事就成爲元雜劇作家據以創作的題材，而其中又以這些商販被剝削、欺凌，甚至殺害的情節爲最主要的故事內容，從創作的角度來看，其中必然也相當程度地反映了元代確實的社會現象。

第三節　小　結

以上所列出的五大類人物類型，可以說是現存元人雜劇中「末」腳所扮飾的人物類型裡，比例較大，也較具有明顯的特色與時代意義的幾種類型；不過這並不表示末腳所扮飾的人物，僅僅侷限於此五大類而已。事實上，由於元雜劇的題材確實相當廣泛，所描寫的人物也包羅萬象，因此我們仍不難發現，除此五大類人物以外，末腳仍可扮演劇中許多其他的腳色，例如歷史故事中的帝王（《梧桐雨》的唐明皇、《漢宮秋》的漢元帝、《疏者下船》的楚昭公）、將相（《伍員吹簫》的伍員、子產、鱄諸、《昊天塔》的楊令公、孟良，《單刀會》的關羽），或是家庭社會劇中其他的市井小民（《劉行首》中的樂探、《生金閣》的老人里正、《瀟湘雨》中渡船爲生的崔文遠……）等。而在此只將此五大類人物類型歸納而出並加以說明的原因在於：一者這些人物在元雜劇中出現的比例較高，如以市民階層的商人一類來說，在據以研究歸納的一百六十二部雜劇作品中，以商人腳色出現的人物就有六十位之多，其他如官員或水滸英雄等，雖然在數量上不及商人，但以雜劇中所有出現的人物來說，其比例仍是較高。同時我們也不難發現這些人物的時出一轍，雖然他們在每個劇中都各有其背景、個性與思想，但普遍而言，卻都具有某些共同的特徵，代表了一種「類型化」的人物。再者，從這些類型的出現及其與元代政治社會的關係之中，我們除了能體會到創作者當時的背景與意圖外，對於題材內容本身反映在腳色運用上的現象，也能有更深的瞭解與映證。

從上述元雜劇末腳所扮飾的人物類型中，我們可以得到以下幾點值得注意的地方：

一、以上所列出的五大類型人物，都有末腳扮飾之例，也可以說在這些類型的人物中，主要都以末腳應工；但這並不表示其他的腳色就不能參與扮演。事實上，幾乎每一類人物類型中，都仍有其他腳色飾演的機會，例如官員一類中，除了清明廉能的包拯與張鼎外，也有一些貪官污吏之輩，而這些貪官污吏就多由淨或丑扮，偶爾也有像《魯齋郎》中由沖末飾演惡徒魯齋郎之例，但畢竟是少數。神祇中少數帶有詼諧滑稽或昏懦性格者，也可由淨來扮；市民中除了善良的老百姓，還有一些惡棍、流氓之屬，即便同爲財主富戶，也有一些爲富不仁、專伺剝削者、他們不由末扮，而由淨腳來負責。因此，各類型人物中，其實仍包含了其他腳色的存在，只是若由他們所扮演的人物所具有的特徵來看的話，那些較具反面性格，或是帶有一些滑稽詼諧成分的人物，通常都由淨或丑扮，而末腳所飾演的人物，則多具有正面、良善的特質，即使其不乏一些性格鮮明強烈如梁山好漢或包拯、關公者，但基本上仍不脫正面人物的形象。

二、如前所述，在這五大類人物類型中，除了每一人物個別的思想、個性和背景外，不難發現每一類型的人物都具有某些共同的特徵。包拯與張鼎的清廉正直、智勇雙全；水滸英雄的熱血慷慨、替天行道；文人儒士的風流資質、懷才不遇與戀愛受阻，還有神仙世界的鼓勵修練、度脫長生，以及小商小販的辛苦度日、乃至遭遇欺凌剝削……。這些共同的特色，除做爲筆者藉以歸納的依歸之外，更可看出元雜劇背後所隱藏的種種現實問題，以及元劇在人物的塑造上，反應出「只有類型，而幾無個性可言」的現象〔註 41〕。此外，儘管我們可大致上歸納出幾種人物類型了，但基本上這些類型彼此之間，仍存在著身份、地位、年齡及性情上的差異；即便是同一類型之中，除了某些共同的特色以外，每一人物在年齡或地位上往往都仍有很大的歧異性。如官員與市井小民之間身份地位的懸殊；同爲商人，有年老的長者趙國器、李實，也有年輕的周榮祖、王文用等。因此劉大杰在《中國文學發展史》中對於元劇腳色的看法云：「正末、正旦爲劇中之男女主腳，其餘各腳，俱爲副員，都是以年齡、性情、身份配合之」（第二十三章〈關漢卿與元代雜劇〉，頁 854）之語，以此看來，實有一些未盡之處；顯然元劇的腳色與人物類型之間，並不是依年齡、性情或身份來分工的，而且不論是哪一類型的人物，同時都有由正末、沖末、副末或外末扮飾的現象，因此其年齡、性情或是身份也應是複雜而多樣的，實在難以據此細分。

三、從這五大類型人物中，可以發現元劇的題材與腳色扮飾人物之間的關連性。亦即：若某一類題材數量較多的話，則末腳扮飾其中的某一類型人物的機會就會增加。例如元劇中有大量的度脫故事，因此末腳飾演度脫人的神仙、道士的比例就較高，而大量的公案劇，也使得包公的形象成爲末腳扮飾的主要人物之一。可見元雜劇的內容本身對於腳色所扮飾人物類型的直接影響。當然，這與元劇的腳色主要只有「末、旦、淨」三門也有極大的關係，因腳色仍有限，故大多數正面的男性人物就都由末腳應工，以與扮女性人物的「旦」行及具詼諧與反面性格的「淨」行有所區分。同時，雖然末行下尚有許多副員，但因他們依身份、性情或年齡來分工，故基本上還是各種人物類型都能扮演的。在這種情形下，劇本的情節內容與題材，相對地就成爲影響人物類型的最重要因素了！

由以上的歸納中，我們可以發現元雜劇中末腳所扮飾之人物類型，可謂包羅萬象，變化多端。而對於劇中負責主唱全劇的「正末」而言，其情形亦如是。由於雜劇的腳色體制在形成的過程中，說唱文學的諸宮調起了決定性

〔註 41〕見曾永義先生〈中國古典戲劇的形式和類別〉，收入《中國古典戲劇論集》，頁 9。

的影響，而諸宮調又是以「唱」爲主的表演藝術，因此形成雜劇中主要腳色「一人主唱」的淵源所在；因而雜劇中凡係劇中的主要人物，或雖非主要人物，但卻需以唱來表現的，便例由正末或正旦扮演，而不問其屬於何種類型性格。再加上雜劇劇目之題材廣泛，人物類型之包羅萬象，更使得雜劇中正末所扮飾之人物，幾乎涵蓋後世戲曲中生、淨、小生、武生等腳色行當的範疇。如以後世戲劇腳色分工的標準來看，像《漢宮秋》中的漢元帝、《伍員吹簫》中的伍子胥，應屬老生行當；《三戰呂布》中的張飛、《李逵負荊》中的李逵，則屬性格亮放、外表粗獷的大淨；再如《西廂記》的張生、《燕青博魚》的燕青，則應歸類爲年輕的小生或武生；然在元雜劇中，卻一律皆由正末扮演。這種情形，說明了雜劇以「主唱」作爲腳色分工標準下的一種結果，同時也反應了戲曲表演的發展腳步：畢竟以當時的社會政治經濟各方面條件，以及戲劇本身的發展而言，都還尚未能形成足以適應各種人物類型的專業化表現技術與技巧，也還沒有進一步專業分工的條件與能力，因此會有這樣的情形出現。

最後，再從「腳色」、「劇中人」與「演員」三者間的關係，來看看「正末」的功用與地位。對於「劇中人」而言，「正末」所扮演者，多半時候是「主要的男性人物」，因此「正末」所扮之「劇中人」在劇中的地位，通常也是較重要的。但有時正末卻也扮演一些在劇中極次要的人物，如探子或院公；在這種情況下，劇中的主要人物不任唱，而由次要人物唱，對以「歌唱」做爲主要表演藝術的雜劇而言，難免會有些本末倒置或喧賓奪主之虞，而劇中人物的地位，也會因此令人產生混淆。不過，這樣的情形在元劇中仍爲少數，多數時候正末還是以扮飾全劇主要人物爲主的。然不論正末所扮飾的人物是否爲主要人物，僅由「主唱」的角度來說，正末歌唱的功能依然是最受重視的。

就扮飾「正末」的「演員」而言，因其主唱全劇，故而在劇團中的地位相對地必高於其他不唱的副腳；尤其在當時而言，演出活動的戲班組織並不大，多以一家一戶的家庭戲班爲主，加以其他社會、經濟條件的限制，使得一般家庭戲班也不可能養活太多演員，一個劇團中若有一位負責演唱的「正末」或「正旦」，再加上幾位隨時串場的副腳，也就可以應付了。而根據曾永義先生〈元人雜劇的搬演〉一文中之考察，即認爲元劇中的「一人獨唱」應不只是指「一個腳色獨唱」，同時也是「一個演員獨唱」，因爲元代劇團中只有一位正末或正旦的可能性極大〔註 42〕。故而雜劇《藍采和》中，藍家班的主要演員藍采和因不堪「官身」之苦被迫出家後，藍家班的命運因此便一落千丈；因爲全劇團中最重要的表演者不在了，劇團之維繫自然會產生危機，由此亦可知「正末」於劇團中地位之崇高與重要了。

〔註 42〕曾永義先生從元雜劇每場搬演人數、壁畫資料，以及元劇通本四折並非一氣演完，每折間參與「爨弄隊舞吹打」的表演，使得演員得以有機會休息，不至於體力負荷過重……等理由著眼，認爲元劇中的「一人獨唱」應也是指「一個演員」從頭唱到尾。加以從劇本中正末改扮與重扮的例子看來，改扮人物登場，與原扮務必不同場，推測若非只有一位演員充任，何必如此？因此元劇劇團中，只有一位正末（或正旦）的可能性是極大的。
見〈元人雜劇的搬演〉，收入《說俗文學》一書，台北聯經出版社，1980。

第三章　末腳的演化——之二：南戲、傳奇、崑劇與花部亂彈

第一節　南戲、明清傳奇與崑劇中的末腳

一、南戲中的末腳——正劇人物特質與喜劇人物特質的消長

「南戲」之名，是對「北劇」而言的戲劇名詞，首見於元代夏伯和之《青樓集》。除「南戲」之名外，向有許多名異實同的稱呼見諸於載籍之中，如「永嘉戲曲」、「戲曲」、「戲文」、「南戲文」、「南曲戲文」、「溫州雜劇」、「永嘉雜劇」、「鶻伶聲嗽」、「南詞」、「南曲」、「傳奇」等約十二種名稱，名稱雖異，所指實一，但其中仍隱含了南戲從其淵源、形成，與流播過程中的發展脈絡。依據曾永義先生〈也談「南戲」的名稱、淵源、形成和流播〉一文中考察所得〔註 1〕，南戲的濫觴大約在北宋徽宗宣和年間，時稱之爲「鶻伶聲嗽」，是典型的地方歌舞小戲。南渡之後，此地方小戲吸收了流布而來的「官本雜劇」，遂形成「永嘉雜劇」或「溫州雜劇」，並繼續向外流布；其時雖可能已由鄉村進入城市之中，但仍屬於小戲階段，演員人數只一個或三兩個，敷演的故事情節也極爲簡單。作爲小戲的「永嘉雜劇」，在向外流布的過程中，從說唱文學如諸宮調、話本中汲取大量養料，借用他們豐富曲折的故事與音樂的曲調，壯大自己的內涵，進而發展成爲大戲，稱做「戲文」或「戲曲」，此時期約在

〔註 1〕發表於一九九七年五月於韓國漢城舉辦之「韓中古劇國際學術大會」。

光宗紹熙及其後的六十餘年間。根據資料記載，度宗咸淳年間，「永嘉戲曲」已流傳至杭州、江西，以及江蘇吳中等地；而除此之外，福建的莆田、泉州、彰州等地，也有戲文流入的痕跡。這大約就是南戲從其形成到流播的一個過程。正因其豐富的生命力與流動力，並不斷地與他種藝術相互交流影響，因而在發展的過程中，才會產生如許多不同的稱呼，而這也是南戲由小戲到大戲過程中最佳之例證與體現。

因此我們可以知道，小戲時代的南戲，稱之爲「鶻伶聲嗽」，或是「永嘉雜劇」、「溫州雜劇」；而「戲文」、「戲曲」或「南戲」、「南曲戲文」，則都是小戲發展成爲大戲之後的稱呼了。今日戲曲界則多以「南戲」稱之。不論是「南曲戲文」、「南戲文」或「南戲」，都只是元明二代之人爲了用以和「北曲雜劇」、「北雜劇」、「北劇」相對待的稱呼。「南戲」、「北劇」都屬於體制劇種，但北劇產生於大都市，由宋金雜劇院本中脫胎而來，而南戲則是由民間歌舞與地方小戲的基礎中發展起來的。早期鄉村生活中，人們終日忙於農事，幾乎無暇享受任何休閒娛樂；唯有豐收後的農閒時刻，才有機會與時間參與或欣賞各種地方小戲與表演；其意義不僅在於慶賀豐年、犒賞自己一年來的辛勞，同時更藉著表演來酬謝神明，以求來年的風調雨順、合境平安。這些小戲的表演多半充滿了鄉下地方質樸、熱鬧、自然的原始風貌，並且形象生動鮮明，節奏歡快活潑。從簡單自然的地方小戲，到內容體制日趨豐富的大戲；從落後質樸的鄉村，到繁華熱鬧的都市；南戲在發展演進的過程之中，不斷與其他表演藝術相互交融與影響，諸宮調、唱賺、覆賺、話本，都曾經適時地提供了南戲成長茁壯的養分，宋雜劇亦不例外。南宋偏安後，北方生活習慣隨著人民的遷徙帶至江南，於是永嘉雜劇遂與宋雜劇正式開始了頻繁的接觸交流。於是，在南戲中我們也可以發現許多宋雜劇遺留下來的表演型態，其中包括南戲中的「末」腳，其實也正是繼承宋雜劇而來。

小戲時期的南戲，其表演是以一旦一丑互相搭配的方式，反應農村生活中輕鬆逗趣、幽默討喜的一面；其形式自由活潑，而其內容也多充滿詼諧與打諢式的對話。繼而南戲也受到宋雜劇中插科打諢式的滑稽表演所影響，持續保存著詼諧的表演方式；同時更在此之外，發展出了更多更豐富、更具有內涵的戲劇題材。而在宋雜劇中負責滑稽表演的「副末」與「副淨」二腳，到了南戲中就由「末」、「淨」二腳來擔任；再加上原有民間小戲基礎上即有的「丑」腳搭配，形成了淨、末、丑三者對面的方式。早期南戲《張協狀元》中，便有許多淨、末、丑互相嬉鬧打諢的場面。有時是淨、末一對，如〈詳夢〉中淨、末分別扮張協的兩個朋友，〈投廟〉中扮山神與判官，以及李大公、李大婆等。有時又是末、丑一對，像全劇中的宰相王德用與堂候官、〈團圓〉中的衙役與幹辦。然有時也會有三者同時出現或交錯出現的場面。如：李大公一家中，淨扮大婆、末扮大公、丑扮小二；在山神廟中，淨扮山神、末扮判官、丑扮小鬼；〈買登科記〉中淨扮買者、丑扮小二……等等。不論是淨、末搭檔，末、丑一對，或是三者同時登場的方式，很明顯便是在原有小戲基礎上，又吸收了宋雜劇而發展的結果。然而我們也看到在這種淨、末、丑三對面的喜劇表演之中，淨、丑聯袂同台表演，逐漸逐漸的取代了宋雜劇中的淨、末搭檔；末的地位顯然已更多爲丑腳所取代，而產生了以淨、丑爲一對的新趨勢。試看

《張協狀元》第十六齣中的一段〔註2〕：

（淨扮李大婆、末扮李大公、丑扮小二、生扮張協、旦扮貧女）

（生）大婆來否？

（末）大婆來了。

（旦）大婆赤腳來。

（淨挈鞋出唱）（賽紅娘）先來是我腳兒三，步三吋蓮。

（末白）一尺三寸。

（淨揍）一個水穴，闊三尺橫在廟前。

（末白）是有一個水穴。

（淨揍）被我脱下繡鞋兒，自做渡船。

（中略）

（淨）亞公，今日慶煖酒，也不問清，也不問濁，坐需要凳，盤需要桌。

（末）這裡有什凳桌？

（淨）特特喚做慶煖，如何無凳桌！叫小二來，他做桌。

（末）也好。

（淨）孩兒，想你好似……。

（丑）好似什麼？好似個新郎。

（末）甚般斂道！你好似一張桌子。

（丑）我是人，教我做桌子？

〔註2〕見《永樂大典戲文三種校注》，錢南揚校注，華正書局，1985，頁86。

（淨）我討果與你吃。

（末）我討酒與你吃。

（丑）我做。

（末）慷慨。

（丑）吃酒便討酒來。

（末）可知。

（丑）吃肉便討肉來。

（末）可知。

（丑）我才叫你，便是我肚飢。

（末）我知了，只管吩咐，你做桌。

（丑吊身）

（生）公公去哪裡討桌來了？

（丑）是我做。

（末）你低聲。

（安盤在丑背上，淨執盃，旦執瓶，丑偷吃，有介）

（生、旦唱，略）

（丑唱）做桌底，腰屈又頭低。有酒把一盞，與桌子吃。

（末白）你低聲。

（旦唱）（紅繡鞋）小二在何處說話？

（丑）在桌下。

（淨）婆婆討桌來，看甚希宅。

（丑起身）（淨問）桌哪裡去了？

（丑）告我娘那桌子，人借去了。

此處以丑生動鮮明的肢體語言表現和對話上的諧趣，爲舞臺製造了極佳效果；雖然其中「末」所扮飾之李大公，與淨、丑仍有許多對手戲，但顯然淨、末在此段表演中的戲份與對白，幾乎都是專爲襯托丑腳而存在的，末腳的鋒芒確實已漸爲丑腳所取代了。

從這個情形中看來，我們可以回想一下在第一章中曾提到「參軍戲」中「參軍」與「蒼鶻」二者的「主從關係」，在當時的表演中，就是以參軍爲主、蒼鶻爲輔的；到了宋金雜劇院本中，腳色的特色與戲劇的表演自然也影響並傳承了下來，故而在雜劇院本之中，應該也是以「副淨爲主、副末爲輔」的一種表演方式。到了南戲中，由於仍然受到宋雜劇許多的影響，因此在戲劇中很多插科打諢的場面，便仍保留了「末問淨答，淨主末輔」的現象。當只有淨、末二腳互相搭配之時，腳色的功能沒有太大的變化，隨後丑腳的加入，終於使得末腳的表演受到了挑戰。蓋早期南戲中的丑腳保留了大量地方小戲的特色與傳統，因此其形象特別鮮明，表演格外生動；當丑腳加入與淨、末的搭配之後，自然能以其富於變化的趣味表現演活一個個活潑逗趣的人物、製造突出的效果〔註3〕，而此時原便居於「輔位」的末腳，可能因在表演上無法有所超越或突破，故只好相對的漸減其喜劇性而分離出來，改扮其他性質的腳色了。此種發展趨勢，隨著戲劇的發展演進，至後期更形明顯。如《琵琶記》的〈規奴〉一齣中，淨扮老姥姥、末扮院公、丑扮惜春，雖仍是三對面之勢，但在戲份與表演上並不是三人平分秋色，而是明顯的以淨、丑爲主了。試看姥姥、惜春、院公三人在花園中的對話：

（淨）院子，你服伺老相公，公的又撞著公的；我服伺小娘子，雌的又撞著雌的。

（末）又道是鳳隻鸞孤。老姥姥，惜春年紀小，也怪他傷春不得，你老老大大，也這般說，什麼樣子？

（淨）哱息！老畜生，吃你識邱茄晚結，遲花晚發；老自老，似京棗，外面皺，裡面好。你不見東村李太婆？年七十歲，頭光光的，也只是要嫁人。人問他：你老了，嫁啥的？這婆子做四句詩，做得好。

（末）四句詩如何說？

（淨）道是：人生七十古來稀，不去嫁人待何時？下了頭髻做新婦，枕頭上放出大擂槌。

（末）你有些欠尊重

（丑）便是西村有個張太婆，年六十九歲，一個公公見他生得好，只是要取他。這婆子道：你做得四句詩，做得好。

（末）如何說？

（丑）道是：青春年少莫蹉跎，床公尚自討床婆。紅羅帳裡做夫妻，枕頭上安著兩個大西瓜。

〔註3〕參見林瑋儀碩士論文《元雜劇與南戲中的丑腳》第三章〈元雜劇與南戲之丑腳的戲劇藝術〉，頁58～124。

在這一小段對話中，不難發現，末腳所扮的院公，不論在戲份、台詞或趣味性上，顯然都已不如淨所扮的姥姥與丑所扮的惜春來的搶眼、精彩（從說話的內容便可略知一二）了。至於以淨、丑爲一對的戲，在往後的劇本中更是成爲普遍的一種現象，如《殺狗記》中的柳龍卿與胡子傳、《白兔記》中三娘的兄嫂李洪一夫婦，及《荊釵記》中的錢繼母與媒婆等等。換言之，這時期雖仍可見到不少打諢、嬉鬧的場面，但比較以往由淨、末對立來表演的情況，如今淨、丑一對，或是淨、末、丑三者合作的趨勢，卻逐漸取代了末腳的喜劇地位。

南戲中以淨、末，淨、丑，或淨、末、丑互相插科打諢的表演，正是宋金雜劇院本之遺風。其中的科諢表演，又以其性質而可分爲二類，一類是與劇情內容相關者，如前引之《琵琶記》中院公、姥姥與惜春的對話；另一類則是與劇情皆無相關，即便刪去，也不會對故事的發展或情節有所影響者。例如《張協狀元》二齣中，張協夜來偶得一夢不祥，遂找了兩個朋友來討論：

（末淨嘌呾出）（淨有介白）拜揖！

（末）一出來便開放大口。尊兄先行。

（生）仁兄先行。

（淨）契兄先行。

（生末）依次而行。

（生）唉！休訝男兒未際時，困龍必有到天期。十年窗下無人問，一舉成名天下知。小子亂談。

（末）唉！

（淨）尊兄也唉。

（末）可知，是件人之所欲。唉，這唉字卻與貪字不同。唉！

（淨）又唉。

（末）也得。詩書未必困男兒，飽學應須折桂枝。一舉首登龍虎榜，十年身到鳳凰池。小子亂談。

（淨）尊兄開談了。

（末）亂道。

（淨）尊兄也開談了。

（生）亂道。

（淨）小子正是潭，正是潭。

（末）倒來這裡打仗鼓。

（淨）嘍！

（末）吃得多少，便飽了。

（淨）昨夜燈前正讀書。

（末）奇哉！

（淨）讀書直讀到雞鳴。

（末）一夜睡不著。

（淨）外面囉噪。

（末）莫是報捷來？

（淨）不是。外面囉噪開門看。

（末）見甚底？

（淨）老鼠拖個馱貓兒。

（末）只見貓兒拖老鼠。

（淨）老鼠拖貓兒。

（三合）（末爭）

（淨笑）韻腳難押，胡亂便了。

（末）杜工部後代。

（生）尊兄高經？

（淨）小子詩賦。

（末）默記得一部《韻略》。

（淨）《韻略》有甚難，一東，二冬。

（末）三和四？

（淨）三文醬，四文蔥。

（末）哪得是市賣帳？

（生）夜來夢見兩山之間，俄逢一虎。傷卻左肱，又傷外股。似虎又如人，如人又似虎。

（淨）惜乎尊兄正夢之間獨自了。

（末）如何？

（淨）若與子路同行，一拳一踢。（打末著介）

（末）我又不是大蟲，你也不是子路。

（淨）這夢小子員不得。

（末）法糊消食藥。……

從劇情的發展而言，這一段表演幾乎與故事情節都無關，即便刪去，或將之獨立抽離而出，也不會影響到故事的進展；然從另一個角度來說，作者安排這些散說滑稽的內容，卻能夠「均演者勞逸，新觀眾耳目」〔註4〕，並且達到調節節奏，活潑排場的目的，而這也正是做爲「喜劇性腳色」的「淨、末、丑」在劇中最主要的功用。

中國傳統戲曲向來重視腳色的分工與安排，因此時常在戲劇演出中，加以喜劇性腳色的滑稽表演，一方面不使主要演員過度勞累，二方面也使場面有所變化；再者藉由滑稽的內容來衝破愁苦情緒的延續，不講悲劇性的純粹，亦正是中國戲曲作家寫劇、演員演劇，及觀眾看戲的傳統習慣。故而元劇在末、旦之唱外，又以淨之科諢來點綴詼諧，沖淡氣氛；而南戲中也以淨、末、丑等腳色的科諢對話，插入戲劇表演之中，以活潑場面，並讓觀眾適時地游離劇外，轉換心情。藉「科諢」演出活潑場面，轉換氣氛的傳統，緣自於我們民族自生活中體驗而得的人生模式，那是一種「悲喜交集，苦樂相錯」的特徵，也符合日常生活的規律，因而在「戲如人生」的戲曲世界中，也深刻地透露出屬於人生的智慧，明白禍福相因之理，而不追求「純粹」的統一。

喜劇表演體現於外在的形式是詼諧笑鬧，但其中卻往往隱含了滑稽與諷諫之意。爲滑稽而滑稽的表演，就像純爲製造輕鬆的趣味而設，與劇情無關的插入性表演，往往屬於此者；而與劇情相關的內容或人物，則多半在滑稽之外，還有著創作者的針砭與諷刺之意，以及智慧的展現。南戲中以「淨、末、丑」等喜劇性腳色在劇中插科打諢的傳統，到了傳奇中仍然所在多有，不過其中「淨、末」的搭配，幾乎皆爲「淨、丑」所取代了〔註5〕。

正由於末腳在此時的喜劇表演中漸漸失去其重要性，同時隨著戲劇內涵

〔註4〕見王季烈《螾廬曲談》卷二「論作曲」第四章〈論劇情與排場〉：「一部傳奇中所派之腳色，必須各門具備，而又不宜重複者，一以均演者之勞逸，一以新觀眾之耳目。……故做傳奇者，即需將分配腳色之道，豫爲佈置妥貼，一如今日所謂排戲者之任。……」

《螾廬曲談》，台灣商務印書館，1971。頁27。

〔註5〕傳奇仍有一些「請媒」、「圓夢」、「道場作法事」、「鬧醫」、「試場」、「鬧廚」、「講學」等關目情節，時常出現打諢的表演；但其中主要負責的腳色都爲淨、丑，已不見末腳參與其中了。參考民國八十七年台灣大學中文研究所許子漢博士論文《明傳奇排場三要素發展歷程之研究》之〈研究資料甲編——襲用關目〉頁230～236。

的日益豐富，情節孳乳日益複雜，末腳遂開始由喜劇表演中脫離出來，轉而扮演劇中一些非喜劇性的人物。以《永樂大典戲文三種》，及影鈔本《荊釵記》、汲古閣本《白兔記》、世德堂本《拜月亭》、《殺狗記》、陸抄本《琵琶記》爲例，其中末腳所扮飾的人物類型約有下列幾種：

劇目／人物類型	張協狀元	小孫屠	錯立身	荊釵記	白兔記	拜月亭	殺狗記	琵琶記
副末開場	v	v	v	v	v	v	v	v
家院	張協家下人		延壽馬家人	錢府管家李成、孫汝權管家朱吉	李太公家院	蔣家家院、王府家院	楊府家院吳忠	牛太師府家院
官員	堂候官門子		聖旨使者	堂候官、小吏、承局、親兵、隸兵、禮部祇應	節度使的小吏、旗牌	黃門官、公使、驛丞、貢院小吏、堂候官	祗候官、巡軍、使臣	首領官、堂候官、黃門官、陪宴官、小吏、站官
老者	李大公		王金榜父	許將仕	李三公			張大公
神祇	土地神判官							
閒雜人等	張協友人、路人、傳話人、買登科記者	友人、張面前		十朋學友、隨從		草寇、番兵、軍士巡警、隨從、弓兵	酒店老闆	五戒、舉子
其他		孫二（男配角）						

由上表我們發現，此時末腳主要扮飾的人物，以「副末開場」、家院、及下層士大夫、官員所佔比例最高，而這些官員之中，除黃門官、使者等身份地位較高之外，多數的官階並不甚高，如小吏、門官、中軍、衙役等。此外還有一些人生歷練豐富、充滿智慧的敦厚老者如張大公、李三公、許將仕，以及許多閒雜人物如酒保、草寇、番兵、路人，也都由末扮。而在他們身上，除於個別地方還保留了一點點性格上的幽默風趣之外，幾乎已看不見原有那種豐富的喜劇色彩了。在後期南戲〔註6〕中，末所扮的腳色基本上並沒有太大

〔註 6〕筆者此處所謂「後期南戲」，主要是指明初「荊、劉、拜、殺」及《琵琶記》

變化，「開場」、「家院」與「下層官員」仍是最主要的扮飾對象，只是在此三者之外，又增加了一些身份地位較高或是沒有功名利祿的人物。嘉靖中葉後的傳奇及崑劇劇本中，末腳所扮飾的人物，基本上亦仍沿襲南戲，而以此三者爲最主要之類型。筆者擬將「副末開場」、「家院」及「中下層官吏」等人物類型，都置於下一節傳奇的部份，再作更深入之說明。

必須進一步說明的是，南戲中的末腳，所指應是原宋雜劇中的「副末」一腳。一則南戲以男女主角生、旦爲全劇之重心人物，而其中生腳或由「末泥色主張」之「末泥」而來。所謂「末泥色主張」，意指「末泥」的工作類似於劇團團長，曾永義先生亦認爲「末泥的主張和引戲的分付，皆屬戲外性質，也就是末泥是劇團的團長，職在統籌全局；引戲是劇團導演，職在引導演出，他們都不參加戲劇的搬演」〔註 7〕。而由一團的團長直接演變爲全劇之主角，就地位上而言應爲理所當然；且顯然亦有這樣的脈絡可尋。《張協狀元》副末開場中曾云：「後行腳色（指樂隊）饒個攛掇，末泥色饒個踏場」，隨即便由「生」上白：「訛未，勞得謝送道呵……」。可見南戲中的「生」應是由宋雜劇之「末泥」色而來；再看《張協狀元》中淨有言：「嗽！叫副末底過來」，隨即有「末」腳應工曰：「觸來勿與競，事過心清涼。」〔註 8〕更可見南戲中的末腳所指實爲「副末」。前文提到：「蒼鶻」本是唐代參軍戲中戲劇演出的腳色，在宋代成了末泥色，跳到劇外擔任主張的任務，彼時演戲的工作便交由其副手——副末來擔任，故而宋金雜劇院本中以「副末」爲主角。而待南戲流行起來，且與宋雜劇交流影響之後，原本宋金雜劇院本中的末泥，或因應劇團之需要，又再加入演戲之行列，且因其地位之長，而順勢成爲第一男主角，此情形亦是極有可能的。男主角既由從「末泥」轉變而來的「生」行擔任了，自「副末」而來的「末」腳，自然只屬於配角之列。於是我們可以看到南戲中的「末」行，先是繼承了宋雜劇中表演滑稽人物的「副末」，隨後其喜劇性又爲「丑」所替代，遂轉而扮演僅次於「生」的男配角，及其他男

之後，到嘉靖崑劇興盛之前所產生的戲劇作品，如《尋親記》、《東窗記》、《趙氏孤兒》、《牧羊記》、《忠孝記》、《香囊記》……等。此時期之作品在體制格律上尚未形成「眞正的傳奇」（見下一段落「明清傳奇」部份），但又不完全等同於早期南曲戲文之體例，故以「後期南戲」稱之，亦可將之視爲「早期的傳奇」。

〔註 7〕見曾永義先生〈中國古典戲劇腳色〉一文，頁 247。

〔註 8〕見《張協狀元》第五齣。收入《永樂大典戲文三種校注》，頁 32。

性腳色，而其地位亦隨著這樣的發展轉變逐漸低落了。

總之，末腳發展到南戲時期，雖仍有一些插科打諢的表演，但其趨勢卻已逐漸趨向於「喜劇性格的削弱與正劇性格的增加」，所扮演之正劇人物中，則以開場、家院、中下層官員，以及閒雜人物為主；直到後來明清傳奇與崑劇的創作與演出中，也依然直接繼承了這些人物類型，以及「副末開場」的戲劇形式。

二、明清傳奇中的末腳

南戲進入明代以後，逐漸蛻變為傳奇。以往談論南戲與傳奇時，往往僅以二者「名異實同」視之；事實上，二者雖因傳承遞嬗而有先後關係，但在體制格律上卻非完全相同。南戲蛻變為傳奇之過程既非一朝一夕，而是經過了長期的演進，曾永義先生〈論說『戲曲劇種』〉一文中，提到南戲與傳奇的分野時說：

> 南戲在歷經「北曲化」、「文士化」、「崑曲化」之後，乃集南北曲之所長，提昇文學地位、增進歌唱藝術，而成為精緻的文學與藝術，使得士大夫趨之若鶩……；劇本的記錄和流傳下來的獨多，蔚成大國而被稱為傳奇。〔註9〕

所謂歷經「北曲化」、「文士化」、「崑曲化」之後才蛻變成為傳奇的作品，嚴格說來是指明世宗嘉靖中葉以後改用崑山腔水磨調來演唱的「傳奇」，才算眞正的傳奇，因為這樣的傳奇在體制格律上才眞正由南戲蛻變完成為一新劇種；而至於明初《琵琶記》至嘉靖前之作品（大約可以呂天成《曲品》中將之稱為「舊傳奇」的多數作品為代表，以別於水磨調成立後創作之「新傳奇」作品〔註10〕），只能算是南戲過渡到傳奇的產物；不僅體制格律未臻完整，且作品數量亦有限，尚未能眞以「傳奇」稱之。此說誠然將南戲與傳奇之分野明顯劃分開來，也讓讀者對於南戲、傳奇，甚至於後來的崑劇三者之間的前

〔註 9〕收入《論說戲曲》一書。台北聯經出版社，1997，頁 258。

〔註10〕《曲品》卷下之「舊傳奇」包含：《琵琶記》、《拜月亭》、《荊釵記》、《牧羊記》、《香囊記》、《趙氏孤兒》、《金印記》、《連環記》、《玉環記》、《白兔記》、《殺狗記》、《教子記》、《綵樓記》、《四節記》、《千金記》、《金丸記》、《精忠記》、《雙忠記》、《斷髮記》、《寶劍記》、《銀瓶記》，《嬌紅記》、《三元記》，《龍泉記》、《投筆記》、《五倫全備記》等二十七部作品。
《曲品》，呂天成著，收入《中國古典戲曲論著集成》之六，北京中國戲劇出版社，1982。

後關連、發展、演變的過程有了更清楚的認識。不過傳奇到底是由南戲一脈相承而來的，儘管經過時代的推移與演變，南戲在蛻變的過程中，於腳色、體制、格律、表演各方面都逐漸產生了更進一步的發展；此一過渡之歷程中所產生的創作固然不多（尤以明初至成化年間，幾無作品產生，成化以後至嘉靖中葉，作品亦很有限），但卻適足以顯示出一新劇種在蛻變尚未完成，仍在轉換調整中的蛛絲馬跡。這些「舊傳奇」或許體制格律未臻完整，尚未能以「傳奇」稱之，但其中蛻變的痕跡不容忽視，也不能再單純地以「早期南戲」之體例視之。因此筆者考量仍將發展變化中這一部份「舊傳奇」（後期南戲）作品歸於「明清傳奇」的範疇中加以討論；至於上文談及「南戲中的末腳」時獨選擇宋元時代之南戲作品，以及明初的「荊、劉、拜、殺」及《琵琶記》進行較多分析；至於萬曆《浣紗記》之後明清二代之長篇傳奇著作（即所謂「眞正的傳奇」），則同時歸入「明清傳奇」以及「崑劇」的論述之中。

如前所言，明傳奇的體制規律大抵上仍繼承了宋元及明嘉靖中葉以前的南戲，但在曲套、戲文及搬演形式等各方面，都已與南戲有許多的不同。在腳色名目的分化與扮演上，傳奇主要仍繼承了南戲「生、旦、淨、末、丑、外、貼」的七種腳色體制，而分工更爲細密。孫崇濤先生〈關於南戲與傳奇的界說〉一文中有云：

> 腳色扮演方面，明初南戲基本上維持宋元南戲「生、旦、淨、末、丑、外、貼」的七種腳色體制，行當不足，採用「改扮」、「倒扮」的補充。明傳奇開始衝破這個體制，最初由「生旦爲主」中，分化出「小生」與「小旦」之類。南戲採用「一腳承包制」。所謂「一腳承包制」，即同屬一種腳色的劇中許多人物，由一個演員承包到底，故而它的同場戲中，絕不可能出現如兩淨、兩丑等腳對戲的。傳奇開始改變這種情況，尤其是後期的傳奇。……

這段文字說明了明清傳奇與早期南戲在腳色扮演上前後細微的差異，同時，亦反應出了戲曲腳色分工過程中的一個現象，即：戲劇發展初期，演員在表演中「一趕幾」的情形，隨著戲劇發展的腳步而漸漸有所轉變了。劇團規模擴大或演員人數增加，不僅可提供戲劇表演者較從容而優質的演出，同時也逐漸促成了戲劇腳色分工的日益精致與細密。

由於南戲傳奇與雜劇產生的背景不同，使得南戲、傳奇在體例上與元雜劇也有極大的差異，其中不論是腳色的名目或分工方式，都各有特色。儘管如此，在戲劇盛行與流播的過程中，二者之間依然不可避免地產生了許多的互動與影響；從劇本題材內容上的承襲，到腳色名目與分工方式的互相影響，在在顯示出元劇與南戲、傳奇之間彼此激盪、相濡以沫的痕跡。若從腳色分工與扮飾的人物類型上來看，我們發現原本在元雜劇中許多由末腳扮飾的人物或類型，當他們在南戲、傳奇中再度出現時，應工的腳色卻不只是末腳，而有了一些改變。例如在元劇中作爲清官典型的包拯，到了傳奇中，卻成爲淨腳所扮飾的人物〔註11〕；又如元劇中描寫了許多才子佳人的故事，其中做爲主角的文人儒士們也多爲末扮，但到了南戲傳奇中，便多改爲例扮男主角的生來扮飾了。這樣的改變一方面固然肇因於南戲、傳奇擁有較爲多樣的腳色名目（七行），因此在腳色行當與扮飾人物的對應之間也有較多的選擇性；同時南戲「所有演員皆可唱」的體例與元劇「一人獨唱」的差異，也有直接的影響。元劇一人獨唱之例，使得所有類型的人物都有可能，也有機會成「正末」（或正旦）的一員，因此其腳色分工不能以人物類型來類歸；但南戲與傳奇的體例卻是所有演員都可唱的，因此更能排除由「唱或不唱」這樣的條件下去定位腳色的侷限。因而南戲傳奇在腳色分工的過程中，便可以從「人物類型」與演員的「專業技藝」上來著手，並進一步形成腳色、人物類型、及其表演技藝三者之間的關連性。

正由於戲劇發展過程中，腳色的分化日趨細密，每一行當所扮飾的人物類型也逐漸明顯與一致，因此元劇中幾乎「所有正面形象男子都由末扮」的現象，到了南戲、傳奇中便有了轉變。有些人物因其性格上特別的鮮明突出，故歸入「淨」行（如包拯、水滸英雄等），有些人物在劇中居於男主角的地位，故而由「生」扮，特別是在以才子佳人故事爲主要題材的傳奇中，那些文人儒士之輩，便都歸入「生」行；還有那些帶有滑稽詼諧的甘草性格，或有時使些小奸小惡，但無傷大雅的人物，則歸入「丑」行。如此一來，在腳色分工的情況下，仍然會有一部份人物由「末」或「外」來扮飾，但其中的人物類型，自然就不再像元劇中那麼包羅萬象，而是類型減少，並逐漸具有某些共同特性了。

《浣紗記》之前明清傳奇中的末腳，主要仍繼承南戲的傳統，用來「開場」，同時也扮演劇中一些次要的閒雜人物。扮飾人物時出現的腳色名稱概有：末、副末（亦作付末）、小末。末所扮飾之人物多爲家院、官員、神仙或

〔註11〕此部份當涉及元雜劇與明傳奇腳色之過渡與轉換情形，筆者於下一段傳奇中末腳所扮飾的人物類型中有詳細說明。

閒雜人物，如《趙氏孤兒》之程嬰（趙盾家人），《尋親記》之陳容（黃普家院）、黃門官，《明珠記》的王遂中，《香囊記》中的賓客、黃門官、老漢蹇綸，《千金記》中的張良、仙人、頭目等等。在「舊傳奇」的部份，末腳仍然可見部份的諧趣性格，在《香囊記》、《寶劍記》、《玉玦記》中也還有一些由末腳參與演出的諢鬧關目〔註12〕。但此一特色在往後劇本中便漸漸減少了。

《浣紗記》之後的傳奇作品中，基本上末腳並沒有太大的改變，除了「開場」外，也扮一些官員、下人或老漢，如：《清忠譜》之毛一鷺家院、縣令陳文瑞，《紅拂記》之楊素家院、西嶽大王；副末也扮家院，如：《鳴鳳記》之朱良、林相、牛信，又扮司吏、解元或老漢，如《鳴鳳記》中的易弘器，《琴心記》中的司吏，《桃花扇》中的老贊禮。「小末」見於《綵毫記》中扮宦官高力士，《玉合記》扮李抱玉，《三元記》中扮堂候官等。「小」字並無年輩之分，只是相對於「末」而有戲份輕重之別，和「副末」一樣，都是指的末的副腳。不過這時候「末」行所扮飾的人物之身分，似乎有較爲提高之趨勢，像《浣紗記》中的文種，《鳴鳳記》中的孫丕揚，《雙金榜》的皇甫孝緒、《西園記》的夏轀卿等，身份地位都較前期所扮的下人、衙役等爲高。

針對此階段明清傳奇中末腳所扮的人物類型，筆者歸納爲三個主要特色與方向，加以深入說明：

（一）反面人物與烈性人物逐步歸入「淨」行

明清傳奇中有許多故事內容或描寫的人物，在元雜劇中便曾出現過，像包公、李逵、關羽、焦贊、虬髯客、安祿山……等，都是人們極愛觀賞的故事主角。這些人物在北雜劇中，由於是一人主唱的關係，只要是全劇甚或一折中的主要人物，便都由正末扮演（如：《陳州糶米》的包公、《三奪槊》的尉遲敬德、《雙獻功》的李逵、《單刀會》的關羽等）；因此到了明代，當劇本中出現這些人物時，最初也是由生腳，或末、外腳臨時應工，例如前面提到的嘉靖本《寶劍記》中，由「外」飾高太尉一腳，但到了萬歷年間陳與郊據《寶劍記》改做的《靈寶刀》中，就改由「淨」腳飾高俅。此外尚有正面人物如《寶劍記》中的李逵、魯智深皆由末扮，《連環記》的關羽、《紅拂記》的虬髯客都由外扮等。之所以會出現這種情形，乃因傳奇中的主角爲生、旦，生旦之外的其他男性人物，則多由外、末應工，尤其在劇團人數不足的情況

〔註12〕如《趙氏孤兒》第十二齣；《香囊記》第三、十齣；《寶劍記》第三、四十五、五十一齣；《玉玦記》第三齣中末仍有諧趣的表演。

下，除了全劇主要人物外，其他人物便常由末、外等腳色以兼演、改扮的方式充任之。這些起先由「末」或「外」應工的人物，大部份以正派英雄人物爲多，而後他們則多改由「淨」腳來扮飾。蓋淨腳在元雜劇中，即具有奸邪人物的特質，到了南戲與傳奇中，更將此奸邪性質予以強化，而成爲專門扮演反派人物的主角。同時，許多性格豪放或剛毅勇猛的正面英雄人物，如尉遲敬德、虯髯、焦贊、包公等，也漸歸入淨行的脈絡。因爲此類人物無論唱做都要求比較豪放，需有大刀闊斧之勢，若由外或末扮恐怕過於文細平和，於是便在淨行中有了新的分化。淨腳原具奸邪特質，只要以原有的人物性格爲基礎，再在氣勢做表上予以重點加強，即可順利地塑造權臣奸相的面貌；但如包拯、關公等英雄豪傑的形象，與淨原來的特質相距較遠，因此在淨行尚未發展出正面英雄人物的脈絡前，就必得借末或外以爲過渡轉承，這是腳色演進過程中極爲自然的現象。王安祈於《明代傳奇之劇場及其藝術》一書中對此過渡之現象曾有清楚的說明，並詳列一表比較虯髯、包拯、鐵勒奴、關羽等人物在各本傳奇中前後出現的腳色〔註13〕，茲抄錄於下以爲參考：

人　名	外或末	淨
虯髯客	1.汲古閣本紅拂記（外）	1.墨憨齋重訂女丈夫
太史噭	1.汲古閣灌園記（外）	1.墨憨齋新灌園傳奇
包　拯	1.文林閣刊本高文舉珍珠記（外） 2.文林閣刻本袁文正還魂記（外）	1.文林閣刊本觀音魚籃記
尉遲敬德	1.富春堂本薛平遼金貂傳奇（外） 2.富春堂本薛仁貴跨海征東白袍記（末） 3.《歌林拾翠》收金貂記「敬德打朝」（外）	1.《八能奏錦》收金貂記「敬德南山牧羊」 2.《玉谷新簧》收金貂記「敬德牧羊」 3.《玉谷新簧》收金貂記「敬德釣魚」 4.《玉谷新簧》收金貂記「敬德耕田」 5.《摘錦奇音》收金貂記「敬德罷職耕田」 6.《詞林一枝》收金貂記「胡敬德詐粧瘋魔」

〔註13〕參考王安祈《明代傳奇之劇場及其藝術》第四章〈腳色與人物造型〉，台灣學生書局，1986，頁232～234。

		7.《大明春》收征遼記「敬德南山牧羊」 8.《歌林拾翠》收白袍記「犒賞三軍」 9.《歌林拾翠》收金貂記「山岡牧羊」 10.《歌林拾翠》收金貂記「溪邊約魚」 11.《歌林拾翠》收金貂記「歸農耕田」
鐵勒奴	1.明・唐振吾刻本宵光記	1.《綴白球》收宵光劍之「相面」「掃殿」「鬧莊」「救青」「功臣宴」
關羽	1.《八能奏錦》收五關記「雲長霸橋餞別」(外) 2.《詞林一枝》收曇花記「關羽顯聖」(外) 3.《堯天樂》收曇花記「眞君顯聖」(外) 4.《樂府紅珊》收單刀記「漢雲長公祝壽」(末) 5.《樂府紅珊》收三國志「關羽長赴單刀會」(外) 6.文林閣本觀音魚籃記(外) 7.汲古閣本曇花記(外)	1.《詞林一技》收古城記「關羽長聞訃權降」 2.《詞林一技》收古城記「關羽長秉燭達旦」 3.《怡春錦》收四郡記「單刀」

就正派人物而言，末、外與淨之差別在於末、外之性情較爲中庸平和(如:《琵琶記》的蔡公、張大公，《荊釵記》的許將仕、錢安撫，《一捧雪》的方相公、《桃花扇》的張薇……)，而淨的性情則較常人突出，似包拯之剛毅、虯髯之豪放、李逵之粗莽，均過於常人，若由外、末扮飾，就顯現不出其中的差異了。故而馮夢龍改定舊本《紅拂記》爲《女丈夫》時，便將虯髯客一腳以淨代外；而萬曆年間出現的尉遲敬德一腳，也一律由淨行應工了。這些情形，除了讓我們看到腳色在演進過程中，因爲本身的分工標準與表演特色無法在一朝一夕中即固定完成，因此會出現以他腳暫代、過渡的現象外，同時也更進一步地凸顯出各行腳色之間，由於扮飾人物類型的漸趨一致，而形成更爲明顯的腳色分工；淨行的反派人物、奸邪性質，英雄豪傑、恢弘氣度，以及外行的正派長者、中庸平和的氣質，也隨著腳色在以「人物類型」與「專業技藝」爲分工標準的情形下日漸凸顯。

（二）編劇體制的代言人——副末開場

一般說來，明清傳奇的體制中，第一齣多稱爲「副末開場」，亦即由一個非劇中人物「副末」上場，簡單地介紹家門梗概、劇情大要，讓觀眾對於戲劇內容與作者立意先有所瞭解，而後再開始正戲的演出。因此簡單地說，所謂的「副末開場」，其實就是一本戲的「報幕」，也可以簡稱之爲「報台」，報台之後，正戲才開始演出。通常「副末開場」有一「基本形式」：副末上台後，先朗誦一支曲子（詞一闋），交代作者的創作意圖；接著，副末詢問後台人員今日演何劇目，後台人員報出劇目名稱，這一問一答之間，稱爲「後台問答」；問答之後，副末再朗誦一支曲子（詞一闋），介紹劇情提要；最後，加上四句下場詩（亦稱落場詩或收場詩），提綱挈領地總結整個劇情。當然，這只是一個基本形式，並非所有劇本中的副末開場都按這樣的形式一成不變〔註14〕。

傳奇中副末開場的藝術形式並非明代始有，在此之前的宋元南戲中，就有這項傳統了，我們從《永樂大典戲文三種》中即可看到。不過南戲中的副末開場，其形式顯然較之明清傳奇中的副末開場要複雜一些，其中甚至可能還有一些歌舞或說唱的表演〔註15〕，但大致說來，其寓意與作用仍是相同的。從南戲、傳奇，到後來流行的崑劇，都保留了副末開場的藝術形式，其中雖多少有些形式或名稱上的變化與歧異〔註16〕，但主要作用仍不變。

關於南戲副末開場之形式來源，徐渭《南詞敘錄》中有言：

> 宋人凡勾欄未出，一老者先出，夸說大意，以求賞，謂之「開呵」今戲文首一出，謂之「開場」，亦遺意也。〔註17〕

似指南戲之副末開場，正從宋人之「開呵」而來。開呵，亦即「開和」，又作

〔註14〕例如有些劇中的副末開場不用下場詩，而用題目正名，有的將下場詩省略，又將題目置於後台問答中；也有的劇本乾脆第一齣就是正戲，直接將副末開場置於第一齣之前……。形式上雖有一些小小的變化，但與基本形式的差異並不算很大，也無損於其作用的展現。

〔註15〕《張協狀元》副末開場中，除抒發感慨與介紹劇情外，還有「後行腳色饒個攢掇（指樂隊演出），末泥色饒個踏場（應指表演舞蹈）」之語；成化本《白兔記》中的副末開場，除介紹劇情、後台問答及下場詩外，還有宋人秦觀詞一首，及唱〔紅芍藥〕哩羅嗹曲。可見其中尚有一些歌曲、舞蹈的表演。

〔註16〕除形式上的小變化外，副末開場的名稱也有一些變化，有些作品中稱之爲「家門大意」、「家門梗概」、「家門始末」、「家門正傳」、「開場引首」，也有兩個字的，如「開宗」、「標目」、「正名」、「始本」、「揭領」、「提唱」、「傳敘」等……，名目雖異，但意思都是一樣的。

〔註17〕見《南詞敘錄》頁246。

「開喝」，《雍熙樂府》、《樂府新秀》和元明雜劇《藍采和》、《八仙獻壽》中，都曾提到此一名詞。明代李開先《園林午夢》，開頭有四句六言詩，題做「開和」，詩云：

輪轉心常不動，爭長競短何用，撥開塵世閒愁，試聽《園林午夢》。

然後正戲開始，由末扮漁翁上場唱【清江引】。

如此看來，「開和」似就是在正戲開始之前，先向觀眾報告節目名稱。其形式與南戲之副末開場類似，因此徐渭之說，應爲可信。當然，南戲副末開場並不是照搬開呵，其中自然還有一些新的發展與演變。

《水滸全傳》第八十二回中寫雜劇演出情形，由「末」色上場，「最先來提掇甚分明，念幾段雜文眞罕有，說的是敲金擊玉敘家風，唱的是風花雪月梨園樂」〔註18〕。此處，末腳不僅先「提掇劇情」，而且還加念幾段雜文。上述開呵中之老者，只是出場說明大意，他也不是腳色之一；但《水滸全傳》中所描寫的雜劇開場形式，顯然較之開呵更接近南戲之「副末開場」了。大概由宋代說唱藝術中之開呵，演變到宋雜戲開場，而後再進一步成爲南戲開場的形式吧。

副末開場之形式既可在南戲、傳奇及崑劇中持續保留，必有其存在之作用與意義。李漁《閒情偶寄》〔註19〕中言：

未說家門，先有一上場小曲，如【西江月】、【蝶戀花】之類，總無成格，聽人拈取。此曲向來不切本題，只是勸人對酒忘憂，逢場作戲諸套語。

說的是傳奇開場的第一曲，多以反應作者勸人及時行樂的人生態度爲主，而與戲劇內容皆無關。此情形雖有不少，但並非全部，事實上從很多劇本中的副末開場，仍能看到他們與戲劇內容互爲表裡、相互呼應，並反映出創作者的立意。例如《五倫全備記》開場：「若於倫理無關緊，縱是新奇不足傳」，鼓吹戲劇應宣揚封建倫理道德之宗旨，而全劇也以封建倫理的宣揚提倡爲其重點；《清忠譜》開場：「一傳詞壇標赤幟，千秋大節歌白雪，更除奸律呂作陽秋，鋒如鐵。」表示爲現實奮鬥而寫作的態度，其戲劇內容也猛烈地抨擊了明末閹黨的惡行，歌頌東林黨人之奮鬥。因此，副末開場的第一個作用，

〔註18〕見《水滸全傳》第八十二回「梁山泊分金大買市，宋公明全夥受招安」《水滸全傳斂注》，施耐庵、羅貫中原著，李泉、張永鑫校注，里仁書局，1994。頁1355。

〔註19〕見《閒情偶寄》卷之三「格局第六」。頁66。

即在於通過第一支曲子，表明了作者的創作意圖、戲曲主張，使觀眾能對作者的立場有所瞭解，從而更有助於看懂戲劇中的內涵與深意。

其次，副末開場中的後台問答、介紹劇情總括全文，是將全劇的劇情提要簡略而突出的點出，讓觀眾在看戲之前，能先對劇情有大致的瞭解與掌握；同時，也藉由這提綱揭領的過程，再一次將作者所提倡、信仰，與希望觀眾瞭解的重點凸顯出來。因此，其意義正如同作者的代言人，而性質則像一張說明書般，讓觀眾得以事先導覽。

除了表明作者之意圖、主張，及讓觀眾對劇情有事先、大致的瞭解外，副末開場還有第三個作用，即「迎客、靜場」。宋元時代，戲劇多在廣場上或勾欄中演出，觀眾並非同時進場，而是三三兩兩，有先有後；進場之後，又往往喧嘩嘈雜，沒有秩序。明清時代，戲曲在茶樓演出，但觀眾多半也是一邊喝茶聊天，一邊看戲，空氣裡總是瀰漫著一股喧鬧嘈雜的氣氛。這時候，在正戲開始之前，就必須先讓觀眾安靜下來，做好心理準備迎接戲劇的表演。而副末開場正具備了這樣一個靜場的作用，當原本空無一人的台上，忽然上來了一個腳色，開口請「暫息喧嘩，略停笑語」，「賢門雅靜看敷演」〔註 20〕，則觀眾之注意力就會因此轉移到舞臺之上。等觀眾安靜下來，劇場秩序良好了，便開始正戲的演出。這不僅能培養觀眾聚精會神看戲的心情，同時也不會影響到演員們的演出情緒，對於戲劇演出的品質，也有著直接的影響。

雖然從明代到清代，副末開場的形式多少經歷了一些變化〔註 21〕，但負責擔任此一「開場」之主角，卻始終都以「末」腳爲主〔註 22〕。清中葉李斗《揚州畫舫錄》中有「梨園以副末開場，爲領班」之記載〔註 23〕，說明當時副末的職責與地位。儘管對整齣戲而言，這並不是劇情的一部份，而且此副

〔註 20〕《張協狀元》開場：「暫息喧嘩，略停笑語」，「賢們雅靜，仔細說教聽」；《小孫屠》開場：「喧嘩靜，佇看歡笑，和氣藹陽春」；《破窯記》開場：「賢們聽戲文，可意恬靜莫喧嘩」；《草蘆記》開場：「須雅靜，莫喧嘩」……以上諸例，皆可見副末開場「靜場」之作用。

〔註 21〕徐扶明〈試論明清傳奇副末開場〉一文中，提到副末開場所經歷的變化，歸納約有三類，一爲「簡化了的基本形式」，一爲「擴充了的基本形式」，第三類爲「不採用念詞牌的形式」。收入《中國古典小說戲劇論集二》，趙景深編，上海古籍出版社，1987。頁 150。

〔註 22〕此報台專利到了清末民初的崑劇團中有了轉變，除副末外，老生、老外也可承應，顯示出副末地位的逐漸下降。

〔註 23〕見清・李斗《揚州畫舫錄》，頁 122。

末一腳也通常不在劇中參與演出〔註 24〕，但對於南戲與傳奇的體例而言，卻非常的重要。副末開場的內容看似簡單，但往往最難下筆；李漁《閒情偶寄》中云〔註 25〕：

> 雖云爲字不多，然非結構已完，胸有成竹者，不能措手。即使規模已定，猶慮做到其間，勢有阻撓，不得順流而下，未免小有更張。是以此折最難下筆。

同樣的，擔任此開場腳色的副末，其工作也並不輕鬆。在報台的時候，副末必須要自然大方、口齒清晰，說話鏗鏘有力，最好還能聲音宏亮、悅耳動聽，如此才能使觀眾有專業而親切的感受，進而立刻融入接下來的正戲表演中。

（三）次要人物的輔助功能

南戲、傳奇中的末腳除負責開場之外，主要還扮演劇中一些次要的男性人物，其中多數是戲份並不甚重的閒雜人等，但也有少數在劇中戲份與地位皆不輕，可算是男配角之屬的人物。依他們的身份、年齡與功用，大約可分爲以下幾類：

1. 皇帝的代言人——黃門官

傳奇、崑劇中的末腳，時常扮演官吏之職，而其種類極多，由其職稱名目中即可窺見，如：使臣、獄吏、堂候官、旗牌官，承局、新隨、隸兵等等；大多數末腳所扮飾的官吏，其職等都較爲低下，尤其時常扮演由「外」腳所飾的官員下面的小吏，亦即聽命於大官，供大官吩咐、差遣的小官吏。舉例而言，如《忠孝記》中試官（外）的手下採訪使，《白兔記》中聽命於節度使的小吏，《綵毫記》中的副元帥李光弼（大元帥郭子儀由外扮），《還帶記》中試官的手下等等。一般而言，這些小官吏在劇中出現的機會及頻率頗高，但由於他們在劇中的地位不高，對於劇情的影響也很小，因此儘管他們在場上上上下下，但卻以過場的性質居多；同時，在劇中這些人物也往往沒有自已的名姓，多直接以其官職來稱呼他們。但特別值得一提的是，在末腳所扮飾

〔註 24〕大部份劇本中，此副末並不參與劇中演出，但也有少數例外，如《桃花扇》中的「老贊禮」一腳。副末老贊禮，一方面充當開場腳色以及現場觀眾，冷眼旁觀地抒發觀感，另一方面又融入劇中，參與了〈哄丁〉、〈拜壇〉的演出，目睹了南朝興亡。這是作者的巧思創意與有意安排，讓身兼二任的副末一腳，遊走劇中與劇外，更有助於突破全劇之主題思想，是很特別的處理。筆者於第五章〈末、外的表演藝術〉第二節中將對此有更多說明。

〔註 25〕見《閒情偶寄》卷之三「格局第六」，頁 65。

的官吏之中，雖多爲卑職小者，然其中亦有地位較崇高特別者，「黃門官」即是一例。所謂「黃門官」，乃因宮禁門爲黃色之故，所以稱爲「黃門」官；劇本中黃門官多以「皇帝代言」的身份出場，而其出現場合則以頒佈聖旨、宣達聖意、官員奏朝及御試爲主。

戲劇表演敷演歷代傳唱不歇的故事，義夫節婦、孝子賢孫，通通可以化爲劇中人物，再現於舞臺之上，何以劇本中卻不直接讓皇帝出現，而要以「黃門官」代替呢？針對此一問題，我們可由明代的律令中加以瞭解，發現原來有明一代，是明令禁止優人扮演皇帝的。明代帝王雖頗多愛好戲曲者，諸王因好戲曲乃至投入劇本創作者，亦不乏其人；然太祖、成祖這二位君王，卻曾頒佈了一些對戲曲不利、規定嚴謹的法令。如：洪武六年刑部尚書劉惟謙等奉敕所撰洪武三十年五月刊行的《御製大明律》中即記載：

> 凡樂人搬做雜劇戲文，不許裝扮歷代帝王后妃、忠臣烈士、先聖先賢神像，違者杖一百；官民之家，容令裝扮者與同罪。其神仙道扮及義夫節婦、孝子順孫、勸人爲善者，不在禁限。

其中明白揭示了「凡樂人搬做雜劇戲文，不許裝扮歷代帝王后妃」之禁令。到了成祖時代，其律令更加嚴苛，顧啓元《客座贅語》〔註 26〕卷十〈國初榜文〉中云：

> 永樂九年七月初一日，該刑科署都給事中曹潤等奏乞敕下法司：今後人民優倡裝扮雜劇，除依律神仙道扮、義夫節婦、孝子順孫、勸人爲善及歡樂太平者不禁外，但有褻瀆帝王聖賢之詞曲、駕頭雜劇，非律所該載者，敢有收藏傳誦印賣，一時拿送法司究治。奏聖旨：但這等詞曲，出榜後，限他五日都要乾淨將赴官燒毀了，敢有收藏的，全家殺了。

如此嚴厲的律令與榜文公佈下來，果然十分奏效，優人不敢拿全家人的性命開玩笑，因此有明一代劇本，碰到非借重皇帝不可的地方，便只好用「黃門官」來敷演了。太祖所頒佈的律令到了清代也被抄在《大清律令》卷三十四〈刑律雜犯〉之中，只是將「忠臣烈士先聖先賢」易位作「先聖先賢忠臣烈士」，其他一字不改，意義仍同。清世宗雍正三年，又將此律令載入《大清律例按語》卷二十六〈刑律雜犯〉中，其所加按語爲：

〔註 26〕《客座贅語》，顧啓元著。收入原刻影印「百部叢書集成第一百輯『金凌叢刻』第一種」。嚴一萍輯，藝文印書館。

> 此言褻慢神像罪也。歷代帝王后妃及先聖先賢忠臣烈士之神像，皆官民所當敬奉瞻仰者，皆搬做雜劇用以爲戲，則不敬甚矣。故違者樂人滿杖，官民容裝扮者同罪。其神仙道扮及義夫節婦孝子順孫，事關風化，可以興起激勵人爲善之念者，聽其裝扮，不在應禁之限。

此律令及按語在其後清高宗乾隆五年所頒佈的《大清律例按語》卷六十五〈刑律雜犯〉中又被載入，可見其相沿承襲，而對戲曲表演之影響，不可謂不大。

明清二代，即在此嚴厲的律令規範之下，使得戲劇中的皇帝從無機會現身，舉凡需有皇帝出現的場合，皆以黃門官來代替。然而，黃門官究竟爲何官職，可有此榮幸，擔任一國之尊皇帝的「代言者」呢？依據《中國歷代官制大辭典》〔註27〕中之說明，所謂「黃門官」，可指：

1. 「黃門令」。其意義爲「官名，西漢爲少府屬官，掌宮中乘輿狗馬倡優鼓吹等事，職任親近，由宦者充任。有技藝才能者常在其署待詔。……」（頁732）

也可指：

2. 「黃門侍郎」（即「給事黃門郎」之簡稱）：「官名。秦、西漢爲郎官加“給事黃門”省稱，亦稱“黃門郎”。爲中朝官員，給事於宮門之內，侍從皇帝，顧問應對，出則陪乘，與皇帝關係密切；多以重臣、外戚子弟、公主婿爲之。東漢與“給事黃門”合爲一官，遂成爲“給事黃門侍郎”省稱。……」（頁733）

不論是黃門令或黃門侍郎，其共同點都在於「職任親近」，尤其「黃門侍郎」更是「侍從皇帝，顧問應對，出則陪乘，與皇帝關係密切」，可見黃門官之特色，即在於爲皇帝身邊最親近、出入相隨，關係密切者，即因此原因，故以「黃門官」作爲「皇帝的代言者」，不論從實際面或戲曲表現面來說，都極爲合理且合適。《明月環》第二十八齣〈遊街〉，末扮黃門上，即謂：「下官給事中黃門是也」，《雙珠記》第二十六齣〈奏議頒赦〉中末亦扮黃門，，自報家門後即言其「身親丹陛，職侍紫宸，左右乎一人，作朝廷之耳目，往來於九極，通上下之玄爲。……」正說明其於朝廷的重要，以及與皇帝之間的緊密關連。

黃門官既作爲皇帝的代言人，因此其於劇中的出現，多以宣讀聖旨、頒佈旨意爲其表演內容，或於朝臣上朝奏議時，負責接取奏章，或於御試過程

〔註27〕《中國歷代官制》，大陸北京出版，1994。

中與考生上殿對策，對策後旋即聖旨下，及第封賞。而由於所代表的是至高無上、倍極尊榮的天子身份，因此其表演也絕對不能流於草率。根據許子漢論文《明傳奇排場三要素發展歷程之研究》中所統計明傳奇的「襲用關目」〔註28〕裡，即有「奏朝」、「御試」二關目，「奏朝」下謂：

> 大多由黃門官（主要由末扮演）接奏章，與上奏者演出對手戲，少數由內臣或天子應對，或與「內」（後台之人）對答。（頁210）

並舉出汲古閣本《拜月亭》等出現「奏朝」關目之劇凡一百四十三例。「奏朝」中黃門官上場，多以一段詞賦性質的賓白形容早朝景象，上奏時通常奏事者唱曲，接奏章者則用賓白。例如汲古閣本《拜月亭》第四齣〈罔害皤良〉中，末扮黃門上，先唱：

> 【點絳唇】「漸闢東方，殘月淡啓，猶伺顯，平閃清光，點滴簷鈴響。」而後云：「萬燭當天紫霧消，百花深處漏聲遙，宮門半闢天風起，吹落爐香滿繡袍。自家乃金朝一個小黃門是也。主司儀典，出納綸音，身穿獸錦袍，與賓客言；口含雞舌香，傳天子令，如今早朝時分，宮裡升殿，怕有奏事官到來，不免在此侍候。怎見得早朝？但見銀河耿耿，玉露瀼瀼，似有似無；一天香霧，半明半滅，幾點殘星。銅壺水冷，數聲蓮漏出花遲；寶鴨香消，三唱金雞明曙早。人過御溝橋，燈影裡衣冠濟楚，馬嘶宮巷柳，月明中環珮鏗鏘。鐘聲響大殿門開，五音合內宮樂奏。只見那奉天殿、武英殿、披香殿、太乙殿、謹身殿，巍巍峨峨，日光乍林仙掌動。奉天門、承天門、大明門、朝陽門、乾明門，隱隱約約，香煙欲傍袞龍浮。其時有御用監官、尚膳監官、尚衣監官，各司其事，備其所用；鴻臚寺官、光祿寺官、太常寺官，各守乃職，聽其所需。周旋中規，折旋中矩，降者降而升者升；過立色勃，執圭鞠躬，跪者跪而拜者拜。文官有稷契伊傅之才，武將有起翦頗牧之勇。正是日明光天德，山河壯帝居；太平無以報，願上萬言書。道猶未了，奏事官早到。」

主要先自報家門，說明自己平日爲官負責之事，而後便利用大段篇幅述說早朝的景象，並於其中描述皇宮莊嚴、氣派的一面，以爲帝王家之烘托。大段念白中，更常以四六駢文或排比的句型爲之，如「銀河耿耿，玉露滾滾，似有似無；一天香霧，半明半滅，幾點殘星」、「奉天殿、武英殿、披香殿、

〔註28〕見頁169～212。

太乙殿、謹身殿，巍巍峨峨，日光乍林仙掌動。奉天門、承天門、大明門、朝陽門、乾明門，隱隱約爾，香煙欲傍袞龍浮」、「周旋中規，折旋中矩，降者降而升者升；過立色勃，執圭鞠躬，跪者跪而拜者拜。文官有稷契伊傅之才，武將有起翦頗牧之勇」等都是，文字工整典麗，必上下兩句相對，且喜用疊字以增聲情；內容則多用以描寫景物之盛美，展現鋪排華麗之情狀。尤其演員唸白時，須唸得鏗鏘有力、聲情頓挫，將駢儷文體之美充分表現出來。此爲黃門官出場時十分常見的表演方式，因其背後爲皇帝的化身，具有宣達聖意之作用，因而不能太過草率，以免有褻瀆之嫌。

同樣的，「御試」關目中雖不全以末所扮的黃門官擔任主試者（有以外扮待漏侍臣、參知政事、黃門官，也有小生扮考官，或由後台應答之例），但比例仍頗高，以出現「御試」關目的二十三例來說〔註29〕，即有《五倫全備記》、《桃符記》、《青衫記》、《玉簪記》、《四喜記》、《玉杵記》、《吐絨記》、《鷫釵記》、《景園記》、《明月環》等十劇，都由末所扮之黃門官爲主試者。表演時主考官多用賓白，考生則唱曲回答，如《桃符記》第二十二齣〈召對金鑾〉，末扮侍臣上曰：

> 户外昭容紫袖垂，雙歇御座引朝儀；香飄合殿春風轉，花覆千官淑景移。晝漏稀聞高閣報，天顏有喜近臣知；宮中每出歸東省，會送夔龍集鳳池。自家黃門便是。昨日京兆府尹包龍圖大人，薦秀士劉天儀才通經濟，今日官家親御殿廷召對，著俺傳旨，在此伺候。

隨後淨（包龍圖）、生（劉天儀）上，黃門官開始詢問生一些問題：

> （末白）修身以何爲本？
>
> （生唱【駐雲飛】）……
>
> （末白）正心又以何者爲準則？
>
> （生唱）……
>
> （末白）奉宣諭：據劉天儀所對，爲治宜當法古，且著敷陳。
>
> （生唱【前腔】）……

顯示黃門官的主要表演方式以賓白爲重，而演唱的機會則較少。

〔註29〕此二十三例爲：《五倫全備》、《馮京三元記》、《玉玦記》、《繡襦記》、《雙珠記》、《桃符記》、《青衫記》、《玉簪記》、《四喜記》、《玉丸記》、《玉杵記》、《金蓮記》、《吐絨記》、《櫻桃記》、《鷫釵記》、《梨花記》、《景園記》、《明月環》、《情郵記》、《千祥記》、《四美記》、《青袍記》（二例）。參見許子漢論文，頁213～214。

除了奏朝、御試等場合外，在喜以團圓收場爲結局的明傳奇中，許多故事最後也都有以黃門官或使臣上場宣詔封賞，而後謝恩總結的關目，南戲、傳奇中出現此關目之劇本約有八十二例，其中六十二例爲先演團圓之事，而後使臣上場，宣詔封賞，再以謝恩總結，如汲古閣本《拜月亭》〈洛珠雙合〉、《連環記》〈團圓〉、《鳴鳳記》〈封贈忠臣〉、《還魂記》〈圓駕〉等；另二十一例則只有使臣宣詔封賞、謝恩總結，如《殺狗記》〈孝友褒封〉、《獅吼記》〈同榮〉、《春燈謎》〈表錯〉等〔註30〕。而此處使臣所代表的身份及意義與黃門官相似，也都是皇帝的代言者。

儘管黃門官在同一齣中出現的次數並不多，對於劇情之發展也沒有太大的影響，但由於他所代表的是身份崇高，隱藏在背後的帝王，因此其地位不可忽略，也由於帝王身份之高貴、特殊，及其出場時以宣達聖意爲主要內容，影響所及，使得其表演藝術以大段唸白爲主，而其內容則多以四六駢文及典麗工整的文字刻畫宮殿情狀、早朝景致，藉此凸顯帝王之家莊嚴、富麗、高貴的特徵。近代崑劇演出，末腳重頭戲「三賦」〔註31〕之一，即爲《琵琶記·亂朝》中的黃門官一腳，其內容爲長篇韻白，表演的重點就在於末腳的說白功夫；可見得末扮的黃門官一腳，不僅在身份地位上代表著崇高無上的帝王，在表演藝術上，也同樣具有一定的要求與特色。

2. 忠誠順從的僕人形象——家院

除了黃門官、使臣，以及許多中下層官吏之外，南戲、傳奇中的末腳亦時常扮演家院與下人的腳色，例如《荊釵記》中的錢府管家李成，《拜月庭》中的陀滿興福的家院、蔣家院子、王府家院，《殺狗記》的楊府家院吳忠，《趙氏孤兒》中趙盾家院程嬰，還有《還帶記》之裴旺，《鳴鳳記》之朱良、牛信，《一捧雪》的莫成……等等。幾乎每一部傳奇劇本中，都會有一、二位家院下人存在，他們有的有名字，如莫成、吳忠，有的沒有名字，就以院子或男女、左右稱之。在這些家院中，還可略分爲二類。第一種大多屬於極次要的配角，通常只是上場一下子，聽從主人的吩咐後，漫應一聲就下去了；有的則有較多的念白表現，如《琵琶記》中牛府家院在第十八齣〈伯喈牛宅結親〉一開始，牛丞相（外扮）曰：「左右何在？」末隨即上場，云「畫堂深處風光

〔註30〕參見許子漢論文，頁191～194。

〔註31〕所謂「三賦」乃 指三篇文辭，即《西川圖·三闖》中諸葛亮的「轅門賦」、《琵琶記·辭朝》中黃門官的「黃門賦」與《三國志·刀會》中魯肅的「荊州賦」。

好，別是人間一洞天」。（外白）：「來！我今日與小娘子畢姻，筵席安排了未？」（末白）：「已安排了。」（外白）：「怎見得？」（末白）：「【水調歌頭】展開金孔雀，褥隱繡芙蓉。……」但多數家院卻連口白都沒有，只是純粹過場的性質。通常這些人都沒有自己的名字，僅以家院、院子、左右、男女代替。而他們上場時，有時也會有一些相同的詩句，用以代表他們的身份，最常見的就是「有福之人人服侍，無福之人服侍人」，然後便是「廳上一呼，階下百諾，相公（老爺）磕頭……」等等。此外，這些人物身上往往還會帶有一些些的滑稽性格，雖然不再以詼諧調笑為主要表演內容，但仍能看出某些痕跡，例如前文所引《琵琶記》中牛府家院與嬤嬤、惜春之間的表演即是。

第二種則是在劇中地位較為重要的，雖然身為家院下人，但在作者的安排與塑造之下，這些家院的個性便鮮明了起來，並且通常都具有忠於主人、赤膽熱忱的特性，也因為他們在劇中的戲份較重，表演與出場的次數較多，故而作者通常會在家院的身份之外，再給他們一個名字，例如：程嬰、李成、莫成、裴旺等。在這些家院人物的身上幾乎已找不到滑稽的一面，取而代之的則是忠心、敦厚、不顧個人生死，誓死為主人效忠的忠僕特色，我們可舉程嬰、莫成及李成三人為例說明。

《趙氏孤兒》〔註 32〕講的是春秋時代晉國大將屠岸賈陷害相國趙盾一家，而後由死裡逃生的趙盾的孩子（即「趙氏孤兒」）為全家人報仇雪恨的故事。程嬰本是趙盾子趙朔門下之徒，當趙家滿門良賤三百餘口被誅盡殺絕，趙朔要程嬰逃命之際，程嬰卻堅持與趙朔同進退，他對趙朔說：

程嬰寧可與駙馬同生死，豈可捨駙馬嗎？（第二十一齣〈周堅替死〉

這是他忠心的第一層表現，寧可與主人同死，也不願棄主不顧而苟安。公主在宮中產下一子，為了保住趙氏香煙，程嬰冒著生命危險扮成草澤醫生進入宮中，偷偷地將趙氏孤兒帶出宮中。過程中必須接受許多的盤查、訓問，還得佯裝鎮定；為了保護趙子性命，程嬰甚至忘卻個人生死，膽大地對著守門的韓厥曉以大義。而當屠岸賈知道公主產下一子時，為了趕盡殺絕，竟不惜下令以全國無辜新生兒的生命做要脅；而此時程嬰不但未將趙氏孤兒獻出，反而決定「用自己的孩子代替」。他說：

〔註 32〕《趙氏孤兒》，宋元人作，姓名不詳，收入《全明傳奇》第七，明人另有改編本傳奇《八義記》。《全明傳奇》，中國戲劇研究資料第一輯，林侑蒔主編，台灣天一出版社。

> 我如今不免將孤兒寄在結義公孫忤臼家，把我兒代孤兒死。待孤兒長大成人，說與他冤枉之事，一則報主之恩，二則再不疑趙盾家有人，三則救得一國男女之命。（第三十齣〈嬰計存孤〉）

試想若非忠心赤誠若是，怎能如此捨棄親生骨肉而無絲毫怨言？更因爲如此，他被不知情的公主與他人誤會，說他忘恩負義、趨炎赴勢，但他卻爲顧全大局，不曾多做解釋，只是忍辱含悲地教養趙子長大成人。在這故事中，程嬰不僅表現出爲人僕忠心耿耿的一面，更顯露出他爲國家社稷的大局設想，而不惜犧牲小我的美好情操，同時他的智慧與膽識，也在劇中表露無遺。可以大膽地說，若無程嬰這樣的忠僕護主捨子，只怕趙氏一家的血海深仇，終究只有石沈大海的命運了。而相似的情形，我們在《一捧雪》〔註 33〕中的莫成身上也看的到。

莫成是《一捧雪》中莫懷古的家僕，莫懷古因爲送給嚴世蕃假的一捧雪玉杯，無意中又酒醉說出了眞相，逃走時被嚴擒獲；莫成爲了救主，連夜趕赴蘇州總兵戚繼光處，懇求戚搭救懷古。戚繼光欲待相救，但卻無計可施，此時莫成遂挺身而出，說自己身受莫家豢養之恩，情願代主人一死。他在〈換監〉一齣中言：

> 老爺且停悲泣，聽小人一言告稟。老爺承先老爺宗祧之重，況公子年幼，未列縉紳，老爺一身關係非小，只有小人世受豢養之恩，此身之外，無可報效，今日呵，唱：
>
> 【五般宜】遇著這今生仇夙世冤孽，怎忍見擎天柱未央命捐，我拚得頸血濺黃泉。……

即便莫懷古不肯，莫成仍堅決此意，並說如主人不從，自己將立刻撞階而死。在莫成的堅持之下，懷古與之交換穿戴，莫成代主而死，也讓莫家的冤屈在日後有昭雪的機會。除了〈換監〉，在〈送杯〉、〈代戮〉、〈搜杯〉等齣中，莫成除對劇情之發展具有關鍵性的影響外，在表演藝術上也有精彩的表現。來看〈搜杯〉一齣。〈搜杯〉演嚴世蕃率領校尉至莫懷古家中搜索一捧雪，因有湯勤之言在先，故嚴世蕃顯得勢在必得。進入莫府後，二人先在廳堂答話，繼而嚴世蕃直入中堂搜杯，中堂未尋著，再入臥房，卻想不到臥房中竟也遍尋不著，嚴世蕃只得訕訕地再轉回廳堂。這一連串動作讓觀眾隨著嚴世蕃帶領眾人快速地進進出出（舞臺之上以同一空間的來回往返表示），而感受到一

〔註 33〕清・李玉撰。收入《全明傳奇》第 136，台灣天一出版社。

種緊張的氣氛，既猜測他是否會搜到玉杯，又擔心他眞的搜到玉杯。然而作者在此處早已安排了莫成「預先藏杯」的動作，其情節是：

雜嚷介：嚴爺到。

（生做忙出迎淨介）

末（即莫成）背云：「奇怪得緊，嚴爺平日再三請他不來，今日爲甚到此？（看介）面上都是怒容，卻是爲何？（頓足介　）呀！我曉得了（急向內奔下）」

當莫懷古慌忙迎接嚴爺之際，細心謹愼的莫成已然由嚴爺的滿面怒容察覺出其「來者不善」，遂「急向內奔下」，顯然有所動作。作者安排莫成打一個「背躬」〔註 34〕，面向觀眾獨白，說明他心中的想法。獨白中雖未言明將有「藏杯」之動作，但其始懷疑、後了悟，隨即急奔向內的描述，觀眾或已不難猜到其動向。但在尙未眞正「搜杯」之前，此安排依然留有一絲懸疑氣氛，使人無法確定嚴爺是否眞會搜到玉杯，而當嚴世蕃悻悻離去，莫懷古也露出一絲驚異不解的「呆介」表情時，就更符合人情常理。在這裡，莫成的演出雖仍有限，但其背躬演出一段，一方面道出了他的心理反應，引發「藏杯」的後續動作，遂使得嚴世蕃無功而返，進而牽引出後來莫懷古脫逃、被擒，莫成救主的情節；而另一方面，就戲劇氣氛的渲染，情節高潮的製造而言，莫成藏杯之考量與動作，也確實達到了表演上的最佳效果。

不論是〈送杯〉、〈搜杯〉中的謹愼忠誠，或〈換監〉、〈代戮〉中的捨己救主，對莫成而言，都是最義無反顧的表現。因覺自己身爲莫家下人，累代爲莫家之僕，因此忠心耿耿；主人蒙難，即便要他以身相代也在所不惜。他所表現出來的，正是典型忠僕的特性：犧牲小我，忠心可鑑日月。

以上所舉二例，都是在面臨主人生死存亡之際，挺身相救，忘卻己身的忠僕；也是家院中較具特色，也較有表現的人物。從故事情節的發展而言，此二人都具有重要的地位，《一捧雪》中若無莫成的「換監、代戮」，莫懷古便可能命喪嚴世蕃之手；趙盾一家若無程嬰「以子代死」，保全了孤兒性命，則全家三百多條冤屈人命，更無報仇雪恨之日了。故從劇情來看，此二人的

〔註 34〕「打背躬」，戲曲表演術語。演出過程中，人物甲與人物乙進行交流時，人物甲背對人物乙，面向觀眾説出人物自己的潛台詞，即「內心獨白」或「旁白」因人物背對所交流的人物，故稱「打背躬」。此指莫成對莫懷古與嚴世蕃等人，向觀眾説明他的心理反應。

參見《中國戲曲表演藝術辭典》，余漢東編著，湖北辭書出版社，1994，頁 586。

存在是十分重要的，其於戲劇中的表現，更帶領著高潮的展現，緊緊扣住情節的轉變，以及觀眾的心情。《趙氏孤兒》全劇四十四齣，而程嬰共出現二十次，其中十二場擔任主角，八場爲主要配角，僅次於由「淨」扮演的屠岸賈（十七場中有十六場擔任主角），及由「生」扮演的趙朔（十七場中有十五場任主角），若視其爲全劇主角之一，亦不爲過。因此不論從戲份、結構或劇中之功用及地位來看，程嬰與莫成對於關鍵劇情都具有具體作用，關係著整個情節的發展推進，是極重要的人物。

再看《荊釵記》中的李成形象。《荊釵記》〔註 35〕寫王十朋與錢玉蓮始分後合事，爲典型的才子佳人故事。全劇主線繫於王十朋與錢玉蓮身上，而其他副線的發展，如孫汝權的從中阻撓、竄改家書，王母的上京尋兒等動作，皆依主線的進展而產生。李成於劇中爲錢府管家，深得錢父信賴，其爲人善良敦厚，戲份不多，只能算是一次要人物。而他在劇中的幾個動作，如隨王母上京尋兒，順利找到十朋與之相見（〈見娘〉）、及跟隨錢流行夫婦投靠女婿（〈上路〉）等，也是依賴著玉蓮不服母命，不願改嫁而跳江這條主線的發展而展開的；如若脫離了主線的情節而存在，則李成的形象不僅不具意義，而其感人之處也無法凸顯了。

雖然和莫成一樣，都屬於次要人物，但李成卻又不同於莫成。他的出現，對故事中的樞紐事件並不具關鍵影響，故單從情節的發展來看，李成的出現似乎並無絕對必要。然而，中國古典戲曲的構成，情節只是其中一環，舞臺上的氣氛、情境，劇中人物的內心情感，演員的身段、動作、表演手法等，同樣都是戲曲藝術的展現與內涵。因此，雖然像李成這樣一位對主要情節發展沒有任何影響的人物，他的出現卻在「表演藝術」上具有特別的意義，成爲一個不可或缺的人物。論及其表演藝術，主要可從二方面加以說明，一是舞臺身段的「配舞」功用，另一則是由其「對話藝術」中體現、深化人物情感，進而輔助情節的作用。

先看「配舞」的功用。〈上路〉一齣寫錢流行偕夫人與李成三人，前往投靠女婿王十朋，一路上三人乘舟趕路，心情愉稅，邊走邊賞景的情景。明末汲古閣《六十種曲》本《荊釵記》中並〈上路〉一齣，僅有第四十一齣爲〈晤

〔註 35〕《荊釵記》。柯丹丘撰，收入明．毛晉輯選《汲古閣六十種曲》第一冊中。台灣開明書局。

婿〉，今對照《審音鑑古錄》〔註 36〕之〈上路〉，其曲文大同小異，使用的曲牌也相同，可知〈上路〉原由〈晤婿〉改寫而來。〈上路〉與〈晤婿〉在曲文上沒有太大的出入，唯〈上路〉中增加了較多的賓白。〈晤婿〉中以唱曲爲主，賓白部份只有外、淨（飾錢夫人）、末唱完【小蓬萊】曲牌，由外、末各念【臨江仙】詞一闋，而後末說「今日日麗風和，花明景曙……」之語，其餘再無說白；但〈上路〉中卻在曲文中增加了許多對話，其生活化的內容，使得人物形象因此更生動、鮮明，更具立體感。例如：三人行至途中，錢母唱【前腔】（即【八聲甘州】）：呀呀！幽禽聚遠沙。隨後末指著遠處對錢父說：

「員外，這是青山。」

外：「嗄，青山。」

末又指地下曰：「綠水。」

外：「綠水，果然好景。」

短短幾句對白，恰將二人輕鬆賞景的悠閒心情，與主僕之間的融洽和諧點了出來。三人唱完「漁搓弄新腔一笛堪誇」後，

副（錢母）白：「走弗動哉，雞眼痛，坐坐嘿好。」

末：「嗄，就在這裡略坐一坐。」

外：「咳！我想早歲遊庠，何曾受此跋涉？」

副：「咳！今日之下才是孫汝權勾天殺勾虐！」

外：「不要說了。」

（唱）【解三醒】「爲當初被人謊詐，把家書暗地套寫，致吾兒一命喪在黃泉下，受多少苦波查。……」

先是由錢母生活化地說白，表明他們遊逛一陣後，需要休息，並進一步透露出賞景心情之外的感嘆，進而引出下一段「想當初被人謊詐」的情感；前後呼應，更顯示出今日上路投靠女婿，在心情上由當日的誤解怨怪，而今釋懷欣慰的轉折。透過對話，不但將遊賞的情緒與動作做一結束，同時也與劇中人物前往和女婿相聚時的心理情感先後結合。

當然，賓白與對話之外，全場中對於景致的欣賞與人物心理的描寫，主要仍透過三人的動作、身段，配合曲文演唱表現出來。《審音鑑古錄》中對【八

〔註 36〕《審音鑑古錄》二冊。清琴隱翁編，王繼善補飴，道光十四年刊本。收入《善本戲曲叢刊》第五輯，台灣學生書局，1987。

聲甘州】、【前腔】二曲的身段表演，有極詳盡的身段譜記載〔註 37〕。幾乎每一句唱詞，都搭配不同的動作，並常以「外」爲主，而「副」、「末」二人爲輔；如唱「一鞭行色」，則「外轉身對右上踏右足，拐側豎右胸，左手提左腰衣衝身看右上地，末、副在後旁做襯看介」，接著唱「遙指」二字，「外隨前勢，右肩高左肩低，扭身慢看左上地，末、副藉勢視科」，都以外之動作爲主，而副、末於旁搭配、陪襯。在這樣的表演中，三位演員必須有極佳的默契，才能透過三人於場上的舞蹈身段表演，將一路所見景致描繪出來；同時，也透過賞景時的身段動作與表情，而將人物的情感與情景充分地互相融合。李成在這一折以動作爲主的關目中，對於身段的輔助，舞臺畫面的錯落有致與均衡勻稱，明顯具有極重要的輔助作用，尤其三人連唱帶做時的位置變化，直接影響了整個畫面的營造與美感。

身段動作上的輔助搭配之外，由「對話藝術」中，亦能達到深化情感、輔助情節的作用。以下筆者以〈祭江〉內容爲例，並試由崑腔與弋陽腔系劇本的比較來做一簡單說明。

〈祭江〉寫王母（老旦）於媳婦玉蓮投江自盡後，欲前往京城尋找十朋，臨行前與李成來到昔日發現玉蓮繡鞋的江邊，捻香祭拜、祝禱。《六十種曲》中老旦唱【風入松】一曲的內容是：

> 嘆連年貧苦未逢時，誰想一旦分離。我孩兒自別求科舉，怎知道妻房溺水？但說來又恐驚駭我兒，絕不可與他知。

完全是由老旦一人以唱的方式道出心中感情。而《新鍥天下時尚南北新調堯天樂》〔註 38〕卷一下層〈官亭遇雪〉一齣中，老旦所唱【風入松】，曲文部份與《六十種曲》大致相同，但又插入了不少賓白：

> 嘆當年貧苦未逢時，（記得先君在日，何等安然，自從先君亡後）焉知道有今日？（兒去求名，指望榮宗耀祖、改換門閭。誰想人居兩地，天各一方了。）我孩兒一去求科舉，兒怎知道妻房溺水？（成舅，近前來，聽我囑咐你幾句。此去到京，見了你姐夫，自古道，寧可報喜，不可報凶！）你千萬莫說起投江事情，待說起又恐怕痛殺我孩兒，你休要說與他知。

〔註 37〕見《審音鑑古錄》頁 320～322。

〔註 38〕殷啓聖編，萬曆間福建書林熊稔寰刻本，收入《善本戲曲叢刊》初輯，學生書局，1984。

而至於山西萬泉縣百帝村所發現的《荊釵記》青陽腔本第十二回〈行程〉中的【風入松】〔註39〕，顯然更爲複雜：

母：嘆當年貧苦未遇時，豈知道一旦分離。（我想我那先君在世，門容車馬，户納簪纓。不想我那先君去世，家業漸漸消滅，別無一有。眞是人居兩地，天各一方。）十朋孩兒求功名。（似別人生下孩兒，讀書做官，榮先耀祖，改換門閭，不似老身，生下十朋，一去求名，竟不思歸。）媳婦又去投江死。（李成！）

李成：親母。

母：（此去若到那京城之地，見了你那不幸的姐夫，寧可報喜，莫可報憂了。成舅呵！）千萬莫說那投江事。

李成：說了怕怎麼？

母：你若說起投江，（豈不知你那姐夫，與你那姐姐，他乃是恩愛的夫妻，聽說此言，必定肝腸烈碎，血淚兒交流。成舅呵！）怕只怕跳煞我那嬌兒。囑咐你言詞需牢記，切莫說（又）與他知。

很明顯地我們可以看到，在曲牌之間加入大量賓白顯然是弋陽系聲腔的一大特色。王安祈《明代傳奇之劇場及其藝術》一書中，對於弋陽腔系與崑曲在賓白運用上的差異有如下的說明〔註40〕：

弋陽系諸聲腔戲曲對於賓白的運用是勝過崑曲的。弋陽子弟借用崑曲劇本時，除了以幫腔、加滾「改調歌之」之外，還有曲文之間加入了大量的獨白、對白，甚至滾白，使情文更爲周洽。蓋崑曲音樂旋律抒情性較強，一支曲牌必須從頭至尾毫不間段地歌唱，才能顯出其『流麗悠遠』的特質，因此崑腔曲牌中插入賓白的不多，即使有也都很簡短，也多半不在曲文之內。

在〈官亭遇雪〉與〈行程〉二折中所增加的，不僅是個人獨白，更有與李成的對白。雖然從劇本中可以看見，大多數的賓白仍以王母爲主要的表現者，李成只是在一旁應諾、答腔的那個人，但若以之與《六十種曲》中全由王母一人演唱的方式相較，顯然原本那種由老旦一人唱出內心情緒與種種考量的方式，卻轉而透過二人間一問一答的相互激盪，而將人物心理的刻畫、情感

〔註39〕參看趙景深著〈明代青陽腔劇本的新發現〉一文。收入《戲曲筆談》一書，上海古籍出版社，1980，頁87～104。

〔註40〕見第五章〈音樂與賓白〉。

的描寫，做了更曲折、細緻，也更爲深入的呈現了。今日雖無法得見青陽腔中李成的實際演出情狀，但從劇本中的記載與青陽腔念白的特色來看，我們不難推知李成一腳，對於整個舞臺氣氛的烘托、陪襯與情緒點染上，必是具有相當重要的作用與影響的。

透過身段的陪襯、賓白的穿插使用，使得李成這一人物，雖然在戲劇情節的發展上屬於次要腳色，但卻於表演藝術的層面，具有重要的輔助功能，於人物塑造、情感深化與舞臺表現各方面，都不可或缺。除了上述所舉之例外，李成在表演藝術上的特色，尚有諸多可供深究之處，筆者將於本文第五章〈末、外腳的表演藝術〉之〈次要人物輔助功能的展現〉一節中，再做深入的說明。

以上即是南戲、傳奇中由末腳扮飾家院的幾個人物。有的在戲劇情節的樞紐具有關鍵地位，如程嬰與莫成，有的雖對劇情不具影響，卻在表演藝術上有極大的發揮與特色，如李成。而不論是李成、程嬰或莫成，以及其他有名或無名的院子，他們所表現出來的性格，大多是一種忠誠而正面的形象。唯一較特別而不同的例子，當只有《鳴鳳記》中嚴府的家院「牛信」。在整齣戲中，牛信出現的場次並不多，但其形象卻在作者的刻意經營刻畫下，十分地鮮明。不同於一般較爲敦厚老實的家院，牛信的囂張氣焰與目中無人，顯得極爲突出且生動。試看〈吃茶〉一齣。楊繼盛爲彈劾仇鸞之事至嚴嵩府邸，先遇嚴府管家牛信，就遭了白眼：

（小生飾長班）：「門上那位爺在？」
（末飾管家牛信上）：「人來投見先參我，要做高官需挽咱。是什麼人了？」
（小生）：「兵部楊爺在此。」
「末」：「呀，楊先兒。」
（生扮楊繼盛）：「管家，太師爺可曾梳洗麼？」
（末）：「喏，不知可曾梳洗。」
（生）：「若梳洗了，相煩通報說兵部楊主事求見。」
（末）：「諾，就說你要見嗎？住著！」（下）
（生）：「長班，這是哪一個？」
（小生）：「就是牛班頭。」
（生）：「可就是牛信嗎？這等大模大樣，少不得有一日會他。」

從這段簡短的對話中，不難想像牛信該是那種依仗著主人權勢而表現出囂張、不可一世的態度的從僕。看他對楊繼盛一副愛理不理的神情，好像說「在這兒我最大，你們要見我主子，還得看我牛大叔高不高興，要不要替你通報呢！」作者也許是想透過這樣一個家院形象的描寫，一方面凸顯嚴嵩的權勢與氣焰，一方面強調楊繼盛所遭受的屈辱委屈。小小的管家就如此目中無人了，那主人會是如何，自是不難理解。果然楊繼盛連嚴府大門都沒有機會進去，一句「多講！門上的打發他去，不要在此胡鬧……」，就把他硬生生地阻擋在外，不得其門而入。在這之中，牛信爲了烘托主人的形象，故而也呈現出一副醜陋的反面人物嘴臉，可以說在多數的家院人物中是較爲特別的。不過，若以其與主人嚴嵩之間的主從關係來說，劇中雖未著墨，但看他與主人沆瀣一氣的氣質展現，必然也不至於違背「忠心」的形象才是。

3. 其他——閒雜的男性人物

以上是南戲、傳奇中末腳所扮飾的人物中較爲重要、也較有表現的類型。除此之外，末腳還扮飾許多閒雜的男性人物，其戲份與地位儘管不那麼重要，但卻是末腳扮飾人物類型中出現機率極多的；依其人物特色，又有以下幾種：

（1）老　者

從腳色行當與人物類型之間的關係來說，「年齡」往往也是其中的一項特色，例如傳奇中生腳多半扮演「年輕」男子，而旦則多飾「荳蔻年華」的少女。但對於末腳所扮飾的人物來說，似乎在年齡上就沒有如此嚴格或特殊的限制，從劇本中看來，末扮孩童、青年、中年及老年的例子都曾經存在。而在這些不同年齡的人物之中，筆者發現有許多「老年人」的形象極爲特別且生動，故亦將之視爲末腳所扮飾的人物類型之一。這些老者中有一些屬於市井小民，例如《張協狀元》中的李大公，《琵琶記》中的張廣才，《白兔記》的李三公，《金印記》中蘇秦的叔叔，《永團員》中的劉義等等。他們多是性格溫良敦厚的慈祥老者，對於落難中的主角經常伸出援手，適時地給予一些鼓勵或幫助，讓人感受到濃厚的人情味。譬如《金印記》中蘇秦的叔叔，就是這樣一位善良溫厚的長者。當蘇秦想不開欲投井自盡時，叔叔救了他，並收留他在家；當全家人包括父母、兄長及妻兒都對蘇秦失去信心，而且極不諒解的同時，只有叔叔依然對他充滿信心，並主動地爲他準備盤纏，讓他出外求取功名。對蘇秦而言，叔叔不只是救命恩人，更是貴人，因爲他的幫助與鼓勵，蘇秦才能完成他的理想。又如《琵琶記》中的張大公，更是一位可敬可愛的老人家；在劇中充分展現了負責任、講道義、有正義感與同情心，而且有始有終，敦親睦鄰的性格與特色。

基於愛才、惜才、渴望鄉鄰上進的心理，張大公熱心地鼓勵蔡伯喈往京城赴試，並且主動答應會好好照顧蔡公一家人，他對蔡伯喈說：

> 自古道：千錢買鄰，八百買舍。老漢既忝在鄰舍，秀才但放心前去，不論有甚欠缺，或是大員外老安人有些疾病，老漢自當早晚應承。（第四齣〈蔡公逼試〉）

伯喈尚未開口，他便主動承攬了，其豪爽熱心的性格於焉顯現。果然，在伯喈赴京之後的幾年間，儘管天降災禍，人人不能自保，張大公卻仍負責任地悉心照料著蔡公一家人。領了賑糧，他會分一些給蔡家，蔡婆棄世，他擔起一切喪葬費用；當五娘爲了公公的喪事而祝髮賣髮時，張大公更是以不忍的口吻責備她道：「妳怎地不來和我商量？」既心疼五娘，又怪罪自己不曾善盡照顧之責，而其重然諾、負責任，以及全然無私，不求回報的情操，在其中表露無遺。在第二十八齣〈乞丐尋夫〉中，大公送五娘往京城中去，臨別時資送銀兩，並且殷殷叮嚀囑咐，其周到老練之處令人敬服，而其細心溫婉之情，更是令人感動。五娘赴京後，他依然經常到蔡公、蔡婆的墳上掃松、祭拜，不曾稍有懈怠。至於他敦厚又饒富正義的性格，則在〈張公遇使〉一齣中鮮明地展現。蔡伯喈派使者回家鄉探望父母，使者在途中恰遇在墳間掃松的張公，遂向張公問起路；當張大公乍聽到「蔡伯喈」三字時，不禁義憤塡膺地開口怒斥，責備他「生不能事，死不能葬，葬不能祭」的三不孝逆天大罪，可是，當他一聽使者說伯喈也是情非得已的時候，卻又立刻同情起他來，感嘆道：「人生裡都是命安排」。其敦厚的性格實在命人感到溫馨。由於張大公的形象如此鮮明生動，極具表演張力與生命力，至今崑劇中仍時常演出以張大公爲主角的〈掃松〉折子，而演員不論在唱功或做表、感情的詮釋上都有極大的發揮。

除了上述以「敦厚」形象爲性格特色的老者之外，末腳所扮飾的老人家中，也有一些受過教育、形象生動，或是人生際遇多變，充滿人生智慧與歷練的人物；前者如《牡丹亭》中杜麗娘的私塾老師陳最良，後者像《桃花扇》中的老贊禮，及《長生殿》中的李龜年等。陳最良是一位學醫的讀書人，出場時自謂「將耳順，望古稀」，表示其年齡大約近六旬；他一輩子時運不濟，參加科舉考了十五次，卻仍只是個小小的秀才；爲生活所迫，他帶者滿口八股，被杜寶延聘至家中當家教。〈閨塾〉一齣，描寫他與丫環春香之間的衝突，作者對於代表著封建頑固思想的陳，在頑皮天真的春香捉弄下的反應，有許多生動有趣的刻畫；同時也透過春香鬧學的逗趣過程，對陳最良窮酸、迂腐的氣息做了一番譏諷調笑。不過，在《牡丹亭》中，陳最良仍只是一個小人物，他所代表的八股教條，只爲更加凸顯女主角爲愛而生死相許的高潮及衝突。而李龜年與老贊禮這兩個人物，在劇中的作用則有一些異曲同工之處；安祿山之變後，李龜年流落民間，靠彈唱琵琶維持生計，〈彈詞〉一齣中，他將自己在宮中所見所聞，藉由彈唱的方式娓娓道來，充滿了無限感懷；而老贊禮在《桃花扇》中，則同時遊走於劇中與劇外，借他之眼，看著南朝的興衰起伏。作者藉此兩人之口，訴說了對國事興亡的感嘆，而此二人也散發出一種生命萃練之後獨有的滄桑與智慧〔註41〕。

（2）神祇、鬼怪與方外之士

如同元雜劇中末腳所經常扮演的神仙、神怪類人物，在南戲、傳奇與崑劇中，這一類人物也通常由末腳來扮演。我們可以將這些神怪類型分爲天上、人間、地府三方面，顯示神怪人物所處空間，明顯地較凡人爲多。屬於天上的神祇有如太白星君、仙人、金童等，屬於地府的則是一般戲曲中常見的地藏王、閻羅王或判官等；而在民間活動的神仙或方外人士就更多了，有山神、土地神、花神、西嶽大王、龍王、長老及道士等。值得注意的是，在戲文、傳奇中，由「淨」腳來扮神怪人物的現象也很多，不過二者之間較明顯的差異是：由淨所扮的神怪人物，普遍仍帶有較濃厚的滑稽意味，而末所扮的神明，除早期南戲中與淨或丑搭配時，仍有一些趣味性之外〔註42〕，愈到後期，則形象上愈爲端正，玩笑性的對話或動作減少，而多以規勸世人、幫助世人的態度出現。淨、末帶有滑稽性的表演與宋金雜劇的遺風有關，而正如同之前所說，在戲曲演進的過程中，屬於末腳的喜劇性格逐漸爲丑腳所取代，因而發展到後來，末便擔任正劇中的男性腳色，而不論他扮演官吏、老人或神祇，其滑稽意味自然也就漸漸地消失了。

（3）閒雜人等

〔註41〕關於老贊禮的人物塑造，筆者於本文第五章〈末、外腳的表演藝術〉中尚有詳盡論述。

〔註42〕例如《張協狀元》第十齣中有淨扮五雞山神，末扮判官之例，淨末的對話中仍有許多插科打諢的喜劇性的演出。見《永樂大典戲文三種校注》，頁54～58。

傳奇中的末腳通常還扮飾一些極爲次要的閒雜人物，這些閒雜人物多半身份龐雜，有酒店老闆、番兵、囉嘍、草寇等等，並且戲份極輕。在宋元南戲時期，末腳就一直是劇團中「兼扮」人物最多的一個腳色，例如影抄本《荊釵記》中末扮李成等十二個人物，《拜月庭》中扮番兵等十三個人物；《琵琶記》中除張大公外，另扮九個人物。在這些人物中，除了少數較有表演、戲份較重如李成、張大公以外，多數都是極不重要的閒雜人物；此情形即使到了傳奇部份，也仍時常出現。一方面因爲末腳在南戲、傳奇的體例中，本是屬於配角地位，故而他所扮飾的人物在戲劇表演的過程中，會有較多的休息時間，在劇團人數明顯不足的時代，自然成爲兼扮人物的不二之選。另一方面，也爲了怕兼扮人物時改扮不易或場次太多而手忙腳亂，故所兼扮的劇中人物也不可能是太重要的人，而多屬於過場性質；如此兩方面一再地循環，末腳兼扮人物的情況始終沒有減少，而其於劇中地位也自然無法太過提昇或改變了。

以上所舉三大類人物，可以說是南戲、傳奇中末腳最常扮飾的人物類型，而其中又以「副末開場」，以及「次要的男性人物」之「黃門官」與「忠僕家院」二類最爲重要。若從數量上而言，末腳扮飾的人物以「性格不甚明顯」的人物居多，例如小官吏、閒雜人物或神怪等，其表演及戲份都很有限；但是也有少數或因性格鮮明，或具表演特色，而在劇中地位重要的人物，如程嬰、張大公與李成。基本上他們的個性都屬於忠誠溫厚一類，以正面形象爲主，偶有反面人物如牛信或不知名的賊兵，但出現的機會很少。

又從末腳負責開場，以及扮飾許多閒雜人物的情形來看，其於劇中地位，似又可自另一角度探討之。由南戲至傳奇之搬演全由末腳開場一例，其身份儼然有劇團團長之尊；尤其我們在清末許多崑劇家班的資料記載中，更常見以「副末」爲劇團領班的現象〔註 43〕。加以此負責開場的末腳，一般並不參與全劇的演出，正與宋金雜劇院本中負責「主張」的末泥（團長）與負責「分付」的引戲（導演）相同。如此說來，是否意味著原於宋金雜劇院本中之「末泥」與「引戲」，其工作至南戲、傳奇中，特別又落入了「末」腳身上了呢？我們大抵可由兩方面來論述。上文曾提及由諸種線索之中，推論了南戲、傳奇中的「生」腳，極有可能自「末泥」色而來，但顯然「生」腳成爲全劇的

〔註 43〕如上述《揚州畫舫錄》之記載即是。清中葉揚州崑班中，副末還有正、副席之分，負責班社的管理及戲劇開場，其地位在當時劇團中，較之老生、老外及其他生、旦諸腳都高，確有團長之尊。

第一男主角後，除去戲劇的演出外，已無有餘力繼承原先「末泥」色負責的團長工作。然不可否認地，一劇團之運作與戲劇之搬演，除了演員的演出外，仍需要編劇、導演與團長的投入，以統籌整個劇團之運作與進行。顯然此工作在由末泥轉變而來的「生」腳身上已無法兼顧，故需要由另一腳色來負責。另一方面，南戲、傳奇中的末腳除了負責開場之外，同時也在劇中兼演其他的幫襯腳色，如官吏、家院或其他閒雜人物，並適時地與淨、丑搭配做科諢的演出。洛地《戲曲與浙江》〔註44〕書中對末腳此一特色則認爲：

> 末要兼扮許多人物，而所扮的人物有共同性：都是幫人辦事的人，即「生、旦、淨、丑」各方之「副」，如扮當事者的親友、隨從和內監等等。末所扮的所有人物雖都不是劇中的當事人（筆者按：此「當事人」當指主要人物），都不直接處理劇中發生的事，自己於人無所求，也從不出賣別人；然而劇中各方當事人之間的交往，發生的事情，又必定都由末扮人物從中穿引、綴合。爲此，又無處不在無事不關，……末是劇中的「幹辦」，所以，副末在一劇中兼扮的人物往往很多，出場最爲頻繁。

這一段話，顯然是由不同的角度切入來看向爲配角的副末，而對末行於戲劇中之功用、地位，做了另一番詮釋。再由末腳於台上兼演許多小腳色的情形來看，除了因當時劇團規模小，演員人數少，故需要各類腳色以改扮、兼扮之姿應工，以彌補人數不足之窘狀外，主要或許也有可能是爲了掌控全場，使其他演員能如期充分發揮，必要時更可做一些細部的、即席性的現場效果演出。雖然此時之末已融入劇中參與搬演，顯然與宋金雜劇院本中「引戲」不參與戲劇演出的情形有所不同，但其出發點卻可從「當場導演」的立場加以解釋。洛地《戲曲與浙江》〔註45〕一書及蔡孟珍《《琵琶記》的表演藝術》〔註46〕一書中，皆由此觀點考量而採取此一說法。所謂「當場導演」，是借用

〔註44〕見《戲曲與浙江》第一章第四節〈腳色與腳色制〉，洛地著，浙江人民出版社，1991，頁43。

〔註45〕洛地認爲南戲、傳奇中的末行，除作爲戲班優長，負責開場、收場外，他同時還是劇作主編與導演，因此其職務與地位極重要，不能單由他都扮次要人物一項來論斷。見《戲曲與浙江》第一章第四節〈腳色與腳色制〉，頁40～47。

〔註46〕蔡孟珍書中提到：「如《琵琶記》裡的末，除開場、收場之外，還兼演牛府院公、張大公、書生、祗候、首領官、陪宴臣、小黃門、皂隸、掌禮、五戒、站官等十一人個人物，值得注意的是，其出場齣數高達二十九齣，接近全劇的四分之三，居所有腳色之冠，此亦其當場導演之職司所致。」

現代名詞，在我國古代，向來並無不上場的專職導演，但爲求演出的順利與精緻，導演的職能還是有的。早期的劇作家或許尚未建立如此進步明確的導演戲劇觀念，但僅從戲劇表演的順利與場上出場人員的調度等角度來看，由其時負責兼演、串扮各種人物，而有較多時間與機會出現在台上的末腳來勝任此一工作，亦是極有可能的。因此《琵琶記》中末腳出場齣數高達二十九齣，接近全劇四分之三的現象，不僅僅可視爲末腳兼演人物眾多的必然結果，同時也符合了他作爲「當場導演」的舞臺考量。從此一角度來看，則末行在南戲、傳奇中的功能與地位，恐怕不能單就其扮飾之人物於劇中地位之高低來論斷了。

三、崑劇中的末行

從明代初年到世宗嘉靖年間，南戲傳奇在南方各地得到了進一步的發展。許多南戲藝人爲適應群眾需要，紛將原有的表演形式與各地語言、民間藝術相結合，逐步變化而產生了各類的聲腔劇種。在當時流行的各聲腔劇種中，尤以弋陽、海鹽、餘姚、崑山諸腔流布最廣，影響也最深遠。此時不論是文士藝人新創作的傳奇劇本、或是宋元南戲流傳下來的傳統劇目，都可以配合觀眾的不同需要，以不同的聲腔來演唱。然而此種百家爭鳴的局面，到了嘉靖中葉以後，就爲之改觀了。嘉靖年間，魏良輔等人進一步改良崑山腔爲水磨腔，使得崑山腔的演唱更具輕柔、婉折的魅力，因此更加流行起來。當時學唱崑曲的人日多，於是某些劇作家便進一步把這些流行的曲子運用到劇本創作中，和原來以崑山腔演唱的傳奇互相融合，爲崑劇演出打開了另一個局面。在這一波革新改良中，當以隆萬年間梁辰魚所創作的《浣紗記》影響最大，也最有成就，因此近人論及崑劇發展的歷史，莫不以魏良輔的改革與梁辰魚的創作爲首。而《浣紗記》之後，專門以水磨腔來演唱的崑劇劇本數量更爲增加，參與表演的團體與藝人更爲踴躍，終於爲崑劇往後的流傳與發展帶入一個新的里程與方向。

簡單地說，用崑腔演唱的戲劇就稱之爲崑劇。從戲曲劇種來看，崑劇屬於「聲腔劇種」，乃依其演唱的腔調作爲基準而加以命名；因爲中國幅員廣大，各地都有各地的方言，若將這些特殊的語言予以音樂化，就會產生各自不同

見《琵琶記》的表演藝術》第三章〈《琵琶記》〉，里仁書局，1995，頁43。

的聲腔韻味，除了崑山腔外，海鹽、弋陽、餘姚、中州調、黃州調等，都是所謂的聲腔，而用這些聲腔演唱的劇種，便屬於「聲腔劇種」。另一方面，南戲、傳奇則是屬於「體制劇種」〔註 47〕。他們與北雜劇、南雜劇、短劇一樣，在音樂上屬於曲牌聯套的系統，而在其他體制規律上則各有不同。其本上，傳奇繼承南戲而來，而在曲牌、腳色各方面又有進一步的演化與發展。「聲腔劇種」與「體制劇種」雖是二種不同的分類，但彼此之間並不相衝突；不同的「體制劇種」可以互相腔調來演唱，而某一個「體制劇種」，也可以用不同的聲腔來演唱。故上文筆者提到的「南曲四大聲腔（海鹽、餘姚、弋陽、崑山）」，即表示用此四大聲腔皆可以演唱南戲。同樣的，屬於「體制劇種」的傳奇，也能夠用各種不同的聲腔來演唱，其中自然也包含了「崑山腔」。

另一方面，以「崑腔」而言，它是一種腔調，只要用它來演唱的，不論是雜劇、南戲或傳奇，就「聲腔劇種」的立場來說，都可以稱之爲「崑劇」；故從廣義的意義而言，「崑劇」並不單指演唱傳奇而已。早期崑曲演員沒有專爲崑腔創作的劇本，便多以傳統南戲傳奇爲其表演劇目，嘉靖之後改良的崑山水磨腔，在劇作家將之與南戲、傳奇劇本相互結合演唱，而得到廣大歡迎與迴響後，用「崑山水磨腔」演唱「傳奇」的「崑劇」〔註 48〕，就更加流行起來了，及至今日戲曲界常稱之「崑劇」，所指仍是多以崑腔演唱傳奇的表演與創作爲其主要內容之戲劇。「崑劇」既多以南戲、傳奇作品爲主要表演內容，因此除了聲腔是其特色之外，在腳色分工、各行當的表演藝術上，也多仍繼承南戲、傳奇的劇目與腳色。此時末色所扮之人物仍以家院、官員或閒雜的男性人物爲主，並無太大的突破。《浣紗記》之後，作家們才比較有意識地專爲崑腔創作劇本，使得新戲不斷地出現。新戲的誕生與上演，顯示出戲曲表現的生活面愈來愈複雜多樣化，此時戲班的成員——腳色，也逐漸擴大了。傳統崑劇的基本腳色是九個人，爲副末（引戲，也叫領班）、生、小生、旦、貼、外、老旦、淨、丑，比之南戲之七行又多了小生、老旦二腳。這九個人中，除生、旦例扮主要人物，不染雜色外，其他腳色僅飾次要人物，必要時

〔註 47〕曾永義先生〈論說戲曲劇種〉一文，對於所謂「大小戲曲劇種」、「體制戲曲劇種」、「聲腔戲曲劇種」，有極爲詳盡之論述。收入《論說戲曲》一書，台北聯經出版社，1997。

〔註 48〕筆者以爲，相較於「廣義的『崑劇』而言〔即所有用崑腔演唱的戲劇〕，此「崑劇」應可視之爲「狹義的『崑劇』〔以崑腔演唱南戲傳奇〕，今日戲曲界常言之「崑劇」，所指亦爲此。

還需跑龍套、扮零碎。但一本傳奇多至數十齣，由於劇情需要，登場人物即使「以一趕幾」，有時仍會應付不過來，產生捉襟見肘的現象。在此種情況下，戲班九人之數勢必要加以突破，但要加多少人，並無一定；一般而言，貼之外再加一小旦，外之外增一小外，末外增一小末，淨甚至再分大淨、中淨、小淨，丑外增一小丑，大小跟年輩無關，只是名稱上的區別。全班九色加上一個雜色，稱十門腳色，後世崑班行當愈分愈細，但基本上仍以此十門腳色爲主〔註49〕。

明末清初百年間，崑劇盛行於江南各地，除了原有老戲的演出外，更有許多新戲的誕生。此時期崑班的「十行腳色」，大致比前期更爲定型，其中有生、小生、外、末、淨、丑、付、旦、貼、老旦。而此時戲班人數顯然也有增加，不再侷限於九、十人，一趕幾的窘境也較前改善了許多。陸萼庭《崑劇演出史稿》第三章〈競演新戲的時代〉對於此時期崑劇行當的定型云：

> 嚴格的說，崑班的十行腳色到了本時期（指明天啓初年——清康熙末葉）才算定型。十行指：生、小生、外、末、淨、副、丑、旦、貼、老旦。整個戲班成員人數顯然有所增加，力圖消除前一時期行當一對一，以致有時不免捉襟見肘的現象。足見崑劇藝術已經發展到注意舞臺情境、人物形象的眞實性和完整性的問題了。〔註50〕

而隨著崑劇的盛行，劇壇上逐漸累積起相當數量的劇目，許多著名劇本的情節（如：《琵琶記》、《荊釵記》、《牡丹亭》……）逐漸成爲社會上婦孺皆知的常談，從老到小，大家都能琅琅唱上一段。也由於觀眾對於大多數劇情都早已能熟悉掌握，因此觀眾對於藝人的要求，便逐漸由原本的敷演故事之外，又增加了許多條件，單單只是演出一個故事已無法滿足觀眾看戲時的需求了；藝人們爲留住客人，便想出另一變通的方式，即從幾本名劇中各精選出若干齣，組成一台戲，如此一來，觀眾不必花太長的時間去看一齣早已熟悉劇情的戲，卻能欣賞到各齣戲中最精彩的段子，且能滿足其藝術欣賞的部份，此方式一出，果然大受歡迎。於是劇壇上演出此種「折子戲」的風氣遂逐漸形成。根據陸萼庭考察所得，由清康熙末年至清乾隆、嘉慶之際，崑劇折子

〔註49〕陸萼庭《崑劇演出史稿》第二章〈四方歌者皆宗吳門〉中提到明神宗萬曆一朝五十年中崑劇隨著新戲的不斷上演，戲班成員逐漸增加，腳色也擴大爲基本腳色九人外再加一雜色，稱十門腳色。

《崑劇演出史稿》，陸萼庭著，趙景深校，上海文藝出版社，1979。頁67。

〔註50〕見《崑劇演出史稿》第三章第二節〈全本戲的演出特點〉，頁98。

戲的演出便代替了全本戲而形成一股風氣〔註 51〕；同時，由於折子戲的搬演形式活潑自由，較爲靈便，因此不獨於劇院之中受歡迎，一般特殊的場合如臨時做成的應酬中，由於時間倉促，較不允許戲班子緊慢做唱、有頭有尾，而此時折子戲就正好上場應變，因爲內容精緻，時間又彈性易控制，自然使得賓主盡歡而受到喜愛了。

折子戲的出現與流行，顯示出觀眾欣賞水平的提高，群眾對於戲劇的要求，已從故事情節的一般欣賞進入到演唱技藝上的美學享受。此一現象反過來，正好促使崑劇表演藝術的提高。譬如觀眾早已家喻戶曉的故事情節，要如何能吸引住觀眾流連的目光呢？除了劇本、故事本身的再加工、增刪，使之更緊湊，更具時代感、通俗性之外，自然就是表演者針對特殊的各個腳色，進行更深入的揣摩、更細步精緻的藝術加工了。原有傳奇體制下的十行腳色，嚴格的說，是以生旦爲主，其他都是雜色，因爲他們在一本戲裡常需分扮許多不同身份的人物。這樣，除了生旦兩門，其他腳色的演技不易形成一套特有的、完整的體系。待到折子戲一出，情勢改變了。一些被觀眾喜愛的精彩片段，一旦脫離了傳奇全本的大家庭，頓時有機會成長發展起來。如果這齣戲是以「外」腳爲主的，就形成獨特的外腳風格的戲；如果是以「末」腳爲主的，就形成獨特的末腳風格的戲，亦即：到了這個時候，十行腳色都有了獨特發展的機會與空間，他們形成一種分庭抗禮的局面，每行腳色都有其本工戲了。崑劇便在折子戲的基礎下建立起十行腳色具體細緻的表演藝術體系，甚至發展到後來，每一門中還發展出更細微的分工與更嚴格的規範。從崑劇的發展而言，十行腳色具體細緻的表演藝術體系，可說是崑劇家門在塑造人物形象方面長期累積起來的經驗成果，也是近代崑劇區別於前期的一個很重要的方面。

乾隆年間李斗《揚州畫舫錄》中有所謂「江湖十二腳色」〔註 52〕之記載，所指即當時崑班演員腳色的大致分工。而至於民國之後崑劇的發展，必得提起 1956 年，王傳淞、周傳瑛等加入「國風蘇劇團」的崑劇老前輩，重編崑劇《十五貫》於北京演出並獲得廣大迴響，於是一度瀕臨消失的崑劇，自此得以復興。「國風」小劇團以《十五貫》成功救活了一個劇種，不僅讓崑劇的生命得以綿延，更讓我們在今日，依然有幸欣賞到眞實而精彩的舞臺演出。近代崑劇的腳色家門，依蘇州崑班的傳統稱呼和排列先後是：副末、老外、老

〔註 51〕見《崑劇演出史稿》第四章〈折子戲的光芒〉。頁 172。
〔註 52〕見李斗《揚州畫舫錄》，頁 122。

生、官生、小生、大面、白面、二面、小面、老旦、正旦、作旦、刺殺旦、五旦、六旦、耳朵旦，基本上仍是從南戲的生、旦、淨、末、丑、外、貼七行衍生而出，再向下細分。又據近代著名崑曲表演藝術家周傳瑛先生於其《崑劇生涯六十年》之〈崑劇家門談〉一文中所言：

> 崑劇傳到我們這一輩，在學戲時還是按生、旦、淨、末、丑五個總家門開戲，凡屬本家門的戲，文武各路都要掌握，到出科以後，經過不斷的舞臺實踐，觀眾鑑定，又投師訪友，逐漸分別專擅一路或二、三路。所謂「路」，是指總家門以下的細家門。崑劇相傳有十個家門：冠（官）生、市生、老外、末、老旦、五旦、六旦、淨、付丑、小丑。但根據早年老先生對我們講的以及實際狀況，即按劇中人物的身份、年齡、特徵，特別是獨具的表演藝術手法等諸方面，大致又可以細分爲二十路，即二十個細家門。〔註53〕

可見崑劇隨著折子戲而帶動藝人表演藝術的發展與專精，不僅使得戲劇腳色的分工日漸細緻、清晰且嚴格，同時各腳色的表演特色也終於突破傳統，有了發揮表現的空間。這是折子戲發展至成熟期的結果，也可以說是戲劇不斷進步演進後的必然結果；尤其相別於之前的元雜劇、南戲和傳奇中不夠明確的腳色分工，更是一項突破與進步。關於南戲、傳奇與崑曲之腳色分工與發展的詳細情況，鄭黛瓊於其碩士論文《中國戲劇之淨腳研究》第二章〈淨腳之衍化〉一文中，便曾將宋元南戲至清末民初傳奇、崑曲腳色的發展與演變詳列一表加以說明（頁 77～79），茲引錄於下，筆者並另加入《崑劇生涯六十年》中的資料增補此表，以供讀者參考：

出處	張協狀元（南戲）	南詞敘錄（南戲含崑）	曲律（崑）	崑劇演出史稿	綴白裘	揚州畫舫錄（崑）	梨園原	螾廬曲談	崑劇演出史稿	※崑劇生涯六十年
時代	南宋中葉以前	明嘉靖年間	萬曆三十八年	明天啓——清康熙	乾隆二十九年	乾隆五十八年左右（袁枚序）	乾嘉時期	清末民初	近世（乾嘉以後）	民國以後

〔註53〕《崑劇生涯六十年》，周傳瑛著，上海文藝出版社，1988。頁118。

腳色	末	末	末	末	末	副末	末	末	副末	副末
	生	生	正生（指老生）	生	生（老生）	正生（小生）	生	冠生	官生	官生（大/小）
						老生		老生	老生	老生
			貼生（小生）	小生	小生	小生（見洪班）	小生	小生	小生	巾生/鞋皮生/雉尾生
	旦	旦	正旦	旦	旦	正旦	旦	正旦	正旦	正旦
			小旦（閨門旦）			小旦	小旦	閨門旦	五旦	五旦
	貼	貼	貼旦（作、武小旦）	貼	貼	貼旦（風月、作、武小旦）	貼旦	貼旦	六旦	六旦/貼旦
							作旦	作旦	作旦	作旦
								刺殺旦	刺殺旦	刺殺旦（四旦）
									耳朵旦	
			老旦	老旦	老旦	老旦	老旦	老旦	老旦	老旦
	淨	淨	淨	淨	淨	大面	淨	正淨	大面	大面
						（白面）		白淨	白面	白面/邋遢白面
			丑（中淨）	付	付	二面	副淨	副淨	二面（付）	付丑

腳色	丑	丑	小丑（小淨）	丑	丑	三面	丑	丑	小面	小丑
	外	外	外	外	外	老外	外	外	老外	老外
備註	七行	七行	十二行（11～12人）	十行	十一行	江湖十二腳色	十二行	十五行	十六行	二十路

（表中有「*」者爲筆者所加，原引文中沒有。）

由上表，我們的確可以很清楚地看到腳色發展由簡趨繁的情形。就末行的發展而言，依據周傳瑛的說法，崑劇腳色仍是依生、旦、淨、末、丑五綱爲其總家門，每一家門下又細分爲若干路；因此時末行這一家門下，已不只原有的「末」色或「副末」色而已，更囊括了「老生」與「外」二個家門。蓋因「副末」、「老生」與「外」所扮飾之人物，都有中年以上、蓄鬚帶髯的特色，故而皆置於末行之中。《戲劇月刊》一卷十一期黃南丁〈新樂府人物誌〉中記載民國十八年「崑曲傳習所」的各門腳色，其中分生行爲「小生」、「老生」，「老生」下又分末、生（正生）、外三目。黃氏與周傳瑛的分法雖然不盡相同，但基本上仍是將「老生」、「末」與「外」歸於一類〔註 54〕。儘管如此，此時不論在演員之歸屬與表演藝術上的專攻各方面，雖也出現了兼演之情形〔註 55〕，但各家門之歸屬仍有嚴格規定，以老生爲主的戲稱老生戲，以副末爲主的戲稱副末戲，以老外爲主的戲稱老外戲，不能混爲一談。眞正將此三家門完全歸於一類的情形，是到了當代崑劇（指 1949 年後）中才有的。根據朱建明之考察，清乾隆年間李斗著《揚州畫舫錄》之時，當時的老生、副末與老外都仍獨立成行，彼此不能混淆，演員也不能串扮或兼演；清末民初的全福班〔註 56〕及後來的傳字

〔註 54〕另楊蔭瀏先生《楊蔭瀏音樂論文選集》中也提到：「李先生〔指李靜軒先生〕之言曰：『崑劇萬千，總其腳色，不外十六，所謂六生六旦，四花面是也。』六生者，老生三門，曰生，曰外，曰末。……」見《楊蔭瀏音樂論文選集》之〈天韻雜談〉，上海文藝出版社，1986，頁 3。

〔註 55〕《崑劇生涯六十年》：「末中三個細家門，對家門來說是分三檔，對演員來說，則界限不甚分明，多數都能通兼。」見〈崑劇家門談〉一文，頁 127。

〔註 56〕清道光、咸豐年間成立的著名全崑老班，與「大雅」、「大章」、「鴻福」並稱「蘇州四大名班」。全福班約在 1921 年蘇州崑劇傳習所開辦後結束，歷經百餘年。參見周傳瑛《崑劇生涯六十年》〈崑劇家門一代傳〉一文，頁 3～10，及陸萼庭《崑劇演出史稿》第五章〈近代崑劇的餘勢〉，頁 270～279。

輩演員雖可串扮兼演，但在歸屬上仍有嚴格規定（即周傳瑛所言），直到 1949 年，各劇團在培養新一代之崑劇老生演員中，才不再分老生、副末、老末，三個行當合併爲一，演出的戲通通稱爲老生戲〔註 57〕。

在此，我們必須簡單地補充說明「老生」一門的演化情形。宋元南戲中並無獨立的「老生」行當，亦無「老生」之名，中老年男子統一歸入「生」行，少數則由「末」或「外」扮。到了明傳奇中，有不少劇本即將「生」分爲「正生」及「貼生」（見上表《曲律》中之腳色），其中正生即老生，爲中老年男子之稱謂，貼生即小生，爲青年男子之稱。明末清初的崑山腔劇本中，開始出現了「老生」的稱呼，劇中中老年男子即由老生應工，《綴白裘》所輯崑劇折子戲中，既有「老生」，也有將老生寫成「生」者，但另有「小生」一行，以示與「生」（老生）之間的區別。到了李斗的《揚州畫舫錄》中，才正式確立以「老生」爲名稱的行當，而此時「正生」則專指「小生」，又與明傳奇時期不同〔註 58〕。自此之後，「老生」遂成爲崑劇腳色中一固定之家門，隨著長期的藝術實踐過程，逐漸建立完整概念，並在近代崑劇家門行當中，建立了不可動搖之地位。如前所述，老生一門在腳色演進發展過程中，由獨立成行、後與副末、老外融合兼扮，再到將末、外二者合併，統一歸入老生行，其成就可謂逐步建立，而其發展又正與歷史相反。宋元南戲及明初傳奇中，只有副末與外腳，而無老生一行，但到了近代，不只將副末與外融入其中，更將之合併爲一；朱建明對此一發展現象即曰：「行當與其他表演藝術一樣，發展才是硬道理；老生行當是在不斷改革中求得生存的，而副末、老外因其故步自封而漸漸消亡。」〔註 59〕多少亦點出了腳色孳乳繁衍與消滅的眞相與原因。

若以清末民初及崑劇傳習所〔註 60〕時期的情況而言，末行一路下既有「老生」「副末」及「老外」三門，則其所扮飾之人物必也有所區分：

〔註 57〕參見朱建明著〈話說崑劇老生〉一文，收入《藝術百家》期刊，1997 年第一期，頁 94～100。

〔註 58〕參見朱建明〈話說崑劇老生〉一文，頁 94。

〔註 59〕參見朱建明〈話說崑劇老生〉一文，頁 95。

〔註 60〕1921 年穆藕初、張紫東、徐凌雲等崑劇愛好者合力創辦的崑劇科班。所址於蘇州桃花塢西大營門五廟園。招收學生年齡由十歲至十五六歲不等，共七八十人。入所學生都取藝名，以「傳」字排名，並以藝名最末一字的偏旁標誌行當，如以「金」旁爲外、末、淨、老生行。五年後停辦，隨以「新樂府」、「仙霓社」名義，在上海及江南各地演出。

1. 老　生

也稱之爲「正生」。崑劇中老生扮演的人物大多都是中年以上男子中的主要正面人物，或忠臣、良相，或慈父、嚴師，其性格特色在於忠貞耿直、剛毅不阿，且善良謙和，足以爲人表率；例如《滿床笏》中的郭子儀、《千忠戮》中的程濟、《鳴鳳記》中的楊繼盛、《邯鄲夢》中的盧生、《連環記》的王允、《牧羊記》中的蘇武、《精忠記》的岳飛、《尋親記》中的周羽、《琵琶記》中的張大公、《荊釵記》中的錢安撫等等。這些人物中，有些於明傳奇劇本中時，即由「生」（指「正生」）扮，如程濟、楊繼盛、盧生、王允、蘇武皆是；但也有一些人物，原由「外」所扮，至清乾隆及道光年間輯錄的《綴白裘》與《審音鑑古錄》本中則改爲「老生」應工，如張大公與錢安撫，而後即固定成爲老生戲的主角之一。

全福班時期，崑劇老生戲尚有「頭榜」、「二榜」、「三榜」之分，彼此之間分工講究。「頭榜」即正牌，所演劇目注重唱工，以三法場戲（《鳴鳳記・寫本、斬楊》中楊繼盛、《尋親記・出鼎、府場》中周羽、《邯鄲夢・雲陽、法場》中盧生）爲代表；演員透過大量唱腔，體現人物內心的活動與情感，達到塑造人物性格、形象的目的。「二榜」即二牌，所演劇目唱做並重，但更講究做工，《琵琶記・掃松》的張廣才、《牧羊記・望鄉》的蘇武、《千鍾祿・搜山打車》的程濟、《水滸記・殺豬》的宋江皆是。因注重做工，對於嗓音的要求較低，不足的部分可以身段動作來彌補。「三榜」即「掃邊」，被稱爲老生行中的「戲抹布」，除三法場戲不演外，其他老生戲都要會唱，可隨時起替補作用。其分工曾經如此細微精緻，可見得老生戲在當時應頗受觀眾喜愛，演員們也因此在不斷地舞臺創作與實踐中，發展出彼此之間不同的表演藝術與特色，顯示出戲劇發展的進步。不過這樣的分工到了新樂府、仙霓社〔註61〕時又漸不明顯，許多傳字輩老生演員中，凡頭榜、二榜、三榜老生戲都要兼演了。

2. 老　外

老外即原本的「外」行，因多扮年長者，故直接加一老字，更符合劇中

〔註61〕崑劇傳習所學員畢業之後，曾先後以「傳習所」（約從1925年～19247年）、「新樂府」（約從1928年～1930年）等名義於上海、蘇州等地演出，最後改名「仙霓社」（約從1930～1941年）。由鄭傳鑑、倪傳鉞二人主持社務。參見「崑劇傳習所」註釋及周傳瑛《崑劇生涯六十年》〈傳字班的黃金時代〉一文，頁33～47。

人物的身份。在南戲、傳奇階段的「外」腳，雖知其名爲「外末」之省，但已漸將之視爲有別於「末」行的腳色；尤其腳色發展到後來，「外」腳漸有脫離末色而發展出獨特表演藝術的傾向（多扮老漢或年長望重之官員等），更不適合再將之依附於「外末之省」的觀念中草率看待。而此處崑劇雖將之置於「末」一家門下，實際上是因承襲了南戲以來以五綱爲演員腳色定位的傳統，但崑劇各路行當區別的嚴格與細緻，並不會因同屬一家門之下而被忽視或隱藏。因而我們可以說：此時的「外」行表面上雖已與「末」行融合爲一，但實際上其表演藝術的專精與演進卻比之前獨立於「末」外的階段更加確立與深入了。

自明傳奇中外多扮年老長者的人物類型形成且逐步確立後，至崑劇中老外也以扮掛白髯的耄耋老者爲主要人物。有名的老外腳色如《浣紗記・寄子》中的伍員、《荊釵記・上路》中的錢流行、《八義記》中的趙盾、《琵琶記》中的牛丞相、《風雲會》的趙普、《精忠記》的宗澤、《牡丹亭》的杜寶、《千鍾祿》的方孝孺等，都歸老外扮演；不過外有時亦扮演一些很次要的老人家，屬於純配角的地位。

老生與老外的最大差別，在於前者所扮人物之年齡稍輕，約爲四十歲至六十歲的中老年，掛黑髯，聲音宏亮、台步穩健，人物地位較高且通常經歷坎坷。而後者所飾演者則屬年邁的七八十歲垂暮老人，掛白髯，聲音沙啞、腳步蹣跚，人物地位高低均有，一般以儒人爲多。

3. 副　末

南戲、傳奇中副末以開場爲主要任務，兼扮一些次要的閒雜人物如家院、下人、小官吏等，偶爾有較多的表現、像《荊釵記》的李成、《一捧雪》的莫成、也可以稱之爲男配角，清・李斗《揚州畫舫錄》中稱「梨園以副末開場，爲領班」，可見清中葉時期，一般崑劇劇團中不但仍以副末開場，且副末爲領班之職，爲行當之首，其地位也高於老生及老外等其他腳色〔註 62〕。不僅如此，在當時揚州崑班之中，副末行當還有正、副席之分，老徐班正席副末爲余維琛，副席爲王九泉，相當於後來的頭榜、二榜〔註 63〕。而班社之管理與戲中的表演，自然以正席爲主。副末兼領班，例於開場時報台；尤其明清時

〔註 62〕朱建明〈話說崑劇老生〉註釋 1 中言：「清乾隆年間，揚州崑班中老生的地位僅次於副末，高於老外及其他生、旦諸腳。……」，頁 100。

〔註 63〕參見《崑劇演出史稿》，頁 221。

期演出全本戲的階段，開鑼第一折引戲，必由副末擔任〔註 64〕。不過，到了清末民初，副末的領班兼報台之職產生了一點變化，領班由副末專利，轉而成爲其他生、旦行當也可擔任；而開場報台也不一定全由副末負責，老外、老生也可兼任了。副末遂淪爲一般行當，扮演劇中次要的男性人物，多飾窮苦老人，社會地位較低下，命運也較爲悲涼。如《一捧雪・換蕉、代戮》的忠心老僕莫成、《浣紗記》中的文種、《白羅衫》中的奶公、《千鍾祿・搜山打車》的嚴震直、《牡丹亭・學堂》中的陳最良等。與老生相比，副末的腳色多屬於「里子」〔註 65〕，雖爲配角，但多半仍不可或缺。其人物多有些窮酸、迂腐的卑下特色，與老生光明、凜然的氣質，有很大的不同。

由以上所述，可知崑劇的腳色，在南戲、傳奇的基礎之下又進一步發展，而且有了更細緻的分工與表演技藝的產生。然在不同的階段中，老生、副末與老外的發展與彼此之間的關係也有著不同的轉變，從清中葉時界線明顯，不可相互混淆，清末民初則漸歸入同一類中（老生行或末行），此時雖然三者在同一家門之下，演員也可兼扮、串扮，但於歸屬與表演上仍有嚴格而細微的分別。及至今日，江、浙、上海一代的崑劇劇團中，多半只剩下老生一行，老外與副末早與之融合在一起，演出的戲也都稱爲老生戲了。這樣的發展與轉變，顯然較之南戲、傳奇的階段更爲複雜，且除末腳外，尙需兼論及老外與老生，故特別獨立出來討論。尤其我們可從一些劇中人物的身上發現，在南戲、傳奇中原都由「末」或「外」扮的他們，到了崑劇中，因隨末行有老生、老外、副末三家門的不同歸屬與變化，甚至到今日都歸入老生行之中，使得這些人物的應工腳色也有了一些轉變。試簡單以錢安撫、蔡公、張大公、伍員、李龜年等劇中人物爲例，將他們於傳奇及崑劇中腳色行當的對應與轉變情形製成一表，將更有助於我們瞭解崑劇中「末、外、老生」三行間的相互關係。

人　物	明刊本	《綴白裘》	《審音鑑古錄》	《崑劇表演一得》	《崑劇折子戲初探》
錢安撫《荊釵記》	外	老生	老生		老生
張大公《琵琶記》	末	生（老生）	老生		老生
蔡公《琵琶記》	外	外	外		老生

〔註 64〕參見《崑劇生涯六十年》，頁 126。

〔註 65〕指戲劇班社中扮演二三路腳色的演員，一般能戲較多，戲路寬但不一定精，其作用猶如衣服的里子，故名。參見《中國戲曲曲藝辭典》之記載。頁 81。

伍員《浣紗記》	外	外		外	老生
李龜年《長生殿》	末	生（老生）	末		老生

《綴白裘》爲清玩花主人選、乾隆時人錢德蒼續選增輯的戲曲單齣總集〔註66〕，收乾隆年間流行的八十八本傳奇中四百三十齣崑曲折子戲，及高腔、亂彈腔、梆子腔等五十九齣戲，多爲舞臺演出本；《審音鑑古錄》約成書於乾隆、嘉慶之際，道光十四年刊本題爲清人王繼善據原版補讎而成，內容爲包含《琵琶記》〈稱慶〉、〈掃松〉、〈辭朝〉等六十五齣崑劇折子戲舞臺演出本〔註67〕。《崑劇表演一得》爲清末民初崑劇演習家徐凌雲先生的舞臺演述本，於一九五九年付梓出版，其中所包括的腳色行當，應是以清末民初的崑劇腳色分工情形爲主，與光緒末年全福班時期的腳色行當情形相差不多〔註68〕；此時末、外、老生三家門的演員雖可兼演、串扮，但行當之間的歸屬仍是有嚴格規定的。至於《崑劇折子戲初探》一書，則爲近人陳爲瑀於一九九一年間的著作，所收折子戲劇目爲「以解放（按：指一九四九年後）後舞臺演出過和『傳』字輩老藝人曾經演出過現在還能教學的爲主」，而其腳色分行，則是「採取寬嚴並列的方法」，因爲「崑劇的分行很細，而在現在演出中，有時已不十分嚴格」〔註69〕，因此筆者以爲其書中之腳色行當足可代表近代以來，尤其一九四九年後崑劇演出團體對腳色家門的分類方式。

因此從上表中，我們可以發現，在《綴白裘》與《審音鑑古錄》中，有些人物已有由原先的「外」行或「末」行轉爲「老生」應工的跡象，如：張

〔註66〕《綴白裘》，清玩花主人選，錢德蒼續選。收入《善本戲曲叢刊》第五輯，共十二冊，台灣學生書局，1987。

〔註67〕關於《審音鑑古錄》之成書時間、選劇內容等，可參考陳凱莘〈清代乾、嘉時期崑劇表演藝術發展之探索——由《審音鑑古錄》談起〉一文。收入《劇說、戲說》創刊號。台灣大學戲劇所學會出版，1996，頁72～892。

〔註68〕《崑劇表演一得》由徐凌雲先生所著的「跋」中，提到：「大約在一八九四年（清朝光緒二十年左右）左右，經常看到上海三雅園的金桂崑老藝人的演出，……後來先後請了周鳳林（旦）、邱鳳翔、沈泉（以上小生）、李桂泉、沈錫卿——桂泉之徒，一名金狗（以上老生）、吳義生（外、老旦）、金阿慶（白面）、姜善珍、陸壽卿、沈斌泉（以上副）、王小三、小金壽（以上丑）等老藝人教戲。十八歲那年，初次登台，……」文中所提的沈錫卿、李桂泉、吳義生等人，都是光緒後期全福班中相當著名的老生演員，因此推測徐氏《崑劇表演一得》中對腳色行當之歸類、應行，應承襲自年少時他師學全福班老藝人們的家門傳統。見頁393。

〔註69〕詳見陳爲瑀著《崑劇折子戲初探》之「凡例」，中州古籍出版社，1991。

大公、錢安撫，但也有維持與傳奇中一樣的腳色者，如蔡公和伍員。在這個階段，不但有老生、副末與外三行當之分，且彼此之間的界線清楚，演員也不能兼演、串扮。但到了當代崑劇中，這些原由末、外扮飾的人物，幾乎一律都歸入老生行，而以「老生」稱呼之了。以當代著名演員計鎮華爲例，大家稱譽他爲「崑壇的第一老生」，將他與藝術大師周信芳相提並論〔註70〕，甚至還有「崑劇有計傳天下，首席老生鎮中華；況鐘品潔白玉蘭，彈詞香透紅梅花」之稱語〔註71〕，而他所主演的人物，從《琵琶記》的蔡公、張大公、《長生殿》的李龜年、《浣紗記》的伍員、《十五貫》的況鍾、到《爛柯山》的朱買臣、《蔡文姬》的曹操、《釵頭鳳》的陸游……，可以說是涵蓋了傳統崑劇行當中的「末」、「外」與「老生」三家門；足見今日崑劇行當中的末與外腳，確實都已歸入「老生」一門中了。

第二節　花部亂彈中末色的演變

一、花部亂彈

繼崑山腔與弋陽諸腔在戲劇舞臺上大放異彩之後，十八世紀初至十九世紀中葉，我國戲劇藝術的發展又出現了另一個嶄新的面貌，此一嶄新面貌即是民間地方戲的興起與盛行。從清康熙末業至乾隆中葉，全國各地的地方戲如同雨後春筍一般，紛紛興起；根據李斗《揚州畫舫錄》、錢德蒼所編《綴白裘》、焦循《劇說》等書中的記載，當時已有梆子腔、亂彈腔、秦腔、西秦腔、楚腔、吹腔、二簧調、羅羅腔、弦索腔、嗩吶腔、勾腔等等聲腔劇種在民間流行著。當時這些聲腔劇種，皆被統稱爲「亂彈」。「亂彈」諸腔興起並流行於全國各地，且隨著商業活動的繁盛，帶動了演員與劇團的流布。演員與劇團所到之處，促使各劇種之間形成了彼此競爭、互相交流的現象，對於戲曲藝術起了提昇作用，也促使當地劇種在良性競爭刺激之下，迅速地發展成長

〔註70〕見沈鴻〈從周信芳到計鎮華〉一文。收入《戲劇、戲曲研究》月刊第九期，頁91～96。1996年10月27日出版，北京中國人民大學主辦，中國人民大學書報資料中心出版。

〔註71〕見謝柏梁〈計鎮華與當代崑劇〉一文。收入《戲劇、戲曲研究》月刊第九期，頁91～93。1996年10月274日出版，北京中國人民大學主辦，中國人民大學書報資料中心出版。

起來。而在眾多的匯集點中，北京與揚州是當時北方與南方的兩大戲劇中心，來自於各地的亂彈演員便匯集在這些大都市中，互相搭班演戲，並且向古老劇種如「崑山」、「弋陽」等，學習戲曲表演的藝術。而此時自明代流傳下來的古老劇種如崑劇，也有了新的發展與變化。清初崑劇不僅流行於各大都市，同時由於許多王府大班及貴族家班的演員，在經歷明末清初的戰亂後，紛紛散布到民間，因此崑劇便自然而然地也與民間的戲曲相結合，而出現了地方化的趨勢。

地方戲夾帶著豐富的生命力興盛流行起來，開始改變了戲曲舞臺的舊有面貌。乾隆末年至道光末業，出現了所謂花部「亂彈」與雅部「崑曲」激烈競爭的局面，而後亂彈諸腔取得了絕對優勢，因而形成了各大聲腔系統與各種大型的地方戲。戲曲史家們稱亂彈諸腔與崑劇爭勝的這一段歷史爲「花雅之爭」，事實上這樣的競爭經歷了頗長的一段時間。若以清代首善之都——北京——的劇壇來看，此競爭大致可分三個階段。第一階段是高腔（即弋腔，又稱京腔）與崑腔的爭勝。在這一階段中，幾乎改變了崑曲獨佔劇壇的局面，尤其在乾隆年間，京腔幾乎已處於壓倒崑腔的優勢之中了；但因隨後清政府介入，利用政治的力量規範京腔，使之自花部分化出來，並進一步步崑腔之後塵，成爲清宮演唱的一種「御用聲腔」，京腔因此逐漸失卻了在民間原有的質樸與活潑特色，而走向了僵化的道路。第二個階段則是京腔與秦腔的競爭。秦腔在乾隆年間即已流布全國，深受廣大群眾的歡迎，各地秦腔藝人於乾隆中葉集結於北京，取京腔而代之，展現出花部稱盛的新局面。傑出的藝人魏長生，即以演唱秦腔，而在北京劇壇上「大開蜀伶之風，一時歌樓，觀者如堵」，致使「京腔舊本，置之高閣」，「六大班幾無人過問」（見《燕蘭小譜》卷之三「魏三」條）〔註 72〕。秦腔的勝利，自然對於當時已處於劣勢的崑腔造成了更大的威脅；而京腔面對來勢洶洶的秦腔，既無法勝之，便起而效尤，於是在聲腔劇種間出現了「京、秦不分」的相互結合與交流。乾隆五十年，清政府爲扶植崑、弋，於是再次施壓，對轟動北京的秦腔，採取了禁演的措

〔註 72〕《燕蘭小譜》卷之三「魏三」條載：「魏三，名長生，字婉卿，四川金堂人。伶中子都也。昔在雙慶部，以《滾樓》一齣奔走，豪兒士大夫亦爲心醉。其他雜劇子胄無非科諢、誨淫之狀，使京腔舊本置之高閣。一時歌樓，觀者如堵。而六大班幾無人過問，或至散去。」
收入《清代燕都梨園史料》上卷，張次溪編纂，中國戲劇出版社，1988。頁 32。

施。迫於無奈，魏長生等秦腔藝人們只得一度加入崑弋班以謀生路，最後仍然離開北京，回到揚州，另圖發展的空間。

魏長生離開後，高朗亭帶著三慶徽班進入北京，安慶花部遂繼秦腔之後，在北京劇壇上擔起了花雅之爭的重任。魏長生回到蘇州、揚州，繼續演出秦腔，且譽滿江南；而高朗亭三慶徽班進入北京後帶來的轟動與受歡迎的程度，竟使得京腔宜慶、萃慶、集慶班「淹沒不彰」〔註 73〕。於是，清政府再次出於其鞏固政治統治的需要，在嘉慶三年、四年連續發佈了禁演花部諸腔的命令。然而此一禁令，依舊遭到了失敗，北京劇壇上再度出現了徽調與秦腔競奏的局面。花雅之爭的結果，是亂彈諸腔的勝利，也代表了我國戲曲藝術新的歷史時期。

乾嘉之際，以秦腔的流布而在各地興起的梆子腔，逐漸形成了自己的體系。此一新興的梆子腔系統與由古老崑、弋諸腔演變為地方化了的崑曲聲腔系統和高腔聲腔系統，以及出自明清俗曲的弦索腔系統，構成了豐富多彩的地方戲曲劇種。嘉慶年間流行於北京的「南崑、北弋、東柳、西梆」，即指蘇州的崑曲、河北的高腔、山東的柳子腔、山陝的梆子腔，正是上述幾大聲腔的代表劇種。而嘉道年間，原來流行於安徽的徽調與湖北的漢調，經過兩地藝人的交流，也形成了以西皮、二黃為主的聲腔系統，特別是徽調與漢調在北京的結合，為道光末業形成京劇打下了堅實的基礎。

除了各大聲腔的形成以及交流、合流，陸續形成了新的綜合性大型劇種外；此一時期，民間的地方小戲，也在各地農村中紛紛茲長起來。這些地方小戲在成長的過程中，不免亦受到了大劇種的某些影響，而由最初萌芽的階段逐漸地向大戲的體制發展中。接下來我們就來談談在清代興起並且流行於民間的這些花部亂彈地方戲，同時說明他們在腳色行當上具有的特色，並一窺其中「末」色的演變。

以當時花部亂彈流行的程度來看，其演出劇目應是極多的；只可惜因為種種原因，在今日我們所能見到的劇本卻十分有限，僅能由部份刻本、抄本、曲譜、曲選，和清人筆記小說及梨園史料中的收錄、記敘中，約略看出當時表演的輪廓。清人錢德蒼搜采增輯的《綴白裘》六集（乾隆三十五年刻印）、十一集（乾隆三十九年刻印），是現存收錄了部份清代地方戲曲劇目的最早選刻本，收當時流行的花部諸腔劇目概有五十餘齣。此外，葉堂編選的《納書

〔註 73〕見《揚州畫舫錄》卷五，頁 131。

楹曲譜》〔註 74〕「外集」、「補遺」，李斗《揚州畫舫錄》、焦循《劇說》、《花部農譚》〔註 75〕、其他時人筆記小說，及收錄有清代民歌俗曲的《霓裳續譜》、《白雪遺音》等書中，亦能看到許多當日流行的劇目。但這許多花部亂彈戲，除了《綴白裘》與《納書楹曲譜》中所收的數十齣，還可以看到當時的演出劇本或曲譜之外，其餘都只留有存目；雖有許多仍是至今京劇或其他劇種中上演不輟的戲，卻已不能肯定就是當年演出的原本了。以下筆者便針對《綴白裘》中所見的六十餘齣作品，說明花部亂彈戲的腳色體制與末腳之演化〔註 76〕。

《綴白裘》中所選錄之地方戲曲，不惟在曲牌上包含了梆子、高腔、京腔、批子、西秦腔、亂彈腔、吹腔等諸腔調，在腳色內容上也涵蓋了生、旦、淨、末、丑、外、貼、副（淨）、小生、小旦、老旦、雜等。依據《揚州畫舫錄》卷五中記載：

> 凡花部腳色，以旦、丑跳蟲爲重，武小生、大花面次之。若外、末不分門，統謂之男腳色；老旦、正旦不分門，統謂之女腳色。丑以科諢見長，所扮備極局騙俗態。拙婦騃男，商賈刁賴，楚休（咻）齊語，聞者絕倒。〔註 77〕

在《綴白裘》中所選之地方戲曲選本中，有不少就是以「二小」或「三小」爲主的民間小戲，如《花鼓》、《買胭脂》、《借靴》等等，在這類戲中，插科打諢是其表演重點。以跳蟲（武丑）、武小生、大花面以及武旦爲主的戲，也

〔註 74〕《納書楹曲譜》，清・葉堂編，清乾隆五十七年至五十九年納書楹原刻本，收入《善本戲曲叢刊》六輯，學生書局，1987。

〔註 75〕《劇說》，《花部農譚》，清・焦循著，今收入《中國古典戲曲論著集成》之八，北京中國藝術出版社，1982。

〔註 76〕《綴白裘》中收錄當時流行的梆子腔、亂彈腔、和西秦腔劇目，計有：一、《買胭脂》，二、《落店》、《偷雞》，三、《花鼓》，四、《韓湘子》（《途嘆》、《問路》、《雪擁》、《度叔》），五、《陰送》，六、《搬場拐妻》，七、《思凡》、八、《送昭》、《出塞》，九、《探親・相罵》，十、《過關》，十一、《安營》、《點將》、《水戰》、《擒么》，十二、《上街》、《連相》，十三、《殺貨》、《打店》，十四、《借妻》、《回門》、《月城》、《堂斷》，十五、《打猩猩》，十六、《看燈》、《鬧燈》、《搶甥》、《瞎混》，十七、《清風亭》、《趕子》，十八、《請師》、《斬妖》，十九、《快活林》〔《鬧店》、《奪林》〕，二十、《征命》、《遣將》、《下山》、《擂臺》、《大戰》、《回山》，二十一、《戲鳳》，二十二、《何文秀》（《私行》、《算命》、《寫狀》），二十三、《花靴》，二十七、《擋馬》、《磨貂》（存目），二十八、《磨房；串戲》。二九、《打麵缸》，三十、《淤泥河》（《番畔》、《敗虜》、《屈辱》、《計陷》、《血疏》、《亂箭》、《哭夫》、《顯靈》）。

〔註 77〕見《揚州畫舫錄》頁 132。

有很多，如：《偷雞》、《陰送》、《水戰》、《打店》、《打猩猩》、《斬妖》、《奪林》、《擂臺》、《斬貂》、《擋馬》、《淤泥河》等都是；在這類戲中除武打身段外，插科打諢也佔了極大的比重。除此外便是以生、旦爲主，較重唱、做的戲，但以數量上來說，在《綴白裘》地方戲劇本中較前兩者爲少，有《戲鳳》、《思凡》、《私行》、《算命》、《送昭》、《出塞》等等。

在這些作品中，起初大多是由民間說唱、歌舞發展起來的地方小戲，腳色自然以「二小」（一旦一丑）、「三小」（一旦一丑一生）爲主；隨後因爲戲劇本身的發展，劇本所反映的生活內容有了新的發展，人們屬意於歌頌及觀賞一些民間的英雄事蹟，故而講求熱鬧豐富，有較多身段表演的武戲逐漸增加，而腳色的體制也理所當然地有了不同的發展，尤其是正劇腳色如生與武行的分化，更形明顯。儘管腳色的發揮起先著重在「二小」「三小」，隨後又有淨腳、武生與武旦；但在這些地方戲曲中仍然可見「末」腳蹤影，只是其中的「末」屬於配角地位，多扮演一些次要人物或閒雜人等，而沒有丑、淨或生那麼重的戲份與表演。以下將「末」腳於《綴白裘》花部地方戲曲中出現的人物類型及其劇目以表列方式整理出：

人物類型	劇中人	劇目
1. 草莽英雄漢	楊雄、張青	《落店・偷雞》、《奪林》
2. 有地位之官員	軍師吳用、總兵王戎、武將王貴、勞節	《繳令・點將・下山・擂臺・大戰・回山》、《安營・點將・水戰・擒么》
3. 神仙人物	明月、符官、神仙	《問路》、《斬妖》
4. 閒雜人等（以下層官員或百姓居多）	伙計、解差、門軍、皂隸、家院、役差張才、老韃子、文官	《殺貨・打店》、《回門》、《上墳・除盜》、《打麵缸》、《送昭・出塞》

我們從上表可以看見，《綴白裘》中所收六十餘齣作品中，「末」腳僅在以上二十三齣戲中出現，扮演楊雄、張青、吳用等十七個人物；而在多數劇本中，它所扮飾的人物都只是配角，沒有太多戲份、台詞與表演，尤其像扮神仙、伙計、皂隸的這一類人物，有時更只是過場性質。較爲特別的一個腳色，是在《打麵缸》中出現的衙役張才。這個故事是說糊塗縣太爺（淨腳飾）將欲從良的妓女周蠟梅（貼飾）許配給手下當差的衙役張才，卻又不及讓他們成親，便派張才遞送公文到山東去。當天夜裡，縣府中的書吏（副扮）、另一衙役四爺（丑扮），以及縣太爺都貪圖周蠟梅美色，不約而同地先後來到周家，想趁四下無人之際

一親芳澤；結果爲了要避免與他人照面的尷尬，因此先後躲在灶下、麵缸中和床底下；不料張才因不甘未成親而擅自提早返家，無意中發現此三人都在自家中，於是產生一些逗趣的打鬧情節，最後三人自知理虧，只好答應以金錢解決，縣太爺甚至被迫將官帽、官服脫下抵押，才免去一場牢獄之災……。故事本身充滿趣味性，重點除放在貼（蠟梅）與書吏、衙役、縣太爺之間的打情罵俏上外，也做了一些衝突與巧合的情節安排；然而末所飾的張才雖然看似全劇之男主角，但其實其戲份還是有限、尤其在插科打諢的表演上更不及丑或副腳之伶俐生動。關於這個劇本，張庚、郭漢城在《中國戲曲通史》〔註78〕一書中有一些看法，他們認爲：「《打麵缸》一劇，看來雖屬同一類型的近乎鬧劇的小喜劇，但已出現了正面的較爲嚴肅的鬥爭和衝突。作爲這種衝突的正劇式人物類型『末』腳（實際上這種腳色應爲『生』腳）的地位和作用，就比《探親．相罵》的生腳要突出和顯著很多了。但由於張才這樣的正劇式人物，其身份乃一公門衙役，他卻是劇中的主要正面人物，而崑曲中的末腳從來不會是劇中的主要人物的，這說明它和崑曲腳色體制不盡相合。」筆者以爲在這齣戲雖已有正面衝突的劇情，但其主要吸引人之處，仍著重於幾個腳色之間打鬧逗趣的表演，其正面衝突之處所產生的戲劇高潮仍然非常有限（這可能也與戲劇本身的發展與成熟有關）；而由其以「末」腳應工，顯然並非因爲腳色不足之故（因劇中並無生腳人物），可以看出地方小戲在腳色體制的安排處理上，的確是與崑、弋等古老劇種有一些差異的；但在小戲成長過程中，不免亦會受到古老劇種或其他大戲的影響，而在某些程度上沿用了大戲的腳色名稱。不過，若以傳統傳奇、崑劇中腳色的特色來看，「末」腳所扮的張才除了在全劇「地位」上頗類似於男主角「生」外，以其扮飾的人物類型（公門衙役）及其於劇中演出的戲份來說，用「末」腳來應工也並無極大的出入或不妥之處。

從《綴白裘》所收錄的地方戲劇本中，可以看到各類地方小戲在腳色體制上演進的痕跡。首先是由民間歌舞發展起來的像《花鼓》、《花大漢別妻》這一類的地方小戲，其主要特色在於喜劇性質濃厚，腳色體制以「二小」、「三小」爲主。隨後因著戲劇內容的豐富，觀眾的胃口加大了，於是故事情節與人物類型也跟著不斷增加，小戲的腳色遂由「三小」向更大的規模發展。發展過程中，無可避免地也受到了傳統崑、弋大戲的影響，而在劇本內容或腳色名目上有所繼承，例如生行與武行的增加與分化，《打麵缸》、《快活林》

〔註78〕《中國戲曲通史》，張庚、郭漢城著，丹青圖書有限公司，引文見頁220。

(《鬧店》、《奪林》)、《神州擂》(《繳令》、《點將》、《下山》、《擂臺》、《大戰》、《回山》) 等劇的出現。類似這樣的腳色發展過程，在其他地方劇種中也不難看到，例如誕生於浙江紹興的「越劇」，其腳色體制便也是隨著戲劇內容的轉變由最初的「二小」(演出對子戲)、「三小」、「四柱頭」，發展到後來的「小生、小旦、小丑、老生、大面、老旦」等腳色的。

除了這類從民間歌舞或說唱的傳統中所發展出來的地方小戲外，清代各類聲腔劇種中，還有一類從古老劇種基礎上，再吸收民間小戲及各種地方技藝演變而成的地方大戲，例如徽劇與漢劇。他們的腳色體制及表演大部份皆繼承了崑、弋等大戲的傳統，甚至分工更細、更爲複雜。而由於戲劇內容的突破，也使得劇本中出現了許多明、清文人傳奇作品中少見的人物類型，像是人民想像中的歷史事件中的風雲人物，或是英雄豪傑等；戲劇的內涵影響到腳色的分化，尤其以生行與淨行的變化最爲明顯。先簡單概述「徽劇」腳色行當的體制與其沿革狀況。

清乾隆以前，徽調的腳色分爲末、生、小生、外、旦、貼、夫、淨、丑九行、徽班藝人稱之爲「九頂網巾唱鬧台」；乾隆之後，徽劇進入了全盛時期，腳色行當也因而又有所發展，分爲正生、老生、小生、大花、小花、二花、四花、正旦、花旦、作旦、武旦、老旦等行，同時因爲此時期演員人數眾多，遂開始在一些大行中分出小行，如紅生、武老生、武小生、武二花、武丑等；原有的末行，此時則改設在「雜」行之中。到了嘉慶年間，徽班在徽商經濟的逐日衰微減弱，多數龐大的戲班漸減其成員，腳色行當也進行了相應的併歸，逐漸固定爲「十大行當」，亦即：正生、老生(文武)、小生(文武)、大花、二花、三花(丑)、正旦、花旦、老旦與武旦。嘉慶後一度再現的末行，至此歸入「老生」之中，而「外」則設在「雜」行，不列入「十大行當」中了〔註79〕。

至於「漢劇」的主要腳色，向稱「一末十雜」，也是「十大行當」，內容爲：一末、二淨、三生、四旦、五丑、六外、七小、八貼、九夫、十雜。漢劇中向以重唱工的「三生」挑大樑，但他們的「一末」與「六外」，卻也是非常重要的腳色。「三生」指的是中年生腳，多扮演忠直的人物，其表演以唱爲主，念、做也有相當比重，飾演武的人物則較少。「一末」指的是老年生腳，

〔註79〕以上資料參考《中國戲曲志・安徽卷》。中國戲曲志編輯委員會，文化藝術出版社，1993，頁362。及《中國大百科全書・戲曲曲藝卷》「徽劇」條，中國大百科全書出版社，1983，頁135～136。

多扮演年老的帝王、宰相、學士、高官、賢士或義僕，還可分爲：袍帶戲、袍子馬褂戲、官衣戲、褶子戲、靠把戲等類別，依劇中人不同的身份、穿著、性格、氣質而有不同的表現。「六外」則指重做工的生腳，並不特別指年長的人物，像《群英會》的魯肅、《八義記》的程嬰、《坐樓殺惜》的宋江等，都因有較多的表演與做工，而由外腳應工〔註 80〕。若將之與傳統崑劇的腳色行當做一比較，我們發現漢劇中的「末」，顯然近於崑劇中的「老生」行，包含了崑劇中原有「末、外、老生」三門演員所飾演的一些人物，如：劉備（生）、莫成（末）、張廣才（末）、宋士杰（外）等。而其「外」行，也與崑劇中專飾掛白髯的耄耋老者不同，專指重做工的生腳。足可見由於劇種不同，名目相同的腳色所涵蓋的意義會有所不同，而其主要腳色亦會因之而異〔註 81〕。

關於「漢劇」的腳色行當與其中末腳的發展，筆者再從漢劇的前身——「楚曲」劇本中來看，以說明當時此一地方大型劇種中末腳所扮飾的人物類型及其情形。「楚曲」是成長於湖北村鎮的一種地方戲曲。根據史料記載，清道光以後，楚曲流傳到北京，風靡一時，直接影響了京劇的產生。現存的楚曲劇本，有漢口三元堂、文升堂、文雅堂刊行的《新雋楚曲十種》之五種（大陸中國戲劇研究院藏）〔註 82〕，分別是《英雄志》、《李密降唐》、《祭風台》、《臨潼鬥寶》、《青石嶺》，所講幾乎都是歷史故事，其中又以描寫三國時赤壁鏖兵故事的《祭風台》最具代表性，也最有影響。讓我們分別看看這五個劇本中所演的故事與其腳色：

1. 《英雄志》，共四卷二十五場，演三國時代諸葛亮安居輔佐幼主劉禪，運用機智平五路之事。在這個故事中，可見的腳色行當有末、外、正旦、正生、淨、二淨、丑、小生、夫、老生、占（貼）等，與傳統戲曲的行當相差不多；由於演三國故事，故劇中人以男性居多，女腳只有以「夫」扮的太后在〈奏后〉中出現了一會兒。而男性人物中，又以諸葛亮及趙子龍、鄧芝、劉禪等人之戲份較多，尤其諸葛亮，可說是《英雄志》之主角。劇中諸葛亮由「外」扮，賈羽、馬超、鄧芝由「正生」扮，「老生」飾徐盛。在這個故事中，「末」所扮飾的人物概

〔註 80〕以上資料參考《中國戲曲志・安徽卷》，中國戲曲志編輯委員會，文化藝術出版社，1993，頁 362。及《中國大百科全書・戲曲曲藝卷》「漢劇」條，頁 108～109。

〔註 81〕參見曾永義先生〈中國古典戲劇腳色概說〉一文，收入《說俗文學》，頁 290。

〔註 82〕1985 年中國戲劇出版社將之收入《中國戲曲史料叢書》中，題名《明清戲曲珍本輯選》。共二冊。

可分三類：一是表演開場前負責「報場」之人，類似於傳奇的「副末開場」，由末腳先上台說明故事梗概。二是戲份稍多人物，包括：趙子龍、董允、秦宓、其中以趙子龍較爲重要，在〈攻城〉、〈助戰〉中有精彩的武打演出。第三類則是無名姓的閒雜人等，例如〈詔回〉中聽命於諸葛亮的手下，只出現一下就沒有了。

2. 《李密降唐》。說的是李密、王勇降唐覆叛之事，分〈秦王打圍〉、〈拾箭降唐〉、〈招宮殺宮〉、〈雙帶箭〉四回。故事中人物較少，計有王勇（生）、李密（淨）、李世民（小生）、李淵（外）、河陽公主（旦）、馬三保（末）與殷開山（外）。王勇、李密爲主角，因王勇爲一忠臣、李密具草莽氣息，又降唐覆叛，故分別以生、淨應工；其中末只扮飾馬三保一腳，是捉拿李密的將士，其地位並不甚重要，戲份也不多。
3. 《祭風台》。共兩冊四卷二十八回，演三國時赤壁鏖兵的故事。整個故事以諸葛亮（生）及周瑜（正旦）爲主要腳色，另如魯肅（外）、黃蓋（末）、曹操（淨）、關羽（外）等人，也有相當的戲份與表現。「末」所扮的人物在戲中地位不一，有身爲一國之首的劉備（〈登場〉、〈請罪〉、〈團圓〉），有與孔明舌戰的東吳文官張昭（〈舌戰〉），也有不惜獻苦肉計詐降於曹營的老忠臣黃蓋（〈借刀記〉、〈二用借刀〉、〈獻苦肉〉、〈詐降〉、〈發兵〉）。此外，《祭風台》演出一開始，也有末腳上台報場。
4. 《臨潼鬥寶》。演春秋戰國時代伍員力舉千金銅鼎故事。分〈說計進寶〉、〈曉諭各國〉、〈上山結拜〉、〈臨潼鬥寶〉四回。故事以伍員（小生）及柳展雄（淨）爲主角，其中末只扮演楚國太師伍員之父伍碞，及蒯外二人。
5. 《青石嶺》。演周文王時代蘇皇后禾云庄的顯赫戰功，及其與西宮賈翠屏和奸佞們的爭鬥。分〈收王洪〉、〈收孟禧〉、〈草橋關〉、〈歸天團圓〉四卷。全劇以禾云庄爲主角（小旦），末扮之人物則爲軍師劉文索。

再將以上五劇中末腳所飾人物，以表列方式刊出：

人物類型	劇中人	劇　目
1.報場者		《英雄志》、《祭風台》
2.帝王	劉備	《祭風台》
3.文官武將	趙子龍、董允、秦宓、馬三保、張昭、黃蓋、伍奢、蒯外、劉文索	《英雄志》、《李密降唐》、《祭風台》、《臨潼鬥寶》、《青石嶺》
4.閒雜人等	手下	《英雄志》

由以上敘述中可以知道，這五個楚曲劇本中的末腳，主要扮飾的人物類型爲官員、將領之屬，尤其《英雄志》中的趙子龍、《祭風台》中的黃蓋，都有頗多的演出；不過，在大部份劇中，它的戲份及地位還是較生腳（如《英雄志》中的鄧芝、《祭風台》中的諸葛亮、《李密降唐》中的李密等）爲輕，應屬於主要的男配角之列。除官員將領外，末也負責「報台」，頗類似「開場」的性質。此外，還飾演地位較高的帝王，如《祭風台》中的劉備。值得注意的是，在《英雄志》中擔任男主角諸葛亮，在劇中並非由「生」扮，而是以「外」應工，同時「正生」、「正旦」或「小生」所飾的賈羽、鄧芝、馬超、陸遜等人，在劇中卻多不是主要人物，顯然與崑劇的腳色行當有一些差異。從此除可見在這類大型劇種中，其腳色雖主要承襲傳統戲曲的特色，但實際上仍會有些許不同，並且亦間接反映了因戲劇內容不同、劇種不同，對腳色分工上的影響與差別（明清傳奇以才子佳人故事爲主，故以生、旦爲主角，而「楚曲」中以歷史大戲、政治爭鬥爲主，腳色的分配因此可能會有所不同）。

以上爲徽劇與漢劇的主要腳色體制及其沿革，以及漢劇前身「楚曲」中有關末腳扮飾人物及地位的說明。以後來漢劇的發展來說，其腳色即固定爲前述的「一末十雜」、「十大行當」，十行之外，也還有副行，所謂「江湖十八筒網子」，即包括正副行而言的〔註 83〕。而正行中「一末」腳色的表演與地位，更在近世余洪元等優秀演員的創造開發之下，發展出更爲精緻的表演藝術，與多齣專屬末行表演的劇目。《中國戲曲劇種手冊》〔註 84〕中提到漢劇表演家「余洪元」，謂其：

> 把末腳藝術推向高峰，創造了深沈蒼勁、純厚優美的『余』派唱腔。他扮演的《興漢圖》中劉備、《碰碑》中楊繼業、《四進士》中宋士杰、《掃松》中張廣才、《龍舟會》中白懷、《盜宗卷》中張蒼，都是唱做兼重的腳色，他都演得個性鮮明，絕不雷同。……

《中國大百科全書》「戲曲曲藝」卷〔註 85〕中也有以下記載：

〔註 83〕所謂「江湖十八筒網子」，是指江湖班有十八個演員即能演大戲，正行之下的副行有嚴格規定，如：一末的副行爲二老生，二淨副行粉彩，三生副行坨羅帽，四旦副行二小姐，五丑副行扎頭將，六外副行六六外，七小副行宗太保，八貼副行蹻旦，九夫副行婆老旦，十雜副行四七郎。參見《中國戲曲志・湖北卷》，頁 327～328。

〔註 84〕《中國戲曲劇種手冊》，李漢飛編，北京中國戲劇出版社出版，1987。引文見頁 716。

〔註 85〕見《中國大百科全書戲曲・曲藝卷》「漢劇」條，頁 109。

> 末腳中的代表人物余洪元，最先對唱腔、表演做了突破的嘗試，演《興漢圖》、《白帝城》的劉備，能以雍容的表演和醇厚深沈的唱腔取勝，《兩狼山》楊業的（反二簧慢板）確是慷慨悲歌，把漢劇（反二簧）唱腔提到一個新的水平。再如《四進士》和《失印救火》，同屬衙門吏役的戲，他卻能在宋士杰的狡黠中顯示其剛強正義，在白懷的機警中表現其謹小愼微的性格，區分得極其鮮明。

漢劇向以唱工繁重的三生挑大樑，嗓音稍次者才習一末。一末戲多重衰、念、做而不重唱，但自余洪元從藝後，集結了末腳任天泉、胡雙喜、蔡炳南諸家之長，並廣泛吸收四旦、三生、九夫等行的唱腔，加以融會貫通，遂創造出深沈蒼勁、醇冽酣暢、獨樹一幟的余派唱腔，也展現了漢劇末腳獨特的藝術魅力，而將漢劇中末腳的地位提至高峰。由此也可以看出，漢劇中的「末」行，比之「楚曲」時期的「末」腳，其表演更爲豐富，其地位也更加重要；而末所扮飾之人物，則頗多類似於崑劇中包含副末、外與老生的「老生」行。

漢劇以一末、三生爲主要腳色，扮飾老年及中年男子，近似於崑劇中的末、外與老生，與京劇中的老生。其腳色名目看似相同，但所扮飾的人物類型卻並不完全一致，顯示出腳色因劇種不同而有的差異。至於從徽劇的「十行腳色」中，顯然已可看出它對京劇的影響與二者深厚的關係。同樣的劇中人物如張廣才、楊繼業等，在漢劇是由末扮，而在徽劇的腳色分工中，則是由生行中的「衰生」來應工；今日這些人物在京劇中，也都以老生應工，由此似也不難推知日後京劇腳色行當中將「末」行歸入「生」行之中的演變軌跡了。

二、京　劇

京劇是以皮黃聲腔演唱的一劇種，自清同治光緒年間形成於北京，並在民間與宮廷中流行起來，至今已有近二百年的歷史。所謂皮黃聲腔是指由西皮、二黃兩種腔調合流以後出現的一種聲腔系統，西皮腔興起於湖北，是由湖北藝人針對梆子腔加以豐富加工而成；而二黃腔則興起於南方。乾嘉之際，流傳到湖北的二黃腔與西皮腔結合，又經過湖北藝人的加工創造而形成了皮黃腔，在湖北稱之爲楚調（漢劇）。楚調興起後，很快流行起來，極受到群眾的喜愛與支持；隨後楚調與比鄰而居的安徽徽調互相交流，憑藉著安徽商人四處地流動，更進一步將皮黃聲腔傳佈到南北各地。乾隆末業，以演唱二黃著名的徽班藝人高朗亭入京師，以安慶花部合京秦兩腔的表演，開創了徽班稱盛的局面；嘉慶、道光年間，又有湖北漢戲藝人李六、王洪貴等來到京城，並參加了徽班的演出。皮黃腔的成型，徽、漢藝人的合作，以及徽班表演者不斷在表演中結合崑腔、秦腔、京腔等其他劇種的表演長處與特色的過程，爲後來京劇的形成與發展奠定了良好的基礎。到了道光初年間（大約是道光二十年，即 1840 年後），以皮黃聲腔爲主的北京京戲遂正式形成，其唱腔板式已初步具備，語言特點已然形成，在腳色行當方面有了新的變化，且已擁有一批具有京劇特點的劇目。因此京劇一興起便獲得了廣大群眾的歡迎，並在第一代演員及劇作家如程長庚、余三勝、盧勝奎等人的努力之下，終於使得京劇開啓了繼崑劇以來，另一大劇種流行全國、稱霸劇壇的新局面。

在京劇形成與發展的過程中，其腳色行當也迭經數次變化。早期因受到徽調與漢劇、崑腔、梆子的影響，故其腳色主要分生、旦、淨、末、丑、武行、流行（龍套）七行，而後漸歸爲生、旦、淨、丑四大行。道光二十五年（1845 年）刊本的《都門紀略》一書中，曾詳細記戴了當時北京七個有名的戲班、演員和演出劇目，茲摘錄三慶班、春台班之資料於下：

1.三慶班

行當	演員姓名	擅長劇目及角色
老生	程長庚	《法門寺》趙廉　《借箭》魯肅 《文昭關》伍員　《讓成都》劉璋
老生	潘德奎	《三擋》秦瓊
正旦	胖雙秀	《祭塔》白蛇
老生	范四保	《摔琴》俞伯牙　《白莽台》王莽
老旦	馬老旦	《辭朝》佘太君　《釣金龜》康氏
丑	黃三雄	《趕考》商天保
小生	曹喜林	《草船借箭》周瑜
淨	姚二官	《冥判》大判官
旦	大金令	《小宴》、《驚變》楊玉環

2.春台班

老生	余三勝	《定軍山》黃忠　《探母》楊四郎 《賣馬》秦瓊　《雙盡忠》李廣 《捉放曹》陳宮　《碰碑》楊繼業 《瓊林宴》范仲禹　《戰樊城》伍員

老生	李六	《醉寫嚇蠻書》李白　《掃雪》劉子忠
淨	朱大麻子	《陽平關》曹操　《瓊林宴》包拯
淨	產滾子	《斬蛟》周處
旦	蟾桂	《探母》孟金榜
旦	鳳林	《探母》公主
丑	朱三喜	《鴻鑾禧》花子頭
旦	玉蘭	《祭塔》白蛇

由《都門紀略》中所記載的腳色行當與演員來看，此時的京劇行當大約有「老生、小生、武生、正旦、旦、武旦、老旦、淨、行」九門。這九門腳色，實際上是融合了徽劇、漢劇、崑劇三種戲曲的腳色行當，並在其基礎中加以發展變化而成的。前文曾對清末崑劇、徽劇、漢劇的主要腳色行當皆做了大致說明；以京劇中的「老生」行而言，事實上是融合了徽、漢、崑中的「末、外、生」三門腳色的。雖然在《都門紀略》所記載的腳色名目中，已見不到末、外之名，但由「老生」一行所負責扮飾的劇中人物來看，顯然包含了末、外與老生三行當。再從現存清蒙古《車王府曲本》〔註86〕及民國初年間先後付梓出刊的《戲考》〔註87〕、《戲學全書》〔註88〕中所記載的京劇劇目、演員及腳色行當來看，雖仍可見「末」、「外」之名，如：《文昭關》中的皇甫訥爲末、東皋公爲外（《車王府》、《戲考》、《戲學全書》），《捉放曹》的呂伯奢爲末（《戲考》、《戲學全書》），《四進士》的宋士杰爲外（《戲考》），但他們所扮飾之人物，實際上已可歸入老生行中了，《戲學全書》中且有「老生又分鬚生，與外、末三種」之語〔註89〕，可見其時雖有末、外之名，但實際

〔註86〕《車王府曲本》爲清末北京車王府內收藏的一批曲本，內容分戲曲及說唱二大部份，說唱部份包含鼓子詞、子弟書、雜曲，戲曲部份以京劇爲主，次爲崑曲、高腔、弋陽腔、吹腔、西腔、秦腔、傳奇、木偶戲、皮影戲等，合計共四千多冊。今大陸北京圖書館、首都圖書館、中山大學圖書館皆有藏書；筆者所據爲首都圖書館藏本。

〔註87〕《戲考》，王大錯述考，鈍根編次，燧初校訂，1915年初版出書，1925年出齊四十冊，收京劇劇本近六百齣；戲本來源以舞臺演出本爲主，也間有演員獨有的腳本。台北里仁書局，1980。上海書局1990年據中華圖書館原本影印出版《戲考大全》，共五冊。

〔註88〕《戲學全書》，原名《戲學匯考》，共十冊，上海大東書局於1926年出版，1993許志豪、凌善清重編，計一冊，上海書店出版。

〔註89〕見《戲學全書》第一章〈戲曲總綱〉第六節〈學戲之性別〉，謂：「老生又分

上已同屬老生一行。在 1918 年刊行的《菊部叢刊》〔註 90〕中曾有如下的記載：

近來外、末之戲，多由老生兼之。近人但知老生，不知外、末，即以此故。

正可說明末、外腳逐漸消失在京劇行當中的事實。現分別以《車王府曲本》、《戲考大全》、《戲學全書》及當代京劇中幾個相同劇中人腳色應工的情形，來看京劇中末行的變化。

劇中人物	《車王府曲本》（清朝末年）	《戲考大全》（民國四年～十四年）	《戲學全書》（民國十五年）	當代京劇腳色
1.皇甫訥 2.東皋公 3.伍子胥《文昭關》	1.末 2.外 3.生	1.末 2.外 3.老生	1.末 2.外 3.生	1.老生 2.老生 3.老生
宋士杰《四進士》	宋士杰	外	外	老生
1.程嬰 2.公孫忤臼 《八義記》（又名《搜孤救孤》）	1.生 2.末	1.生 2.外	1.生 2.末	1.老生 2.老生
1.陳平 2.張蒼《盜宗卷》	1.末 2.生	1.陳平 2.張蒼〔註 91〕	1.生 2.生	1.老生 2.老生

由上表可以看到，雖然在清末《車王府曲本》與民國初年的《戲考》、《戲學全書》中，還可見到末、外之名，但實際上他們已有漸融入老生行的趨勢；到了當代京劇中，這些原由末、外應工的人物，就一律歸入老生行了。

京劇腳色逐漸類歸爲生、旦、淨、丑四大行，行當看似少了，但其實各行之間的分化卻更爲精細，像生行便分爲老生、小生、武生和娃娃生，而老生之中又再細分有安工老生（唱工老生）、衰派老生（做工老生）、靠把老生、紅生等等，專門扮演中年或老年男子。如上表中的伍子胥即爲唱工老生，宋士杰、張蒼等則爲做工老生。其他行當亦都有十分細緻的分工。京劇的行當劃分基本上是依據人物的自然屬性（如年齡、性別）和社會屬性（身份、地位等），但

鬚生，與外、末三種，鬚生如武家坡之薛平貴，捉放曹之陳宮等是也；外如四進士之宋士杰是也；末如審頭刺湯之陸炳是也。」頁 7。

〔註 90〕周劍雲主編，收入《民國叢書》第二編，上海書局出版，1990。

〔註 91〕《戲考大全》中雖以人名應工，但有「此劇爲鬚生之做工戲」之語。見《戲考大全》卷一，頁 504。

更重要的參考點卻是人物的性格；例如三國故事中的周瑜歸小生行當，諸葛亮卻歸老生，但事實上諸葛亮的年紀要較周瑜年輕，由此可看出其依據性格決定行當的特點。而各行當無論在唱念做打等方面，也都有一套專屬的程式規範與表演技術特點，演員透過表演技術的訓練，進入劇中人的內心情境；更透過不同的程式規範，將人物類型概括並呈現在觀眾面前。腳色行當的細分與表演藝術的專精，說明了京劇在地方小戲與傳統大戲的交流影響之中形成並茁壯，也說明了戲劇演進中由粗略走向精緻、由萌芽漸趨成熟的過程。

關於京劇中末行的演變情形，齊如山《國劇藝術彙考》〔註92〕中云：

皮黃班中之末，就完全變成配角了，且必順掛鬚，不掛鬚者，不得名曰末，而且必須掛黑鬚，若白鬚者便呼做外，……。所謂完全成爲配角者，因爲各戲中之黑鬚家院，則都名爲末。其他配角稍重要者，便不曰末，例如文昭關中皇甫訥、硃砂痣中之吳惠泉、法門寺中之宋國士等等，皆名曰末。然如古城訓弟中之劉備、單刀會中之魯肅、八大錘中之王佐等等，都應該是末，傳奇中亦仍爲末，因生角應扮關羽、岳飛也，但因他們事情較多，所以都不曰末，而曰老生了。……

從這一段記載中，可以瞭解到；皮黃中的末腳從有到無，確是經過一段時間逐漸演進的；先是原來在傳奇、崑曲之中扮演家院、或較不重要的人物，起初仍以末應工，例如吳惠泉、宋國士；而在傳奇中由末扮，顯然地位僅次於男主角生的腳色如劉備、魯肅等人，到了皮黃中，因其在劇中仍有一定的重要性，於是就漸漸歸入生行，由生行中的老生來應工；隨後，京劇「生、旦、淨、丑」的行當確立，末行遂連出現充任家院或閒雜人等的機會也消失了。前面曾提到在徽、漢劇中出現的楊繼業、宋士杰、張大公、張蒼等人物，以及《捉放曹》中的呂伯奢，原都是由末所扮，到了京劇中便皆由做工老生或唱工老生所扮，足以做爲「末」行併入「生」行之例。

第三節　小　結

南戲的末腳起先仍承繼副末插科打諢的傳統，在劇中有詼諧演出；後來一方面因南戲內容之喜劇性漸次減少，二方面也因爲地方小戲中的「丑」腳

〔註92〕收入《齊如山全集》第六冊。台北聯經出版公司，1979，頁3772。

加入，並取代了末，因此末腳遂逐漸褪去喜劇外衣，轉而扮演其他性質的腳色。又因爲南戲向來以生、旦爲主角，因此退出喜劇範圍的末腳，在劇中只好扮演次要的人物了。這些次要人物包含下層士大夫、下層市民中的酒保、家院、或是衙役、中軍、牌官等。此一演變幾乎奠定了日後末行發展之路，在傳奇、崑曲等劇種中，末行的分工與變化都以此爲基礎。此外，南戲中的末也負責開場，並且在早期劇團規模較小、演員人數較少的階段，末腳時常需在一劇中兼演各種次要人物，像在《張協狀元》中末即扮演了九個不同的人物，在《荊釵記》中亦扮演了十一個不同人物。除可抒解劇團人數不足的窘境外，也有當場導演的功用。

明清傳奇的腳色體制繼承南戲而來，而更有發展。此時的末行之下又分副末（付末）、小末等細目。末腳以開場、及扮家院、下人、黃門官、長者等次要人物爲主，亦扮神仙及其他閒雜人等。早期末腳所扮飾人物的身份較低，而後期有轉變爲身份地位較高之人物的趨勢。至於末腳詼趣的性格，早期傳奇中還有較多表現，到了後期就漸漸減少了。早期崑曲演出的劇本以傳奇創作爲主，因此在腳色分工上與傳奇並無太大的差異。隨著新戲的誕生與演出，戲曲所表現的生活面日益豐富，內容也日趨複雜，於是戲團的成員也逐漸擴大；腳色由九人、十人、十一人，發展到清初的十二腳色。行當增加，分工也更細了，再加上明末以後折子戲的興起與流行，顯示出觀眾欣賞水平的提昇，於是腳色的專業也在觀眾要求刺激之下發展得更爲精緻。民國以後崑劇的家門主要是在生、旦、淨、末、丑傳統五綱的基礎下發展，衍生出二十個細家門；此時末之下遂含括了副末、老生、外三目，專門扮演中年以上、蓄鬚帶髯的腳色，其中外的年齡最大，帶白髯或花白色鬚，末與老生則帶黑色或彩色髯；各目皆有各目擅長的劇目，而又有一些共通之處，尤其對演員而言，三者之間之界線並不甚明顯，多數都要學習，也多能通兼。

末行發展到京劇之後，起先仍有其地位，後由於其特色漸漸削弱，遂漸爲生行所取代，以往劇本中以末扮的人物，就轉而都由生行之腳色來應工。由此一現象變化，概可看出二點；一是戲劇腳色的發展，會隨著戲劇內容藝術的由簡趨繁而孳乳，但也可能會因此而湮滅或消失。而其湮滅消失的原因，一部份是因爲腳色行當的分化日益精細了，此時若不同的腳色之間產生雷同或重複的現象（以其扮飾人物及表演技藝而言），則必有一腳色會被併入而消失；另一原因則是若該行腳色所扮飾之人物，及其表演藝術各方面，實無獨特可表現之處，且由他行來應工亦無不可的話，就難免在發展過程中遭到淘汰的命運。而末行的消失，也正可由此二方面來印證。另外，從京劇腳色行當的變化中，還可發現腳色的分工與戲劇所表現的內容之間，也有很大的關係。京劇雖興起於城市，但其組成份子不論是腔調、曲文、故事內容卻都是在民間的基礎上發展而來，尤其京劇所演出的故事中，包含了許多的歷史大戲，以及政治爭鬥的情節、英雄人物的傳說等（由早期的《楚曲五種》中即可見端倪）。不同的表演題材影響了腳色的分工與發展，尤其爲了表現政治場合中的勾心鬥角、軍事衝突或武打場面，於是勢必得在傳統的腳色上做出改變。京劇生行中的武行與淨行中的武淨，可以說就是因應著劇中情節、人物的需要，而發展出來的。也由於京劇的劇目與傳統崑劇中以才子佳人爲主的故事有一些差異，因此相對的在京劇中以末爲重點的戲，或是以末腳扮飾的人物就更少了，漸漸地末腳愈來愈沒有地位，終於被生行所取代。

最後再來看看清代花部亂彈地方戲中末行的情形。地方戲的腳色體制發展方式中大概有二種類型：一是在傳統聲腔基礎上，結合各個地方民間藝術，逐漸發展演變成爲新興的地方大戲（如徽劇與漢劇）。此種地方大戲的腳色多承繼崑、弋等大戲傳統，規模完備，甚至有更進一步的發展。這些地方大戲中出現的末腳，仍與崑、弋大戲中的末腳相仿，扮演次要的男性腳色，如《祭風台》中的劉備、黃蓋等。地方戲的另一種類型，則是指在各個地方的民間藝術傳統上土生土長起來的地方小戲，其腳色以二小、三小爲主，再由二小、三小一路發展，後受到大戲影響而漸趨豐富。二小、三小階段的小戲中沒有末腳，而後來出現的末也多半都是配角，扮演一些極次要的閒雜人物。今日依然流傳於各地的地方劇種中，許多仍可見末腳足跡，唯因劇種繁多、資料浩繁，筆者衡量一己之力，實無法於本文中進行深入說明，願往後有機會，再另外做一整理。

第四章　「外」腳的演化

第一節　腳色之外又一腳——元雜劇中的外腳

元雜劇特殊的表演方式與體制，使得演唱全劇的旦、末二色成為主要腳色；一劇四折中，幾乎都由正末或正旦從頭至尾牢牢地抓住了觀眾的眼光與耳朵。在這樣的情形下，其他腳色雖然也有上台的機會，但因沒有開口演唱，終究在戲份或表演上，都只能算是次要的配角而已。前引元代夏伯和《青樓集・誌》中所言，則雜劇中除旦、末色外，「其餘供觀者，悉為之『外腳』」。此處所稱之「外腳」顯然含意較廣，舉凡正末、正旦以外的腳色，如：沖末、駕、外旦、小末、副末等……都可以算是；且其地位與重要性絕對是次於主角的，大約沒什麼發揮的空間，所以夏伯和說他們只是「供觀者」的陪襯性質。不過，若將此一「外腳」的範圍稍稍縮小，則元雜劇中其實是有以「外」做為腳色行當「名稱」的一門腳色的，只不過其中的分類或獨立性仍很模糊，嚴格說起來或許尚未能稱做一腳色專名，但卻可視為「外腳」萌芽誕生的一項痕跡。

徐渭《南詞敘錄》〔註1〕中云：

> 外，「生」之外又一「生」也。或謂之「小生」。「外旦」、「小外」，後人益之。

蓋南戲中是以「生」為男主角，而由於「外」多扮演戲份僅次於男主角的人物，故謂「生之外又一生」；然「外」腳一開始並非如徐渭所言的專指「外

〔註1〕見《南詞敘錄》頁246。

生」(或「小生」)而言，在與南戲不同體例的元雜劇中，「外」同時可與「末、旦、淨、孤」等腳色或俗名連接在一起而出現，可見彼時對「外」的解釋，應理解爲「腳色之外又一腳」，如外末、外旦、外淨等。若以《元刊雜劇三十種》爲例，則有「外孤」、「外末」、「外旦」和「外」等名，而其中又以「外末」所出現的次數最多。以下分別將《元刊雜劇三十種》中有以「外」爲腳色名而出現的劇目列出：

一、外孤(或稱孤末)：關漢卿《調風月》、石君寶《紫雲亭》。

二、外末：鄭廷玉《看錢奴》、武漢臣《老生兒》、關漢卿《拜月亭》、《單刀會》、高文秀《遇上皇》、張國賓《衣錦還鄉》、《汗衫記》、孟漢卿《魔合羅》、金仁潔《追韓信》、范康《竹葉舟》、楊梓《霍光鬼諫》、岳伯川《鐵拐李》、尚仲賢《氣英布》及無名氏的《小張屠》、《張千替殺妻》。

三、外旦：張國賓《汗衫記》、無名氏《小張屠》

四、外：馬致遠《陳摶高臥》、《馬丹陽》、鄭光祖《王粲登樓》、無名氏《小張屠》。

另《元曲選》中「外末」皆省做「外」，而有「外」、「眾外」及「外旦」之名。由於元劇主要腳色爲末、旦、淨三門，而「外末」、「外」、「外孤」，實皆指「末之外又一末」，筆者已於第二章論及元雜劇中的末腳時有所說明，茲不贅述。基本上外末、外孤與外都是末的副腳，主要扮演次於男主角正末以外的男性正面人物，但所扮飾的人物卻仍涵蓋各方面，有官員、帝王、書生秀才，也有老漢、家院、市井小民。至於「外旦」，則所飾之人物皆爲女性，如《元刊本・小張屠》中飾張屠的母親，《汗衫記》中飾張文秀的兒媳婦李氏；《元曲選・救風塵》中的宋引章、《曲江池》中飾劉桃花、《貨郎旦》中飾張玉娥。所指即爲「旦之外又一旦」之意，但人物類型亦無特定之身份、年齡與性情之分。

不論是「外末」或「外」，雖然他們所扮飾的人物類型依然包羅萬象，但據其內容推論，在這麼多樣變化的人物類型中，以「外」腳扮飾老漢或官員的情形，似乎佔了極大的比例，且漸形成一種趨勢。如：《漢宮秋》中扮尚書、《玉鏡台》中扮王府尹、《謝天香》扮錢大尹、《救風塵》扮安秀實、《趙氏孤兒》扮程嬰、《蝴蝶夢》中扮孛老、《生金閣》中扮老人里正等。此外，在元劇中出現比例甚高的神祇、神仙、方外人士，以外末來扮飾的情況也遠遠高於其他末色，而其中神仙神祇之特色之一正在於他們多半都是年老、甚至長生不死的長者。因此我們可以說，元劇中的外腳雖仍附屬其他行當，但從外末中漸獨立省略而出的「外」，其所扮飾的人物類型也逐漸地由元雜劇的基礎上發芽開展出來，到了明清傳奇中遂有了更具體的形象展現。

由現存之劇本中看來，元雜劇的「外」腳雖已有由「外末」省略而出，而做爲腳色名稱之動作，但其實所代表的意義仍是「腳色之外又一腳」之意。「外」尚不能視爲一獨立的腳色行當，不獨因爲其所扮飾之人物類型仍複雜多樣，也因爲其時「外」仍與「末」、「旦」等主要腳色牽扯未清，仍依附於其他腳色之下，因此此時的「外」腳只能算是初步萌芽的階段，而其地位也與副末、沖末等末行的副員一樣，屬於次要、配角的作用。一直要到明清之後的傳奇劇本中，「外」腳才隨著戲劇的發展，漸漸獨立而成爲一專門的行當。

第二節　年輩尊長地位的確立——南戲、明清傳奇與崑劇中的外腳

一、南　戲

南戲中的外腳，起初正如徐渭所言之「外，生之外又一生也」之意，與北雜劇相同，主要扮演次於男主角的人物，在元雜劇中是次於正末的「外末」，南戲中則是次於生的「外（生）」，尤其在早期南戲腳色中，「小生」尚未發展成立之前，屬於小生一類的人物（多爲次於男主角生的第二男腳，與小旦搭配），也包含於外的扮飾範圍內，例如明世德堂刻本重訂《拜月亭記》中生扮蔣世隆，外則扮陀滿興福。類似這樣的情形，還有其他例子可尋。許子漢之博士論文《明傳奇排場三要素發展歷程之研究》第三章〈論腳色〉中，也提到此一現象，他並因此將「外」歸入於「生」行的脈絡之中。他說：

> 在第一期〔註 2〕列表的十三種作品，十九本劇本中，可以確定爲年代較早之本皆只用七種腳色，即生、旦、淨、末、丑、貼、外等七色。這些劇本包含了《張協狀元》、《小孫屠》、《錯立身》、《琵琶記》

〔註 2〕依據許子漢論文中將明傳奇作品分爲五個時期來分別說明的說法，其所指第一期是指明代初年及以前，此時期作品以宋元舊篇爲範圍，計有十三種作品。見論文第一章第二節〈傳奇與戲文的爭疑及劇本分期〉，頁 5。

（陸鈔本及汲古閣本皆然）、宣德寫本《金釵記》。《影鈔本荊釵記》、《成化本白兔記》與《趙氏孤兒》則於此七腳之外，另用「小外」一目。此小外所扮飾之人物於汲古閣本之《荊釵》、《白兔》與《八義記》中均改爲小生扮演，可見此時小外並非新的腳色專稱，而是後來小生的前身，此時仍屬發展之中，並未定型。故「小外」之名只是因腳色不足，另添一外而已。〔註3〕

依據他的說法，「小外」成爲「外」行下的另一細目，應該是自第三期，即嘉靖中葉《浣紗記》創作以後的發展。因此，南戲傳奇中的「小外」就具有兩個意義了，早期作品中它是小生的前身，作品中有小外而無小生之名，小外所扮者實爲小生之類型；到後來才在外行的分化之下又發展出來，劇本中小生、小外可以一起出現或同場演出，其人物類型也有明顯的差異了。

再看外行的發展。南戲中的「外」腳只稱「外」（或「小外」），不似雜劇中尚有「外末」、「外旦」、「外淨」之名，而由現存之南戲劇本中，不難發現此一「外」腳，事實上亦是先具「腳色之外又一腳」的扮演特色，而後才漸次獨立出來，專爲「外末」之省，且走向多飾年老長者的轉變軌跡的。例如早期《永樂大典戲文三種》中，「外」不僅扮演張協的父親（《張協狀元》）、完顏壽馬之父（《錯立身》），同時亦扮演王勝花的母親（《張協狀元》）。王勝花之母是女性，因由「外」扮，可見此時「外」腳應還包括了「外末」與「外旦」，可男可女。然漸漸在往後的劇本如《荊釵記》、《白兔記》、《拜月亭》、《殺狗記》和《琵琶記》中，凡是女性人物，除第一女主角例由「旦」扮外，其他女配角則多由「貼（旦）」應工，如：《荊釵記》中王十朋母親、《白兔記》李三娘之母、《琵琶記》中牛丞相之女等；若是具有滑稽性格與表演的女性人物，則另以「丑」腳上場，如《白兔記》中李洪一的妻子、《琵琶記》中的媒婆和惜春等，無論如何，是再無以「外」扮女性之例了。

除去了扮女性的「外（旦）」之後，「外」腳所扮飾之人物，遂專指男性腳色，且逐漸傾向於扮演正派忠厚之老者，以及官職較高，形象亦較持重、有威儀的官員，此時之「外」確可進一步說是「外末」之省，因其所扮之人物皆爲男性，且戲份亦次於男主角「生」，而與其他「末」行腳色同爲配角之屬。扮正面忠厚老者的例子有如：

1. 《張協狀元》中張協的父親

〔註3〕見論文第三章第二節〈名目之演變〉，頁54。

2. 《荊釵記》之玉蓮父親錢流行
3. 《白兔記》之李三娘父親李文奎
4. 《殺狗記》之楊公公、白鬚老者王老實
5. 《琵琶記》中蔡伯喈父親蔡公

扮官員之例則有：

1. 《荊釵記》之太守、安撫
2. 《拜月亭》之陀滿海牙、王鎮丞相
3. 《殺狗記》之府尹、巡軍
4. 《琵琶記》中之牛丞相等……

除此外，南戲中的「外」不免也需扮飾一些閒雜的人物，如番兵、草寇、神仙、道士之屬；在早期劇團規模較小、演員人數也較有限的情形下，由「外」、「末」、「丑」等戲份較少的腳色來扮飾一些閒雜人物，或是一人分飾好幾個腳色，都是很常見的。然大致而言，南戲中「外」腳所飾之人物已有漸趨向於老漢與官員的意味了。以上文所舉《拜月亭》中的「陀滿興福」爲例，由其演變更可以看出「外」腳之年輩趨向於長者的痕跡：《拜月亭》現存版本，以明世德堂刻本重訂《拜月亭記》爲一系統，時代較古；容與堂李卓吾評本《幽閨記》、凌延喜刻朱墨本《幽閨怨佳人拜月亭記》、師儉綢刻陳眉公評《幽閨記》、德壽堂刻羅懋登注釋《拜月亭記》、汲古閣本《幽閨記》、清・暖紅堂本、喜詠軒本爲另一系統，時代則較晚。在較早的世德堂本中，陀滿興福是由「外」扮的，直到最後一齣因要與同爲「外」扮的王鎮尚書同場，所以才改爲「小生」。而在較晚的容與堂李卓吾評本中，則陀滿興福一開始即由小生扮飾，外扮的是王尚書。陀滿興福本爲一年輕男子，最初由「外」應工，乃因當時「外」所具有的意義仍只是「腳色之外又一腳」，故「外」代表的是「外末」或「外生」（小生），其人物特色與類別皆不明顯；而後因「外」腳之類型漸趨固定了，尚書之職本符合其類型，不需更改，而年輕男子卻不宜再由「外」扮，所以便以可老可少之「小生」來應工，後出的版本因此即將之歸屬於「小生」。由此不難看出「外」腳逐漸脫離其他腳色的依附，而慢慢形成一門獨立腳色的過程。

總言之，南戲已有「外」腳一行，扮飾之人物除少數閒雜人等外，已有漸趨向於老漢和官員的意味。而元雜劇中曾出現的「外淨」、「外旦」、「外孤」等腳色，南戲中皆不曾見，此時「外」所指雖仍爲「外末」之省，例扮男性腳色，但已漸漸走出與「末」相異之獨特性。

二、明清傳奇

明清傳奇之腳色繼承南戲而來，因此其「外」腳亦承襲南戲而發展。前謂南戲中之「外」腳已漸趨扮演老漢和官員，傳奇中也有許多這樣的例子，如：《邯鄲記》中的杜賓、《灌園記》中的太史嗷、王蠋，《望湖亭》中的高贊、《繡襦記》中的鄭儋、《竊符記》中的侯嬴、《清忠譜》中的老僕顧選……等。這些年邁老丈多飾戲中生或旦之父，與老旦配對。齊如山《國劇藝術彙考》中以為「凡帶白髯者，都叫做老外」〔註 4〕，在傳奇中亦可找到不少例證，如：

《竊符記》：外（晉鄙）：白髯、蟒幔
外（侯嬴）：白髯、浩然巾
《清忠譜》：外（徐如珂）：白髯、冠帶
外（文元起）：蒼三髯、巾服
《一捧雪》：外（方穀菴）：蒼三髯
《桃花扇》：外（張薇）：白髯、冠帶
外（史可法）：白髯

蒼三髯介於黑、白之間，也是老年人所戴。傳奇中除有「外」腳外，尚有「小外」、「大外」與「老外」之名。「老外」僅見於嘉靖本李開先之《林冲寶劍記》中，飾演太尉高俅，同一劇中高俅之子高朋亦由「外」行應工，而以「小外」出現。《寶劍記》第三齣中高俅與高朋父子曾同時出現，因此可知必由二個演員分飾此二人物；而「老外」之名，應與「外」無異，目的只是為與同場出現的「小外」有所區別。至於「大外」之名，可見於《東窗記》傳奇中，扮演岳飛的長子。同樣劇中也有「小外」，扮演岳飛次子；「大外」與「小外」皆曾同時出現於第四、六、七、九、十三……等齣；推想亦是為區別二人，故冠以「大」、「小」之別，而「大」、「小」之名原本並無年輩之分，此處湊巧長子以「大（外）」、次子以「小（外）」，應只是巧合罷了；在為數眾多的傳奇劇本中，「大外」與「老外」只是偶然為因應人物需要而出現的腳色，其出現次數有限，故不可視之為常態。

傳奇中出現較多的除「外」以外（幾乎每一齣戲中都有），尚有「小外」。小外在此應視為由「外」行之中又發展出來的另一細目，與上文所論早期南戲

〔註 4〕見《齊如山全集》頁 3776。

作品中以小外代小生的情形是不一樣的。「小外」爲外之副腳，所扮飾者亦多爲年長者，如《鳴鳳者》的郭希顏、李本，《綵毫記》的王維、郭子儀，《武侯七勝記》的魏延等等。不過這也是明傳奇發展到後來，腳色逐漸依人物類型爲標準而分工後所產生的現象。在由南戲過渡到傳奇的階段，許多傳奇劇本中的「小外」，仍然同時扮演著年輕人、中年人與老年人；例如：《雙珠記》中的陳時策、《躍鯉記》的姜安、《寶劍記》的高朋等，都是年輕男子；而《雙忠記》中的鄉下老爹、《明珠記》之劉震、古洪，則都是六十歲以上的長者；再有《趙氏孤兒》中幾位忠肝義膽的壯士周監、靈輒、鉏霓、韓厥，亦都由「小外」所扮；其中《躍鯉記》與《寶劍記》中仍無「小生」，因此或仍可將其「小外」視爲小生的前身，但在其他作品中，仍可看到小外扮飾的人物之年齡懸殊。同樣的，多扮老漢的「外」，在《趙氏孤兒》中，亦不免要上場充任長大成人後，才滿十八歲的趙氏孤兒屠程。這些例子，正反應了戲劇腳色演進過程中必然會出現的現象。在戲劇發展的過程中，不論是劇本的誕生、演員的表演、劇團的規模、腳色的分工……，在在都必須隨著不斷的創作、舞臺實踐、改進、鑽研、淬礪，而後漸有更精緻而成熟的演出與分工。在南戲與早期傳奇的表演中，屬於次要腳色的「外」腳，與其他居於配角地位的腳色一樣，仍需接演各種不同類型的人物，但隨著某一類型人物（如：老漢）的扮飾逐漸突出、固定且被劇作家認同、再創作，被演員與觀眾逐漸接受、習慣後，腳色的分工便日趨明顯。即便如此，有時隨著新戲的上演，戲曲表現的生活面愈來愈複雜，劇中人物也出現愈來愈多時，即使腳色所扮飾的人物類型已漸趨固定，亦不免會需要兼飾其他行當的人物；所以例扮老漢的外，在《玉簪記》中亦要兼扮年輕的張玉湖，其他如以旦飾探子、以外扮軍士、囉嘍，以貼或小旦扮孩童的情況亦頗爲常見。不過這樣的情形，隨著日後腳色的增添與分化，且腳色所扮飾的人物類型漸趨一致，塑造人物的表演技巧漸趨專精後，就逐漸有所改善了。

在明傳奇階段，雖然以「人物類型」及「專業技巧」爲標準之腳色分工尚未完全發展成熟，表演時也仍時常產生「一趕幾」的現象；但一般而言，各行腳色所扮飾的人物已漸漸趨於一致。「外」與「小外」例扮老漢，使得「外」行終於從「外末」中獨立出來，而有了自己的人物類型，亦即年輩尊長地位的確立。在隨之而流行的崑劇劇壇上，「外」腳又有了進一步發展，而與末、老生歸屬於同一家門下，其不論在人物類型或腳色的專業技藝上，顯然也都較前代有了更長足的進步與發展。

三、崑　劇

明嘉靖以後，崑曲勃興，至清乾隆轉衰，風行宇內二百餘年。關於崑劇的腳色行當，筆者於第三章論述崑劇中末腳之演化中已曾提及，此處再稍作補充說明。

明・王驥德《曲律》〔註5〕卷三中云：

> 今之南戲，則有正生、貼生（或小生）、正旦、貼旦、老旦、小旦、外、末、淨、丑（中淨）、小丑（即小淨），共十二人，或十一人，與古小異。

明代後期，崑劇一般以「十行腳色」為主體，即生、旦、外、末、老旦、小生、小旦（貼）、大淨、二淨（副）、小淨（丑），間或有一雜色，人數不限，但有時也以別行腳色充之。至清代李斗《揚州畫舫錄》，則有所謂「江湖十二腳色」之名，為當時崑班中常見的腳色系統。無論是十人、十一人，或是十二腳色，基本上皆是自南戲「生、旦、淨、末、丑、外、貼」七行腳色中衍生而出的。而隨著戲劇發展的腳步，我們可以看見此時腳色的分工更加仔細了，生行有老生、小生之分，旦行有老旦、小旦、正旦、貼旦之別，就是淨、丑腳色，亦因扮飾人物、表演藝術的不同，而分為大面、二面與三面（即丑）。以近代崑劇團中腳色家門的分工而言，本身即為優秀崑劇表演藝術家的周傳瑛先生，在其回憶一生表演生涯的《崑劇生涯六十年》一書中，有詳盡的說明，而大致可以分為：

生行：一般是扮演弱冠以上、未及蓄鬚的男子，又稱小生。主要分為官生和巾生兩門；官生、巾生之外，又有二個具特殊表演手法的家門：鞋皮生、雉尾生。

旦生：崑劇有老、正、作、四、五、六、貼七門之說，又以正、五、六、貼為主體。

淨行：俗稱大花面，大抵分為大面和白面二路，白面又細分邋遢白面一路。

末行：專門扮演中年以上，蓄鬚帶髯的腳色，可細分為老生、副末和外。

丑行：分為付丑和小丑兩個細家門。

雖然細分有二十個細家門，但總的還是歸為生、旦、淨、末、丑五個總家門。而在五個總家門中，我們無法得見「外」亦為一家門，只能在「末」這一

〔註5〕明・王驥德撰。引文見卷三「論部色第三十七」中。今收入《中國古典戲曲論著集成》四。北京中國戲劇出版社出版。1959。頁143。

門中找到它。雖然如此，但並無損於「外」行腳色發展屬於其特色的表演藝術與本工戲；因爲此時，腳色行當的分工已較前精密細緻許多了，從五個總家門中，能發展出二十多個細家門，且每一家門之間，又按劇中人物之身份、年齡、特徵，以及獨具的表演藝術手法，而與其他家門有所區隔、不可混淆。這和以前除生、旦以外的其他大部份腳色，時常都需「以一趕幾」，或喬裝改扮，或臨時應工跑龍套的「不專業」形象，已經有所不同了。雖然到了近代，尤其是1949年後崑劇行當家門的分工中，已將老外與末都歸入了老生行中，習老生的演員，基本上對於傳統由末、外應工的腳色人物的戲，也要一併學習。儘管表面上已無老外之名，但其實老外、末與老生三者間的人物氣質仍有很大的差異，需要演員認眞體會、細心揣摩，才能有合宜、鮮明的詮釋。

此時的「外」腳，在戲劇中地位較不定，有些戲中他具有重要地位，如《滿床笏》中的龔敬、《十五貫》中的況鐘、《浣紗記》中的伍員等，有些時候他只扮演次要的老人家，不過一般說來，他都是扮演較末與老生年紀還長的老者，在穿關上需帶白色或花白色鬚，例如《琵琶記》中的蔡公。基本上，崑劇中的「老外」，仍然繼承著傳奇中以「外」應工的人物特色，例扮老漢，且在劇中居配角地位；而其與末、老生的主要區別在於：老外的年齡最長，戲中地位有高有低；而末所扮的人物則多扮演中年以上男性中的主要正面人物，有時也是全劇的主角。齊如山《國劇藝術彙考》〔註6〕曰：

> 現在觀眾普通的心理，都是管戲中的老家院叫做外，或年歲極高的人員也叫外。總之是凡帶白鬚者，都叫做老外，帶黑鬚者，則名爲生或末。

崑劇的腳色分工，在明末清初之際，江湖班社普遍風行起來之後，可謂得到了極全面的發展，彼時形成了所謂的「江湖十二腳色」。相較於民國以來至今日崑劇戲班中腳色的發展而言，雖仍未臻完滿，但卻已提供了日後腳色行當分工時依循的一套基本體制。而從南戲的七個腳色，到乾隆時期的江湖十二腳色，腳色發展不僅經歷了漫長的歷史洗禮，同時也經歷了複雜曲折的藝術發展道路。這些成就反應在腳色的分工與分化上，對於後來腳色的發展具有直接而一定的影響。今日崑班演員已將「老外」、「老生」、「副末」歸入同一家門——「老生」行中，事實上，此一現象透過「生」行腳色不斷的分工過程，早有脈絡可循。南戲中的生，原是「正生」、「小生」不分，「生」腳

〔註6〕見《齊如山全集》頁3775。

既可扮王允（《連環記》）、楊繼盛（《鳴鳳記》）等中年以上莊嚴持重的人物，同時也可以扮演像李白（《綵毫記》）、鄭元和（《繡襦記》）、潘必正（《玉簪記》）等一類青春少年、風流才子。明中葉以後，雖然接受了雜劇腳色分工的傳統，在一種腳色的大行下再分小行（如生行中再分小生），但其主要意義只在於增添副腳，並沒有解決進一步分工的意思。結果仍是正生、小生不分，只要是劇中人物，就由正生扮演，次要人物由小生應工。這種情形一直到了明末清初，演唱崑劇的江湖大班大量出現，此時單憑演員的演唱已不能滿足廣大觀眾的需求，腳色的「做工」開始有所發展以後，演員們才按照不同人物類的需要，積累了塑造不同類型人物的專業技巧，形成了明確的分工。於是「正生」專扮莊重的中年男子，「小生」則扮演風流瀟灑的青年。今日崑劇中之「老生」一行，其實即「正生」，是相對於「小生」而言的。而就「生」行的發展來看，我們可以透過不同時代的劇本中，腳色分工的演變，看出其中的「生」與「小生」的分化，以及「外」、「末」與「老生」之間的關係：

劇　名	劇中人物	腳　色　分　工		
		明刻本	《綴白裘》	《審音鑑古錄》
《琵琶記》	蔡伯喈 張大公	生 末	小生 生（老生）	小生 老生
《荊釵記》	王十朋 錢安撫 許將士	生 外 末	小生 生（老生） 生（老生）	小生 老生 正生（老生）
《長生殿》	唐明皇 李龜年	生 末	小生 生（老生）	小生 末
《雙珠記》	王揖 陳時策	生 小外	生（老生） 小生	
《鳴鳳記》	楊繼盛 呂本	生 小外	生（老生） 小生	生（老生） 小生
《綵毫記》	李白 唐明皇	生 小外	小生 生（老生）	
《紅梨記》	趙汝洲 錢孟博	生 外	小生 生（老生）	小生 老生

從上表中，我們大約可以歸納出幾點：

1. 明刻本的傳奇作品中，只要是男主角就以「生」應工，不論其人物是年輕的王十朋、趙汝洲，或是中年的王揖、楊繼盛。但此情形到明末清初後有所改變，轉而以「小生」代表年輕男子，「正生（或老生）」代表中年以上男子。

2. 從腳色的分工，可以看出戲中人物地位的主次是否發生變化。例如《雙珠記》與《鳴鳳記》，是以王揖、楊繼盛爲主角，陳時策、呂本爲配角，顯然到了《綴白裘》與《審音鑑古錄》本中，因主角、配角人物沒有改變，所以腳色分工並沒有變化（小外與小生相通）；然而在《綵毫記》、《紅梨記》、《琵琶記》、《荊釵記》中，當演出地位之主次與人物類型發生矛盾時，腳色的分工便產生變化了。李白由生改爲小生，唐明皇反而由小外改爲生扮；明刻本《琵琶記》、《荊釵記》中，張大公、許將仕只是配角，但到了「折子戲」時代，這些人物在某些折子如〈掃松〉、〈逼試〉、〈說親〉中，卻是主要人物，因此其行當也由原先的末或外改爲「正生」了。
3. 早期腳色的分工較爲籠統，行當不足的結果，使得男主角「生」以外的男性腳色，通常都要用「末」、「外」或「小外」充任（見「明刻本」）；明末清初以後，行當日趨完備了，不僅同一行當下會針對人物類型的不同再細分行，也清楚地劃分出各細行之間不同表演藝術的技巧與要求，如老生要求「聲如鑮鐘」，小生要「風流橫溢，有化工之技」等。
4. 張大公、許將仕、錢流行、錢孟博等人物，原先是屬於配角性質，由「外」、「末」應工，到後來皆改由老生扮演，並有其專屬的本工戲及表演藝術的規範要求。可見得在崑曲中「末」、「外」與「老生」三者間密切的關係，也能看出腳色分工的日趨精細，及行當藝術的日漸專業與成形。雖然今日崑劇末、外都歸入老生行中，但三家門所負責扮飾的人物，以及所表現出來的氣質，就表演藝術而言，依然有很大的差異與發揮空間，而不是如出一轍，或一成不變的。

四、南戲、傳奇與崑劇中外腳所扮飾的人物類型

在早期南戲、傳奇的作品中，由於「生」行的腳色分工尚未開始，因此彼時許多次於男主角「生」的男性人物，就都由「外」或「小外」來應工；例如《香囊記》中扮張九成之弟張九思，《南西廂》中扮張君瑞友人杜確，《雙珠記》中扮王濟州友人陳時策等；又如《趙氏孤兒》中扮演周堅、靈輒、鉏霓、韓厥等忠勇的義士，以及一些年紀較輕的男子如《躍鯉記》中的姜安，

《寶劍記》中的高朋，《明珠記》中的儐相，《趙氏孤兒》中的屠程等。這些人物在劇中都算是男配角，到後來「生」行中發展出「小生」行當後，這些人物就多歸屬「小生」扮演的範疇了。至於「外」腳則轉而扮演以下幾種人物，其中官員及老漢的比例與趨勢逐漸增加，此二類成為外腳最主要扮飾的人物類型，而外腳年輩尊長的地位也因而形成且確立下來：

（一）老　漢

老漢可以說是外腳所扮飾的人物中數量最多的一類，尤其多扮演男女主角生、旦的父親或長輩，常與「老旦」配成一對。例如：《趙氏孤兒》中的公孫杵臼，《金印記》中的蘇秦的父親，《繡襦記》中的鄭儋（鄭元和父親），《牡丹亭》之杜寶（杜麗娘父親），《竊符記》的侯嬴，《占花魁》的秦良（秦鍾父親），《荊釵記》中的錢流行（玉蓮父親），《琵琶記》中的蔡公（伯喈父親），《白兔記》中的李文奎（三娘父親）等等。雖然這些老漢的地位有高有低，有些在朝廷中任職，有些則是鄉下村夫，不同的身份使他們的個性、思想有所差異，但他們在劇中卻多屬正派忠厚的長者，對於下一代的期望不外乎高中狀元，光耀門楣；生命的歷練為他們帶來人生智慧，使得他們深諳人情世故，並且多以包容寬大的心胸看待事情，反映出溫柔敦厚的一面。

（二）官員

南戲、傳奇中的外，也扮飾官員，不過與末腳所扮飾的官員相較起來，則外所扮的官員通常官職較高，多為丞相、府尹、尚書之類，而他們的形象也較為老成持重，較有威儀；多數外腳所扮的官員都較末腳所飾的小官吏年長一些，但不是絕對。這些官員如《趙氏孤兒》中的趙盾、《明珠記》中的尚書劉震、《鳴鳳記》中的太師夏言，《一捧雪》的忠臣戚繼光，《桃花扇》中的史可法等等。一般而言，外所扮飾的官員以形象端正的正面人物為主，多具有忠臣的性格，為國家社稷奉獻，甚至犧牲生命，但對他們而言一切都是身為人臣應該做的，充分反映了君主體制下忠君愛國的觀念與情操。

（三）神仙、神祇及方外之士

除去老漢與官員以外，外腳也如末腳一般，扮飾一些神仙或方外之人。如天曹的太白金星、玄天上帝、西天祖師、仙人，人間的雷公、廟神、山神、土地公、長老、道士、高僧等等。外腳所扮的神祇以正面形象居多，他們出現時多勸人為善，或是幫助受苦的人們解決問題；因為他具備了一種光明、端正的形象，因此神怪世界中象徵黑暗的地府神祇，便很少由外來扮飾。

（四）閒雜人等

和末腳一樣，外也時常在劇中兼扮許多閒雜人物，既是閒雜人等，就沒有年齡或身份上的限制了，因此外也可扮梢公、賊兵、長班、探子、馬夫，或是年輕秀才，這些閒雜人物也多屬過場性質，對於劇情的發展與影響極爲有限，有時甚至可有可無。

（五）女腳色

早期南戲中，外腳因仍附屬於其他腳色（腳色之外又一腳），因此也有以外扮女性的例子（外旦），例如《張協狀元》中扮王勝花的母親。不過此現象隨著旦行腳色分工的日益細密，出現了貼腳、老旦、小旦等小行，而外腳也逐漸獨立出來，專扮老者與官員之後，此情形就不再出現了。

第三節　花部亂彈中外腳的演變

一、花部亂彈

清代地方戲曲的興起、流行，及其與雅部崑曲之間爭盛的情況，筆者已於上一章做了大略的說明。隨著花部之流行，各聲腔劇種一時爭鳴、齊放，並在劇壇上逐漸取得優勢，這些地方戲曲也不斷地在過程中與其他劇種互相學習、交流，以期豐富自身的表演，並得到更多觀眾的支持。長期的交流與融合，使得這些地方戲曲的發展有一些脈絡可循。若由其表演藝術與腳色體制的發展來看，大約可分爲二種類型。其一是在傳統聲腔之基礎上，結合了各地民間藝術（如說唱、歌舞），逐漸發展演變成爲新的地方大戲的表演類型；其腳色體制與表演形式較爲完備、嚴謹，也可以表現較複雜的生活層面。這類的地方戲曲，很明顯地具有承上啓下的地位，在深厚的傳統基礎上，又根據新的需要而有所增加與轉變。如徽調與漢調，就是這樣發展起來的；而他們的腳色體制，自然也和崑、弋等傳統戲曲的腳色互相承應，規模完備，生、旦、淨、末、丑俱全。傳統漢劇的腳色就分爲十大行：一末、二淨、三生、四旦、五丑、六外、七小、八貼、九夫、十雜。在後期受崑、弋大戲影響也演折子戲的情況下，行當藝術更有所發展，各行當都有一批在唱做上有一定特色的劇目，就像崑劇的「本工戲」一般。漢劇演唱以西皮、二黃爲主，其由湖北流傳至北京演出後，很受到當地觀眾的喜愛，而對於日後京劇的形成與京劇演員的培養，有著直接的影響。試以《楚曲》五種中外行的扮飾人物，來說明漢劇中外行的特色。

人物類型	劇 中 人	劇 目
1.軍師	諸葛亮、魯肅	《英雄志》、《祭風台》
2.長者	李淵、鄭莊公	《李密降唐》、《臨潼鬥寶》
3.文官武將	殷開山、甘寧、關羽、甘英、李克昌	《李密降唐》、《祭風台》、《臨潼鬥寶》、《青石嶺》

可以看到《楚曲》中的外腳，雖也有扮演長者之例，但多數的外是以扮演重做工的男性爲主的，例如魯肅、諸葛亮、關羽等等。這是因爲傳統漢劇中的外行，其扮飾的人物類型屬於「重做工的生腳」，而人物的年齡倒不一定是年長之人，這與傳統崑劇中以外專扮年長者的腳色分工方式，有一些差異。一方面不同的劇種對於腳色分工的方式本會有些不同，二方面則因爲崑劇向無武戲，而漢劇中卻以講述歷史故事，有很多武打場面的戲爲主，因此戲劇的內容也會直接影響到腳色的分工。儘管如此，隨著戲劇不斷地相互交流、影響，腳色體制之間也會互相的影響、改變。道光年間形成的京劇，其腳色體制，便結合了崑、漢、徽等大戲腳色的特色，其中徽、漢劇中的末、外、生，與崑劇的老生、末、外，彼此互相地激盪，因而對於後來京劇中末、外、生行的發展產生了很大的影響。

除漢劇前身楚曲之外，在《綴白裘》所收錄的花部亂彈地方戲中，亦可見「外」行腳色，其所扮之人物類型及其劇目如下表：

人物類型	劇 中 人	劇 目
1. 草莽英雄漢	宋江	《繳令・點將・下山・擂臺・大戰・回山》
2. 上層官員	徐勣、福太奇、文官	《淤泥河》、《安營・點將・水戰・擒么》《送昭・出塞》
3. 老人家	王允、張元秀、鄉里老爹	《借妻・回門・月城・堂斷》、《趕子》《探親・相罵》
4. 神祇	土地神、仙人	《雪擁》、《堆仙》、《請師・斬妖》
5. 閒雜人等	伙計、獵戶、客人、門軍	《殺貨・打店》、《猩猩》、《鬧店・奪林》《借妻・回門・月城・堂斷》

依照比例而言，這些地方小戲中的「外」腳，以扮飾老人家及閒雜人等的機會較多，其中神仙一類，也可視爲老者的延伸。神祇雖非世間人，但自古以來，中國人喜將天上人間的人物皆做相同的想像比附，天上神祇地位就

如同地上高官一般；亦且神仙通常代表著年事極高、長生不死，故以例扮老者的外應工，也十分合理。老者與閒雜人外，外也扮上層官員，從這些人物類型來看，當時地方小戲中的外腳，顯然與傳統南戲、傳奇及崑劇中的外腳所扮飾的人物相差不多。就其戲份而言，在這些地方戲曲中，「外」多半只是配角，以上人物除宋江有較多唱詞與表演外，其他的外腳都是配角性質；而宋江在此以外應工，代表次於男主角生的男配角之一，在《繳令・點將・下山・擂臺・大戰・回山》中，除外所扮的宋江外，還有林冲（生）、李逵（淨）、吳用（末）、花榮（旦）、王宏（末）、任原（副）等，也皆有相當的戲份。

二、京　劇

如前所言，京劇在徽劇、漢劇等劇種的基礎下形成，進一步成爲流行於全國的大劇種。早期京劇的腳色行當，受到徽、漢、崑等大戲之影響，而後逐漸擺脫舊痕，發展出自己的腳色體制。而「外」行到了京劇中，其命運亦與「末」行一樣，從獨立的行當中，統一歸到生行之中，如《文昭關》中的東皋公，按原制應由外扮，在《戲學全書》、《戲考》中也仍由外應工，但到了當代，卻列入生行中了。京劇之生行分有老生、小生、武生、紅生之類，而老生所扮演者，皆是中年以上的正人君子，俗名也叫做鬚生、鬚子生，但戲界人沒有如此說法。老生亦即正生，凡是扮演皇帝，或專重唱工的戲，都可算是正生戲。齊如山《國劇藝術彙考》書中列舉老生一行中有所謂「正生」、「做工老生」、「靠把老生」三目；其中「做工老生」之性質，便類似於崑劇中的「外」行，扮演忠僕戲最多，像《一捧雪》中的莫成、《戰蒲關》中的劉忠、《九更天》之馬義、《南天門》之曹福等。

總之隨著京劇發展的腳步，原來崑、弋大戲及徽、漢劇中的「外」行，終因京劇「生」行發展的日趨精細，而被併吞乃至在此一劇種中的湮滅、失去蹤影了。不過，在一些現今仍可見的地方戲曲如越劇之中，卻也依然保有「外」行。不論留存或湮滅，皆顯示出不同劇種在演進過程中所受的不同影響，所做的不同考量，同時也清楚反應了某一行當在各個劇種之間不同的地位與功用。

第四節　小　結

外行的演化至京劇中可謂告了一段落，本節即對本章所論再做一總結整理。

元雜劇中的「外」腳，所指為「腳色之外又一腳」之意，在當時雖未形成一獨立的行當，但已為外行後來的發展奠定了基礎。《元刊雜劇三十種》中有外末、外旦、外孤、外之名，其中又以外末使用的次數最多，且有外出現之處，必無外末，可見此時外腳雖仍依附於各種腳色（淨、旦、末等）上，但已有漸趨向於外末，並省為「外」的趨勢；至明人臧懋循所編之《元曲選》中，即已只有外與外旦之名，外雖仍可同時扮男扮女，但卻以男性為主要，並且一律將外末省為外。由此一發展，遂漸漸使得外在日後逐漸走出外末的脈絡，而形成一獨立的腳色。

南戲中的外腳，起初也是依附於主要腳色「生」之下，代表「生之外又一生」之意；不過元雜劇中可見的外末、外旦、外淨之名，在南戲傳奇中已不復見，外多半指的是另一「生」，雖然也有扮女性（如王勝花的母親）之例，卻是極少數。此時外「依附」的特性仍在，並且沒有獨特的人物類型可依循。隨著戲劇發展的腳步，外不再扮演女性人物，且逐漸地走出了外末、外生的關聯中，傾向於扮飾男性腳色中正派、忠厚的老者，或莊嚴持重的官員。此情形至傳奇中更為明顯，顯然此時外已脫離其他行當，而發展成為一具有固定人物類型的獨立腳色了。也因為外腳所扮飾的人物類型逐漸突顯出來，因此早期作品中一些以外應工的人物，如虬髯公、包拯、關公等，由於其形象與特色實與中庸平和的外腳不符，因此後來的創作中，就將之歸入了腳色形象另有發展的淨行之中，使得這些人物在劇中的表現也更為貼切與生動。此一現象不僅證明了外行的獨立，同時也說明了明傳奇在以人物類型為標準的腳色分工上，較前已有了更多進步。

由傳奇中的「老漢」走入崑劇，外腳在崑劇中更進一步定型為白髯老者的形象，並以老外稱之；雖然在今日崑曲中，老外與末都歸屬於老生行中，這無非點出了外腳最初由「外末」之省中漸漸走出自己特色的一段淵源，但並無損於老外發展其特殊的人物類型與表演藝術。戲劇腳色的發展至崑劇中已然成熟，並且透過演員對於腳色與劇中人物的關聯、揣摩、演繹，以及觀眾欣賞的要求、提昇之下，發展出了極為精緻璀璨的表演藝術，每一家門行當，各有其專業的表演特色與技術，造就戲劇舞臺上細緻動人的美感。關於外行在表演藝術上的特色，筆者將於第五章做深入的說明。

清代地方戲中的外腳，無論是由民間土生土長起來的地方小戲，或是以傳統大戲為基礎的地方大戲，基本上都仍維持著扮演老者與閒雜人等的人物類型，例扮男性，並屬於配角性質；漢劇中的外腳所扮飾的人物雖與崑、弋大戲中的外腳有一些不同，但正可顯示不同劇種在腳色分工上的不同考量與差異。

最後再看看京劇中外行的變化。和末腳的命運一般，京劇中最初仍有外行，後來則也併入了生行之中。曾永義先生在〈中國古典戲劇腳色概說〉一文中提及：

> 腳色雖有由劇種之轉變而孳乳，亦有因之而湮滅者，如……傳奇之外、末，至皮黃而併入生行。亦有由次要而不定型之腳色發展成爲獨立之腳色者，如「外」腳，元曲選已成爲外末之專稱，明傳奇逐漸趨向老生之義，至崑曲則定型爲白鬚老者也。〔註7〕

除了說明外腳由不定型之腳色發展爲獨立腳色外，也提到了傳奇中的外腳到了京劇中，因劇種的特色與差異而湮滅消失。外行併入生行之中，自然與其地位、扮飾人物及表演藝術有關，並且也相對地說明了皮黃生行腳色的孳乳與豐富；正因爲生行腳色的分化趨於細密、完整〔註8〕，故而與生行中的老生有諸多相似之處的外腳，終於漸無發揮的空間，而被併入致消失了。

〔註7〕見〈中國古典戲劇腳色概說〉，收入《說俗文學》一書，台北，聯經出版公司，1980，頁290。

〔註8〕依據《國劇藝術彙考》，皮黃之生行概可分爲老生、武生、小生、紅生；其中老生又分爲正生、做工老生、靠把老生；小生分扇子生、巾生、紗帽生、冠生、武小生、娃娃生六目；武生則分長袍、短打二目。

第五章　末、外腳之表演藝術

戲曲腳色的分化間接帶動了演員表演藝術的進步，不論唱、念、做、打，或是演員在舞臺上的化妝、穿關，都是隨著戲劇發展腳步而逐步累積形成的。不同的腳色行當必須具備不同的表演藝術，而演員即靠其專精的表演造詣與不同的扮相去塑造不同的劇中人。因此，對演員而言，表演藝術代表了自己的戲劇功力與專業能力；而對劇中人而言，則可以經由表演藝術的發揮，彰顯人物的性格、身份與情緒。透過不同的表演藝術上的要求，也可使我們瞭解到每一腳色行當的專業及特色，從而更瞭解腳色的地位與發展。

傳統戲曲的表演藝術，首重唱、念、做、打四端，唱指演唱，念指對話賓白，做指刻畫劇中人物的所有肢體動作與身段、眼神，打則指武打。演員必須視劇中人境遇、性格、身份及表現條件爲重心，而將四者互相搭配烘托，以求彰顯人物的特色、情感，並使觀眾得以瞭解。唱念做打之外，再配合足以顯示劇中人物身份、地位、年齡、性情的服裝穿關與化妝，從而結合劇本語言的詩詞格律化、舞蹈身段的程式規範化，以及音樂節奏的板式韻律化等，而構成戲曲藝術中和諧嚴謹、均勻對稱又氣韻生動的文化特色。就像腳色分工的日益精細一般，演員的表演藝術也是經由戲劇發展過程中不斷淬礪、開發、傳承、演進，而一步步日趨精細的。在不同的腳色行當之下，演員的表演藝術都有不同的要求與特色。本章將透過劇本與實際舞臺表演資料中的記載，針對末、外腳在表演藝術上的特點加以說明，並由不同時期、不同劇種分別切入，而其中又以今日尚活躍於戲曲舞臺上的崑劇表演爲主要參考對象。

第一節　元雜劇「正末」以演唱爲主的全方位表演藝術

北曲雜劇的表演，繼承了宋、金諸宮調之藝術傳統，而形成了以「歌唱」爲主的表演特色；即在戲劇進行的過程中，以「歌唱」作爲揭示劇中人物內心情感，創造舞臺形象的主要藝術手段。而在這以「歌唱」爲主的表演特色中，仍然受到諸宮調「一人連說帶唱」詠述故事的方式所影響，而形成了「一人獨唱」的演唱形式。因此北雜劇中由正末及正旦演唱四大套之形式來源，可以說正是由說唱藝術中主唱腳色地位之轉化而來。

雜劇中既以歌唱爲其主要表演藝術，且又是一人獨唱，則其表演藝術的成就自然就表現在雜劇演員出色的演唱技巧上。從夏伯和《青樓集》所記述之雜劇演員的事蹟中，便可以知道當時許多著名的雜劇演員，大多數都十分精於歌唱，而其於歌唱上的造詣，也進一步地推動了雜劇演唱藝術的發展與提高。本文述及中國戲曲中之末腳，自不能將雜劇中負責主唱全劇之「正末」之歌唱造詣與表演藝術除外。

在看正末於歌唱上之表現之前，我們必先瞭解一下北雜劇的音樂表現方式。總的說來，北雜劇的音樂是在唐、宋以來傳統的民族音樂文化基礎上形成的。其中既包含有唐、宋大曲、轉踏等歌舞音樂的因素，也有鼓子詞、唱賺、諸宮調等說唱音樂的因素，還包含有唐、宋詞，以及其他民間歌曲的因素。在北雜劇出現之前，這些音樂成分已爲戲曲音樂的產生準備了充分的條件。正由於這些傳統的藝術形式，爲北雜劇提供了豐富的曲調來源，並影響了北雜劇在音樂結構形式上的表現，即「曲牌聯套」的方式。所謂「曲牌聯套」，是將若干不同的曲牌聯成一套曲子，但它並不是任何一群曲調的自由組合，而是將若干個互有聯繫的曲調按一定的規律、規則組織起來，使之共同構成一套完整的樂曲結構。雖然此一體制在諸宮調中即已形成，但卻是到了雜劇中的運用之後，才使它有了更大的發展、提高與變化。此一發展提高即是：「發揚了諸宮調中以大型聯套結構集中抒發情感的長處，卻淘汰了宮調變化過於頻繁，因而在結構上過於零碎的短處，使之更切合於舞臺表演的要求，更便於圍繞戲劇情節來表現人物。」（《中國戲曲通史》〈北雜劇與南戲的舞臺藝術〉頁 339）因此，雜劇中使用的宮調不多，但結構卻十分緊湊、集中而嚴謹，而這也正是北雜劇聯套的主要特徵。

宮調理論的出現與運用，可以說是我國古代音樂文化高度發展下的產物。最初發現宮調規律並將之歸納成理論的，是隋朝人鄭譯。據《隋書・音樂志》記載，鄭譯從龜茲音樂家蘇祇婆的琵琶彈奏技術中得到啓發，從中推算出八十四個宮調來。實際上，宮調理論的形成，是由古代七音（宮、商、腳、變徵、徵、羽、變宮）與十二律（黃鍾、大呂、太簇、夾鍾、姑洗、仲呂、蕤賓、林鍾、夷則、南呂、無射、應鍾）的基礎上產生的，七音十二律相乘，便可以產生八十四個宮調來。不過，這只是理論上的數字，實際運用時並沒有這麼多，唐代燕樂只有二十八調，宋代只用七宮十二調，而至元代北劇中，大約只剩六宮十一調了。據《中原音韻》及《太和正音譜》中開列的北曲目錄來看，北雜劇中經常演唱的甚至只有十二個宮調；《太和正音譜》曰：「奠儀樂章，不入譜內。自黃帝制律一十七宮調，今之所傳者，一十有二。」〔註1〕可見，在北雜劇中實際運用的應只有十二個宮調。

雜劇的曲牌聯套與宮調上的運用，就是將各個曲牌按其調性、調式的特徵，分別列入相應的宮調之中，並且嚴格地在一套組曲（即一折戲）中只用「同一宮調」的曲牌。也就是說，一套曲子構成一折，在一折的範圍內，一套曲子必須同一宮調到底。而元劇的體制爲一劇四折，故全劇便有四大套曲子，可以選用四種不同的宮調。如此一來，各個曲調之間互相銜接連貫，不只能達到統一和諧，同時在一劇四折的結構佈局上，也有了調性、調式的變化，從而亦可構成音樂情緒的各種戲劇化的轉變。値得注意的是，各種宮調之所以能體現不同的戲劇情調，乃因爲每一種宮調都有其不同的調性、調式。芝庵《唱論》〔註2〕中，對於北曲六宮十一調，共計十七宮調的聲情，曾做過如下的分析：

仙呂宮：清新綿邈
南呂宮：感嘆傷悲
中呂宮：高下閃賺
黃鍾宮：富貴纏綿
正　宮：惆悵雄壯
道　宮：飄逸清幽
大石調：風流醞藉
小石調：旖旎嫵媚

〔註1〕見《太和正音譜》卷上「樂府」條，頁54。
〔註2〕《唱論》，元燕南芝庵著，收入《中國古典戲曲論著集成》之一，北京中國戲劇出版社，1982。

高平調：條暢滉漾
般涉調：拾掇坑塹
歇指調：急併虛歇
商腳調：悲傷婉轉
雙　調：健捷激裊
商　調：悽愴怨慕
角　調：嗚咽悠揚
宮　調：典雅沈重
越　調：陶寫冷笑

其中雖由於時代之變異，有些語彙我們不能完全理解，但大體上仍可看出宮調各自的聲情特色。因此我們知道，雜劇一劇四折，選用四種不同的宮調組合而成，而每一宮調又各具不同聲情，以配合每一階段戲劇情節、氣氛的渲染，表達劇中人物的心理與情感。當然，宮調的聲情、內涵，除須與劇情及文字內容互相配合外，最主要還是要透過演員的歌唱，將之詮釋出來，才能達到眞正動人的目的。而此時負責演唱全劇的「正末」，其所必須擁有的歌唱實力，就不僅僅在於咬字清晰、依腔貼調的技巧，更要能正確地掌握每一個劇中人物的情感，體會各種宮調不同的聲情特色，並將之完美而充分的展現而來。

正因爲雜劇中正末扮演的人物類型多樣，而每一個不同的人物都具有不同的性格，加上戲劇情節的推動，使得每一個劇中人都有不同的情緒展現。《單刀會》中氣勢凜然、慷慨雄壯的關羽，其情感自與《漢宮秋》中沈浸於纏綿情愛的漢元帝迥然不同；《李逵負荊》中大鬧聚義堂，誤以爲宋江、魯智深強擄民女，因而充滿激憤之情的李逵，更與《西廂記》中初見鶯鶯，驚爲天人而情竇初開的張君瑞大異其趣；然而這些人卻都由正末扮飾，其心聲也皆由正末之口娓娓唱出；可見得此時的正末，除了劇情的掌握、融入，劇中人情感的揣摩、認同外，更是其身爲演員，在演唱藝術上一種全面的發揮、表現與考驗。試以《單刀會》與《漢宮秋》二劇爲例，分別說明各宮調聲情與戲劇情節發展及劇中人物情感間之搭配結合，以及正末於其中所需掌握、表現的情意與技巧。

一、《單刀會》

第一折　正末飾喬玄

【仙呂點絳唇】【混江龍】【油葫蘆】【天下樂】【那吒令】【鵲踏

枝】【寄生草】【金盞兒】【尾聲】

第二折　正末飾司馬徽

【正宮端正好】【滾繡球】【倘秀才】【滾繡球】【倘秀才】【滾繡球】【倘秀才】【滾繡球】【尾聲】【隔尾】

第三折　正末飾關羽

【中呂粉蝶兒】【醉春風】【十二月】【堯民歌】【石榴花】【鬥鵪鶉】【上小樓】【幺】【快活三】【鮑老兒】【剔銀燈】【蔓菁菜】【尾聲】

第四折　正末飾關羽

【雙調新水令】【駐馬聽】【胡十八】【慶東原】【沈醉東風】【雁兒落】【得勝令】【攪箏琶】【離亭宴帶歇指煞】

第一折由沖末飾魯肅上場，以賓白說明向關羽索還荊州之意，揭開故事序幕；正末飾喬玄，獨唱【仙呂點絳唇】套，再由魯肅與喬公之問答中，見關羽之為人。元雜劇首折必用【仙呂宮】，而就劇情而言，此折中只是為故事之展開做一揭示的動作，並無戲劇的衝突或情節高潮，故使用清新、平和之【仙呂宮】亦極為適合。

第二折正末飾司馬徽。演魯肅為索荊州，進一步與隱居山林的司馬徽商議，欲請司馬一同前往。主要透過高士司馬徵之口，將關羽之為人與性格描繪出來，可以說是為第一折的延續，並為後關羽之出場預蓄聲勢。本折用【正宮端正好】套，【正宮】套式繁多，本劇此折可算是基本形式，其中【滾繡球】【倘秀才】二調常循環使用，可多至四、五次，為【正宮】套之特點，在本折中即重複了四次。內容是先敘述其修行辯道，悠哉自如的生活，而後魯肅來訪，再專說關羽之為人。此重複之調式，《太和正音譜》謂之「子母調」，蔡瑩《元劇聯套述例》引吳梅之語云：「子母調者，不用高喉，僅用平調歌也。」因其主要便於鋪敘之用。我們從劇中也可看到，本折內容主要在於鋪敘劇情、描繪人物，劇中人的情緒並不是非常地激烈，但在描述關羽之個性、行事時，有一些慷慨之情，故使用略帶雄壯氣勢的【正宮】套。

第三折正末飾關羽出場，極寫其慷慨激越，英勇豪壯之氣概。前四曲先敘三國鼎立，以見其豪情；黃文投書後，藉關平之問答寫其身經百戰，所向無敵的精神。因為全劇之主要人物在此時出現，不論在氣勢或精神上都由前二折之醞釀中開展而出，故整體氣勢較前二折激越，使用高下閃賺的【中呂】宮。

第四折主角的精神極力而發，尤其在前三折深厚沈潛的醞釀之後，顯得更爲不同凡響。【雙調】聲情健捷激裊，結尾乾淨俐落，正與英雄人物果決明快的行事風格相應和。一般而言，雜劇之高潮多在第三折、第四折通常在收拾情節，結束全局，曲文也往往短套居多；但本劇第四折曲套卻很長，且爲全劇最精彩的地方，是爲變例。

二、《漢宮秋》

楔　子

【仙呂賞花時】

第一折

【仙呂點絳唇】【混江龍】【油葫蘆】【天下樂】【醉中天】【金盞兒】【醉扶歸】【金盞兒】【賺煞】

第二折

【南呂一枝花】【梁州第七】【隔尾】【牧羊關】【賀新郎】【鬥蝦蟆】【哭皇天】【烏夜啼】【三煞】【二煞】【黃鍾尾】

第三折

【雙調新水令】【駐馬聽】【步步嬌】【落梅風】【殿前歡】【雁兒落】【得勝令】【川撥棹】【七弟兄】【梅花酒】【收江南】【鴛鴦煞】

第四折

【中呂粉蝶兒】【醉春風】【叫聲】【剔銀燈】【蔓菁菜】【白鶴子】【幺篇】【上小樓】【幺篇】【滿庭芳】【十二月】【堯民歌】【隨煞】

本劇四折正末皆飾漢元帝，主要從漢元帝的角度，敘述其與王昭君自相戀、分離，而思念的過程與心情。一折前的楔子爲引場，先交代單于求親和刷選室女、按圖臨幸二關目，爲後來的劇情發展開啓序幕。

第一折寫漢元帝循琵琶聲發現王昭君，乍見美人時喜出望外、神魂顛倒的神情。曲文口吻活潑、風流，甚至有些輕浮之感，與皇帝之威重莊嚴形象不同。【仙呂】宮清新綿邈，與劇中瀟灑、喜稅的氣氛，及男主角欣喜的心情十分相合。

第二折的內容可分二部份看。【隔尾】前主要描述元帝與昭君之間纏綿悱惻、陶醉於情海之情懷。【隔尾】後突然轉換排場，戲劇矛盾出現，開啓悲情氣氛。因忽報單于強兵壓境，指名索取昭君，朝臣口口聲聲要皇帝以社稷爲重，將美人割愛；但元帝卻抵死不肯，對朝臣由申斥、嘲諷，至於懇求，其情感也由先前陶醉愛河的甜蜜雲端，一下子落入無措不捨的著急惶惑中。悲傷情緒漸次點染而開，故唱充滿傷悲、感嘆意味的【南呂】宮。而此悲傷情緒，至第三折成爲高潮。

第三折中，因群臣無計可施，元帝不得已只好答應單于要求，將昭君遣送匈奴國。灞橋送別，眼中所見景物，與心中離情合而爲一，但見迴野悲涼，草木添黃。【雙調新水令】之健捷激裊，與江陽韻味之悲涼悠揚，更符合劇中人生離死別時激越悲愴而惆悵哀怨的心情。

美人既走，元帝唯有睹物思人，對著美人圖思念昭君。第四折通折都是元帝以獨唱、獨白的方式，發抒心中殷切思念之情懷；睡夢中昭君相會，醒來不見伊人，更顯寂寥；繼而聽見窗外雁兒飛過，其叫聲牽動人心，更是讓元帝思念的心情百轉千折，無法平靜。本折用高下閃賺之【中呂】宮，凸顯其內心思緒之洶湧澎湃，起伏迭宕，未能一刻稍歇。

不論是《單刀會》中的喬玄、司馬徽、關羽，或是《漢宮秋》中的元帝，他們一律都由正末扮演，因此其人物性格、氣質上的差異，都必須由正末細細加以揣摩、掌握，才不致混淆或無法分辨。同時不同宮調所具有的不同聲情，除了體現劇中人不同的情緒，與劇情高潮起伏的變化外，更是正末演唱技巧上的全面發揮與考驗。因爲即便同樣以【中呂】宮演唱，因劇中人物的性情、地位、際遇皆不同，故而所表現出的情感也不能一樣，否則關公忠肝義膽的豪情（第三折）與元帝思念美人的情懷（第四折）如出一轍，則劇中人獨特的個性就無法凸顯了。因此，正末在演唱時，不僅需注意咬字清晰、聲調有高低起伏、緊慢快急，對於各種宮調聲情也要充分瞭解、掌握，同時，更要能融入劇中人的心情、遭遇中，互相配合，仔細揣摩，才能有最貼切、生動的表演與詮釋。關公與元帝只是正末扮飾眾多人物中的二例，其他尚有許許多多性格、年齡、地位、遭遇、心情皆不相同的人物，而正末都要對他們一一瞭解、深入，而後詮釋呈現出來。

當正末扮飾不同的人物時，需注意不同聲情的表現與揣摩；然在同一劇中，儘管扮飾同一人物，也要注意其隨著劇情演進而有所更迭的心理情緒；這樣一劇四折中，就不致從頭至尾都在同一種旋律及感情中鋪陳，而無起伏迭宕之感。王驥德《曲律》中，針對元劇一人獨唱的體制曾有言：「北劇僅一人唱，一人唱則意可舒展。」意謂由主唱之人在全劇情節發展的幾個重點地方，連續唱套曲，則可以充分地抒發人物心聲，層次分明地展現人物情感的發展過程之外，亦能各有著重地表現人物性格的不同側面。如以《李逵負荊》中之李逵爲例。全劇四折由李逵下山賞景、鬧山、對質到最後負荊請罪，每一段都各有不同的心情展現與情節重點。游春賞景時他是愉快悠閒，一派純眞浪漫的，而後誤以爲宋江及魯智深強擄民女，遂進入嫉惡如仇的憤怒情緒中，第三折他帶著滿腔正義與激動之情大鬧聚義堂，最後明白是一場誤會，終於悔愧地承認錯誤。劇中李逵主要表現出之形象是直率、鮮明又有點莽撞的，但直率魯莽中卻仍帶有一絲純眞。當正末在演出這樣的一個人物時，除了其鮮明之個性形象必須明確掌握外，在每一折中主角所展現的側面風貌，也必須透過宮調聲情的變化與情節的推演進展，加以揣摩表現；如此一來，人物本身靈動跳躍的生命之感才得以顯現出來，而不只是單一而枯燥的唯一面貌。

《李逵負荊》、《漢宮秋》一劇四折中，正末皆飾同一人，而《單刀會》中的正末，全劇四折卻扮演三個不同的人物，因爲元劇中也有主要演員「改扮」的情形。在此情形中，同樣負責演唱的演員，除了必須掌握不同的宮調聲情之外，面對同一劇中不同劇中人的身份、性格、年齡與特徵，更要在同一本戲中便加以揣摩、分辨，進而表現出來，其難度恐怕是比一劇四折皆飾同一人物的情況更難了。因爲演員必須熟練地轉換不同的姿勢、體態、聲音、表情、腔調，以凸顯不同人物的性格，不僅自己不能混淆，更要讓觀眾能看懂、聽懂，而其功力差別絕不只在於人物表面化妝、服裝的改變而已，舉凡歌唱、動作、眼神、表情、腔調，都關係密切，尤其以正末最主要的表演手段——「歌唱」而言，更是演員最能投入、掌握與施力的部份。我們可以說，元劇中的正末因爲扮飾人物的多樣化，使得他對於每一個人物的個性、情緒，每一種宮調的特色，技巧，都必須加以掌握、學習及分辨；此一特色不僅體現在其扮演不同的人物身上，即便是同一劇中的同一人物，也跟隨著劇情的演變而會有不同的心情展現與宮調變化，正末都要能夠勝任。從這方面看來，儘管元劇「一人獨唱」的體制對表演有所限制，但也確實使得正末在歌唱藝術上得到了更大的發展與成就，而這不但是元劇中正末表演藝術上的最大發揮，同時也是雜劇與南戲、傳奇在腳色分工及表演藝術上極大的一項差異與特色。

當然，雜劇中除了歌唱藝術的高度發揮外，其他表演藝術如科汎、念白、舞蹈或武打身段等，在戲劇表演中也有重要的地位。戲劇中的歌唱為抒情性的呈現提供了一優美動人的表現方式，而相對於歌唱所具有的抒情特點，念白則較重於戲劇性的發揮。不過念白亦不僅在於介紹人物、交代劇情而已，對於戲劇衝突與人物性格的揭示，往往更是其重點所在。除歌唱、念白外，做工與舞蹈、身段的發揮，對於舞臺氣氛的渲染，人物內心情感的象徵，同樣具有不可分割的關連與影響，而這些都是每一位雜劇演員所必須全面掌握與學習的技藝。基本上，融合了歌唱、念白、舞蹈、武打等表演藝術於一身的雜劇，可以說是一種歌唱與念白相結合、做工與唱工相結合、文戲與武戲相結合的綜合表演體系；而在歌唱之外的其他表演手段，則不僅正末、正旦需要學習，其他腳色包括末、旦的副腳，以及淨、丑等員，在各方面也各有不同的要求及表現。因此我們可以說，雜劇中正末的表演，幾乎是全方位進行的，而其中又在「一人獨唱」體制下，讓正末於「演唱」藝術上得到了全面發揮與成長的機會，所有人物不同的情緒展現，都要透過正末對劇中情節的融入，配合不同的聲音表情，將他們完美的呈現出來。

第二節　南戲、傳奇中末腳的表演藝術

一、開場人物的表演

在第三章討論南戲、傳奇中末腳扮飾的人物類型中，筆者已先就「副末開場」的名稱、由來與其作用，做了大抵的說明。明白此一體制或受宋人「開呵」及宋雜劇開場的影響而來，而其作用則在於介紹劇情大要、表明作者創作立場、戲曲主張，以及迎客、靜場，以引起觀眾專心看戲的情緒。此處再談副末之開場，將針對其主要搬演之形式，與副末的表演藝術方面來論述。

如前所言，傳奇副末開場的形式概可歸納出一「基本形式」，即由末腳念詞二闋說明作者立意與故事梗概，並由末腳與後台間之問答，引出戲名，最後以下場詩做結。此一基本形式雖存在於多數傳奇作品的開場中，但並非每一齣戲的開場都完全按照此基本形式的內容與方式來進行。實際上由早期南戲至明清傳奇中，副末開場的內容即不斷地經歷了一些轉變，有的較之基本形式來得複雜，有的卻更為簡化。先從早期南戲之開場說起。

《永樂大典戲文三種》之開場中，皆有由四句詩組成的「題目」置於開

場之首，除題目外，結尾處並無所謂的「下場詩」。推測後來傳奇開場中之下場詩，應即由此「題目」轉換而來，我們將元刊本《琵琶記》與明刊本《琵琶記》做一比較即可得知。元刊本《琵琶記》卷首有題目四句：「極富極貴牛丞相，施仁施義張廣才，有貞有烈趙貞女，全忠全孝蔡伯喈」，而到了明刊本中，則此四句題目就移到了副末開場的結尾，變成了所謂的下場詩了。有「題目」而無「下場詩」的情形，在南戲中如此，而明清傳奇中偶爾也能得見，如《琴心記》之開場。此外，《張協狀元》、《小孫屠》之開場中，末腳皆念詞一至二闋，或請觀戲來賓靜場等候，或勸人及時行樂；《張協狀元》中末腳更唱【鳳時春】、【小重山】、【浪淘沙】、【犯思園】、【遶池游】諸曲，講述《張協》故事之內容大要。唱曲之間，並夾雜大段說白，爲典型諸宮調說唱藝術方式的遺留。《小孫屠》中有「後行子弟，不知敷演甚傳奇」之語，即爲「後台問答」之形式。大抵而言，此時之副末開場，即已具備了各項內容與作用，與筆者所言之「基本形式」並無太大的差異。不過除此之外，南戲開場中還有一些特殊的表演與活動，是在傳奇開場中所沒有的，如《張協》卷末有「後行腳色饒個攛掇，末泥色饒個踏場」之語，成化本《白兔記》開場中也有宋人秦觀詞一首，並唱【紅芍藥】哩囉嗹曲，可見早期南戲副末開場中，除了介紹作者創作意圖、故事劇情梗概、後房問答與題目外，還有一些小節目的表演；而這些節目並無固定，可在演出中任意搭配與更換，有時是音樂、舞蹈、歌唱，有時是詞曲誦讀，其目的則在於吸引台下觀眾的目光，讓觀眾先將注意力集中於舞臺上，以利演員演戲、觀眾看劇情緒的醞釀， 具有暖場的作用。這是早期南戲副末開場的大致情形。

明清傳奇之副末開場，主要即繼承了南戲之形式，只將小節目的表演一項刪除，而保留「基本形式」的內容。而隨著時代推衍，在部份劇作家個別的創意之下，仍產生了一些歧異與變化，有的比之基本形式更爲簡化，或僅以一支曲子報告劇情梗概、發抒感想，連下場詩與後台問答皆省略者，如《邯戰夢》；或獨省略下場詩（如《浣紗記》）或後台問答（如《長生殿》）；也有較之基本形式更爲擴大者，如使用二支以上的曲子來評述作者意見與觀點（如《五倫全備記》）；還有不以詞牌，而改以散文（如《櫻桃夢》）或七言古詩（如《麒麟罽》）來代替的情形。儘管這其中經歷了一些不同的變化，顯示出創作者求新求變的心態，但多數作品還是以基本形式爲主，或是在基本形式的基礎之下加以少量地更動改變。

特別値得一提的是，在副末開場之體例中，負責擔任此一開場的末腳，他應是不參與劇中演出的。這是因爲戲文受到說唱文學諸宮調的許多影響，而在開場的形式中，仍直接繼承並保留了很大一部份說唱藝術的表演方式與口吻。我們從《張協狀元》開場中副末的大量說唱表演中即可輕易看出。以諸宮調而言，說唱之人以第三人稱的方式進行表演，雖然時而必須配合講述故事中，不同人物主角的出現而改變其聲音腔調，以求演述故事時之生動、逼眞，維妙維肖，但基本上仍是由說唱者以第三人稱的立場進行表演。而此形式到了戲文之中，遂直接成爲副末開場之「末」腳在講述作者立意與故事大要時，也以第三人稱的立場與口吻來說明，而故事中其他的人物，隨著戲劇演出進入代言體的舞臺演出形式，有眾多腳色負責搬演；此時開場之末，更連模仿其聲口體態都不需要，而只要客觀地介紹創作者心態與劇情內容大要了。

然此情形在明清傳奇少數劇作家獨具匠心的設計之下，有了一些調整與改變，作家讓負責開場的副末也融入故事之中，成爲劇中的一員，其中最爲突出者，當屬《桃花扇》之副末老贊禮一腳。先看其於開場時的表演。《桃花扇》之副末老贊禮，在卷上試一齣〈先聲〉與卷下加二十一齣〈孤吟〉中，都以開場者之身份出現。〈先聲〉中，先詠【蝶戀花】詞一闋，說自己年高無求，子孝忠臣萬事妥，恰可飲酒逢歌，歡欣度日。隨即以念白方式介紹自己：（老夫原是南京太常寺一個贊禮，爵位不尊，姓名可隱。最喜無禍無災，活了九十七年，閱歷多少興亡），介紹當時所處盛世（又到上元甲子，堯舜臨軒，禹皋在位；處處四民安樂，年年五穀豐登），以及《桃花扇》作者「借離合之情，寫興亡之感，實事實人，有憑有據」的立意主張，並發抒個人感慨。此外，副末亦與內場之人有「後台問答」，但對答內容則包含了對作品相關背景與作者的詢問，不只是「今日敷演哪部傳奇」而已。副末再以【滿庭芳】詞一闋，略述《桃花扇》之始末、大要，及下場詩一首總括全劇，最後加上「道猶未了，那公子早已登場，列位請看」句，引出正戲。卷下加二十一齣〈孤吟〉，雖名爲〈孤吟〉，實際上也是開場。因爲一部傳奇多長達數十齣，眞正搬演之時，不可能一次演畢，而是要分成幾天或幾次演完，故有些傳奇作品，就按其演出的次數來安排副末開場，演出幾天，就開場幾次。〈孤吟〉中有「（內問）老相公又往太平園，看演《桃花扇》嗎？（答）正是。（內問）昨日看完上本，演得如何？……」之句。可知《桃花扇》分成二日演完，前一日演出上本，次日再演下本。而下本這一齣〈孤吟〉之內容，主要由副末連唱【天下樂】、【甘州歌】、【餘文】等曲，發抒其個人的觀感，最後仍有下場詩一首，並言「那馬士英又早登場，列位請看」，引出第二十二齣〈媚座〉。試一齣〈先聲〉眉批云：「沖場一曲，可感可興，有旨有趣」，而〈孤吟〉眉批則謂：「下本開場，又闢新境」。尤其在作者著力的安排之下，使首折〈先聲〉與末一折〈餘韻〉相配，〈孤吟〉與〈閒話〉相配，則〈先聲〉、〈閒話〉、〈孤吟〉、〈餘韻〉四齣，雖各自獨立，實則首尾連貫，故其開場不僅在於迎客、靜場、簡介劇情，更達到了文學創作中前後呼應的效果。而不論是〈先聲〉或〈孤吟〉，其中的副末老贊禮一腳，都以一如觀眾之口吻，冷眼旁觀地說明了作者意圖與劇情大要，並發抒感想；但同時他也不忘告訴觀眾作者對他的巧妙安排：「老夫不但耳聞，皆曾眼見。更可喜把老夫衰態，也拉上了排場，做了一個副末腳色，惹得俺哭一回，笑一回，怒一回，罵一回。……」（〈孤吟〉）因此從另一方面來看，副末除開場之外，也參與了劇中的演出。

副末於劇中飾演太常寺的老贊禮，參與了〈哄丁〉、〈拜壇〉、〈沈江〉、〈棲眞〉、〈入道〉、〈餘韻〉諸齣的演出；儘管戲份不多，於情節樞紐也無關鍵影響，然其「一身二任」之特殊安排，使其既可置身劇中，目睹南朝興亡，以親身經歷凸顯全劇之眞實性與參與感，同時又可游離劇外，用一種「超乎其外」的客觀眼光，冷靜地觀照歷史，抒發感概。此一安排不僅與整部《桃花扇》「回溯興亡，觀照歷史」之編劇手法與主題思想互相應和，更具巧妙經濟之效果。最後一齣〈餘韻〉，作者藉老贊禮、蘇崑生、柳敬亭等山野村夫之回憶追述，再一次將過往紛華酣透眼前，亡國之恨娓娓道出，而老贊禮之身爲劇中人物，目睹「桃花扇底送南朝」這段歷史，正與其於〈先聲〉中所言之「閱歷多少興亡」相互呼應。中國傳統戲劇的高潮，往往不在衝突矛盾的當下，事過境遷後痛定思痛的回憶反省，才是更常被渲染強調的場次〔註3〕。〈餘韻〉一齣，即是在一切危難、驚懼、紛亂都過去後，由歷經一切的旁觀見證者，重新述說往事，並融入個人對往事的感慨與評論。藉由老贊禮在〈先聲〉、〈孤吟〉及〈餘韻〉中的介紹、感概，更能幫助觀戲之人對於整部「南明興亡史」，做一冷靜的回顧。王安祈〈戲曲現代化風潮下的逆向思考——從兩岸創新劇作概況談起〉〔註4〕一文中，對《桃花扇》這樣的安排有如下詮釋：

孔尚任用這四齣游離於整個劇情之外的小插曲，來提醒讀者：劇中

〔註 3〕參見王安祈《傳統戲曲的現代表現》一書，台北里仁書局，1996，頁 190。
〔註 4〕民國八十五年五月發表於「兩岸傳統戲曲現代化學術研討會」，引文見頁 28。

> 佳人才子之離合、家國興亡之悲哀，都是虛無荒謬的前塵往事。《桃花扇》中所想表達的歷史虛妄，人生荒唐的意圖，就是透過這種特殊的關目來顯現的。《桃花扇》寫史極眞、寫情極深，但透過這個「外框」〔註 5〕閱讀，卻帶給我們一種極爲強烈的疏離恍惚之感，幾乎完全顛覆了我們在看《桃花扇》時的投入與感同身受。……昔日南京舊事，老贊禮曾親眼見聞，甚至親身參與。這樣一個老人到戲園看一齣以自己時代爲藍本的戲，當然會感覺到極度的感動與投入。這正是他先會笑哈哈、淚紛紛的原因。然而，這一段讓他悲喜交集，深深投入而幾乎無法自拔的過往，現在卻是一場戲！到底戲是眞，抑或眞是戲呢？在經過這樣的省思後，老贊禮又從那種『投入』的狀態中抽離出來，成爲一「旁觀者」、「冷眼人」，歷史的虛妄本質，在此掩面而來。

這樣的結構與安排，無疑地讓老贊禮這一人物，更別具意義。《桃花扇》綱領將老贊禮一腳置於「總部」，爲全傳奇之緯星，謂其「細參離合之場」，亦即總結了全戲離合之情、興亡之感，正將其同時融於劇中、游離劇外，以旁觀者的疏離身份，卻造成情感上更複雜、深入的投入作用，做了最佳的詮釋。

儘管副末開場的形式與內容曾經經歷一些大小不同的改變，連向不參與劇中演出的副末一腳，也在某些劇作家的巧妙安排下，融入故事之中演出；然就整個南戲、傳奇中副末開場體例的存在、功用，及其中負責搬演的腳色——「末」腳而言，始終沒有改變〔註 6〕。而關於南戲、傳奇之末腳於開場時的實際表演情狀，由於古代並無任何影音資料留存下來，故僅能透過現今有限的書面文獻資料中之記載，以及今日仍得見之少數舞臺演出，尚有副末開場之表演中，加以揣摩與想像。由於副末開場之內容，主要用的是詞牌與詩

〔註 5〕意謂「試、閏、加、續」四齣外加的戲，恰巧形成了一個「框」，框內才是《桃花扇》的故事情節。作者運用一個外框，把整個故事、劇情框起來，我們欣賞這齣戲時，並不是直接進入《桃花扇》中的世界，而是透過這一個框架，才一窺戲中的種種。同上，頁 28。

〔註 6〕晚明時期開始，也有一些傳奇作品，取消了副末開場的體例，而將第一齣改爲正戲的「序幕」，如李玉的《人獸關》傳奇。這顯示傳統的副末開場形成了某種公式與窠臼，令人思變，因而有此情形，不過，大致上說來，多數的傳奇作品中還是維持著第一齣副末開場的體例的。
此外，開場腳色轉換爲老生或老外，不再專由副末應行，是近代崑班中才有的現象；明清傳奇中仍以副末爲開場者，故此曰：「沒有改變」。

句，透過副末領詞二闋，說明作者立意與故事梗概，下場詩一首總括全劇，因此其表演特色當即在於「賓白」的技巧之中。

賓白的表演，在元雜劇時代，因其歌唱藝術的一枝獨秀，相形之下其重要性就較被忽略。不過，在南戲、傳奇中，賓白卻獲得了較充分的發揮，而與唱腔互相結合運用。除了可見傳奇作家在劇中對賓白的大量使用外，明代許多戲劇理論中，也開始強調賓白的重要性，並提出許多賓白創作與表演時的原則與技巧。如王驥德《曲律》三十四〔註7〕專論賓白，並指出「其難不下曲」，李漁《閒情偶寄》「詞曲部」〔註8〕中有「賓白」一節，與結構、詞采、音律等並列：

> 曲之有白，就文字論之，則猶經、文之於傳註；就物理論之，則如棟梁之於榱桷；就人身論之，則如肢體之於血脈，非但不可相無，且覺稍有不稱，即因此賤彼：竟做無用觀者。故知賓白一道，當與曲文等視；有最得意之曲文，當即有最得意之賓白。

並提出「聲務鏗鏘、語求肖似、詞別繁減、字分南北、文貴潔淨、意取尖新、少用方言、時防漏孔」八項原則；同書「演習部」中也有「教白」一節，指出「唱曲難而易，說白易而難」，「梨園之中，善唱曲者，十中必有二三；工說白者，百中僅可一二」，並特別提出「高低抑揚，緩急頓挫」二項教白要領〔註9〕。明代劇本的編寫與戲劇理論中既已如此重視賓白的運用與重要性，可見得賓白已與歌唱、科介等地位相當，共同成爲表演藝術中的主要環節之一了。

南戲、傳奇中副末開場之形式既以詩、詞及後台問答爲其內容，則其表演方式與特色，自應以賓白之技巧與表現爲主，然而好的賓白表演，應該具備哪些條件呢？戲曲的念白雖不似曲文有曲譜相配，但它並不同於口語說話，仍必須合乎節奏、旋律。王氏《曲律》中言：

> 句字長短平仄須調停得好。令情意婉轉、音調鏗鏘。雖不是曲，卻要美聽。（頁141）

李漁《閒情偶寄》「教白」節也謂：

> 至賓白中之高低抑揚、緩急頓挫，則無腔板可按，譜籍可查，只靠曲師口授。

〔註7〕見《曲律》卷三「論賓白第三十四」，頁140～141。
〔註8〕見《閒情偶寄》「詞曲部」「賓白」第四。
〔註9〕見「演習部」「教白第四」，頁104。

可見賓白雖非曲，但也必須有「高低抑揚、緩急頓挫」，也要注意「調停平仄，音調鏗鏘」，以達到「美聽」的效果。這不僅是對於劇作家在編寫賓白內容時的考量，同時也是對於演員在表演時的要求與標準。因此，我們便不難想像副末開場中的副末，當他在朗誦【西江月】、【滿庭芳】，勸人對酒當歌、及時行樂，或發抒感慨、介紹劇情梗概，並吟唱下場詩總括全劇時，除了要口齒清晰、聲音宏亮外，必定更要音調鏗鏘、有高低抑揚之變化，緩急頓挫之節奏，如此才能吸引觀眾之目光，達到悅耳怡人、婉轉動聽之效果。

最後，再來看看副末開場中副末的主要裝束與扮像。明代富春堂本《劉漢卿白蛇記》卷首，附有副末開場插圖（圖一），圖中副末之裝扮爲：素面俊扮、戴高統圓帽、圓領對襟素服，繫腰帶，頸後插了一根羽毛狀的東西。而近代崑曲演出副末開場時，副末的裝扮則是：普通老生臉、頭戴報台巾，身穿黃開氅，腰束黃肚帶，紅彩褲、高底靴，雙手鑲弄管。《桃花扇》之副末老贊禮，因除開場外，又參與劇中演出，故其於開場時之扮相便以劇中人物贊禮員的穿著出現，即氈巾、道袍，掛白髯，此爲特殊之例，並非一般副末開場時副末之裝束。我們知道戲曲人物的服飾穿關，除了美觀、鮮明的效果外，更具有舞臺上的象徵意義，所謂番漢有異、文武有別，富貴、貧賤、善惡、老少皆有不同，因此，戲曲服飾並非寫實，而具有象徵不同人物身份、性格之特色。此外，服飾也可作爲戲曲表演藝術的補充與延伸，透過服飾的設計與穿戴，便於讓演員展現舞蹈與肢體動作，並由舞蹈之中進一步達到刻畫人物性格、內心情感的作用。不過，由於開場中的副末，其立場爲客觀之第三者，以作爲作者之代言人，抒發一些感慨爲主，並不參與劇中演出；且開場端以報台、迎客爲其作用，尙不是正戲的開始；亦且副末於開場時的表演，僅以詞牌唸誦及賓白爲重，配合眼神流轉、音調之抑揚頓挫，即可達到清晰交代劇情，又悅耳美聽的目的，除此外應無更繁複或多樣的舞蹈動作與身段要求，因此其扮相穿關，自也以中庸、平實的服飾爲宜。以近代崑劇中之打扮爲例，頭戴報台巾，正說明其身份功用，黃上衣紅彩褲，色彩對比鮮明、耀眼，除了美觀、亮麗外，也容易引起觀眾之注意力。

二、疏離特質的展現——末腳的諧趣性

參軍戲中蒼鶻、參軍的滑稽、諷諫的遺風，宋、金雜劇院本副末、副淨的插科打諢的傳統，至元雜劇中顯然也受到了影響，而保留了某些以賓白、

插曲或身段動作演出的科諢形式。但由於元劇「一人獨唱」的體例，使得末行成爲主唱全劇的重要行當，因此在劇中負責插科打諢表演工作的，便改由末行以外的其他腳色應工，如淨腳、搽旦，及後來加入的丑腳。因此提到元雜劇中諧趣的表現，必須針對淨、丑二腳色來說明，而末腳的諧趣特質，則要在南戲、傳奇中才能尋得蹤跡。關於雜劇中淨、丑腳色的科諢演出，林瑋儀《元雜劇與南戲的丑腳研究》與鄭黛瓊《中國戲劇之淨腳研究》二書中，皆有詳細論述，茲不贅言。此處僅就南戲、傳奇中末腳的諧趣滑稽演出略做說明。

雖然元雜劇中的科諢表現由淨、丑來應工，但南戲、傳奇卻仍承襲了宋雜劇、金院本中滑稽調笑的遺風，不僅也有科諢演出，並且在表演中，仍保留了末腳參與的空間，尤其在早期南戲中，這樣的情形更多。隨著戲曲的發展演進，末腳的科諢功能才逐漸爲丑腳所取代，但儘管如此，在某些末行人物身上，卻依然隱約可見一種內化了的趣味性，顯然是其滑稽性格的延續。南戲、傳奇中末腳的諧趣性，主要透過念白及科介的方式來呈現，茲說明如下：

（一）念白說諢

從南戲中我們漸可發現，末腳的表演特色之一，似有一種念多唱少的趨勢；不論是副末的開場表演，或黃門官的代言身份，以及作爲家人院公的次要人物，他們往往都以念白爲其主要表演特色，都要藉由背誦大段念白來表現口裡功夫，尤以開場副末及黃門官的演出，更是如此。而在末腳諧趣性的表現上，也有這樣的特色。不過，對於南戲演出時，如何表演「念」的功夫，我們所知甚少，上文所引李漁、王驥德等明清劇曲理論作家之論述，都是針對「劇本賓白」的作用、功能、特色及其創作原則而做的說明。至於賓白的「構成」，究爲文人所寫，或是伶人自創，歷來也有不同的看法。臧懋循《元曲選・序》云：

> 其賓白則演劇時，伶人自爲之，故多鄙俚蹈襲之語。

王驥德《曲律》「雜論」第三十九上亦云：

> 元人諸劇，爲曲皆佳，而白則猥鄙俚褻，不似文人口吻。蓋由當時皆教坊樂工先撰成間架說白，卻命供奉詞臣作曲，謂之塡詞。……（頁 148）

二說皆主張雜劇的賓白出自優伶之手，而非作者自做。這種說法顯然過於武斷，賀昌群《元曲概論》對此提出反駁〔註 10〕，吉川幸次郎《元雜劇研究》下篇第一章〈元雜劇的構成〉上亦提出數點反對意見，並舉關漢卿《謝天香》雜劇爲例，認爲雜劇的歌曲與賓白，大多穿插得相當巧妙，假使優人做白，文人作曲，絕不會產生「曲白相生」之妙。不過，從元刊本賓白大量省略及明刊諸本之賓白不盡相同的情形看來，劇作家所寫就的劇本與實際的「演出本」之間，應該是可以容許演員做某種程度的「自由發揮」的。青木正兒《元人雜劇序說》〔註 11〕第二章〈雜劇之組織〉即提出了這樣的看法：

> 此說雖是極端的，雖是不合理的【按：指前引《元曲選·序》之語】，但是常套的對話，俳優自由使用的場合，大概也不少吧。

即使是以爲元雜劇之賓白與歌詞必爲同一人所做的吉川先生，也承認這種見解，「至少含有一些眞實的成分」〔註 12〕。事實上，優人對於賓白自由運用的情形不單元雜劇如此，在南戲中亦然。例如《錯立身》十二出中有「見生旦介」、「生借衣介」、「說關介」三個連續科白指示，但其中的賓白全被省略了；《小孫屠》十一出「淨扮朱令史上介說關殺人」、「見外說關介」，都是如此。因此，不論元劇或南戲，優人在實際演出中並非照本宣科，而是憑著表演經驗加以靈活運用的。這一點對於以插科打諢表演的淨、末、丑來說，尤爲重要。因爲淨、末、丑是以幽默風趣的對白達到滑稽諷刺的效果，因此更需具備有「臨場抓哏」的機智，從現場抓取適合的題材，與演出的內容配合，甚至可從觀眾的反應中擷取靈感，以造成立即的喜感。我們雖然無法從劇本的賓白上證明此點，但從前面的種種討論看來，淨、末、丑在念白的運用上具有一定的靈活性與自由度，應是合理的推測。孔尚任《桃花扇》傳奇凡例中言：「舊本說白，只作七分，優人登場，自增七分」，其說爲明傳奇的演出情形，但也值得注意，因爲劇場演出方式向來多所傳承。

關於腳色藉由念白的方式來做諧趣表現，《輟耕錄》所載教坊著名藝人

〔註 10〕《元曲概論》第五章〈元曲的作法〉中謂：「須知元雜劇以一宮調之宮一套爲折，每折唱者只限一人，假如作者於劇中不同時做賓白，試問正末而外，他色將如何對付？……元劇的說白，斷非樂人杜撰的。」

〔註 11〕《元人雜劇序說》日本青木正兒著，隋樹森譯，台北長安出版社，1981。引文見頁 28。

〔註 12〕見《元雜劇研究》下篇第一章〈元雜劇的構成〉上：「實際在舞臺排演的時候，文人與俳優之間的合作，恐怕不可缺少。……而且，在寫雜劇的時候，與俳優商量自不必說，恐怕到了眞正上演的時候，俳優還是經常自由地加以改變。」

中，已有長於唸誦者的表演記載可尋〔註 13〕，可見得念白的功夫很早就成爲滑稽腳色的表演手段之一。不過，從劇本中的內容看來，同爲滑稽腳色的末、淨、丑表演中，末腳的念白內容與比重顯然都較淨、丑二者爲輕，尤其在以問答爲主的表現方式上，末腳多半是發話的一端，拋出簡單的問題，而由淨或丑做回答，回答內容多半較長。例如《張協狀元》第四齣，員夢先生（丑）與家院（末）間的一段對話：

末：且打交你塵簌簌。一道與男女揣個骨看。

丑：你要揣骨？

末：相煩先生。

丑：好一副骨頭！

末：是何看待？

丑：主門下不是正房生。

末：是庶出？

丑：不是庶出。

末：如何？

丑：你個爹和娘數千年渾沒孩兒，千方百計覓得你歸來養。

末：奇哉！如何見得？

丑：莫怪說，你個骨是乞骨。

末：且打你那骷髏！……

末：夜來夢見一條蛇兒，都是龍的頭角。

丑：奇哉！蛇身龍頭，喚做蛇入龍窠格。來，來，你把我個條當龍頭，這個當龍尾，仰著頭，開著脚。

末：如何？

丑：廊！

末：草葬過！

丑：有四句卦相說得好。

末：願聞。

丑：道是蛇夢成龍莫等閑，不平安處也平安。

末：慚愧！

〔註 13〕《輟耕錄》卷二十五「院本名目」條云：「教坊色長魏、武、劉三人，鼎新編輯，魏長於唸誦、武長於筋斗、劉長於科汎，至今樂人皆宗人。」

丑：如今卻在青草內，忽日成龍也未難。辣！辣！辣！

《寶劍記》中家院（末）與廚子（淨）也有對話：

末：你眞個姓牛？

淨：不瞞姪子說，我就姓牛。

末：你我年貌相等，如何叫我賢姪？

淨：你叔叔有這樣口病。

末：你有口病，見你父親，如何不叫？

淨：我見你恰似我大哥的兒子一般，因此才失口。

末：休得閒說。如今高老爹叫你做活，你若手段不濟，不要你去。

淨：若說起我的手段來，你站也不敢站。自小生來聰俊，父母見我不儕，御廚學了十年，師父打夠千頓；會燒一把紅火，若做別的休論。

末：你是個燒火的廚子，去不得。

淨：我做得好切割。

末：我問你切割怎麼樣做？

淨：聽我說，有【西江月】爲證：肉要十分爛軟，略加五味調和，殺豬牡羯幼曾學，燒鴨烹雞善做。細煮雲中過雁，休論天上飛鵝，麒麟獅象與熊駝，曾在御前切過。……

再有前文所引《張協狀元》二出張協與友人談夢一段也是。在這些例子中，可以看見末腳好像總是被淨、丑欺負的對象，而他的念白也比淨、丑二腳來得少；此情形正與前述參軍戲中以「參軍爲主、蒼鶻爲輔」的表演方式相似，可能即由此繼承而來。也正因滑稽念白中，較多的表演集中在淨、丑二腳身上了，因此末腳的諧趣特質才漸爲丑腳所取代，而在往後的科諢表演中，形成了以淨、丑一對爲主的搭配方式，末腳遂脫離打諢的範疇，轉而扮演正劇中的次要人物。

儘管末腳在以念白打諢的表演中，已顯得較少表現，但其存在卻依然有其必要；這樣的問答若少了末腳在一旁的提問、接話，將成爲淨、丑一人的「單口表演」，不論從舞臺畫面或戲劇氣氛來說，都不如二人之間一問一答、有來有往來得饒富趣味。尤其末腳所說的話雖然少，但卻常常具有一鳴驚人的效果，尤其他常以局外人冷眼旁觀的角度發話，卻往往一言中的，每每在逗人發笑之外，還有一種語不驚人死不休之功力。試看《張協狀元》五出：

淨（張協母）：嗷，叫副末地過來。

末（家院）：觸來勿與競，事過心清涼。未故得事，先自『嗷』將來，

只莫管他便了。

淨：嗷！莫管他，莫管他，（扯末耳）你說誰？

末：不曾說甚底。

（淨有介）

外（張協父）：媽媽，爲何任得發怒？

末：縣君每常任地。

淨：孩兒要出路，又是我苦，你道焦躁不焦躁？

末：叫我如何？

淨：叫與我叫孩子來。

末：休！休！是非終日有，不聽自然無。

淨：不聽自然無，家中沒閝婆。

末：你也忒吵！

淨扮的張協母親因張協要出遠門而心情不佳，遂拿院子出氣；家院一邊發出不平之鳴，一面又忍不住安慰自己，苦中作樂一番，著實令人忍俊不住。此外，末腳也時常在表演中，面對觀眾而有一些說白，表面上看起來是與劇中人的對話，其實卻是講給觀眾聽的，例如《張協》八出，淨扮的客長與丑扮的強盜有一場極爲逗趣的武打場面，當時末扮另一客長也在場上，但他卻像無事人似的，看著淨、丑的打鬥，偶爾發出一二句評論一般，又帶點風涼意味的話。其對象與其說是淨、丑，不如說他是在和觀眾對話，好像他的立場已從演員跳出，成了觀眾之一，他也在看戲，所不同者，只在於他在場上，而眞正的觀眾卻在場下。

這樣一種直接以觀眾爲對象而說話的表演，讓末腳的諧趣演出中，往往帶有一絲局外人評判是非的意味，可以讓觀眾感覺到他既親近又疏離的態度，同時也顯示出演員並不向觀眾隱瞞是在演戲的心情。在中國戲曲舞臺的藝術處理原則中，這是一直普遍存在的一項特色；儘管演員再投入、舞臺上的表現再逼眞，卻都仍不忘提醒觀眾：這只是戲。而這也正是中國戲曲「疏離性」的重要表現方式之一。

疏離特質的展現，是爲了使觀眾的情感從戲劇中游離出來，讓他們覺得戲就是戲，因此往往會在莊嚴中羼入滑稽，在悲劇中羼入喜劇，或透過劇中

人物的回憶場面，將觀眾的情緒暫時提空、游離，以融入更深層的觀照、反省，同時也使得戲劇場面冷熱相濟，觀眾欣賞的距離不即不離〔註 14〕。末腳等喜劇腳色的運用，對於疏離性的形成有相當重要的意義與作用。前引之例雖只是末腳在喜劇表演中跳出劇外，與觀眾直接對話，但已可見他時而做為劇中人，時而跳出劇外與觀眾直接溝通，顯是介於戲劇與觀眾間的最佳橋樑的身份特色。

（二）滑稽科介

末腳表演滑稽逗趣的一面，除了透過念白的方式外，尚有另一形式，即科介的表現。亦即透過歌舞身段及武打雜要的方式，以達到逗趣調笑的目的。早期南戲中以此類科介來表現滑稽內容的例子有很多，他們大多是與劇情不太相關的喜劇性穿插，有些則雖與劇情相關，但主要目的仍在於調劑冷熱、娛樂大眾。歌舞表演的方式中，末腳通常是以陪襯、輔佐之姿，幫助淨、丑來完成表演，例《張協》中，有一場末拿襆頭，丑拿傘舞蹈的描寫：

（末把傘拿出）……

（末拖花襆頭出）……

丑：你是幹辦，不當抬傘。你把著花襆頭，我與你抬傘。

末：方才是兄弟。

（末拖襆頭，丑抬傘）

末：正是：打鼓弄琵琶，合著兩會家。

（丑舞傘介）……

至於武打雜要的形式，由於末、淨、丑在南戲中時常要兼演許多人物，因此他們更是自然地成為表演一些雜要武術的主要演員。如《張協》第十出，淨扮的土地神，要判官（末）與小鬼（丑）權充作門：

淨：張協狀元，因被賊劫。忽到此來，我心怏怏！外面門兒，破得蹊蹺。差你變做，不得稽遲。

丑：獨自只做得一片門，那一片叫誰做？

淨：判官在左汝在右，各家縛了一隻手。有人到此忽叩門，兩人不得要開口。

〔註 14〕關於疏離性的討論，詳見曾永義先生〈中國古典戲劇的特質〉一文（收人《中國古典戲劇論集》）及王安祈〈中國傳統戲曲的藝術精神〉一文（收入《傳統戲曲的現代表現》）。

末：好似呆底！

……

淨：演一番看。（末丑做門）（有介）

……

旦上叫：開門！（打丑背）

丑：蓬，蓬，蓬！

末：恰好打著二更。

旦叫：開門！（重打丑背）

丑叫：換手打那一邊也得。

末：合口！

二十一出丑扮王德用，將末（家院）當做椅子：

丑：左右，將坐物來。

末：覆相公，畫堂又遠，書院又遠，討來不迭。

丑：快討來！

末：相公最忍耐得事。

丑：我近日不會忍耐。（揣末倒）沒交椅，且把你做交椅。

（丑坐末背，末叫）

末腳既要做椅，又要做門，而這些都是在身段上帶有雜耍意味及民間趣味的表演。又如《琵琶記》第三齣淨（嬤嬤）、末（家院）、丑（惜春）三人在院子裡打鞦韆：

淨丑：任地便打秋千，只是那裡有鞦韆架？

末：我這花園裡哪討鞦韆架？一來相公不忻，二來娘子又不好，縱有也拆了。

丑：院公，沒奈何，咱每三個在這裡，廝論做個鞦韆架，一人打，兩人抬。

（做架介）

末：誰先打？

淨丑：我兩人抬，院公，你先打。（介）

（貼旦在戲房內叫）……。（淨丑放，末跌介）

末起：你二人騙得我好也。

淨：今番當我打。

末丑：老姥姥打。（淨打介）

……

這裡的打鞦韆表演是完全不使用砌末的肢體表演，以象徵手法誇張的表現其滑稽趣味。

可惜屬於末腳的諧趣性在逐漸被丑腳取代之後，後期南戲及傳奇中，像這樣由末腳以念白或科介與淨、末搭配演出滑稽調笑的情節，就幾乎不再得見了。戲曲的滑稽表演，轉為以淨、丑為主要腳色，而末腳在這方面的技巧，自然也因為演出機會的減少而漸形消退。不過，在末腳的諧趣特質漸減，正劇性格漸增之際，表面上我們是看不到末腳與淨、丑插科打諢的痕跡了，但從某些末腳所扮的正劇人物身上，卻又隱約可見一種將滑稽諷刺的性格內化到人物身上，或透過人物形象，深刻地達到諷刺意味的表現方式；這可以說是另一種完全不同的展現方式，如湯顯祖筆下《牡丹亭》中的陳最良即是。

湯顯祖筆下的陳最良是一名正經的讀書人，終身抱著古文典籍，以奉傳統為職志，在那個時代，像陳最良一樣的人物，幾乎是到處都有，而他們不論在性格、行為各方面，從裡到外，不但一點有趣、逗笑的地方都沒有，簡直正經嚴肅到令人窒息。不過作者巧妙地將他與春香、杜麗娘擺在一起，在天眞浪漫，充滿純眞、無邪的春香與麗娘映照、對比之下，將陳的迂腐、八股、封建與守舊，完完全全地揭露了出來；同時在春香調皮的捉弄下，讓我們看到了作者意欲透過陳最良而展現的諷刺意味。〈春香鬧學〉的過程是那麼的幽默有趣，但在幽默之中，陳最良的頑固、守舊，正凸顯出春香的創意、活潑，而陳所代表的封建、八股、教條、傳統，更顯出杜麗娘追尋眞愛的難能可貴。作者的諷刺意味是極明顯，而陳最良的諷刺形象也是極生動的。《牡丹亭》要彰顯的是杜麗娘尋求眞愛的勇氣與決心，同時對於封建社會的禁錮提出強烈抨擊，因此從一個青春被科舉制度所犧牲，思想被八股濫調所僵化的老學究陳最良身上，我們明顯地讀到了作者對傳統的反動，以及在陳的陪襯烘托下，作者所要表現的深層含意。

像陳最良這樣的人物塑造方式，是在「正經的性格中，蘊藏著一種令人發笑的諷刺氣質」，它不像傳統的末腳以直接的表演告訴觀眾他的職責在「插科打諢」，卻從其他人物的對比映照、烘托，與另一種滑稽幽默的氣氛中，將他的諷刺性格展現無遺。這樣的諷刺性是在單純的滑稽逗趣之外，更具有深刻意義的，而腳色的表現與劇情、主旨之間，更具有密不可分的關係。從戲劇發展的角度來看，這樣的處理不僅是末腳諧趣特質的另一種詮釋，亦且更爲深入；同時這也是戲劇發展日趨成熟，劇作家更生動而成功的一種創作方式。

三、次要人物輔助功能的展現

在論及明傳奇末腳所扮飾的人物類型時，筆者曾提到末腳作爲劇中次要人物，對於戲劇情節與表演藝術上的輔助功能；而其中於表演藝術上有深刻展現與影響者，可以《荊釵記》中的李成爲代表。除前文所舉之例外，此處再作進一步的說明。

〈上路〉一折寫錢流行夫婦偕同李成欲前往京城與王十朋相聚，一路上乘舟趕路，雖然舟車勞頓，但卻充滿喜悅之情；透過三人於路途中賞景的過程，將他們歡喜的情緒與四周景物做了完整而貼切的搭配融合。在《審音鑑古錄》中，對於錢父、錢母與李成三人一路上賞景抒情的身段表演，有極詳盡的身段譜記載。茲引錄於下：

> 【八聲甘州】春深離故家，嘆衰年倦體（末引從左轉至右下立；外隨至中；副跟外行至左上。一流邊勢，各對右下介）奔走天涯（外拐豎右足跟邊，左手一指，挾左臂指右下側看，又對副側點頭；副右手搭外左肩，衝身亦看右下，顧外點頭。末蹴身看，亦指右下科）一鞭行色（外轉身對右上踏出右足，拐側豎右胸，左手提左腰衣衝身看右上地，末、副在後旁做襯看介）遙指（外隨前勢，右肩高左肩低，扭身慢看至左上地，末、副藉勢視科）剩水殘霞（外走中略對左隨身立直，左手捏拳垂背後，右手捏杖隨意直指左上，看左介；副看左柳樹，走上折柳枝嗅，搖首擲地；末立外右肩後，借景看左上科）牆頭嫩柳（外乘式右拐平落右腰邊，左手一指直指在上，側首強身對末笑，末踢衝身對外點頭科；副左手指柳頭對外訴式）籬畔花（外轉身對正下場，左足踏出，左手抓臍下衣，用雙膝夾住，右手捏杖，鞠身縮頸，扛豧肩、皺鼻眼、笑容堆，做拙幼看式。左一指靠鼻勾指樹科；末走左，在外後，雙手捧股，曲身衝看狀，副雙捏珠鞠恭指助科）只見古樹枯籐（外立硬身，右手直按拐落右腰邊，左手指直指右下，斜首對末，末就勢右手捋鬚各笑貌；副換雙手指右下科）棲暮鴉（各收勢，外走正下看右下角至左下，副末亦

緩隨走看式）嗟呀（外對左下將拐尾向左下角丟出，捏拐頭伏胸前，將身扭直，左手捏拳叉左腰，側頭看左遠式，副陪襯指科）遍長途觸目桑麻（外收拐看下場，轉身，對右橫雙手豎起似伸腰，帶提枴杖，就勢在麻字腔內打哈欠科；末隨走從右下看，轉立介，副轉身走上場連唱介）

【前腔】副唱：呀呀幽禽聚遠沙（末在右下對外白）員外，（指右下高）這是青山（外睜目鼓舌，拐平落胸前，銜身望右下笑介）嗄，青山（末指左下地）綠水（外扛左肩，扭身側看左下地，總做畫景式）綠水（又右左兩看對末笑點頭介）果然好景（末應，副右手扯外左袖，連前曲白介）老老（外轉身對中，小趨步至上中層，身拐倚胸膛，雙手捏鬚尖似恭式，趣容看正地，末走上亦看；副至左上指正場唱）對彷彿禾黍，宛似蒹葭（外退正中，左手繚絲條，右臂圓執杖豎直，登身看山水，預開口笑狀；末附近外身裁式，副倚外體培科）江山如畫（外直身轉下場，雙手灘指左地，慢轉對右上介；末從右下場指走至右角，見橋止，即對外左手指橋式；外做知狀，副在左邊從下場觀景至右橫，亦做停步介）無限野草閒花（外走右角轉看橋，將拐倚肩，挾右臂扛肩，用左手一大指在胸灣指橋式；令副小心過去式，副即走上探橋，怕貌，退右橫，拔鞋科；末先上橋中俟主母，攙扶狀）旗亭、小橋景最佳（外轉身對左，先提杖於橋上，戳定，後左手提衣連左足起，在小字上踏下；末將右手攙外左手，外即右足上橋至中立住，身對正場，將拐尾與副做扶手而引狀。副見外上橋，愈加足軟式，在景字雙手搭杖尾上橋科介；各對正場，皆要橫走，至最字二腔，似橋動，搖頭，即隨外從左角轉介）見竹鎖溪邊（末至右下指內式，外走中蹲足望右下科，副手捧外腰低首亦盼式）有三兩家（外側矬身，左手出三指落右胸前對副，即對末改直身，左手換指低直，末、副隨應，此宜變化法）漁槎弄新腔，一笛堪誇（外從左邊走中做步趨科，末走右上，副同外對面笑科）

從「春深離故家」到「一笛堪誇」，短短約只一百字的曲文，卻用了這麼大篇幅的文字來記錄說明其身段，可見得在舞臺的實際演出中，這一段舞蹈、身段表演的豐富與變化。傳統戲曲舞臺是一虛擬空間，一切具體的物象都必須經由演員抽象、虛擬的動作與身段中加以描摩、詮釋而出。「虛擬」乃由實際生活出發，以日常生活中的動作爲藍本，再將日常動作化爲舞蹈身段；不但如此，爲求舞臺演出時的效果與特色，戲曲中的動作，更要捕捉住劇中人最突出、最具典型的性格特徵，通過虛擬身段，再予以誇張強調、舞蹈美化，才能造就舞臺上的生動形象。我們看上述的身段記錄，僅僅只是一個「指」的動作，都要「左手揑拳垂背後，右手揑杖隨意直指左上，看左介」；即使只是一個「看」的動作，也要「右肩高，左肩低，扭身慢看」，這已不只是日常生活中的動作了，這是舞姿，而且是美化誇張過的舞姿。日常生活中的動作當然不致如此明顯，但戲曲中的身段，必須如此誇張美化之後，才能造就出最鮮明的舞臺形象。同時，在並無一花一草的舞臺之上，也唯有透過演員出色的創造力與身段模擬，以及觀眾活躍的想像力，二者相互結合，方能將栩栩如生的劇中景物點染而出。

由於劇中三人以錢流行（外）地位最高，是一家之主，因此我們也可以發現，許多的動作、身段，都以外爲主，而副、末二人爲輔，或是在外腳動作後，副、末隨著應和、搭配。例如唱「遙指」二字時，「外轉身對右上踏右足，拐側豎右胸，左手提左腰衣衝身看右上地，末、副在後旁做襯看介」；唱到「嗟呀」二字，「外對左下將拐尾向左下角丟出，揑拐頭伏胸前，將身扭直，左手揑拳叉左腰，側頭看左遠式，副陪襯指科」顯然都以外的動作爲主，而副、末二人在一旁搭配、襯托。如此一來，從舞臺畫面的調度與協調來看，可以產生一種「既集中又豐富」的變化，不至於讓觀眾的眼睛跟著三人往不同的方向四處奔走流轉，而找不到重心；若從人物情感的層面來看，也可以從三人面對同一景致，共同觀賞，並不時互相分享、指引、對看微笑的動作與過程中，讓人體會到彼此的愉悅心情，以及主僕之間互相信賴，扶持的深厚情感。例如三人唱到「牆頭嫩柳」時，「外乘式右拐平落右腰邊，左手一指直指在上，側首強身對末笑，末蹋衝身對外點頭科；副左手指柳頭對外訴式」，唱到「只見古樹枯籐」，「外立硬身，右手直按拐落右腰邊，左手指直指右下，斜首對末，末就勢右手捋鬚各笑貌；副換雙手指右下科」；外腳不時地側首轉身，對末展開笑容，末也忙不迭地對外點頭或捋鬚而笑，顯示他的心領神會。《審音鑑古錄》中記外腳「悠然行色上」，末腳則是「宜用眼光描出上」〔註15〕，即因心情的輕鬆愉悅，儘管舟車勞頓，仍有欣賞景物的雅興，故一出場

〔註15〕見《審音鑑古錄》頁319。

時「眼光描出」、「行色悠然」，未開口即先展示了人物的心情。果然一路之上，三人也總是笑容滿面，不時互相地頷首微笑，輕輕鬆鬆地觀看著湖光山色。在這樣的表演中，三位演員必須有極佳的默契，才能透過三人於場上的舞蹈身段表演，將一路所見景致描繪出來。而末腳李成，雖然其身份只是一個下人，許多的動作也依然環繞著錢氏夫妻的動作而展開，但他在這一折中身段舞蹈上的表現與配合，卻可說是與外、副二腳幾乎等量齊觀，同樣重要的。

《審音鑑古錄》中對〈上路〉一齣的表演創造，末尾註明：

此齣乃孫九皋首創。身段雖繁，俱系畫景。唯恐失傳，故載身段。〔註16〕

事實上這齣身段不僅是「畫景」而已，更兼有「以情寫景，以景托情」的作用，如唱「籬畔花」三字時之身段：「外轉身對正下場，左足踏出，左手抓臍下衣，用雙膝夾住，右手捏杖，鞠身縮頸，扛掰肩、皺鼻眼、笑容堆，做拙幻看式。左一指靠鼻勾指樹科；末走左，在外後，雙手捧股，曲身衝看狀，副雙捏珠鞠恭指助科」還有末、外不時微笑點頭，或副指著樹梢向外低訴（外側首強身對末笑，末蹋衝身對外點頭科；副左手指柳頭對外訴式）的種種情狀，都可以看出這些動作已不只是在描繪外在景物，同時也將人物內心喜悅的情緒與一路上美麗的景致巧妙融合在一起了。戲曲舞蹈身段，本不是獨立的藝術，它不僅有助於人物形象的塑造，更可與情節相融合，成爲深入人物內心、抒發人物情感的工具。有時一個會心微笑、一個眼神示意，在舉手投足之間，都能達到情景交融的境界，也使得觀眾對劇中人之心情更能夠心領神會。

李成在這一折以動作爲主的關目中，對於身段的輔助，舞臺畫面的錯落有致與均衡勻稱，明顯具有極重要的輔助作用。尤其三人連唱帶做時的位置變化，直接影響了整個畫面的營造與美感。《審音鑑古錄》中在三人同唱【八聲甘州】前即有「外立中，末立左上，副立外背後看介；末以前後左右點染，切莫與副並立科」之語〔註17〕，說明了舞臺上任一人的位置安排與變化，都必須要顧及整個畫面的協調與對稱關係。當然除了舞臺畫面位置的安排外，李成在這一折中，搭配外、副的舞蹈身段，也使得整個表演在錯落中更顯豐富、多樣，免除了只有二人在台上可能造成的單調與重複之感。而其增加的

〔註16〕見《審音鑑古錄》頁324。
〔註17〕見《審音鑑古錄》頁320。

對話與賓白部份，也使得人物的塑造更覺生動、立體。本折在原劇中原爲關目不重的過場戲，但到了清乾、嘉時期，崑劇折子戲風行的時代，在藝人刻意加工之下，這一折戲卻成了「行路」性質戲中最具代表性的一折戲了。今日崑班如浙崑、湘崑所演的〈上路〉，大致上都仍以《審音鑑古錄》中的記載爲主要依歸。崑劇選輯（一）第十二集中有上海崑劇團顧兆琳（飾李成）、計鎮華（飾錢父）與成志雄（飾錢母）等人所演的〈開眼上路〉一折〔註 18〕，從實際的舞臺演出中，確可更清楚地看見三人成舞、使舞臺畫面錯落有致，並將情景交融合一的表演藝術。而李成作爲一輔助人物的功能與表現，也更加清晰明確地在眼前呈現。

除了身段、舞姿上的輔助之外，藉由「對話的藝術」，也能夠達到深化情感、輔助情節的功用。戲曲藝術中，除歌唱、科介等表演之外，賓白也是極爲重要的一環。透過人物的獨白或彼此之間的對話、問答，往往更有助於情節高潮的推動與整體氣氛的渲染。在第三章〈末腳的演化〉中，筆者已透過崑山腔及青陽腔劇本在念白、對話上的不同處理，說明了次要人物如何通過對話藝術的展現，達到輔助情節的目的。以下再試以〈見娘〉一折爲例，從原著與舞臺演出本之間的對照、比較，來說明次要人物通過對話所展現的功能與表演藝術。

〈見娘〉一折寫玉蓮投江自盡後，李成伴隨王母（老旦）前往京城尋找十朋（小生）；十朋未見玉蓮而生疑，但李成與王母皆不忍告知玉蓮死訊，因而在面對十朋質問時，顯出呑呑吐吐、顧左右而言他的情節。這段戲對於人物內心情感的刻畫十分深刻而眞實，主要表現十朋懷疑焦慮、王母唯恐親兒傷心，因而欲言又止、卻又忍不住泫然欲泣之情狀。《六十種曲》中的處理是這樣的：

> 【刮鼓令】（生唱）從別後到京，慮萱親當暮景，幸喜得今朝重會。娘，又緣何愁悶縈？李成舅，莫不是我家荊，看承母親不志誠？（末白）小姐是盡心侍奉。（生）我的娘，分明說與伍兒聽，你媳婦呵，怎生不與共登程？
>
> 【前腔】（老旦）心中自三省，轉教人愁悶增。你媳婦多災多病，況

〔註 18〕上海崑劇團一九九二年演出版本。錢流行／計鎮華飾，姚氏／成志雄飾，李成／顧兆琳飾。見《崑劇選輯》（一）第十二輯。曾永義、洪惟助製作，行政院文化建設委員會策畫，中華民俗基金會製作。

親家兩鬢星。家務事要支撐，教他怎生離鄉背井。爲你饒州之任恐停留，兒，你岳丈先令人送我到京城。（生白）母親言語不明，李成舅，你備細說與我知道。

而在《審音鑑古錄》中，這一段的處理如下：

【刮鼓令】從別後到京，（老旦白）可念我作娘的？（小生唱）慮萱親當暮景，幸喜得今朝重會。（老旦欲言垂首嘆介）咳！（小生疑）嗄！母親，又緣何愁悶縈？（末走右上對老旦搖手，老旦點頭）（老旦白）我沒有什麼愁悶。（小生看母親躊介）嗄！孩兒告退。（立起退左背曰）哎呀且住，我想母子相逢，合當歡喜，爲何母親反添愁悶？（沈吟科）（末看小生走下對老旦白）老安人不要悲傷。（老旦忍淚點頭）（小生連前白）嗄，待我問李舅，嗄，李舅過來。（末）狀元老爺。（小生）老安人爲何悶悶不樂？（末）嗄，老安人麼（看老旦，老旦亦看末，末即白介）嗄，想是在路上受了些風霜，所以如此。（老旦飲嘆式，小生）嗄，在路上受了些風霜，所以如此。（末）正是。（小生看老旦，低頭忍泣狀，小生搖頭疑介）唔，非也，我曉得嗄。（末）曉得什麼來？（小生唱）莫不是我家荊，（末白）小姐便怎麼？（小生唱）看承得我母親不志誠？（末白）喲，小姐在家，盡心侍奉老安人，是不離左右的。（小生）嗄，盡心侍奉？（末應，小生）不離左右的？（末又應介）（小生至中對老旦唱）哎呀親娘嗄，分明說與恁兒聽（末虛搖左手老旦見式）（白）你那媳婦呵（唱）他怎生不與共登程？（老旦曰）兒嗄，連唱：【前腔】心中自三省，轉教娘愁悶增。（末對右白）怪不得老安人愁悶。（小生並白）你媳婦爲何不來呢？（老旦連唱）哎呀你媳（右手指出左手按小生肩末唬至右上角欲嗽，右手低搖呆式。老旦見末點頭，即右手搭小生肩附耳唱）婦多災多病（末聽老旦唱科，即對右撲手喜狀點頭白）好，這句解的好。（小生猶豫意）嗄，李舅（末急轉身忙跪）有。（小生緊問）小姐有恙？（末急對）有恙。（小生）如今呢？（末）如今……（小生）唔？（末強笑式）好了。（小生）好了？（末笑應，小生轉喜恭介）謝天地，起來。（末）是。（老旦連唱）況親家兩鬢星，家務事要支撐（小生白）媳婦爲何不來呢？（老旦唱）教他怎生離鄉背井？（合）爲你饒州之任恐留停（白）兒嗄，你岳丈倒有分曉（小

> 生）有甚分曉？（老旦指末）哪，（末）嗄？（呆看介，老旦唱）先令人送我到京城（末在曲內白）嗄，這個員外放心不下，著男女送老安人來的。（小生）一路難爲你。（末）說那裡話。（小生）起來，（末）是（老旦曲完小生冷看懷疑狀）……

兩個版本的差異，在於《審音鑑古錄》中增添了更多的對白，並對三人演出的身段、動作作了完整的說明〔註 19〕。我們在崑劇表演家徐凌雲先生演述的《崑劇表演一得》〔註 20〕書中，也可見與《審音鑑古錄》中相似且更爲詳盡的舞臺演出記錄與說明。《審音鑑古錄》一書具體詳載各項舞臺演出指示，將之與明末毛晉輯刊的《六十種曲》相較，正可看出從明末至清中葉這一段時期中舞臺演出對舊劇作的加工與修改狀況。《六十種曲》中原以老旦獨白爲多，而《審音鑑古錄》中則讓李成這一次要人物，加入了與老旦及十朋的對話，從對白之中幫助了戲劇情節的推動。原本由情感的層次來考量，若只有王母之獨白，或十朋與母親之間的問答，照樣可以見其情狀，也能表現出那種欲言又止的心情，但卻會顯得較爲單薄而無變化；然加上李成的參與後，不論經由對話或動作、眼神的示意，都使其情感顯得更爲豐沛，也更合乎情理。十朋擔心妻子身體，聽完母親的話後，自然不免再求證於李舅一番；看母親愁眉深鎖，又問不出所以然，也只好轉問一路伴隨母親的李舅。十朋對於妻子的擔心掛念，及懷疑她爲何沒有一同前來的心情，在連續追問母親與李舅的過程中顯露無遺；而王母在媳婦亡逝的悲慟之中，面對兒子的質問，非但不能據實以告，還要強作精神，想此籍口說明媳婦未來的原因，其中心中之脆弱與哀痛，實在情何以堪？若無李舅在一旁暗中的提醒與幫腔，恐怕一時之間忍受不住，就要和盤脫出！若果如此，則戲劇氣氛之營造、高潮之展現以及人物情感之深化，都將因此大打折扣。此時李成也同樣在悲痛傷感之中，不但要暗地提醒王母，三翻兩次地搖手、咳嗽，示意王母不能洩漏消息，還要謹慎小心的回答十朋的疑慮。這些對白與動作，一方面深刻展現了人物的性格、心境，使人物形象更加立體，如十朋對母親妻兒的掛念、王母對親兒的呵護、不捨，以及李成對主人的忠誠、周到與順從，都因此凸顯得更爲鮮明；二方面也調節了戲劇的氣氛、節奏，使得王母在最後剖白之前所

〔註 19〕詳見《審音鑑古錄》頁 287～301。

〔註 20〕《崑劇表演一得》，徐凌雲演述，管際安、陸兼之記錄整理，蘇州大學出版社，1993。〈見娘〉演述見頁 111～128。

表現出的不忍與不捨更具張力〔註 21〕。在表演上，三位演員之間相互關係的搭配協調，成爲凸顯此折戲劇效果的重要關鍵，而李成與十朋之間的問答激盪，及與王母之間的充滿含意的眼神、動作，更使得情節高潮的展現層層逼近，人物內心的情感因此更顯深化，也更具動人的效果。試從對話及動作中，來看李成所表現出來的特質與性格：李成原本聽著王母與十朋閒話家常，忽聽十朋喚他，即做出恭敬應答之姿，當十朋陡地說：「非也，嗄，我曉得了」，李成著急問：「曉得什麼來？」深怕十朋眞猜到了玉蓮已死之事，沒想到十朋卻說：「莫不是我家荊看承得母親不志誠？」李成先是鬆了一口氣，馬上更著急地辯解：「喲！小姐在家，盡心侍奉，是不離左右的」，就怕十朋誤解了小姐生前的賢淑溫柔。這是他忠於主人的表現，也顯示出他性格上的溫柔敦厚，以及身爲家院的恭敬順從。當王母就要脫口而出講出玉蓮的事時，他一下「走右上對老旦搖手」，一下「唬至右上角欲嗽，右手低搖呆式」，既怕被十朋看見，又怕不及阻止，故急急地又咳嗽又搖手，偷偷提醒王母；這正顯出他的謹愼與周到。又當王母以「你婦多災多病」爲由搪塞之時，李成忍不住在一旁，「對右撲手喜狀點頭」地說：「好！這句解說的好！」那種投入與眞心立即的喜悅表現，讓人感覺到他與主母的同心一意，亦即他的忠誠可靠。在明刊本的原著中，李成的對白與動作都很少，因此不但無法將十朋那種急於想知道的焦急心情，與王母極力隱瞞的苦心，如此生動地呈現，同時李成這種忠誠、順從、周到又恭敬赤誠的形象，也無法具體呈顯，反而只讓人感覺呆板不具作用。但經由對話的增加與李成的參與後，不僅戲劇氣氛在一問一答的層層推進中漸入高潮，連李成的形象也因此而靈活生動起來，更具生命力了。

中國傳統戲曲的特色之一，在於以「點線組合」的方式爲其結構，「點」指情緒的渲染，「線」指事件的鋪陳。戲劇的整體結構，即是以情節的推展（線）與抒情的高潮（點）相互配合組織而成。〈見娘〉之動人即在於十朋母子相見時千頭萬緒之情意紛擾、心緒糾結，而藉由李成的加入，以及經由對話藝術呈現的表演，不僅激化了人物的交流，深化了人物的情感，更幫助了人物性格之塑造，與戲劇氣氛的推動；故儘管李成在《荊釵記》的整個情節發展（線）

〔註21〕參見陳凱莘〈清代乾、嘉時期崑劇表演藝術發展之探索——由《審音鑑古錄》談起〉一文，收入《劇說・戲言》創刊號，台灣大學戲劇所學會出版， 1996年12月。頁86。

無足輕重，只是一次要人物，但他在表演上卻絕對是推動一場「高潮」戲（點）不可或缺的人物，值得我們注意。

第三節　崑劇中末、老外與老生不同的氣質展現

在論及崑劇中末腳所扮飾的人物類型一節中，筆者曾對崑劇中末、外與老生三者於不同時期的相互關係與轉變情形，做了大致的論述（見第三章）。末、外與老生，在清中葉時獨立成行，各門之間不可相互混淆，也無演員串演、兼扮之例。當時老生戲深受觀眾歡迎，不但有獨特的表演藝術，更發展出不同的藝術流派；老生演員除有頭榜、二榜、三榜之分，在唱、念、做、表各方面都有個別著重之處，此外，更有所謂「山昆璧派」、「張德容派」〔註22〕風格之爭，顯示此時的老生一行，已有極高的藝術成就及發展。到了光緒年間全福班及民國初年崑劇傳習所階段，雖仍分末、外、老生三檔，但其實已漸歸一類，彼此間也有兼演、串扮的情形出現。光緒前期全福班有著名老生演員李桂泉，陸萼庭《崑劇演出史稿》中引著名演藝家徐凌雲的話說他「戲路很寬」〔註23〕，他除了演老生外，也演老外、副末；光緒後期全福班老生演員沈桂生是老生兼副末，二榜老生范榮生也兼副末。此外尚有主工老外的吳義生，除工老外戲外，也兼演老生，傳字輩中的老生戲多出自他門下，施傳鎮、鄭傳鑑等都是他的得意門生。民國以來蘇州崑劇傳習所（成立於1921年）培養了一批老生演員，其中有專工的演員如施傳鎮、鄭傳鑑、屈傳鍾、華傳銓，也有兼演的如倪傳鉞（工外）、包傳鐸（工末）、汪傳鈴（工末），原唱巾生的周傳瑛倒嗓後也改唱老生。可見此時老生、老外與末腳間的相互串扮已十分普遍。戲劇的發展，本會隨著外在環境的改變與時代之變遷而有不同的變化，當觀眾將焦點轉移到小生、小旦身上，喜看以生、旦愛恨悲歡爲主的戲後，對於老生戲便會產生影響，觀眾逐日凋零，老生演員地位也逐漸下降。此時又由於腳色本身的發展有限、出現與末、外兼扮的情況，反映出

〔註22〕山昆璧、張德容皆爲清中葉揚州老徐班的著名老生演員。
山昆璧，身長七尺，聲如鑄鐘，演《鳴鳳記・寫本》一齣，觀者目爲天神。自言袍袖一遮，可容張德容數輩。
張德容，本小生，聲音不高，工於巾戲，演《尋親記》周官人，酸態如畫。
參見《崑劇演出史稿》頁222。

〔註23〕見《崑劇演出史稿》頁318。

行當萎縮，需要彼此由其他行當身上汲取養料以創新的窘境。晚清以來，流行演出緊湊、精緻的折子戲，以及有頭有尾的新編小本戲，又使得崑劇行當的兼容性得到了加強。此時以老生爲中心的老生行（包含末、老外與老生）逐漸得到確認，老外與副末的作用與特色無法凸顯、漸漸消亡，遂一步步融入了老生之中。到今日的崑劇團中，三門腳色終於獨剩老生一門。這一個始分終合的過程，顯示出腳色行當在戲劇發展過程中，受到了外在社會、經濟條件變化、觀眾好惡、腳色表演藝術的提昇、創造，以及舞臺演出的實際考驗……種種因素所影響，而造就了他們發達孳乳或消失湮滅的命運。

因此我們今日所說的「老生戲」，實際上已經融合了副末與老外二個家門。然不可否認的，這三者之間畢竟曾存在著獨立成行的階段，即便民國以來，開始出現融合、合併的現象時，在歸屬上仍有著「老生戲稱老生戲、副末戲稱副末戲、老外戲稱老外戲」的規定，尙不可完全混爲一談。既然三者間曾有明顯區分與各自專工的本工戲碼，則不論在劇中人物的性格、身份、氣質、年齡，及演員的條件、表演各方面，必定也有一些相異之處，試由不同的劇中人物爲例，來說明老生、老外與副末不同的氣質要求及展現。

崑劇老生扮演的人物多爲中老年男子中具正面性格者，其身份地位較高，但經歷也較坎坷。老生多表現出忠貞耿直、剛毅不阿的性格特色，例如《鳴鳳記》的楊繼盛、《精忠記》的岳飛、《連環記》的王允、《尋親記》的周羽。爲了凸顯忠臣良將的寬大胸襟與磊落胸懷，演員在表演時注重嗓音的寬厚響亮，若響亮程度不足，也可以以寬厚爲主，同樣能在質樸中見其功力。清中葉時老生戲的頭榜、二榜、三榜之分中，對於頭榜老生演員就要求嗓音的高亮寬厚，以應付大量注重唱工的戲；尤其爲反映劇中人物不屈不撓的堅毅精神時，往往會設計大段唱腔，通過曲文來表現人物內心活動，因而演員的唱工與音質就更形重要。二榜老生所演劇目要求唱做並重，因較注重做工，所以對嗓子的要求就比較低，不足之處可以身段動作來彌補。除了嗓音之寬厚響亮外，老生演員在表演時更要講究「工架」。所謂「工架」是指人物的造型動作，包括眼神、手勢、腳步的動作運用等。白雲生《生旦淨末丑的表演藝術》一書中，提到老生表演時的特點是「莊」、「方」、「剛」〔註24〕，「剛」是剛毅、剛強，指其性格的忠義耿直、不畏強權，而「莊」即端莊、莊嚴，「方」爲方正、方圓、大方，就是指老生在動作步法、講話神態、氣勢上的要求，

〔註24〕見《生旦淨末丑的表演藝術》頁5。

必須端正、莊重不浮躁，即使是細節部份也要規距執著，一絲不苟；大方者即光明磊落，說話正確有力，有稜有角。雖然頭榜、二榜或三榜老生，他們在唱工或做工上的要求各具特色，而且不同的劇中人物，也會有不同的表現方式，但基本上老生的氣質仍以展現「端、方、剛」三要素爲主。老生戲中也有一些較年長的人物，但演出時仍要注意精神矍鑠，腳步穩健，不可顯出龍鍾老態，以致令人有遲暮之感。

對於擔綱演出老生的演員而言，除了在嗓音的要求與工架、身段的訓練學習外，多半還需要他們身材略魁梧、扮相端正，臉部豐滿，適合戴紗帽與髯口，髯口則以黑三髯爲主。不過這是對於外型的要求，只要能盡量配合即可，最重要的還是在於演員的唱做功夫與情感的詮釋及投入，才能達到眞正動人的境界。

崑劇老外主要扮演掛白髯的耄耋老者，年齡以六十至八十歲居多，也有九十多歲的老人家，如《桃花扇》的老贊禮、《殺狗記》的鄰家老翁。其年齡明顯較老生與副末爲長，因此要表現出老人家氣局老蒼的特色。在聲音上面，老外應略帶沙啞，不似老生的寬厚響亮，台步也要蹣跚些，即使個性沈穩者，也不宜動作太過矯健。白雲生認爲老外的特色在於「穆」、「蒼」、「軟」（《生旦淨末丑的表演藝術》頁 12），「穆」即溫和有深遠見解，敦厚謹愼，主要就其性格特色來說，如《浣紗記》的伍員、《十五貫》的周忱、《琵琶記》的蔡公，都給人以「老於世故，敦厚溫良」的智慧印象。「蒼」是深青色，蒼松能耐歲寒，表示人到老年還有精神，猶如松柏一般。至於「軟」則是柔軟，老人因年事已高，身體較無力，所以步法要小，不要將腳抬太高，頭部有些微顫，走得愈快頭顫得愈快。老外所扮的人物地位高低皆有，一般以儒人爲主，《浣紗記・寄子》的伍員、《長生殿・彈詞》的李龜年、《琵琶記・吃糠、遺囑》的蔡公皆由老外扮飾。試舉《琵琶記・吃糠・遺囑》中的蔡公爲例：

蔡公年近八旬，《審音鑑古錄》中記戴其穿關爲「白眉白氈帽破花帕裹頭，破紬襖裙打腰杖杖」（〈吃飯〉），是在伯喈赴京應試，家鄉受天災肆虐，貧病交加時的打扮。又有「蔡公宜端方古樸，而演一味願兒貴顯」（〈稱慶〉）之語；端方古樸指其性格溫良端正，在《琵琶記》中，他就像一般望子成龍的父親一樣，期望兒子早登金榜、光宗耀祖；卻直到飢餒邊緣，才認識到當初堅持送兒趕考的錯誤。〈吃糠〉演伯喈妻室五娘面對連年的旱災，爲保全二老性命，不得已勉強自己吃糠度日；五娘吃糠之事起先並不被二老相信，他們還以爲媳婦偷藏了好東西獨享；直到二人搶過五娘手中之碗，發現竟眞是糠時，不禁放聲大哭，既心疼媳婦新婚二月，卻做了半年糟糠妻室，又惱怒自己先前還無故冤枉她。一段對白後，二老又搶著爭食米糠，《審音鑑古錄》有如是記載：

外（蔡公）副（蔡婆）搶吃，正旦兩邊奪勸，外噎，跌左腳地；副噎，右腳勾，轉身揑碗瓶直身。正旦扶下，急轉身看公公，外左手抓喉，睜目側困，拄杖隨手。〔註25〕……

殘年衰朽的蔡婆一口氣喘不過，竟至一命歸西，蔡公也嗆昏過去，在五娘聲聲呼喚後，蔡公總算甦醒，原已身體纖弱，又受此刺激，蔡公「慢倚杖掙起」。隨後「踵頭腰硬兩腳抖」〔註26〕，再「其聲脫力」地唱出【前腔】：「你擔飢事舅姑，……」顯示出內心情緒的激動以及身體的軟弱與不堪負荷。所謂「踵頭腰硬兩腳抖」，正是老外身體柔「軟」、無力的表現。當五娘將蔡婆死去的消息告訴蔡公時，蔡公又是難過又是擔心，故「舌尖癡念以種七分病根」地說出：「媳婦，婆婆死了，衣衾棺槨是件皆無，如何是好？」〔註27〕，顯出蔡公於飽受驚嚇刺激之餘，大去之期亦已不遠之狀。

〈遺囑〉中的蔡公病已沉重，表演時注意目光的無神、呆滯，與腳步的蹣跚、無力，即便拄杖也搖搖欲墜，似乎隨時都會老去。原本指望兒子光宗耀祖、一家團圓的美夢，如今已被悔恨所取代；尤其老伴兒早一步離開，年輕的媳婦兒跟著吃苦受罪，蔡公心中眞有說不出的難過。他在五娘扶持下，看到昔日伯喈讀書的書房，如今滿面塵土、蛛網高懸，不禁喃喃地唸著：

你（指伯喈）一去多年，可知你父母、妻兒受了多少苦？如今你母已死，你怎麼還不回來呀？

將一柔弱老者在臨終之際對親兒的思念大聲的表達出來，口氣中有嗔怪不滿，更有需要與無奈。念白時除了聲音要沈重、緩慢外，還可以注意揣摩一般年邁老者的氣息，上海崑劇團的著名演員計鎭華在演出〈吃糠、遺囑〉的蔡公時，不時地由喉中發出一聲聲似嗚咽、似喘氣的聲音，有時清晰有時微弱，明顯地讓人感受到老人家氣體虛弱、病體沈重的樣貌。蔡公看著兒子結髮二月的新婦五娘，爲了照顧二老，被磨折得憔悴、消瘦，眼看自己也將不

〔註25〕見《審音鑑古錄》頁73。
〔註26〕見《審音鑑古錄》頁74。
〔註27〕見《審音鑑古錄》頁75。

久於人世，敦厚的他終於忍不住心中大慟，一再要媳婦站遠些，忽地蔡公拄杖一丟，喃喃唸著「似這般親情似親兒，欲待報你的深恩，只怕今生不能夠了」旋即髯口左右甩動，水袖翻動，雙膝直跪落地，唱出「待來生作你的兒媳婦……」。此時則要一反柔弱之狀，將所有的力氣都在那一跪中發洩出來，以表現蔡公心中的激切之情。原則上，以老外應工的蔡公，除了一般老者的柔弱外，更因他身體染病、思子殷切，身心皆飽受摧折，故其無力、滄桑之感又要更深一層，可以由腳步、動作、眼神，甚至聲音中加深表現。

再看同由老外應工的《長生殿・彈詞》之李龜年一腳。洪昇原著中李龜年是以末腳應工，到了《綴白裘》及《審音鑑古錄》中則改為帶白髯的老外。李龜年原為宮中梨園執事，善彈琵琶，能歌唱，因安祿山作亂，打破西京，李逃難流落民間，賣唱餬口。他曾在宮中侍奉君王，熟習禮儀，因此舉止必定大方有節度，即使淒惶落魄，也不失高雅尊貴的氣象。在〈彈詞〉一折中，他雖已年邁，但仍有「蒼勁」的精神與氣息，在滿座賓客的詢問、聆聽下，凝重卻不失雍容地回憶昔日的宮中歲月，步履遲滯中，仍帶有一絲飄逸氣質。因此演員扮演這個人物時，動作要慢而優雅，舉止安詳，讓人一眼即能感受到他的出身與風範；同時為表示他的年齡，以及在江湖上流浪落拓的遭遇，也要注意一些身體、腳步的動作，例如：膝部要軟，微微彎曲，眼神可多用力，眉頭微蹙，頭部有時微晃，以表示柔弱及窮途落魄的景況。

雖然蔡公與李龜年同樣由老外應工，但因他們的背景、身份、遭遇並不相同，因而在表現時也要有所差別。蔡公是鄉下老者，又染病在身，其氣度自與出入宮廷的李龜年大不相同。但相異之外，同為老者的二人，也有一些相似的地方，如頭部顫抖、腳步緩慢、柔軟，以符合二人年邁的特色，並且要透顯出飽經世事，充滿敦厚溫良智慧的性格與氣質。

傳奇中副末主要作為開場人物，兼扮一些閒雜的男性人物，從其於劇團中的作用及地位而言，可視之為當場導演。但到了清末民初，副末這項領班兼報台的職務發生了變化，其他演員也可以任領班及擔任報台工作。於是副末淪為一般行當，專門扮演身份地位較低、遭遇也較悲苦的中老年人，像是老生行中的苦生。這些人物的身份多半仍繼承傳奇中末腳所扮飾的人物類型，以家人院公、小官吏及其他次要人物為主，例如《一捧雪》的莫成、《荊釵記》的李成、《琵琶記》的張廣才、《千鍾祿》的嚴震直、《牡丹亭》的陳最良等。因為末腳一般以扮演的家人院公為多，所以白雲生遂以家院為例，提出末腳在表演上的幾點特色，即「誠」、「順」、「扣」(《生旦淨末丑的表演藝》頁 12)。「誠」即忠誠，尤其扮演家人院公者，多對主人非常忠誠，甚至在危難之際能犧牲小我，代替主人一死，《一捧雪》中的莫成、《九更天》的馬義均是。「順」是順從，也就是聽話，依照吩咐做事。通常忠誠的家人院公之屬，定會有順從的特質，對於主人吩咐的事謹記在心，主人說東是東，說西即西，不敢稍有怠慢。「扣」則是指扣胸，表示末腳所扮之人已漸入老境，身體不再那麼健壯，再加上對主人的恭敬或懼怕，故在主人面前要扣胸，頭略低，眼睛不可東張西望，更不可直視主人，以表示對主人的恭敬尊敬。「誠」、「順」是針對副末人物的性格特色而言的，而「扣」則就其身段、動作來說。

末腳扮演家人院公之例有《荊釵記》的李成等人。李成不僅具有誠、順、扣的氣質，在〈見娘〉〈上路〉二折中，更經由對話與身段動作的表演，幫助了人物情感的深化與身段舞蹈的搭配。尤其在〈見娘〉一折中，李成與王母爲了擔心十朋獲悉玉蓮自盡的消息後受不住打擊，二人不斷地相互提醒、隱瞞；李成一方面要隨時提醒王母，一方面要面對十朋的質疑詢問，身爲家人，又不敢對老夫人及狀元爺有絲毫不敬，在該不該說、該如何說之間，其分寸的拿捏掌握，透過表情身段的變化與對話的安排，有極大的表演空間。筆者於本章第二節〈南戲、傳奇中末腳的表演藝術〉之三「次要人物輔助功能的展現」中，已將李成透過身段配舞及對話藝術所展現的表演藝術與輔助功能，做了詳盡說明。以下再試看這一段表演：

當十朋不斷地質疑玉蓮何以未與母親同赴京城，卻又一直得不到合理解釋時，十朋忍不住握住母親雙袖，左右推揉，露出小孩意態似地向母親撒嬌廝纏，希望母親說出眞情。王母禁不住親兒如此懇求，卻是說也不是，不說也不是，眼淚又潸潸落下；十朋一見更是握住母親左右雙袖揉動不放，不料這一推拉，王母袖中的孝結因而拋出，終使得十朋知悉玉蓮已死的事實，整齣戲的高潮也在先前不斷地試探、疑問氣氛的醞釀下，自此湧現，原來緊張的情緒更隨著孝結的拋出繼續延續。此時王母知道隱瞞不過了，打算據實告知，而李成雖不贊成，因身爲下人，也不便阻止，直到王母說道：

汝妻守節不相從，她就將……

眼看著「將身跳入江心渡」之語就要出口，李成忍不住，還是趕緊急急向前，攔住：

阿呀，老安人！說不得的！

此時心急的十朋也面對李成說：

　　哆！誰要你多講？

王母同時：

　　哎呀李舅！事到如今，也不得不說了！

李成一面對著十朋俯首稱是，一面又對王母：

　　還是不說的好！

十朋則是：

　　快快說與孩兒知道呦！

這時台上顯得十分紛亂。十朋一面苛責李成多嘴，一面又要催促親娘快說；王母一面看著兒子情急若此，一面又要對李成講話；李成也是一面要對十朋俯首稱是，一面又要阻擋王母。每個人都要照顧到兩方面，情緒顯得非常緊張。這中間的李成，不僅表現出忠誠、順從之姿，更是謹慎、細心之至，儘管心急如焚，也不敢有違主人之命，面對十朋情急之下的責難依舊俯首稱是。最重要的是，通過李成的參與，在王母與十朋的對話之間，適時地加入了提醒、停頓或遲疑，更使得這一段情節的氣氛更顯生動、人物情感更爲深入，戲劇的高潮更具張力。

家人院公之外，末腳也扮演別的人物，如《牡丹亭・學堂》中的私塾老師陳最良，《琵琶記・掃松》的張大公，及《千鍾祿・搜山打車》的嚴震直等。

陳最良是一年約六旬的讀書人，他的思想傳統、保守，在《牡丹亭》中戲份雖不多，卻是一個極生動的人物。在〈學堂〉（原劇名〈閨塾〉，崑班中更名〈學堂〉，京班中則名爲〈春香鬧學〉）中，藉由天真浪漫的小丫頭春香頑皮的行徑，將陳最良那付老學究八股迂腐的情狀，凸顯得更具神韻。上學第一天，杜麗娘與春香皆遲到，陳最良本有責怪之意，心想老夫人眞是太過嬌養了，豈有老師等待學生上課之理？待春香在陳的叫喚下，帶著小姐姍姍來遲時，陳表面上又不說什麼；伶俐的春香此時請老師「休怪」，陳最良還說：「嗄，哪個來怪你呀？」既不怪，卻又忍不住擺出老師尊嚴，對著杜麗娘說：

　　女學生！凡爲女子者，雞初鳴，咸盥、漱、櫛笄、問安於父母。日出之後，各共其事。如今女學生既以讀書爲事，今後需要早起。

可見他心中明明對學生遲到不甚滿意，但被說穿時卻又一副彆扭的姿態，如此古怪的脾氣，難怪小春香看著不慣，忍不住要捉弄起他來。扮演他時要注意動作以輕、柔爲主，走起路來步法要小而穩健，表現出規規矩矩，卻不怎麼大方的樣子。頭部略低，眉頭微皺，顯出謹慎、認眞的神情。

相對於陳最良的八股、迂腐，《琵琶記・掃松》中的張大公，所顯現的卻是一種看盡人世的恬淡與閒適。戴著白髯的張大公，雖也是白髮濯濯的老者，但因生長於純樸鄉村，較有機會四處走動，身體也尙硬朗，故走起路來，腳步雖小，仍顯輕盈、穩健，不似年老體衰的蔡公如此蹣跚、顫巍，也不要像規矩的陳最良那麼謹愼、一絲不苟。張大公給人的感覺是快樂、恬淡的，儘管物質生活不甚富裕，但他臉上卻總是掛著安適的笑容，他的個性熱情，有正義感，情感也豐富而直接；蔡公、蔡婆不幸辭世，五娘要上京尋夫，大公答應替她照顧二老墳墓；在掃松時碰到伯喈派來的小廝李旺，他忍不住責怪起伯喈的生不能養、死不能葬、葬不能祭三大不孝之罪，但當李旺說起伯喈一切也是出於無奈之時，大公也就心軟了，還忙說當初是自己攛掇他去趕考的，彷彿自己也要負一些責任。最後大公將一切歸入「命」中，一句「想人生裡都是命安排」，讓一切責怪、恩怨隨著煙消雲散，顯示出大公看盡人生滄桑的寬大胸懷。

《千鍾祿・搜山打車》的嚴震直，又具另一番面貌。明朝建文帝受到燕王迫害，偕同翰林院編修程濟喬裝爲一僧一道逃出京城，隱居山中十六年。某日，程濟送友人下山之際，舊臣嚴震直前來搜山，將建文帝搜捕而去，程發覺後追蹤前往，責嚴以大義，連軍士都爲之動容，嚴因而慚愧自刎。雖然嚴震直也由末腳應工，但他的身份爲朝廷官員，又有武藝在身，在表演上自不能與手無縛雞之力的儒人陳最良或鄉下老漢張大公一樣。在〈搜山〉中，嚴先要表現出不可一世的模樣，面對建文帝時，甚至有鄙夷之色，當他要捉拿建文帝時，建文聞言退步：

　　我是出家人，拿我則甚？

嚴震直：

　　什麼出家人，明明是建文君罷了！（攤手，面上現鄙夷之色）

建文：

　　嗄！你認得我建文君，難道我就認不出你嚴震直嗎？

嚴震直：

　　你認得我便怎麼？（昂然挺立，左手搭劍）〔註28〕……

而後嚴震直說自己自當今皇上靖難以來，一十六載，始終授以尙書之職。語氣神情帶有驕傲之味，顯出他的志得意滿、利慾薰心。到了〈打車〉中，程

〔註28〕見《崑劇表演一得》頁360。

濟對嚴一番冷嘲熱諷，又曉以大義後，嚴終因內疚慚愧而自刎身亡。表演時要注意嚴震直在表情、情勢上的轉換，由起初的不可一世、理所當然，到後來的慚愧、醒悟，心情上有很大的轉折，故神態、動作上也應有不同的掌握。《崑劇表演一得》中對於此腳有一說明是：

> 嚴震直，末腳應行，……此腳北崑以副淨應行，勾白臉，戴尖翅紗帽，與南崑不同。南崑所以歸末腳應行的理由，大致因嚴震直雖然爲永樂出力，緝拿故主建文，最後良心發現，自刎而死，所以免了他臉上擦白粉。但嚴震直的自刎，只因眾軍四散，剩他一人，被逼出此，並非一定是內疚於心，北崑改以副淨應行，也有理由的。（頁357）

這是徐凌雲先生的看法，說明了嚴震直一腳在北崑及南崑中以不同行當應工的情形，而其考量之點，即在於嚴氏之自刎是出於良心的自覺醒悟？或是情勢如此，不得不然之故？從這裡我們也可以再次證明，由末腳應行的人物，基本上他們的性格是以正面人物爲主的。若將嚴氏的自刎視爲良心發現，那此一人物便可歸入末腳行當；若認爲其自裁是不得不然，並非眞心悔悟，則歸入例飾反派人物的淨行，就更爲適當了。

以上這些人物，同樣都以末腳應行，但由於每個人的身份、性格、遭遇不盡相同，因此在表演時，也應有不同的詮釋，才能凸顯出各個人物的形象與情感。「誠、順、扣」的表演特色，顯示末腳以扮飾家人院公之類爲多，但除家人外，他也扮飾其他的男性人物，有敦厚、開朗的鄉下老漢，有傳統、規矩的私塾老師，也有奉命追拿故主的朝廷官吏。這是同一行當下因扮飾不同人物而有不同表演的情形，同樣地，即便同屬老生行中，末、外與老生之間，更是有不同的氣質展現，我們從以上所舉的例子中，概可看出他們之間明顯的差異。《崑劇生涯六十年》一書中，周傳瑛謂；

> 末（筆者按：此含副末、老生、老外三行當，亦可說是「老生行」）的重頭戲有「三賦」、「三法場」、「三扁擔」。「三賦」者，是指三篇文辭：《轅門賦》、《黃門賦》和《荊州賦》。《西川圖・三闖》中的諸葛亮、《琵琶記・辭朝》中的黃門官和《三國志・刀會》中的魯肅，此三人都有長篇韻白，是衡量末戴著髯口說白工夫的三折戲。而「三法場」則指《鳴鳳記》中的〈寫本、斬楊〉（楊繼盛）《邯鄲夢》中的〈雲陽、法場〉（盧生）和《尋親記》中的〈出罪、府場〉（周羽）。

> 這三折法場殺頭戲，很可考驗老外唱做的功力。所謂「三扁擔」，是指《爛柯山》中的朱買臣、《千鍾祿》中的程濟和《水滸記》中的石秀，此三人都曾做樵夫，用扁擔挑柴。「三扁擔」戲是並兼文武的。（頁 126）

這段話說明了崑劇末行中老生、副末與老外三家門個別具有的重頭戲碼，也點出了三家門間各自不同的表演藝術上的要求與特色；同時也可以證明行當區別的嚴格與細緻，到了崑劇折子戲及近代崑劇中更形成熟，每一個行當都有一整套的程式，並且發展出一些唱、說、做特別吃重的戲了。周傳瑛又謂：

> 末中三個細家門，對家門來説是分三檔，對演員來説，則界線不甚分明，多數都能通兼。（頁 127）

顯示其時老生、副末與老外的演員彼此可以串扮、兼演，互相學習。但這並不意味著三個細家門之間所展示的氣質特色是一模一樣的，事實上，他們仍有各自的表演技藝與各自專精的本工戲。因此，雖然今日許多原由末、外應工的戲，都歸入老生戲中了，但演員在進行揣摩、表演時，仍然要注意三者之間不同的氣質，以及每個劇中人不同的性格特色，如此才能將劇中人的形象完整呈現，而不會令人有重複或無法分辨之感。當代著名的老生演員計鎮華，既演〈吃糠、遺囑〉的蔡公（見崑劇選輯（二）第二集〔註 29〕），也飾〈掃松〉的張大公（崑劇選輯（二）第十二集〔註 30〕），〈寄子〉中忍痛捨親兒的伍員（崑劇選輯（一）第三集〔註 31〕），以及〈搜山打車〉的老生程濟（崑劇選輯（一）第三集〔註 32〕），也都由他扮飾。正因老外、末與老生都是扮演中年以上正面的男性人物，故而演員可以在嗓音、外型等條件皆符合的情形下通兼、學習，但在此共同的特色中，計鎮華仍能按照彼此各個不同的氣質來

〔註 29〕〈吃糠、遺囑〉收入崑劇選輯（二）第十輯，上海崑劇團演出，曾永義、洪惟助製作，行政院文化建設委員會策畫，中華民俗基金會製作。

〔註 30〕〈掃松〉收入崑劇選輯（二）第十二輯，上海崑劇團演出，曾永義、洪惟助製作，行政院文化建設委員會策畫，中華民俗基金會製作。

〔註 31〕〈寄子〉收入崑劇選輯（一）第三輯，上海崑劇團演出，伍員／計鎮華飾，伍子／張雅珍飾，鮑牧／沈曉明飾，院子／王士杰飾，曾永義、洪惟助製作，行政院文化建設委員會策畫，中華民俗基金會製作。1982。
另崑劇選輯〔二〕第二輯中，也有江蘇省崑劇院演出的〈寄子〉。

〔註 32〕〈搜山打車〉收入崑劇選輯（一）第三輯，程濟／計鎮華飾，嚴震直／沈曉明飾，建文君／吳德璋飾。曾永義、洪惟助製作，行政院文化建設委員會策畫，中華民俗基金會製作。

加以揣摩演出，並將每一個劇中人物的性格特色凸顯出來，展現出不同的人物特色，故能演誰像誰，而有深入、動人、成功的表現。

第四節　末、外腳的化妝服飾——以服飾穿關與身段舞姿的配合爲主

中國戲曲表演中，伶人塗面化妝、身披戲衣的傳統由來已久。舞臺上化妝穿關的運用，不僅帶有濃厚的裝飾意味，更在美觀、誇張之外，具有象徵人物性格、強化腳色特色的作用。塗面化妝以「素面」及「花面」爲主，花面化妝多用在具有滑稽詼諧性格的腳色，如淨、丑身上，以誇張的圖案與色彩改變演員的本來面目，以達到調笑諷刺的目的。素面化妝又稱本臉、俊扮，多用在正劇人物身上，化妝方式只是略施彩墨，描眉畫眼，使五官更加清晰鮮明而已。素面化妝中還有勾臉藝術，多用於人物性格強烈鮮明者，以凸顯其性情之異於常人之處。

傳統戲曲服飾不分時代，演員所扮演的劇中人，雖有漢、唐、宋、明各朝之不同，但所穿的服飾卻不必是當代的，戲曲衣箱也沒有時代之別，但卻自有一套規定，所謂「番漢有別、文武有別、貴賤有別、貧富有別、老少有別、善惡有別」，顯然戲曲服飾並非寫實，而具有象徵意義，象徵劇中不同的人物身份與性格。

簡單說來，戲曲服裝的發展，是在歷代演出劇目不斷豐富的情況下逐漸累積起來的。其中有一些是古代的歌舞服裝，絕大部份則是以歷代服飾爲依據，再配合舞臺表演動作的需要，而不斷加以誇張美化而成。腳色的裝扮，不因劇中人物所屬時代之不同而有所分別，而是將歷朝各代的服飾經由誇張、美化的過程後，再按照人物的身份、性格，予以「類型化」的裝扮〔註 33〕。故而在戲曲世界中，什麼人該有什麼打扮、該如何穿關，都有嚴格的規定，並不是依照個人喜好或習慣隨性搭配的。正因如此，服飾的象徵意味極明顯，觀眾透過腳色的穿扮，即能立即明瞭劇中人物的類型，進一步再去欣賞演員的表演技藝與故事情節。

服飾穿關雖爲表演藝術的一環，但卻不是獨立的存在，還要與演員的身段

〔註 33〕參考王安祈《明代傳奇之劇場及藝術》第四章〈腳色與人物造型〉第三節「服飾穿載」。頁 258。

動作相互配合，以展現戲劇情節，凸顯人物情感，因此戲曲服飾無論在質料或式樣上，都必須針對表演而設計。它不僅與面部化妝相互配合，塑造了人物形象，更與身段舞蹈融合爲一，共同爲腳色情感之抒發提供了有利的條件。

本節筆者將分別介紹末、外腳的面部化妝與服飾穿戴，由於資料有限，只能就大要原則論述之。化妝、服飾之外，再針對服飾穿關與身段舞姿的配合方面加以說明，以明服飾穿關與表演之間的密切關係。

一、面部化妝

在北雜劇與南戲出現之前，戲曲中的「塗面」與「面具」兩大類化妝方式業已出現。塗面起於何時，不易確考，唐人段安節《樂府雜錄》記蘇中郎：「戲者著緋，戴帽，面正赤，蓋狀其醉也」，王靜安《古劇腳色考》一書以爲此乃塗面之始見於載集者〔註 34〕。雖然至今很難斷定這究竟是塗面或面具，但唐代歌舞表演中已用塗面化妝，則是可以肯定的：《資治通鑑》卷二百七十二說莊宗「自傅粉墨，與優人共戲於庭。」溫庭筠《乾撰子》中也記載一人「墨塗其面，著碧衫子，作神，舞一曲慢趨而出」（《太平廣記》卷四九六引）。至宋代，塗面風氣更盛，《宋史姦臣傳》載蔡攸「短衫窄褲，塗抹青紅，雜倡優侏儒」；又據河南偃師出土的宋雜劇畫像雕磚（圖二），和山西侯馬出土的金院本彩俑（圖三）等形象化資料，讓我們對於宋金時的化妝有更多的認識。

宋雜劇畫像磚拓本的五人中，有三個是「素面」裝扮，亦即今日習稱的本臉、俊扮。其特色是臉上很乾淨，不用誇張的色彩和線條來改變演員的本來面目，而只是略施脂粉的描眉畫眼，使五官更加清晰而已。另兩個人物，則在眼圈鼻側有線條勾畫的痕跡，當屬於「花面」化妝。這兩個「花面」人物，當即宋雜劇中擔任主角的副末與副淨。金院本彩俑的形象更爲明顯，左起第一人，畫了兩個白眼圈，臉部中心更用墨畫了一個似蝴蝶形的圖案；而右邊第一人，則在面部中心塗了一大塊白粉，腦門兒、臉頰、嘴角上各抹了一堆黑道兒。這種化妝的特點，就是用誇張的色彩與線條、圖案，來改變演員的本來面目，以達到滑稽調笑與諷刺的效果。「花面」化妝用在宋雜劇中兩位主要演員——副末、副淨身上，它與「素面」化妝恰恰相反，形成了鮮明的對比。

〔註 34〕見《古劇腳色考》「餘說三〔塗面考〕」，頁 279。

元雜劇化妝的形象資料，則以明應王殿水神廟的元代壁畫（圖四）爲代表。由其中可以看出宋雜劇與金院本中「素面」、「花面」的化妝都已被元雜劇所吸收。壁畫前排除了左起第二人外，都以素面俊扮。而左起第二人則畫粗黑眉、勾白眼圈，與金院本彩俑右邊人物接近。元雜劇的內容以正劇爲主，表演行當則以正末、正旦爲重，因爲正面人物的形象增加，遂使得宋、金雜劇中的素面化妝，在元雜劇中得到了更廣泛的運用，並在美化的程度上更加提高。至於花面的裝扮，在元雜劇中則被用在一些被奚落、取笑的人物，或者是反面人物身上。再從元代壁畫與金院本的比較中，還可以發現北雜劇中正面形象人物性格化的勾臉藝術，也已開始萌芽。壁畫中後排左起第三人，塗粉紅臉，眉眼部份都用黑墨做了比較濃重的描繪，並用一道白粉界出眉眼來。從北雜劇的曲文來看，元代性格化的勾臉藝術，除了壁畫中的粉紅臉外，還有紅臉與黑臉。例如《博望燒屯》中諸葛亮形容關羽「紅馥馥雙臉胭脂般赤」，《還牢末》中搽旦說李逵「面皮黑色」，《雙獻功》中宋江也說李逵「恰便似那煙燻的子路，墨染的金剛」等。而這些人物，由於元劇一人主唱的關係，多由末腳扮飾，因此元雜劇中的勾臉藝術，主要表現在末行身上。簡單地說，則元劇中末行（含外末）以素面化妝爲主，少數性格特色較鮮明的人物如關羽、李逵等，則以性格化的勾臉爲主。

此外，在元雜劇壁畫中，還可以看到三個戴鬍子的演員。前排右起第二人戴蒼色三綹假鬚，前排左二，戴黑色連鬢假鬚，露出嘴巴，後排左起第三人，則掛滿口短髯。據《脈望館鈔校本古今雜劇》中記載的明代宮廷演出中的假髯形式有：三綹髯、蒼白髯、白髯、猛髯、猛蒼白髯、黑沖髯、青沖髯、纏子髯、紅髯、黃髯等。雖然比起後世戲曲的髯口來說，尚不算豐富，但顯然已爲髯口裝扮奠定了基本基礎。

南戲的淨丑有「搽土抹灰」的花面化妝，顯然繼承了宋雜劇中以花面裝扮滑稽人物的傳統。至於生腳等其他正劇性格濃厚的腳色，一般仍以素面化妝爲主。原先與淨腳搭配插科打諢的末腳，其滑稽調笑的特色漸被丑腳所取代，因而淪爲扮演次於男主角的男性人物，故而其化妝不再保留宋金雜劇院本中「副末」的「花面」裝飾，而以「素面」爲主。南戲「外」腳原指腳色外又一腳，後漸趨向於扮演年長男子，因此其化妝也以素面爲主，並有髯口輔助。末、外以素面俊扮的形象自南戲中形成後，到了傳奇、崑劇中，一般皆仍繼承之，而崑劇中末行專飾中年以上男子，故於俊扮外，髯口的搭配使用更從此不少。不過，南戲、傳奇中，因末、外時常要兼演、改扮許多人物，因此也會出現當有勾臉特色的淨腳不敷分配時，由末、外腳勾臉上場之例，如：

《蕉帕記》的關勝（末）：紅臉大刀。

《橘浦記》的錢塘君（末）：紅臉虯髯。

《竊符記》的朱亥（末）：紅面氈笠掛鎚。

《七勝記》的魏延（小外）：紅臉白眼黑斗花鬚簡上。

《勸善記》的趙元帥（末）：黑面。

《勸善記》的溫元帥（末）：藍面。

《勸善記》的關元帥（外）：紅面。

虯髯客一腳在《紅拂記》中由外飾，至墨憨齋改本的《女丈夫》則改由淨扮（詳第三章第一節），勾紅臉，那麼《紅拂記》中外的扮相應該也一樣。此情形與元雜劇中的正末勾臉不能一概而論，因元劇是以主唱爲腳色分工的標準，正末扮飾的人物類型十分廣泛，遇到性格較強烈、鮮明的人物，都必須試著以誇張的色彩將其性格由臉部呈現出來。而明傳奇卻已開始用人物的特質進行腳色分工，因此勾臉藝術便專歸淨行。至於以外、末腳色也勾臉，則純粹是腳色不足，臨時充任，亦即由外、末改扮上場的現象。

明傳奇面部化妝的形象資料，則以綴玉軒世藏明代臉譜爲代表。《齊如山全集》的「國劇簡要圖案」部分，有這些臉譜的摹本，計有「明朝人員臉譜」十一幀【圖五】及「明朝神怪臉譜」十一幀【圖六】。人員臉譜的部份，明顯可看出都是些性格較剛猛、強烈的劇中人物，或是反派腳色，如包拯、關羽、尉遲敬德、鐵勒奴、屠岸賈等。神怪臉譜部份之譜式也頗爲複雜，可惜並無相關之文字資料可與之相應。不過，我們知道傳奇中許多的神祇、鬼怪人物，若其性格爲正面者，也多由末、外腳來扮演，如龍王、雷神、雲神等。因此這些神怪勾臉的藝術，也極有可能用在末、外腳的身上。

崑劇末行扮飾中年以上正面男性人物，皆以素面俊扮的化妝爲主，一般多載有髯口，以示其年紀較長，尤其老外年輩最高，多戴白髯，如《琵琶記》的蔡公、《長生殿》的李龜年，老生及副末則戴蒼髯或黑髯，視其年齡而定。

由宋雜劇磚拓本與金院本彩俑，我們知宋金雜劇院本中負責調笑、滑稽演出的副末，是以「花面」化妝爲主，藉由臉部誇張的色彩與線條，改變演員本來面目，以達到滑稽諷刺的效果。元雜劇繼承了素面與花面裝扮，但花面化妝成爲喜劇性人物淨、丑腳色的主要扮相，至於一般正劇中的正末及其他末行，則以素面化妝爲主。素面之外，一些具有強烈性格的正末人物，又發展出勾臉的藝術，可說是後代花臉勾臉的最初型態。南戲、傳奇中的花面化妝，仍然用在具詼諧性格的淨、丑身上，而另一飾演正、反派主要腳色的淨行〔註35〕，則以勾臉藝術爲主；雖然此時末、外也偶見以勾臉的形象出現，卻是在戲班人數不足，由末、外改扮、兼演的情形下產生的。傳奇中的末、外扮演家人、黃門官、老漢，他們的化妝爲素面，今日崑劇中的老生或末行、也是素面化妝。

二、服飾穿關

戲劇中有關末、外服飾穿戴的記載很少，在此僅就一般原則略論述之。宋雜劇有副末一腳，關於宋雜劇的裝扮，《東京夢華錄》、《夢粱錄》中都有相關記載，但很簡單。《東京夢華錄・宰執親王宗室百官入內上壽》條云：

> 諸雜劇色皆諢裹，各服本色紫緋綠寬衫，義襴，鍍金帶。（頁53）

《夢粱錄・妓樂條》云：

> 條坊十三部，唯以雜劇爲正色。……其諸部諸色，分服紫、緋、綠三色寬衫，兩下各垂黃義襴。雜劇部皆諢裹，餘皆襆頭帽子。（頁308）

《水滸全傳》第八十二回「承恩賜御宴」中有一段關於宮廷宴會搬演宋雜劇的記載，在服裝上有較詳細的說明：

> 頭一個裝外的，黑漆襆頭，有如明鏡，描花羅襴，儼若生成；第二個戲色的，繫離水犀角腰帶，裹紅花綠葉羅巾，黃衣襴長襯短鞦靴，彩袖襟密排山水樣；第三個末色的，裹結絡球頭帽子，著役迭勝羅衫。……第四個淨色的，語言動眾，顏色繁過。……。第五個貼淨的，忙中九伯，眼目張狂。隊額角塗一道明戧，匹面門搭兩色蛤粉。裹一頂油膩膩舊頭巾，穿一領剌剌塌塌潑戲襖。……〔註36〕

從以上幾條資料中可以看出，宋雜劇的五個腳色已各有其一定的裝扮與穿

〔註35〕明傳奇的淨腳可分二類，一者承襲了元雜劇及宋元南戲的傳統，扮演滑稽詼諧的喜劇或猥屑卑鄙的小人；另一則以主要腳色中的反派人物及正面性格強列人物爲主。參見王安祈《明代傳奇劇場及其藝術》第四章〈腳色與人物造型〉頁231～237。

〔註36〕見《水滸全傳校注》頁1355。

束。金院本與宋雜劇一脈相承，因此其裝束應也和它一樣。再對照宋雜劇畫像雕磚與金院本彩俑的形象，更可互爲印證。宋畫像雕磚右起第一人，與金院本彩俑中間一人，其裝扮都是戴襆頭，穿圓領寬長袍，執笏。這一形象，與《水滸》中描寫的「裝外」形象相近，一般認爲這是末泥色。宋畫像雕磚右起第二人，與金院本彩俑左起第二人，在裝扮上也極相似，戴帽、穿盤領緊袖衣，衣襟掖起，宋墓者手捧一物，似印盒又似包裹。從其裝束來看，扮演的好像是祇從，一般推定應爲副末色。再看宋人所畫的「雜劇人物圖」中（圖七），左邊之人頭戴高桶帽，身著大袖寬袍，衣帽上畫著許多眼睛，身上背著一個背袋，袋上也有一隻眼睛。右方之人頭上則戴著軟布巾，上端用帶子扎起來，打扮類似一般市井小民，腰後插著一把扇子，上書一「諢」字。這幅畫所畫的應當就是《武林舊事》「官本雜劇段數」中「眼藥酸」的節目，賣眼藥的副淨（左方之人）身上的打扮顯然不是日常生活的裝束，而具有強烈誇張的意味與象徵作用；至於右邊的副末，其裝束就較爲簡單且生活化了。

元劇的穿關資料以明刊《脈望館鈔校本古今雜劇》中所附的一百零二種穿關爲主，雖然是明代萬曆年間的鈔校本，但仍保留了不少元人成規，可視之爲元雜劇服飾穿關規制的遺留。馮沅君〈古劇四考跋〉〔註 37〕根據《孤本元明雜劇》中十五種劇本所載，歸納出元雜劇各種腳色裝裹的六項標準如下：

（一）番漢有別：如中國兵戴紅碗子盔，番戴回回帽。

（二）文武有別：如文官的帽子多是襆頭，武官則多是盔。

（三）貴賤有別：如青布釘兒甲是兵卒穿的，高級將領則穿蟒衣曳撒。

（四）貧富有別：如襖兒是一般婦女穿的，補衲襖是貧窮婦女穿的。

（五）老少有別：如用花箍兒的是少年女子，用眉額的是老婦人。

（六）善惡有別：如奢檐帽是一般重要武人戴的，皮奢檐帽則戴者多爲武將，但其性格多滑稽險詐。

馮氏之說雖仍有限，但此六項原則視爲元雜劇服飾穿戴的重要準則，應是無須懷疑的。黎新著〈論戲曲服裝的演變與發展〉一文，更將馮氏之說予以歸納，概括爲：「它（裝扮）不僅是表明劇中人物的身份、性別和年齡，而且有助於人物性格的刻畫。」元雜劇中末行既爲重要行當，正末多扮演全劇

〔註 37〕見馮氏所著《古劇說彙》〈古劇四考跋〉之「做場考：戲衣」。學海出版社，1985。

的主要人物，又其腳色分工並不以人物類型爲依歸，因此末行所扮飾的人物種類繁多，各種身份、地位、性情、年齡者皆有，自然人物的服裝穿戴也就複雜多樣了。

明傳奇對於戲曲服裝的穿戴更爲講究，但由於無法像雜劇一樣獲得大批的穿關資料，只能由劇本中偶爾出現的裝扮說明，勾勒出演員在舞臺上的裝扮形象。此時各行腳色所扮飾的人物已漸趨一致，末腳除開場外，多扮演家人、院公、黃門官或其他閒雜、次要的男性人物，如小官吏等，而外腳則漸趨向於扮演有德望的官員及年長老漢，故末、外的服飾扮相也跟隨著他所扮飾的人物不同而不定。如扮演職位較低的文官時，所穿的官衣爲黑色無補子的「素服」，若是職位較高的高級官員，則戴貂穿蟒，如《詩賦盟》中的于志寧（末）「紅蟒紗帽執笏」，虞世南（外）穿「紗貂綠蟒執笏」，《女丈夫》的楊越公（外）「白鬚蟒服」等。

除此外，末、外腳於服飾上的裝束尚有許多記戴，如《牡丹亭》中陳最良（末）是「儒巾藍衫」，《長生殿》的李龜年（末）在〈彈詞〉中是「白鬚舊衣帽」，《桃花扇》老贊禮（外）「氈巾、道袍、白鬚」，《審音鑑古錄》中載蔡公（外）「白眉白氈帽破花帕裹頭，破紬襲裙打腰拄杖」（〈吃飯〉）……，都是依照各個人物的身份、地位，甚至其境況、遭遇來裝扮的。故言戲曲服飾除了美觀之外，更具有象徵意義，象徵劇中人的身份、性格、地位與遭遇，而觀眾也透過舞臺上人物的裝扮，一眼即可明瞭劇中人物的類型，其象徵意味是十分明顯的。

除了服裝之外，與穿戴有關的還有髯口。髯口見於劇本之資料已散見於前，不再贅引。唯人物性格與髯口的相互搭配之間，也有相當嚴謹的規定，例如：輕浮伶俐或活潑矯健的人不宜掛髯，深沈靜穆或瀟灑優雅的人宜掛三綹髯，氣度寬宏或莊重肅穆的人適合掛滿髯，粗魯莽撞或不拘小節者宜掛扎髯，滑稽突梯或行爲不檢者宜掛丑三髯等〔註 38〕。末、外腳所扮飾的人物以中、老年男子爲主，因此髯口的搭配應用十分常見，而髯口除了象徵人物的年齡之外，藉由髯口的表現與身段舞姿的配合，也能夠進一步達到強化人物形象、抒發人物情感的作用。

〔註 38〕見曾永義先生〈中國古典戲劇的象徵藝術〉一文，收入《中國古典戲劇論集》。頁 21。

三、服飾穿關與身段舞姿的配合

如上所述，戲劇服裝不僅具有濃厚的象徵意義，同時更是表演藝術的延長與補充。服飾設計在美觀之外，還要符合便於讓演員舞蹈，以利用舞蹈動作刻畫人物性格的目的。水袖、斗篷、髯口、雲帚、綵帶……，通通都是服飾上的裝飾，也都是舞蹈的工具。他們不只是靜態的裝扮，更可作爲動態表演藝術中的一環。尤其中國傳統戲劇的身段表現，向來具有虛擬性、舞蹈化、誇張性與性格化四項特徵，四者之間相輔相成，不可截然劃分。而爲了經由演員們身段動作的表演，將戲劇情節生動展現，則服飾穿關與身段動作之間的搭配與運用，就更具有重要的意義了。李漁《閒情偶寄》演習部〔註 39〕有一段話：

> 近來歌舞之衣，可謂窮奢極侈。富貴娛情之物，不得不然，似難責以儉朴。但有不可解者，婦人之服，貴在溫柔，而近日舞衣，其堅硬有如盔甲，雲尖大而且厚，面夾兩層之外，又以銷金錦緞圍之，其下體前後二幅，名曰遮羞者，必以硬布裱骨而爲之，此戰場所用之物，名爲紙甲者是也，歌臺舞榭之上，胡爲乎來哉？易以輕軟之衣，使得隨身環繞，似不容已。

李漁此文旨在批評當時的戲場服飾，但正可說明戲曲服飾「可舞性」的重要。戲曲服飾本非獨立藝術，它不僅有助於人物形象的塑造，更可與科介融合，成爲深入人物內心、抒發人物情感的最佳工具。以下筆者將針對末、外腳（含崑戲的老生行）的服飾穿關與身段舞姿之間的配合、表演進行說明，特別以文字資料《審音鑑古錄》、《崑劇表演一得》等書中關於腳色服飾、身段的記載爲主，當代崑劇戲班演出的舞臺影像資料爲輔，來進行分析、探討。

服飾穿戴作爲戲曲表演藝術的延伸與補充，其內容包含甚廣，水袖、髯口、腰帶、斗篷、綵帶……等，都是服飾上的裝飾，但也都可以作爲舞蹈的工具，幫助身段的展現。一般來說，末、外服飾的主要特色在於髯口，因爲他們扮飾人物爲中年以上男子，因此髯口多爲必備的裝束；髯口之外，水袖也是戲曲服飾中極大的特色，多數服裝都有水袖的設計，以方便演員利用水袖增加舞蹈時的美感與變化。戲曲服飾的水袖時常用來作爲旦行舞蹈時的輔助工具，戲曲表演中也有所謂的「水袖功」，爲演員們平日學習的基本功之一。

〔註 39〕見《閒情偶寄》演習部「脫套」第五，頁 108。

藉由水袖的舞蹈動作，可以表現人物豐富的情感，並刻畫人物的外部形象。屬於男子的水袖功夫也有，但表演起來較不似旦行的豐富多樣，婀娜多姿，反倒另有一種剛毅的氣質。末、外腳在水袖上的運用，主要有幾種表現方式：

1. 配合曲文念白的內容情境，做出相應動作。意即透過水袖與手勢的搭配動作，來詮釋曲文之意。這樣的例子極多，如：〈寄子〉的伍員〔註40〕向伍子說明自己的立場時，云：

　　我虧吳之先王（左手兩指夾住右水袖，上前高拱……），雪你公公深冤（抱拳拱手齊眉），國家大恩（連水袖向左側高拱），未曾報得。不料主公（平拱）近聽……〔註41〕

此處因提到先王、國家、主公與公公（伍員外），爲表尊重，故都拱手爲禮，但爲了避免一連拱手四次，次次皆同，令人有重複之感，遂作了一些變化；有以手夾住水袖前拱姿，有抱拳齊眉姿，也有連水袖側拱姿，顯示出表演的細膩與講究。再如伍員與伍子同唱【勝如花】，唱到「浪打東西，似浮萍無蒂」句，伍員作了一個「雙折袖，上下起落」的動作，表示波浪的翻騰躍動。〈見娘〉中的李成〔註42〕面對十朋問他「老安人爲何悶悶不樂？」隨即應變說：「嗄！想是在路上，受了些風霜，所以如此。」此時「雙袖交換搭臂」，做出受凍寒冷之狀，以配合「受了些風霜」之語；十朋又要李成將家中別後之事，細細說與他知，李成唱【刮鼓令】：

　　當初（雙抖袖）待啓程（雙袖自左至右，右袖外折，左袖內折），誰想到（拂袖後退）臨期成畫餅……〔註43〕

右袖外折，左袖內折，身體順勢傾向右側，這是準備啓程動身之姿。〈搜山打車〉之程濟〔註44〕追趕嚴震直一行人，上場時念：

　　「拚身進虎穴，掉臂入龍潭。」

　　說到「掉臂」二字時，即「右臂掉出，左手捋右袖，露出臂膀。」實際上，像這樣以水袖與手勢互相搭配以強化曲文、念白的內容，在戲曲表演中

〔註40〕《崑劇表演一得》，伍員服飾穿戴：戴白滿，大帽、面牌、姜黃扎額、秋香官衣、襯褶、鸞帶、佩劍、彩褲、厚底烏靴。（頁2）。

〔註41〕見《崑劇表演一得》頁5。

〔註42〕李成的服裝爲：黑羅帽、黑滿（照傳統規則，家人總是掛滿的）、皂直身、鸞帶、黑彩褲、長統襪、鞋、背行囊。（頁113）。

〔註43〕見《崑劇表演一得》頁120。

〔註44〕程濟，老生行、繭綢褶、絲絛、黑褲、白長統襪、八搭麻鞋、蒼三，手持念珠。（頁358）。

是時常可見的，也不只出現在末行人物身上；因爲它只是一種輔助的作用，一方面在演唱或賓白時常配合一些動作，不會使演員顯得呆板、侷促，好像光唱不做，二方面也可藉由動作加深觀眾對文字內容的印象，並使舞臺畫面更有變化。

2. 除了以水袖爲工具強化文意外，戲曲中也常以水袖障面，表現一種私密、象徵或有所隱瞞之意。如最常見的水袖障面，即用在人物傷心落淚時，舞臺上的人物只要抬起手臂，以袖遮臉，配合「喂啊……」或「咳嘿嘿嘿……」等哭的聲音時，台下觀眾就知道這表示台上之人正處於傷心難過的情緒中。如伍員要將兒子送請鮑牧撫養，聽見天眞的孩子還不知情，說出「但願爹爹早完王事，火速同歸，免得母親在家懸望」之語時，忍不住放聲一哭「咳嘿嘿嘿……」，此時的他便「轉身右袖遮障」，不忍給兒子看見，故要轉身去哭。我們一般人哭泣，有時會抬起手臂，以衣袖拭淚，故戲曲表演便採取了這個動作，以做爲舞臺上哭泣時的表現；這也是戲曲表演由日常生活擷取經驗，進一步程式化的結果。障面哭泣外，水袖還時常爲劇中人拿來作「遮掩」的動作，多表示有所隱瞞，不能讓他人知道或「私底下進行」的意思，對於戲劇氣氛的渲染、推動，人物形象的刻畫，以及情感的深化，都有一定的作用。例如〈見娘〉之李成爲了擔心王母不慎將玉蓮之事說出，遂幾次「揚左袖，右手在袖下向王母搖手示意」，《琵琶記・吃飯》中的蔡公，在蔡婆誤會五娘獨享好菜，怒氣沖沖將五娘辛苦攢掇的米飯掃到地上時，也「右手遮，左手暗指撥，教媳收科」（《審音鑑古錄》頁 62）。李成之所以要先揚左袖，右手再在袖下搖手，就是爲了避免這個動作讓十朋看見，以免他又心生疑竇，追問不休；但李成委實擔心王母說漏嘴，遂一定要如此偷偷摸摸、小心翼翼的加以提醒。而蔡公則是顧念到五娘的情境，明知蔡婆正在氣頭之上，遂要小心地一邊「右手遮」，一邊「暗指撥」，絲毫不敢太大聲，以免又惹得蔡婆動肝火。這二處的表演都是揚起水袖，將實際的動作（搖手、指撥）置於水袖的「保護、隱藏」下來進行的，但人物的情感與心意卻隨著水袖的遮蔽而更加凸顯出來，人物形象也更爲生動。蔡公的敦厚細膩，從他這個維護五娘的小動作中表現，李成的細心、謹愼及忠誠，也在袖下搖手中讓王母與觀眾同時知曉。再者，通過一個「遮掩」、「隱瞞」的動作，我們發現戲劇情節的氣氛也會因此而有所渲染、推動。試看〈寄子〉中的一段：伍員將兒子寄予鮑牧後，忍不住又細細叮嚀了一番，他對鮑牧言：

「小兒避難，竊恐人知，可改姓王孫，勿稱伍氏。」

徐凌雲對這幾句話的表演說明是：

> 這幾句念得稍低，先向伍子一看，即坐出些，靠近鮑牧，鮑牧亦迎前；伍員障左袖，鮑牧障右袖，兩袖相近，遮在頸部，作竊竊私語狀；唸完，袖放下，身仍後退坐定。〔註45〕

這裡伍員與鮑牧的障袖私語，在身段上要特別作出來，以讓台下的觀眾也能清楚看見；因爲這一段話，表示伍員要將伍子留下的決心，但同時他又擔心伍子聽見，心上難過，遂與鮑牧二人近身、障袖，特別小聲的交代；身段顯著的目的之一，是要與接下來伍子的反應相配合。伍子明白自己恐將與父親永別，故此時心情早已驚疑不定，又脆弱又敏感；先是聽到父親「付伍氏六尺之孤」之語，心下已然驚駭，隨即見父親與鮑牧二人竊竊私語，心情更加緊張，忍不住豎起耳朵更仔細傾聽！終於等父親交代完畢，伍子一刻也不能等地即刻立起，傷心地對伍員說:「嗄！爹爹果然把孩兒撇在此了！」在這裡，伍子應是眞切地聽到了伍員交代的話了，因此情緒不可遏止地激動、難過起來。爲了這一部份伍子的情感能夠來的自然、眞實而不誇張做作，前面伍員與鮑牧私語的動作就顯得格外重要了。這也是人物動作對於情感深化極有幫助的一個例證。

水袖與身段的配合，既可深化人物情感，凸顯人物形象，自然人物的心情也可以從中表現。〈雲陽〉中的盧生〔註46〕下朝歸家，正與妻子把盞之際，聽見外邊人馬刀槍，擠擠排排，即將接近府門；貴爲節度使的他，自以爲不會有禍事臨門，但聽見人馬朝內而來，似乎無有善意，疑惑的他不禁唱道：

> 任的響刀槍（右手大折袖，高舉）人馬哄（右手擊左掌，再大灘手）〔註47〕

既不是地方上走了賊，也不是有人劫了獄，何以如此兵馬雜沓？此處折袖、擊掌與攤手的動作，即表示出盧生心中的疑慮與不解，同時也有「刀槍、人馬」氣勢龐大之意。〈搜山打車〉中的程濟，當他出山回來，見庵門大開，窗櫺亂倒，建文君也已不知去向，他遂四處尋找，怎耐遍尋不著，心中焦急不

〔註45〕見《崑劇表演一得》頁13。

〔註46〕盧生，老生應行。黑三髯，相貂，藍蟒或黑蟒（內襯黑褶），角帶，黑彩褲，靴；後換方巾，藍硬褶；第三場加羅裙（塞角）鸞帶、水髮。（頁281）。

〔註47〕見《崑劇表演一得》頁284。

已，唱道：

急，急，急得我心焦躁，生疑慮（右手撫胸，左手捋右水袖，要撫得快、撫得圓），無處尋，問根苗。〔註 48〕

這裡的捋水袖撫胸，即表示胸中充滿疑慮與焦急的情緒，配合音樂節奏唱得快，故動作也要快一點，才有那種緊張、不安的氣氛。再有〈掃松〉中的張大公〔註 49〕。大公遇到伯喈差來的小廝李旺，心中氣憤不過，要李旺權充伯喈，讓他教訓一番。李旺跪地聽訓，大公教訓完，忍不住心中激動，拿了拄杖便往李旺身上打……。上崑演員計鎮華在這裡的表現是「右手折袖高舉，手掌顫動，接著腳尖一提，身體往上挺直，雙眼直直瞪向李旺（彷彿將李旺當成了伯喈）」，咬牙切齒般地唸出：

蔡伯喈……呀……小奴才！……似你這般生不能養、死不能葬，葬不能祭，三不孝之罪，我恨不得食爾的肉，我打……打……打（頭部左右晃動，髯口也隨之擺動不止。）

前面右手折袖高舉、手掌顫動的動作，即表示他的心情激動、氣憤，尤其配合雙眼直瞪的炯炯眼神，以及愈來愈快速的念白、愈來愈提高的聲量，好像眞要把李旺生吞活剝吃了一般，十分地傳神、逼眞。

以上是以服飾中的水袖與身段動作相互配合的幾個例證。再看末、外腳對於髯口的運用，以及髯口如何與身段舞姿搭配，以表現人物的形象與內心情感。

末、外腳一般以掛長髯爲主，有蒼三髯、黑髯、白髯或灰白髯，髯口的運用最普遍的情形之一是：

1. 在自報家門或反省自問等唱念中，當涉及自我稱謂時，掛髯的腳色，便常有以手「超鬚」或「托髯」的動作。如：伍員對他的孩子說：「我今回去，誓當死諫，以報國恩。」說到「我今回去」時即「雙手托髯」；程濟上場念白：「我程濟（超鬚），奉大師之命，送史親家出山……」；除了以手托鬚外，也有以砌末超鬚表明自己身份的，如〈雲陽〉的盧生在被赦免死罪，改爲發配邊疆後，接過包裹、雨傘即要啓程，其妻兒不忍他離開，百般哭留，盧生遂曰：「聖上道我圖謀不軌，爲此安置

〔註 48〕見《崑劇表演一得》頁 363。

〔註 49〕張大公，白三髯、長方巾帕打頭，繭綢襃裙打腰，拄杖執帶。據《審音鑑古錄》頁 151。

我在鬼門關外，我是罪配之人（用傘超起髯口），限時限刻。……」直接以手中的傘超髯。〈學堂〉中的陳最良〔註50〕手執扇子，故用扇子超鬚。不論徒手或以砌末超髯、托鬚，在此的作用都相同，有以髯口代表自己的意思，就像我們一般人在說到自己時，常常會以手指自己胸口，表示「我……」，其意義是一樣的。

2. 髯口除作爲自我的代表外，還可與手勢、腿勢、眼神、頭部動作等身段配合，代表不同的情境與心情。例如〈寄子〉中伍員一出場唱【意難忘】引子，末一句爲「白首坐拋兒」，《崑劇表演一得》的解說是：「白首（雙手托鬚一看）、坐拋兒（攤右手，向伍子一看）」，此處雙手托鬚，有表「我」之意，也有象徵「年老」、「白髮鶴鶴」之感；計鎮華的表演則是：雙手托鬚，蹬右腳，左膝微屈，做出一騰空而「坐」的姿勢，而後左腳輕輕一蹬，雙手各托二邊鬚，搖首嘆息，現出無奈之狀。同樣是伍員的表演，還有「雙手托鬚以鬚掩淚」〔註51〕，可見舞臺上哭泣拭淚，除以水袖掩面表示外，也可以以鬚掩淚，不過前提是演員必要戴長髯才行。

雙手托髯掩淚外，還可以「手指背彈托髯」，再配合手指的抖動，以表現較爲激動的情緒。伍員要伍子拜鮑牧爲父，但伍子卻極不願意，伍員見孩子不肯聽話，又擔憂鮑牧見怪，一時氣憤，竟錐拳對著伍子：「哆！你敢違父命嗎？」計鎮華的表演即是先以手指背彈托髯，再加上手指的抖動，形成胸前髯口與手指一起抖動的畫面，以表示他當時心中的怒氣。髯口的抖動一般多表示劇中人物的心情處於較激動的情況，除了以手托住外，也可以藉由頭部的晃動來帶動髯口，同樣會有抖髯的效果，如：伍子在伍員離開後，因難過而悶倒在地，此時鮑牧將伍員喚回；聽說孩子昏倒了，伍員高聲發出驚訝的聲音：「嗄！」，同時腳步跟著後退，顯出不忍的樣子。計鎮華在此處除有聲音、腳步的動作外，更配合髯口快速的抖動，眼睛睜大，以顯示又驚又痛的心情。〈雲陽〉盧生被押赴法場，眼看著就要處斬了，這時劊子手對盧生說：「爺，有一個字旗兒，請爺插戴。」盧生問：「是什麼字？」劊子手說：「是個斬字。」盧生一聽「嗄！是個斬字！」旋即轉身朝外，哈哈三笑。這三笑，

〔註50〕陳最良，末行。扁折巾，秋香硬褶，繫宮條、長統白襪，雲頭鞋，蒼三髯。（頁316）。

〔註51〕見《崑劇表演一得》頁50。

完全是苦笑，第三笑還要頻頻點頭，帶動髯口劇烈抖動，因為這時候的盧生，他的心情是十分複雜而激動的。苦笑乃因他看透了皇帝的無情，自己曾為朝廷立過多少汗馬功勞，但皇帝一聽讒言，就毫不顧惜，立斬功臣，一切功名富貴，豈非全是虛幻？所以他苦笑三聲，在笑聲與點頭抖髯的動作中，可以說飽含了他五味雜陳，極端複雜的心思與情緒在內。

托髯、抖髯之外，還有「甩髯」一項，也是末、外腳經常使用的髯口表現方法之一。「甩髯」是藉由頭頸和下巴頦甩動的力量以甩動髯鬚的動作，可左甩、右甩反覆地做，多表示人物左顧右盼的焦急心情〔註 52〕。我們看〈雲陽〉中的盧生。盧生被誣通蕃，聖旨下令拿下，他想面聖當面為自己辯解（「也罷！待俺面聖去。」），怎耐此時朝門已閉；既不能辯解，回到後堂與家人商議一番，也是可行（「咳！省可的慢打商量，咱且退衙。」），卻沒想到「奉旨不許退衙」，盧生於是一邊將髯口甩上左膀，一邊說：「又不容俺退衙……」，甩髯後，臉朝下角，臉上表情極為激動又無奈。堂堂節度使，萬沒想到連一聲辯解的機會都沒有，兩次打擊，使他不得不頹喪，因此做出甩髯的動作，表示心中激越之情。第三場，他已被綁赴法場，以為今生就此結束了，其心中的焦急、驚懼、悲痛、頹喪更為明顯。插好斬旗，見到光祿寺備的御賜酒筵，他唱道：

> 當了個引魂幡帽插宮花，這鑼鼓，當了個引路笙歌赴晚衙（左右甩鬚，三小騰步，斜衝上角），這席面，當了個施焰口功臣筵噯上鲊。（先低頭看胸，甩起水髮，再落下。）〔註 53〕

這裡的甩髯動作，以及騰步衝上角落、甩水髮，都意味著盧生心情上的不安、焦躁與激動、驚慌，畢竟身處法場，面對自己的末日，任誰都不會有太過平靜的表現的，而此處因盧生雙手被反綁在後，無法依靠手部動作，只能以髯口、水髮，配合眼神與面目表情來詮釋了。

同樣以甩髯表示激動或著急情緒的，還有〈搜山打車〉中的程濟、〈遺囑〉的蔡公與〈掃松〉的張大公。程濟遍尋不著建文蹤影，正在焦急之際，聽到返回捉拿自己的四小軍說起，才知建文被嚴震直所擄；經過一番思索後，他決定趕上嚴氏人馬，與嚴面講，程濟唱【風入松】第五支：

> 呼天泣地痛哀嚎，粉骨難全忠孝。（念白……）須索向死中求活，把

〔註 52〕見《中國戲曲表演藝術辭典》頁 264。
〔註 53〕見《崑劇表演一得》頁 289。

> 君王保，方顯得智囊神妙。(念：嗄！我如今急急趕上前去，與嚴震直面講，隨機應變，定要保全大師性命便了。)瀾翻舌轟雷捲濤。(念：哆！嚴震直呀嚴震直！) 管教您肝腸碎魂魄搖！」後連念：「待我急急趕上前去，待我急急趕上前去、趕上前去！……

在念這二句時，程濟的心情是很著急，一刻也不能等待的，所以要念得急且快，而且大聲有力，顯示他已下定決心。配合念白的動作則是在「趕上前去」四字時，每說一個字就甩髯一次，先將髯擱左臂向右甩去，再由右向左甩，如此連甩五記，念白速度愈來愈快，髯口跟著愈甩愈快，心情也愈來愈激動。甩髯之時，雙手隨勢擺動，雙腳同時配合甩髯的動作，一步一蹬地往下場門的方向移動。如此一來舞臺上可以看見十分有節奏感的甩髯身段，尤其與手的擺動、腳的蹬步、移動，及口中的念白相互搭配，不但具有整體的美感，也能深刻地表達出程濟此刻的心情。同樣是〈打車〉中的一段：計鎮華演出程濟對嚴震直曉以大義，導致眾君四散，嚴氏自刎後，與建文二人重獲自由，二人同唱：

> 【沽美酒帶太平令】和你主和臣性命幫，主和臣性命幫。弟和師形骸傍，歷盡艱危道路長。離虎窟，走羊腸，龍投海，鳳棲篁。急趁著雲飛颺，怕聽那樵哥牧唱。俺呵，早覓取仙鄉帝鄉，天堂，福堂。

在這一段唱中，程濟與建文配合曲文有許多身段動作，如面對面拔鞋、耳語、抖袖，唱到「早覓取仙鄉帝鄉，天堂，福堂」句，程濟與建文搭肩，來回做了幾個甩鬚的動作，以表示急急趕路時的緊張情緒。

〈遺囑〉中的蔡公雖然體弱多病，大去之期已然不遠，但在情緒激烈之處，他也有甩髯的動作。特別是在蔡公引頸企盼伯喈歸來未果，後悔當日強逼他上京赴試，以致家庭破碎，眼望孝順媳婦青春因此被耽誤，敦厚的蔡公忍不住就下跪向五娘拜了起來。這個下跪的動作是〈遺囑〉中的高潮，此時的蔡公早已滿心悔恨，且對自己的未來不抱希望了。他知道五娘一定會加以阻止，所以先叫五娘站遠一些，說完「欲待報妳的深恩，只怕今生不能夠了」，隨即左右甩動髯口、拄杖一丟，雙手折袖高舉，鏜的一聲，直直下跪！！動作要做得迅速而有力，一旁的五娘料想不到，也不及阻止。這個動作顯然與蔡公先前緩慢、羸弱、垂垂老矣的形象完全不同，但若不如此表現，卻又無法凸顯出他當時心情激動的程度；戲曲的身段本具有誇張性、虛擬性的特徵，形似之外，更要神似，才能造就舞臺上的生動形象，不能僅以日常生活的標準來度量之，而從蔡公這一連串甩髯、抖袖、下跪的動作中所體現的張力與爆發力，更能凸顯其中蘊藏的豐富情緒。

最後再看〈掃松〉中至情至性的張大公，如何運用甩髯的動作表現情緒。大公於林間遇上伯喈差來的小廝李旺，提起往事，不免嚴聲厲斥了伯喈一番；李旺說他此行目的，是接蔡家二老回京團聚，大公一聽悲從中來：唱【風入松】，大公問死去的二老可願與李旺同往京城享富貴，他對著二抔墳土說：

> 你兒子作了官，……今差人李旺，……接你到京，……享榮華、受富貴，……你去也不去？你去也不去？……

講到這裡，大公的情緒早已經十分激動了，想到蔡伯喈一去六、七載，父母都歸黃泉了，才要來相請，不是爲時已晚嗎？他的心中又痛又惋惜，遂連續問了二次的「你去也不去？你去也不去？」唸完「你去也不去？你去也不去？（聲音逐漸提高，顯示愈來愈激動）」後，隨即「呀呀呀呀呸！」將髯口由右甩到左邊，接唱：

> 叫他不應魂何在？空叫我珠淚盈腮。三不孝逆天罪大，空設醮枉修齋。（白：嗄！小哥呀）唱【急三鎗】：你急忙去到京，說老漢道你蔡伯喈呀，拜別人做爹娘好美哉，……

這裡大公的情緒十分激動，從【急三鎗】開始，音樂旋律轉快，大公唱「你急忙去到京」時，順勢牽起一旁李旺的手，唱「說老漢道你蔡伯喈」時，邊唱邊甩頭，髯口跟著擺動，腳上也不停，牽著李旺由下場角往台中走，唱到最後一個「喈」字時，腳下停住，髯口再右甩到左，牽著李旺的手也順勢丟下，再接唱：「拜別人做爹娘好美哉……」〔註54〕。

以上是末、外及老生腳色利用水袖、髯口與手勢、眼神、腿勢等身段舞姿相互搭配表現，以展現人物情感、塑造人物形象的介紹。水袖、髯口之外，當然還有其他以服飾作爲工具，結合身段科介的例子，如〈雲陽〉第三場中盧生的「水髮」。試以《崑劇表演一得》中的記載簡單說明之。〈雲陽〉第三場演盧生被綁赴法場，準備行刑。這時他的雙手被反綁在後，無手勢可做，因此表演便集中在水髮與腳上的動作，同時配合面部表情，將盧生臨死之前，心中複雜的情緒表現出來。場上先起「斷頭鑼鼓」。兩劊子手各執刀同上：「呔！閒人站開呀！站開站開！哇哇哇！盧爺有請。」場上起「慢慢尖」、「圓場」、

〔註54〕參見《崑劇選輯》（二）第十二輯中由上海崑劇團演出的〈掃松〉，計鎮華飾張大公。

「反長尖」等鑼段，二劊子手左右挾住盧生腋下，他們「背朝外，退步到下角」，盧生「沈頭，一頓左腳，衝至九龍口，跨右腳，自左至右跨出，右轉身，抬頭甩起水髮，再低頭落下衝下角，甩起水髮，再落下；跨左腳，自右至左跨出，左轉身，當下門，衝上角；轉身歸中，甩起水髮，再落下；跨右腳如前；右轉身，到九龍口。」〔註 55〕這一場開始，從打擊樂（「斷頭鑼鼓」）到舞臺的調度（人物背朝外上），都使整個戲劇的氣氛突然轉變得十分緊張、肅殺，盧生一出場，就帶著極度的恐懼與慘澹，背身被掖而上，說明他怕死、畏縮不敢面對，而水髮的甩動，則透露出內心的激動與不安。來到九龍口後，他猛然抬頭，瞪目朝遠處望去，眼睛圓睜，眼神中充滿了驚懼、惶恐，簡直令人不忍卒睹！隨後唱【出隊子】:「擺列著飛天羅剎，擺列著飛天羅剎，……」同樣甩動水髮起落數次，面現驚惶。在這一場中，盧生即充分運用水髮與腳步、眼神，來表現臨死之前複雜的心情。

除了服飾之外，另一項在表演中也能夠充分凸顯人物身段科介的工具，則是「砌末」。「砌末」是戲曲為了配合虛擬動作、象徵舞臺而創造的特殊產物，舉凡舞臺上的大小道具與一些簡單的裝置，都稱為砌末。同服飾一般，砌末也不是獨立存在的藝術，它必須與演員的表演動作相結合，所以砌末可用具體的物象，也可採抽象的形式，主要視表演的性質與特點而決定。以鞭代馬、以槳代舟、以帳代樓，以及舞臺上的一桌二椅，都是常見的砌末。戲曲中不論什麼腳色，只要表演所需，都可以藉由砌末來輔助動作，以完整地展現戲曲情景。以下同樣以〈雲陽〉第三場中盧生的表演為例，說明戲劇中如何將砌末與科介結合，以展現戲劇之內涵。

盧生在妻兒為之擊鼓鳴冤後被赦免死罪，準備發配邊疆，這時他雙手去了綁，接過包裹、雨傘，即刻要離開。妻子崔氏與二子沒想到才免了死別，立刻又要生離，因此拖住盧生手中的長傘，不願放手。這一段表演是這樣的：

盧生喝叫：「放手，放手！呀呀呀呸！」（雙手抓住傘，三次拉扯，最後上場一送，崔氏與二子跌坐地上。盧抽下了傘，轉身欲行），聽得崔氏與二子不哭喊，忍不住心酸起來，開唱：【水仙子】

> 呀呀呀，哭壞了他（左手執傘柄，自左上繞至右下，兩圈，踢左腳，用傘頭向右指出，傘柄橫在身前），呀呀呀，哭壞了他（轉身，換右手執傘柄，自右上繞至左下，兩圈，踢右腳，跨出，再踢腳，再跨

〔註 55〕見《崑劇表演一得》頁 288。

出，傘柄橫在身後，左手雙指指出，指在『他』字上，重唱）！扯扯扯（左手接傘頭，轉身），扯起您望夫山立著化（踢腳，蹲身，傘柄伸出；崔氏捏住傘柄，夾白：『苦嗄！』盧生用傘柄拖起妻兒），苦苦苦（左手將傘柄朝下，傘柄貼近左腰側），苦的這兒女們苦煎喳，痛痛痛，痛得俺肝腸似絞刮（右錐拳，抖動，頓腳，再按胸）。

崔氏夾白：「相公你往哪裡去？」盧生連唱：

我我我，我瘴江邊死沒了渣（左手執傘，傘頭朝上，右手握袖，同時繞圈，髯口、水髮也隨意繞圈；踢右腳，又跨出，如此一起動作，連續數次），您您您（換右手執傘），您做夫人權守著生寡（左手搭在傘頭上，向崔氏拱手，進出幾次，右腳同時進退），罷罷罷（換左手執傘，右手三按）兒女場中替不得咱，好好好，這三言兩語告了君王假。

唱畢接念：「俺去也！」右穿袖，揚起，蓋在頂上，左手執傘，托住右肘，傘柄朝前，轉身欲下。崔氏與二子又高聲呼喚，盧生續唱：

我去去去（踢右腳，將傘高耍圈）去那無雁處海天涯（場上打切頭；退一步，轉身，將傘耍一個『大刀花』〔註56〕，右穿袖，揚起蓋頂，左手用傘托住右肘，傘柄朝後，起腳，銜下。）

崔氏與二子朝下場門遠望，哭叫盧生，同唱【哭相思】，下。

很明顯在這裡盧生因服飾的轉換與增加「傘」這一砌末的使用，使得這部份的表演與前面完全不同。在盧生唱【水仙子】時，不斷地以「傘」作爲舞蹈科介的工具，配合腳步、手勢，甚至髯口、水髮，時而左右繞圈，時而前後耍動；在這裡，傘並不眞的打開用來遮雨，反倒成了一種媒介與象徵，當盧生與崔氏將別之際，二人分握傘的兩端，一推一拉，顯示出崔氏不忍與丈夫分離的情緒。然而盧生終究要離開，「傘」音與「散」同，或許也有此隱含的意義於其中吧。在這裡，我們也可以看見舞臺上砌末使用的一項特色，即：無論砌末是眞是假是虛是實，都不能以寫實的方式使用運作，即使是眞實物件，也必須服從虛擬象徵的舞臺規律。所以這裡「傘」並不眞的打開來

〔註56〕亦稱「劈面花」。戲曲把子工大刀表演程式。即持大刀往左右兩側砍的舞大刀，其他兵器也可用此形式耍弄或用於進攻。在舞臺表演中，大刀花常用於武打，作爲大刀開打的起式動作，表示持刀砍殺對方的意思。見《中國戲曲表演藝術辭典》，頁444。

使用，它代表著美化舞姿、身段的藝術性，與強化情感的象徵意味。

戲曲情境的展現，本要依靠演員的表演，尤其是身段科介的表現。而身段科介猶需一定的裝備以爲配合、輔助，合宜的服飾穿關與砌末，正具有這樣的功用。由以上的論述，讓我們更具體地瞭解到戲曲服飾穿關於美觀之外，作爲舞蹈身段輔助工具的另一項作用，也可以看出戲曲身段從日常生活中擷取經驗與靈感，從而加以誇張、美化，以達到虛擬性、性格化、舞蹈化的特點。當服飾穿關及砌末與科介得以完美結合，則除了戲劇內容可以完整地呈現外，更能達到塑造人物形象、增強人物性格刻畫、抒發人物內在情感，與美化舞姿的多項功能。

第五節　結　語

腳色的孳乳、湮滅與發展演變，隨著戲劇發展的腳步、時間的遞嬗，與劇種的差異而有所不同；同時也與腳色的功能及其地位息息相關。

元雜劇因以「主唱」作爲腳色分工的方式，因此其「末」行成爲主唱全劇的主角，不僅所扮飾的人物類型包羅萬象，同時在表演上也以「全方位」的演出爲主；亦即劇中各種不同身份、年齡、地位的人物都要能夠詮釋，各種不同的宮調、聲情，也要完全發揮、掌握。也因此，元劇中的末行不論在劇中或劇團中，都具有重要的地位。

然相對於北雜劇中末行的重要性而言，南曲戲文、明清傳奇，及崑劇中的末腳，其發展與地位就不若元雜劇中重要。一則因爲南戲、傳奇乃以「人物類型」及「專業技藝」爲腳色分工基礎，二則由於各腳色都有司唱的機會，因此末行的發展，遂在其所扮飾的人物類型多爲次要腳色，於劇中難有擔任主角的機會，且在他行腳色日益分化、愈趨精細的發展之後，逐漸被掩蓋、取代，甚至被合併，終至消失了。清末民初崑劇家門的行當發展，已可見末行歸入老生行中的痕跡，而至當代京劇與崑劇中，末行遂皆歸入「生」行之中。由此也可看出，一腳色之消失湮滅，除由其本身的發展來看以外，亦要同時兼顧其他行當的發展現象。

而從元雜劇與南戲、傳奇中末行腳色不同的功能、地位與表演方式來說，正可見不同劇種之間，對於相同的腳色名目，所給予的不同安排及處理。同樣的情形，由地方戲中更可一窺究竟。「漢劇」中的末行是爲主要腳色，尤其在演員余洪元等人致力創造、突破之下，將末行的表演藝術提昇至高峰。若將漢劇末行與崑劇的腳色行當作一比較，會發現漢劇末行頗類似於崑劇中的「老生行」，亦即「末、外、老生」三行，可見得不同劇種之間，不唯對於相同腳色名目的處理不同，而各劇種的主要腳色，也不盡相同。

相對於末腳的「從有到無」，外腳則更是經歷了「從無到有，又從有到無」的過程。由元劇「外末」中省略而來的「外」，在南戲、傳奇中脫離其他行當的依附，逐漸建立起自己「年輩尊長」的地位，成爲專扮年老長者的主要腳色；儘管到了崑劇與京劇中，他也在「生」行的發展下，被歸併其中，但其存在的過程，及與末腳「始合後分」的現象，依然值得我們注意。

此外，在地方戲中的「外」腳，其分工也與傳奇、崑劇中的類型不盡相同。漢劇中的「六外」，指的不是老者，而是「重做工的人物」，顯然是以人物的表演技藝爲其考量，而不論其人的年齡。若將漢劇「六外」與崑劇腳色相較，則頗似崑劇中的「二榜老生」，即重做工的生行。

儘管末、外腳在劇團中一直居於次要的地位，甚且在今日崑劇及京劇劇壇中，早已不見末、外之名，但末、外仍具有他們獨特的表演藝術與特色。南戲、傳奇、崑劇中的末腳以負責開場，及扮飾黃門官、家院、及其他次要閒雜的男性人物爲主；而其表演特色主要在於諧趣性的展現，與賓白、唸誦上的功力。儘管扮飾的人物中，有些對於戲劇情節沒有重要影響，但卻在舞蹈身段與對話藝術上有重要的輔助功用及表演空間，李成一腳即是最佳例證。同樣的，雖然崑劇中的末、外都融入了老生行中，演員彼此間也可以串扮、兼演，但末、外及老生所具有的氣質特色卻仍各有不同，即使同樣由末或外扮飾的不同人物，也會因人物背景、身份、遭遇、性情等種種不同，而有不同的演出。腳色行當作爲演員學戲時的主要參考標的，其中固然有許多既定的規範與模式；然而眞正動人、成功的表演，更要由演員在基本的行當規範訓練之下，投入眞正的情感加以揣摩、詮釋、才能有最深刻、完美的演出。

附　錄

圖一　副末開場（引自《富春堂本白蛇記》）、（《全明傳奇》）

圖二　河南偃師出土的宋雜劇磚雕（引自《中國古代服飾研究》）

圖三　山西侯馬的金院本彩俑（引自《文物》1959 年第八期）

圖四　明應王殿水神廟的元代壁畫（引自《中國古代服飾研究》）

圖五　明朝人員臉譜（引自《齊如山全集》）

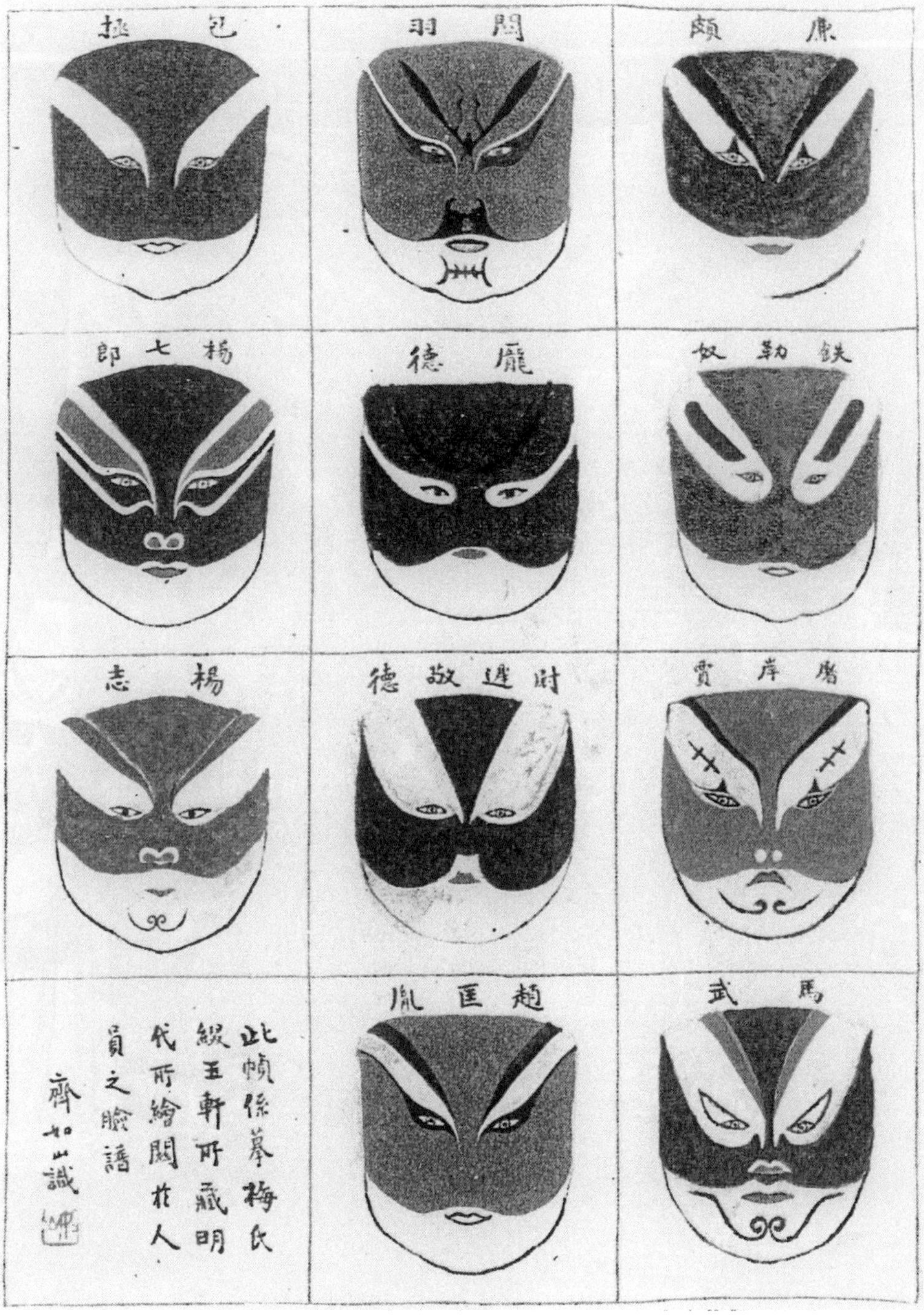

圖六　明朝神怪臉譜（引自《齊如山全集》）

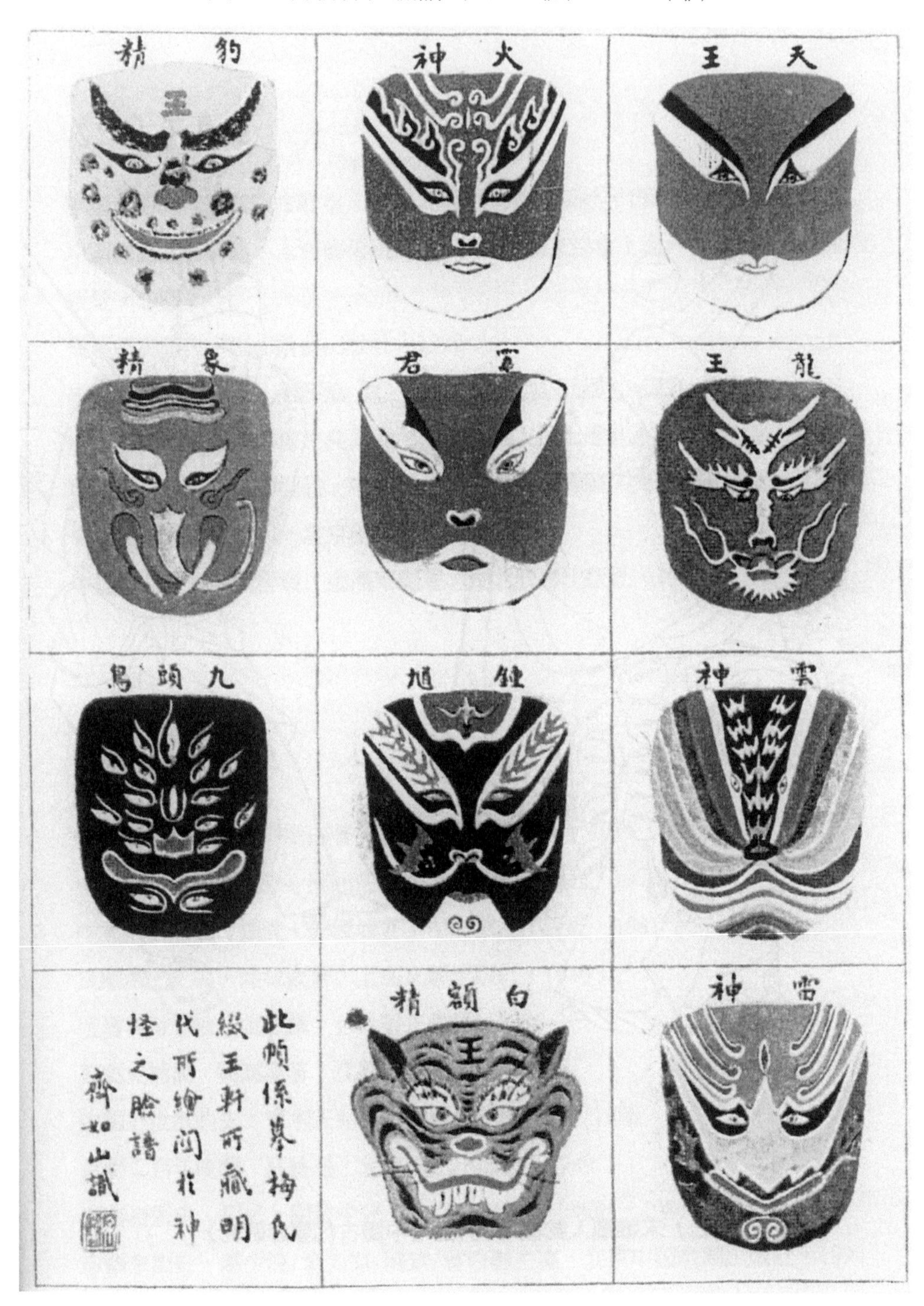

圖七　宋雜劇人物圖（引自《中國古代服飾研究》）

重要參考文獻

本參考文獻所列，凡三大項，一爲專書，二爲期刊論文，三爲學位論文。其中「專書」部分資料龐雜，爲突顯專家研究之性質，首爲「梁武帝著述類」，次爲「重要參考書目」。又爲使用者查詢便利計，皆以書名、篇名筆畫順序排列。

（一）工具書

1. 《中國大百科全書・戲曲曲藝卷》，中國大百科全書出版社，1983。
2. 《中國戲曲曲藝辭典》，上海藝術研究所／中國戲劇家協會上海會編，上海辭書出版社，1985。
3. 《簡明戲劇辭典》，上海辭書出社社，1990。
4. 《中國戲曲劇種手冊》，李漢飛　編，北京中國戲劇出版社，1991。
5. 《中國古典戲曲劇情博覽》，吳大逵主編，江西人民出版社，1993。
6. 《中國戲曲志湖北、安徽卷》，中國戲曲志編輯委員會編，文化藝術出版社，1993。
7. 《中國歷代官制大辭典》，北京出版社，1994。
8. 《中國戲曲表演藝術辭典》，余漢東編著，湖北辭書出版社，1994。

（二）戲劇史

1. 《中國戲劇發展史》，周貽白著，僶勉出版社翻印本，1975。
2. 《中國戲曲發展史綱要》，周貽白著，上海古籍出版社，1979。
3. 《中國戲曲通史》，張庚、郭漢城著，中國戲曲出版社，1981。
4. 《崑劇演出史稿》，陸萼庭著，上海文藝出版社，1980。
5. 《明清傳奇導論》，張敬撰，台北華正書局，1986。

6. 《崑劇史補稿》，顧篤璜著，江蘇古籍出版社，1987。
7. 《中國近世戲曲史》，青木正兒著，台灣商務印書館，1988。
8. 《京劇二百年概觀》，蘇移著，北京燕山出版社，1989。
9. 《崑劇發展史》，胡忌、劉致中著，北京中國戲劇出版社，1989。
10. 《中國京劇史》，馬少波、章力揮、陶雄、曾白融主編，北京中國戲劇出版社，1990。

（三）劇本

1. 《校訂元刊雜劇三十種》，鄭騫校，台北世界書局，1962。
2. 《元曲選》，明・臧懋循刊，台北宏業書局排印本，1982。
3. 《元曲選外編》，隋樹森編，台北中華書局，1967。
4. 《全元雜劇》，楊家駱主編，台北世界書局，1963。
5. 《脈望館鈔校本古今雜劇》，明・趙琦美鈔校，收入《古本戲曲叢刊》第四集，上海商務印書館，1958。
6. 《古今雜劇選》，明・息機子編，收入《古本戲曲叢刊》第四集，上海商務印書館，1958。
7. 《古雜劇》，明・玉陽仙史編刊，收入《古本戲曲叢刊》第四集，上海商務印書館，1985。
8. 《酹江集》，明・孟稱舜編刊，收入《古本戲曲叢刊》第四集，上海商務印書館，1958。
9. 《孤本元明雜劇》，王季烈校編，台灣商務印書館，1976。
10. 《永樂大典戲文三種校注》，錢南揚校注，台北華正書局，1985。
11. 《宋元四大戲文讀本》，俞爲民校注，江蘇古籍出版社，1988。
12. 《六十種曲》，明・毛晉編，台灣開明書局，1970。
13. 《全明傳奇》，林侑蒔主編，台北天一出版社，1985。
14. 《墨憨齋定本傳奇》，收入《馮夢龍全集》，馮夢龍編著，俞爲民校點，江蘇古籍出版社，1993。
15. 《清蒙古車王府曲本》，大陸首都圖書館藏本。
16. 《戲考》，王大錯述考，鈍根編次，燧初校訂，台北里仁書局，1980（再版）。
17. 《戲學全書》，上海書局，1993（再版）。
18. 《明清戲曲珍本輯選》，北京中國戲劇出版社，1986。
19. 《綴白裘》，玩花主人編選，錢德蒼續選，鴻文堂梓行，乾隆四十二年校訂重雋本，收入《善本戲曲叢刊》第五輯，台北學生書局，1987。
20. 《審音鑑古錄》，清琴隱翁編，道光十四年東鄉王繼善補鐫刊本，收入《善本戲曲叢刊》第五輯，台北學生書局，1987。

（四）戲劇論著

1. 《中國戲曲論集》，周貽白著，北京中國戲劇出版社，1960。
2. 《揚州畫舫錄》，清・李斗著，台北世界書局，1963。
3. 《現存元人雜劇本事考》，羅錦堂著，中國文化事業股份有限公司，1965。
4. 《螾廬曲談》，王季烈著，台灣商務印書館，1970。
5. 《燕蘭小譜》，西湖安樂山樵，收入《清代燕都梨園史料》，張次溪纂輯，傳記文學出版社，1974。
6. 《中國古典戲劇論集》，曾永義著，台北聯經出版社，1975。
7. 《說戲曲》，曾永義著，聯經出版社，1976。
8. 《元雜劇研究》，吉川幸次郎著，鄭清茂譯，台北藝文印書館，1977。
9. 《齊如山全集》，齊如山著，台北聯經出版社，1978。
10. 《說俗文學》，曾永義著，台北聯經出版社，1980。
11. 《戲曲筆談》，趙景深著，上海古籍出版社，1980。
12. 《東京夢華錄外四種》，孟元老等著，台北大立出版社，1980。
13. 《元人雜劇序說》，青木正兒著，隋樹森譯，台北長安出版社，1981。
14. 《元代雜劇藝術》，徐扶明著，上海文藝出版社，1981。
15. 《元明清戲曲論集》，嚴敦易著，中州書畫社出版，1982。
16. 《太和正音譜》，明・朱權著，收入《中國古典戲曲論著集成》之三。北京中國戲劇出版社，1982。
17. 《中國古典戲曲論著集成》，中國戲曲研究院編，北京中國戲劇出版社，1982。
18. 《戲文概論》，錢南揚著，台北木鐸出版社，1982。
19. 《元雜劇所反應的元代社會》，顏天佑著，台北華正書局，1984。
20. 《唐戲弄》，任訥著，上海古籍出版社，1984。
21. 《古劇說彙》，馮沅君著，學海出版社，1985。
22. 《中國古典戲劇論集》，張敬、曾永義等著，台北幼獅文化事業公司，1985。
23. 《明代傳奇之劇場及其藝術》，王安祈著，台北學生書局，1986。
24. 《楊蔭瀏音樂論文選集》，楊蔭瀏著，上海文藝出版社，1986。
25. 《中國古典小說戲曲論集》，趙景深主編，上海古籍出版社，1987。
26. 《納書楹曲譜》，清・葉堂編，收入《善本戲曲叢刊》第六輯，台北學生書局，1987。
27. 《戲劇人物面面觀》，李鳳祥著，北京文化藝術出版社，1987。

28. 《崑劇生涯六十年》，周傳瑛口述，洛地整理，上澹閔藝出版社，1988。
29. 《詩歌與戲曲》，曾永義著，台北聯經出版社，1988。
30. 《比較研究：古劇結構原理》，李曉著，北京中國戲劇出版社，1989。
31. 《明代戲曲五論》，王安祈著，台北大安出版社，1990。
32. 《菊部叢刊》，周劍雲主編，收入《民國叢書》第二編，上海書局，1990。
33. 《新曲苑》，任訥編，台北中華書局，1990。
34. 《崑劇折子戲初探》，陳爲瑀著，河南中州古藉出版社，1991。
35. 《中國古典戲劇的認識與欣賞》，曾永義編，台北正中書局，1991。
36. 《戲曲與浙江》，洛地著，浙江人民出版社，1991。
37 《戲劇編劇概論》，浙江美術學院出版社，1991。
38. 《參軍戲與元雜劇》，曾永義著，台北聯經出版社，1992。
39. 《王國維戲曲論文集》，王國維著，台北里仁書局，1993。
40. 《崑劇表演一得》，徐凌雲演述，管際安、陸兼之記錄整理，蘇州大學出版社，1993。
41. 《中國戲曲臉譜文集》，黃殿祺輯，北京中國戲劇出版社，1994。
42. 《琵琶記的表演藝術》，蔡孟珍著，台北里仁書局，1995。
43. 《傳統戲曲的現代表現》，王安祈著，台北里仁書局，1996。
44. 《樂府雜錄》，唐・段安節著，收入原刻影印「百部叢書集成第五十二輯『守山閣叢書』六十二種」，嚴一萍輯選，藝文印書館。
45. 《玉泉子眞錄》，無名氏著，收入原刻影印「百部叢書集成第十四輯『稗海』第七種」，嚴一萍輯選，藝文印書館。
46. 《因話錄》，趙疄著，收入原刻影印「百部叢書集成第十四輯『稗海』第六種」，嚴一萍輯選，藝文印書館。
47. 《夷堅志》，洪邁著，收入原刻影印「百部叢書集成第七十六輯『十萬春樓叢書』第十二種」，嚴一萍輯選，藝文印書館。
48. 《客座贅語》，顧啓元著，收入原刻影印「百部叢書集成第一百輯『金凌叢刻』第一種」，嚴一萍輯選，藝文印書館。
49. 《貴耳集》，宋・張端義著，收入原刻影印「百部叢書集成第二十二輯『津逮秘書』第四十二種」，嚴一萍輯選，藝文印書館。
50. 《輟耕錄》，元・陶宗儀著，收入原刻影印「百部叢書集成第二十二輯『津逮秘書』第二十種」，嚴一萍輯選，藝文印書館。
51. 《霏雪錄》，明，劉績著，收入原刻影印「百部叢書集成第四輯『古今說海』第六十九種」，嚴一萍輯選，藝文印書館。
52. 《生旦淨末丑的表演藝術》，白雲生著，北京中國戲劇出版社，排印本。

（五）學位論文

1. 《水滸戲曲二十種研究》，謝碧霞著，台灣大學碩士論文，1978。
2. 《元雜劇和南戲之丑腳研究》，林璋儀著，文化大學藝術研究所碩士論文，1988。
3. 《中國傳統戲曲旦腳演化考述》，廖藤葉著，師範大學國文研究所碩士論文，1990。
4. 《中國戲劇之淨腳研究》，鄭黛瓊著，文化大學藝術研究所碩士論文，1988。
5. 《明傳奇排場三要素發展歷程之研究》，許子漢著，台灣大學中文研究所博士論文，1998。

（六）單篇文章

1. 〈戲曲現代化風潮下的逆向思考——從兩岸創新劇作概況談起〉，王安祈著，收入《兩岸傳統戲曲現代化學術研討會論文集》，1996，05。
2. 〈計鎮華與當代崑劇〉，謝柏梁著，《戲劇、戲曲研究》月刊，1996 年第九期。
3. 〈從周信芳到計鎮華〉，沈鴻鑫著，《戲劇、戲曲研究》月刊，1996 年第九期。
4. 〈清代乾、嘉時期崑劇表演藝術發展之探索——由《審音鑑古錄》談起〉，陳凱莘著，台灣大學《劇説，戲言》創刊號，1996，12。
5. 〈話説崑劇老生〉，朱建明著，《藝術百家期刊》，1997 年第一期。
6. 〈也談南戲的名稱、淵源、形成和流播〉，曾永義著，韓國光州「一九九七韓中古劇國際學術大會」宣讀，1997，05。

（七）影音資料

1. 《崑劇選輯》第一輯，曾永義、洪惟助製作，行政院文化建設委員會策畫，中華民俗基金會製作，1992。
2. 《崑劇選輯》第二輯，曾永義、洪惟助製作，行政院文化建設委員會策畫，中華民俗基金會製作，1998。
3. 「中國崑劇藝術團」演出記錄，曾永義、洪惟助製作，行政院文化建設委員會策畫出版，1998。

（八）其他

1. 《中國文學發展史》，劉大杰著，台北華正書局，1984。
2. 《中國古代服飾研究》，沈從文編著，香港商務印書館，1992。
3. 《水滸全傳校注》，施耐庵、羅貫中原著，李泉、張永鑫校注，台北里仁書局，1994。